LISA UNGER

Originaire du Connecticut, Lisa Unger a passé une partie de son enfance en Hollande et en Grande-Bretagne avant que sa famille ne revienne dans le New Jersey. Après avoir travaillé dans l'édition à New York, elle a décidé de se consacrer à l'écriture et vit en Floride avec son mari et sa fille. Elle est l'auteur de *Cours, ma jolie* (2007), son premier roman, et de *Sans issue* (2008), tous deux parus chez Belfond.

COURS, MA JOLIE

LISA UNGER

COURS, MA JOLIE

Traduit de l'américain
par Isabelle Maillet

BELFOND

Titre original :
BEAUTIFUL LIES
Publié par Shaye Areheart Books,
an imprint of the Crown Publishing Group,
a division of Random House, Inc., New York.

Vous pouvez consulter le site de l'auteur à l'adresse suivante :
www.lisaunger.com

Ce livre est une œuvre de fiction. Les noms, les personnages, les lieux et les événements sont le fruit de l'imagination de l'auteur ou utilisés fictivement. Toute ressemblance avec des personnes réelles, vivantes ou mortes, des événements ou des lieux serait pure coïncidence.

ISBN 978-2-266-17485-5

Pour Jeffrey
Tu es tout. Pour toujours.

« Et il était anonyme, privé de nom…
complètement orphelin, un quidam. »

Cyprian K. Norwid

25 octobre 1972

Elle en arrivait parfois à souhaiter qu'il meure. Pas qu'elle ne l'ait jamais rencontré ou qu'il ne soit jamais né, mais qu'il se fasse écraser par une voiture ou tuer dans des circonstances violentes, comme une querelle de bar, ou encore que son bras soit déchiqueté par une machine et qu'il se vide de son sang avant l'intervention des secours. Et elle souhaitait aussi qu'au moment de rendre son dernier souffle, quand il sentirait la vie le déserter inexorablement, il se voie tel qu'il était : un salaud, un pauvre minable pathétique. Elle l'imaginait terrorisé, baignant au milieu d'une mare rouge sombre, comprenant, dans un éclair de lucidité, qu'il allait payer pour ce qu'il avait été et se repentant de ses fautes. Oh ! en ces sombres instants, il regretterait, bien sûr. Mais il serait trop tard... Voilà ce qu'elle ressentait à son égard.

Elle était allongée dans le noir sur la vieille courtepointe recouvrant son lit. Le radiateur qui dégageait de l'air chaud et sec émettait de temps à autre un claquement sonore, comme si quelqu'un frappait la tuyauterie avec une clé anglaise. Par l'Interphone bébé, elle entendait la respiration régulière et paisible de sa fille. Les vitres tremblaient sous l'assaut du vent. Elle savait qu'il faisait froid dehors, bien plus froid qu'à l'automne. Pourtant, elle transpirait. Le chauffage était toujours poussé trop fort. Plus tard, le bébé (qui, à presque deux ans, n'en était plus vraiment un) ne manquerait pas de repousser les couvertures, et elle guettait le bruissement de la literie dans le minuscule haut-parleur. Tout en restant à l'affût d'autres sons.

Les battements de son cœur s'étaient enfin calmés et sa fille avait enfin cessé de hurler, mais elle était sûre qu'il reviendrait. Aussi s'était-elle couchée tout habillée, en sweat-shirt gris, jean et tennis, le téléphone dans la main, une batte de base-ball posée près de sa jambe. Au cas où il se manifesterait de nouveau, elle n'hésiterait pas à rappeler la police, même si des agents étaient déjà passés un peu plus tôt dans la soirée, après qu'il était parti. Elle avait obtenu une ordonnance de placement sous contrôle judiciaire. Ils étaient obligés de venir chaque fois qu'elle les alertait.

Jamais elle n'aurait cru tomber aussi bas. Sans sa fille, sa vie lui serait apparue comme un vaste gâchis, une succession d'erreurs et d'attentes déçues. Mais il y avait au moins une chose de bien dans son existence, et en dépit de tout, son bébé était heureux, en bonne santé et entouré d'amour.

Le réveil sur sa table de nuit projetait une faible lueur verte, et seuls résonnaient dans le silence la respiration de l'enfant et le bourdonnement du réfrigérateur au bout du couloir. L'appareil était vieux et le bruit du moteur s'accompagnait de légères vibrations. Elle ne les remarquait pratiquement plus, sauf les soirs où elle épiait l'obscurité en se demandant où il était et ce qu'il avait en tête.

Leur liaison s'était terminée avant même qu'elle lui ait annoncé sa grossesse. S'ils avaient jamais eu une liaison… Ils étaient sortis ensemble deux ou trois fois. Il était venu la chercher dans sa Monte Carlo et l'avait emmenée dans une pizzeria où tout le monde semblait le connaître. Il lui avait avancé un siège en lui disant qu'elle était mignonne. Il le lui avait répété à plusieurs reprises au cours du dîner, se servant du compliment pour remplir les blancs dans une conversation extrêmement malaisée.

Ils avaient vu Votez MacKay, *avec Robert Redford, et* Guet-Apens, *avec Steve McQueen, deux films qu'elle n'aurait sans doute pas choisis s'il lui avait demandé son avis. Mais il avait acheté les places sans la consulter. Peut-être ce détail aurait-il dû lui mettre la puce à l'oreille : un garçon qui invite une fille au cinéma n'est-il pas censé se renseigner sur ses goûts ? Dans la salle obscure, alors qu'elle avait un carton de pop-corn coincé entre les jambes, il lui avait tripoté sa queue-de-cheval en lui glissant de nouveau à l'oreille combien elle était mignonne. La seconde fois, pendant* Guet-Apens, *elle l'avait laissé lui caresser les seins et elle y avait presque pris plaisir. Après, il l'avait raccompagnée chez elle et ils avaient fait l'amour. Il n'avait cependant pas passé la nuit avec elle. Par la suite, ils avaient encore couché ensemble, mais il ne l'avait plus jamais emmenée à la pizzeria ni au cinéma. Là-dessus, au moment même où elle commençait à envisager une vraie relation, il était sorti de sa vie. Comme tous les autres. Du jour au lendemain, ils étaient devenus des étrangers. Pendant un certain temps, il l'avait appelée tous les soirs, puis les coups de fil s'étaient espacés, et brusquement le téléphone s'était tu. Combien de fois avait-elle décroché le combiné dans la cuisine pour s'assurer qu'il fonctionnait bien ?*

Comme son éducation ne l'avait pas préparée à

aborder les hommes, à leur courir après ou à exiger d'eux des explications, elle n'avait pas essayé de le joindre quand il ne lui avait plus donné de nouvelles. Mais bien sûr, son éducation ne l'avait pas préparée non plus à se laisser peloter dans un cinéma par un quasi-inconnu avant de coucher avec lui.

De toute façon, il ne représentait rien de plus pour elle qu'un moyen de tuer le temps, d'oublier l'amant qui l'avait précédé. À première vue, les deux hommes étaient tellement différents ! Celui d'avant était riche, il l'invitait dans des restaurants chics, la couvrait de cadeaux, de robes et de bijoux... Il lui parlait souvent en français, et même si elle ne comprenait rien, elle était impressionnée. Sauf qu'elle avait négligé un détail : c'était aussi son patron. Et quand il s'était lassé d'elle, il lui avait suggéré de chercher un autre boulot. Non, ils ne se ressemblaient pas, celui-là et celui d'avant. Mais au bout du compte, n'étaient-ils pas tous pareils ? Ils finissaient par la trouver ennuyeuse et par ne plus vouloir d'elle. Ou alors, ils devenaient froids et distants. Voire violents, comme celui-là.

Ses parents, de gros fumeurs tous les deux, étaient morts beaucoup trop jeunes en l'espace de deux ans. Sa mère avait succombé à un emphysème et son père à une crise cardiaque. Elle-même n'avait ni frères ni sœurs. Il n'y avait donc personne pour lui reprocher une grossesse en dehors du mariage, mais personne non plus pour lui tendre la main. Maria, qui vivait à l'étage en dessous, était sa seule amie. Connue sous le nom de Madame Maria, elle gagnait sa vie en tirant les cartes dans son appartement, inspirée selon elle par « la déesse ». Or Madame Maria lui avait annoncé une bonne surprise. Elle disait toujours ça, mais pour le coup, elle avait vu juste.

Une fois certaine d'être enceinte, elle était allée le voir. Il avait osé lui demander si l'enfant était vraiment de lui. Comme elle l'avait détesté à ce moment-là ! Et comme elle s'était reproché d'avoir cédé aussi facilement à un égoïste pareil ! Elle lui avait assuré qu'elle n'attendait rien de sa part, qu'elle avait juste voulu lui laisser le choix de devenir père. Il l'avait abandonnée sur le parking sombre. La pluie s'était mise à tomber – juste une légère bruine – tandis qu'il s'éloignait au volant de sa Monte Carlo. Elle n'aurait jamais dû aller le trouver. Comment avait-elle pu penser qu'il aurait un comportement décent ? Une nouvelle fois, elle s'était aveuglée.

Mais peut-être avait-il éprouvé des remords, de la curiosité ou, qui sait, un sentiment d'amour tardif ; quoi qu'il en soit, il s'était manifesté quand le bébé avait eu quelques mois. Il avait même paru décidé à assumer sa paternité. Au bout d'un moment, cependant, il avait réagi comme pour le cinéma : libre à lui de choisir le programme et l'horaire, et de s'octroyer en sus un petit plaisir avec la maman. Des disputes avaient éclaté. La police avait été prévenue. Des excuses avaient été présentées et le pardon accordé dans l'intérêt de l'enfant. Puis tout avait recommencé, encore et encore… jusqu'à cet après-midi fatidique. À partir de là, les choses n'avaient fait qu'empirer.

Depuis, elle avait passé quantité de nuits semblables à celle-ci, couchée tout habillée, aux aguets. Et elle avait eu amplement le temps de réfléchir à leur histoire, de se demander comment ils avaient pu en arriver là. Elle s'était remémoré chacune de leurs rencontres, disséquant et analysant le moindre de leurs faits et gestes, essayant de déterminer si elle aurait pu s'y prendre autrement. Mais invariablement, elle parvenait à la même conclusion : l'attitude qu'il avait eue au cinéma aurait dû lui ouvrir les yeux. Elle en disait long sur lui. C'est à ce genre de détails qu'on mesure la valeur d'un homme.

Le souvenir de cet après-midi restait gravé dans sa mémoire comme une marque au fer rouge imprimée sur sa peau. « M » pour Mauvaise Mère. Elle avait reçu l'appel de Maria au bureau et s'était aussitôt précipitée chez elle, où il était censé veiller sur le bébé. Elle se rappelait avoir entendu dans le hall les sanglots déchirants de sa fille, reconnaissables entre tous, qui l'avaient touchée droit au cœur tandis qu'elle montait les marches deux par deux. En entrant, elle l'avait vu, lui, assis sur le canapé, les traits décomposés. Il avait fermé la porte de la nursery comme pour étouffer le bruit. Paniquée, malade de peur, elle avait poussé le battant. Le bébé était assis dans son berceau, le visage cramoisi à force de pleurer, le bras replié selon un angle insolite, horrible. Elle l'avait serré contre elle en hurlant : « Qu'est-ce que tu lui as fait ? Mon Dieu, mais qu'est-ce que tu lui as fait ? » Il n'avait pas répondu, se bornant à la regarder quand elle s'était ruée dehors, emportant leur fille blessée, toujours en larmes.

Elle n'avait pas pu ni voulu attendre l'arrivée d'une ambulance. Le plus doucement possible, elle avait installé l'enfant dans le siège bébé. Les cris de la petite lui déchiraient le cœur. Il lui semblait que ses propres yeux versaient des larmes de sang. Pourtant, elle s'était efforcée de parler d'une voix calme, apaisante : « Chut ! mon amour, tout va s'arranger. Maman est là. Maman est là. »

Aux urgences, un interne l'avait déchargée de l'enfant puis entraînée jusqu'au service de pédiatrie, dans les entrailles de l'hôpital. Comme elle avait prié pour que le médecin habituel de la fillette, qui partageait son temps entre cet établissement et la clinique des Anges, soit présent ce jour-là… Ses souhaits avaient été exaucés et, quelques minutes plus tard, sa fille se trouvait entre de bonnes mains.

« Oh, Seigneur ! avait-il murmuré. Mais qu'est-ce qui s'est passé ? »

Immobile à côté de lui, elle n'avait pu prononcer un mot.

« Jeune dame… », avait-il repris. Il ne l'appelait jamais par son nom quand il auscultait le bébé. « Je sais que vous avez peur, mais je vais vous prier d'attendre dehors pour que je puisse soigner cette demoiselle. Vous êtes bouleversée et elle le sent, vous comprenez ? Alors, soyez courageuse et sortez, d'accord ? »

À contrecœur, elle s'était laissé conduire dans le couloir par une infirmière. Celle-ci, une femme aux grands yeux bleus limpides derrière d'épaisses lunettes à monture d'écaille, l'avait regardée avec un mélange de compassion et de défiance. Auquel s'ajoutait une expression de sévérité. De certitude glaciale. S'imagine-t-elle que j'ai fait du mal à ma fille ? *s'était-elle demandé dans son affolement.* Comment peut-elle penser une chose pareille ?

Il lui semblait que sa poitrine allait exploser sous la violence de ses émotions tandis qu'elle contemplait les portes de la salle d'examen. Peu à peu, les pleurs du bébé s'étaient mués en gémissements auxquels avait succédé le silence. Elle se sentait paralysée, enchaînée à la chaise en plastique orange sur laquelle elle était assise, incapable d'aller se renseigner. Enfin, au bout de ce qui lui avait paru un siècle, le médecin s'était porté à sa rencontre.

« Elle va se remettre », avait-il dit doucement en

s'asseyant près d'elle et en lui posant une main sur le genou. Il avait abordé ensuite le problème délicat des fractures chez les très jeunes enfants, les précautions particulières à prendre pour les réduire et les soins requis pour favoriser la guérison. Les mots Elle va se remettre *avaient tourné en boucle dans sa tête jusqu'au moment où l'information avait pénétré son cerveau, permettant à son cœur de recouvrer un rythme normal et de la ramener progressivement à la vie.*

« Ça va aller, l'avait rassurée le médecin. Croyez-moi. »

Elle avait cependant décelé une expression troublante dans les yeux du praticien. De l'inquiétude, d'accord, mais aussi de la suspicion là où, d'ordinaire, il n'y avait que douceur et bienveillance.

Elle avait passé presque toute la nuit à l'hôpital, où l'on avait administré un sédatif à l'enfant pour pouvoir lui plâtrer le bras. Le médecin ne l'avait pas quittée. Alors qu'elle se préparait enfin à partir, il lui avait touché l'épaule en fixant sur elle un regard insondable.

« Vous aimez votre fille plus que tout au monde, n'est-ce pas ? lui avait-il demandé d'une voix chargée de tristesse.

— Plus que tout, oui.

— Serez-vous capable de la protéger ? »

La question lui avait paru d'autant plus bizarre qu'elle faisait écho à celle que se posait son âme tourmentée.

« Si quelqu'un veut lui nuire, il devra d'abord me tuer », avait-elle affirmé avec force.

Le pédiatre avait hoché la tête.

« Mieux vaudrait éviter d'en arriver là. Dans un premier temps, n'oubliez pas d'aller porter plainte. Je

vous reverrai à la clinique jeudi – ou avant s'il y avait le moindre problème. »

Il s'était exprimé d'un ton ferme, empreint d'une autorité rassurante. Au moment où il se détournait, elle avait murmuré :

« J'aurais tellement voulu qu'elle ait un père comme vous… »

À ces mots, il l'avait contemplée d'un air énigmatique avant d'ouvrir la bouche comme pour ajouter quelque chose. Mais au bout du compte, il avait simplement répondu :

« Moi aussi. Oh oui ! moi aussi. »

Chaque fois qu'elle repensait à ce moment, son cœur se remplissait d'une haine indicible pour celui qui avait fait du mal à son bébé. Elle sentait alors se renforcer sa détermination à ignorer ses demandes de pardon, ses supplications incessantes (« Laisse-moi la voir une minute, rien qu'une minute ») et même ses accès de fureur quand elle refusait de céder. C'était un accident, prétendait-il ; jamais il n'avait voulu blesser la petite. Il paraissait sincère, mais elle restait obsédée par les paroles du médecin : Serez-vous capable de la protéger ? *La seule façon pour elle de s'en assurer, c'était de chasser de sa vie le père de l'enfant.*

Elle avait dû somnoler quelques minutes. Tirée du sommeil en sursaut, elle lâcha le combiné pour refermer sa main sur la batte de base-ball et, retenant son souffle, elle tendit l'oreille. Le bébé endormi remua et poussa un léger soupir. Un infime grincement résonna soudain, à peine audible, évoquant un ressort ou la charnière d'une porte qui s'ouvre subrepticement.

Jusque-là, il ne s'était jamais illustré par sa discrétion, préférant les arrivées en fanfare. La gorge nouée, elle se leva sans bruit de son lit en serrant fermement la batte. Du seuil de la chambre, elle jeta un coup d'œil au salon exigu et, au-delà, à la porte d'entrée. La serrure lui parut dérisoire, tout à coup, et elle s'en voulut de ne pas avoir fait installer de verrou et de chaîne, comme le lui avaient conseillé les policiers. Hélas ! elle n'en avait pas les moyens. La fenêtre à côté de la porte était protégée par une grille, mais elle donnait directement sur un palier auquel un escalier permettait à n'importe qui d'accéder.

Venait-elle de voir une ombre passer derrière la vitre ? Le réverbère sur le parking illuminait les alentours, et parfois, malgré les rideaux tirés, elle distinguait la silhouette des occupants de l'immeuble qui rentraient chez eux. De nouveau, elle écouta. Rien, silence total. Elle commençait tout juste à se détendre quand elle l'entendit de nouveau – le bruit de ressort métallique. Y avait-il quelqu'un à l'intérieur ?

Elle tourna la tête vers le combiné abandonné sur le lit en songeant à prévenir les policiers. Pourtant, elle ne pouvait se résoudre à les déranger encore. S'il était réellement là, il ne les attendrait pas pour disparaître. Oh ! les agents consigneraient dûment tout ce qu'elle leur dirait, mais ils allaient finir par la prendre pour le petit garçon qui crie au loup. Non, décidément, ce serait trop embarrassant. Elle agrippa la batte à deux mains, décidée à s'approcher de la porte.

Elle avança tout doucement, à pas furtifs. Il avait toujours annoncé son arrivée, se répéta-t-elle. Il n'avait jamais essayé de pénétrer par effraction dans l'appartement et de les attaquer. Ni, comme elle se l'imaginait parfois dans ses pires cauchemars, de lui voler le bébé. Dans le quartier, trois enfants avaient disparu l'année précédente. Pendant des semaines, le souvenir de leurs petits visages le soir à la télévision, de leurs sourires éclatants, de leurs yeux pétillant de gaieté l'avait hantée. Ils s'étaient littéralement volatilisés, tous les trois. Aucun n'avait été retrouvé, aucun n'avait laissé la moindre trace permettant de remonter sa piste. De temps à autre, elle entendait dire aux informations que l'un d'eux avait été aperçu dans un centre commercial, sur une aire d'autoroute ou au milieu d'un parc d'attractions. Jusque-là, malheureusement, ces témoignages n'avaient pas donné de résultats concrets. Elle songeait souvent aux parents, au trou béant qui avait dû se creuser dans leur poitrine, à leur existence anéantie par des questions terribles et des visions insoutenables. Était-ce l'espoir qui les maintenait en vie ? Était-ce l'idée de revoir leur enfant un jour qui éloignait le rasoir de leurs poignets, le revolver de leur bouche ? Elle ne pouvait concevoir supplice plus intolérable que d'avoir à se demander si son enfant était vivant, mais hors de portée, ou mort... sans savoir laquelle de ces deux hypothèses était préférable.

Elle se tenait maintenant à environ un mètre de la porte. N'ayant décelé aucun autre bruit, elle s'immobilisa à côté du vieux canapé, la batte levée.

1

L'obscurité est redoutable car elle permet de distinguer les objets mais pas ce qui est dissimulé dans l'ombre derrière eux. La peur et l'épuisement rendent mon souffle saccadé. Mon compagnon, la seule personne au monde en qui j'ai confiance, est étendu par terre près de moi. Je me penche vers lui. Sa respiration est faible, laborieuse. Il a été touché, je le sais, mais je n'ai aucun moyen d'évaluer la gravité de la blessure. Il ne réagit pas lorsque je murmure son nom. Je palpe son corps ; pour autant que je puisse en juger, il ne perd pas de sang. Le bruit terrible de sa chute quelques minutes plus tôt résonne encore dans ma tête.

Je tâtonne autour de lui à la recherche de son arme. Au bout de quelques secondes, je sens sous mes doigts le métal froid et c'est tout juste si, de soulagement, je n'éclate pas en sanglots. Mais ce n'est pas le moment.

J'entends toujours la pluie tomber à l'extérieur du bâtiment en ruine. Elle tombe aussi à l'intérieur, pénétrant par les trous béants dans le toit, mouillant les planchers pourris et l'escalier délabré. Mon compagnon remue en poussant un léger gémissement. Quand il prononce mon nom, je me penche de nouveau vers lui.

« Ça va aller, ne t'inquiète pas », lui dis-je – un pieux

mensonge. Quelque part au-dessus de nous, un homme que j'ai cru aimer, assisté par des acolytes dont j'ignore l'identité, est bien décidé à nous supprimer pour protéger le terrible secret que j'ai découvert. Je suis moi-même blessée, et j'ai tellement mal que seule la pensée de finir ici, dans cet entrepôt désaffecté de Lower East Side à Manhattan, m'empêche de m'évanouir. Un projectile s'est logé dans ma cuisse droite – une balle, peut-être, ou un éclat de bois, ou encore un clou. Il fait si noir que je distingue à peine la déchirure dans mon jean, dont le tissu est assombri par mon sang. La tête me tourne, j'ai l'impression que tout tangue autour de moi ; pourtant je m'accroche.

Je les entends progresser à l'étage et, par les ouvertures dans le plafond, je vois se croiser les faisceaux lumineux de leurs torches électriques. Je fais mon possible pour retenir mon souffle, dont l'écho résonne comme le tonnerre à mes oreilles. L'un des hommes lance soudain : « Ils ont dû passer à travers le plancher. Ils sont sûrement en bas. » Personne ne lui répond, mais je perçois des grincements dans l'escalier.

Mon compagnon remue faiblement.

« Ils arrivent, chuchote-t-il d'une voix éraillée, à peine audible. Barre-toi, Ridley. »

Je ne réponds même pas. Nous savons tous les deux que je ne l'abandonnerai pas. J'essaie de le soulever et il tente de se redresser ; un rictus de souffrance altère ses traits tandis qu'il réprime un cri pour ne pas alerter nos poursuivants. Nous sortirons d'ici ensemble ou pas du tout. Dans l'état où il est, je ne devrais pas le bouger, mais je le traîne comme je peux jusqu'au vieux canapé moisi renversé près du mur. Je le vois grimacer et serrer les dents. Il perd connaissance encore une fois, et brusquement j'ai l'impression qu'il pèse vingt kilos de plus.

En attendant, il a remué les quatre membres, c'est déjà quelque chose. Consciente de la brûlure dans ma jambe, de mes forces qui déclinent inexorablement, je me mets à prier. Je répète inlassablement, tel un mantra : *Mon Dieu, je vous en prie, je vous en prie, je vous en prie…*

Entre le mur et le dossier du canapé se trouve un espace suffisant pour nous deux. J'y pousse mon compagnon et m'allonge à plat ventre près de lui. Puis j'attrape un cageot abîmé que je place devant nous et j'observe la pièce à travers les lattes. Ils se rapprochent toujours, et je suis sûre qu'ils nous ont repérés car ils ont éteint leurs torches et ne se parlent plus. Agrippant mon arme à deux mains, je guette leur arrivée. Je n'ai jamais tiré de ma vie et je ne sais même pas s'il y a encore des balles dans le chargeur. Je commence à penser que nous allons mourir ici.

« Ridley ? S'il te plaît, ne fais pas ça. » La voix, venue d'en haut, résonne dans le noir. « On va trouver un arrangement. »

Je garde le silence. C'est une ruse, je n'en doute pas. Il n'y a plus d'arrangement possible ; les choses sont allées beaucoup trop loin. J'ai eu plusieurs fois l'occasion de fermer les yeux et de retourner à une bienheureuse ignorance, mais je ne l'ai pas fait. Est-ce que je le regrette ? Difficile à dire. Il est trop tard, de toute façon.

« Six, murmure l'homme à côté de moi.

— Quoi ?

— Il te reste six balles. »

2

Jusqu'à une date récente, il ne s'était pas passé grand-chose dans ma vie. N'en déduisez pas que je suivais tranquillement mon bonhomme de chemin quand l'unique incident dont je vais vous parler a bouleversé mon univers – quoique, à la réflexion, ce ne soit pas trop éloigné de la vérité. À mon avis, pourtant, c'est moins un événement précis qu'une foule de petites décisions qui sont à l'origine de ce drame aux conséquences dévastatrices pour mes proches et pour moi. Des gens sont morts, des destins ont été modifiés, la vérité a fait voler en éclats une façade édifiée avec soin, nous laissant nus comme au premier jour.

Je m'appelle Ridley Jones, et quand toute cette histoire a commencé, j'étais une pigiste de trente-deux ans habitant seule un appartement de l'East Village que je louais depuis mes années d'études à NYU, l'université de New York. Il se trouvait au troisième étage d'un immeuble sans ascenseur situé à l'angle de la 1re Avenue et de la 11e Rue, et dont le rez-de-chaussée abritait une pizzeria appelée le Five Roses. Avec sa porte d'entrée en fer forgé noir, ses couloirs chichement éclairés et ses planchers affaissés, son atmosphère imprégnée d'odeurs d'ail et d'huile d'olive, l'édifice n'était pas dénué de charme. Sans compter que je ne payais que huit cents dollars par mois. Si vous connaissez New York, vous savez que les loyers de cet ordre sont miraculeusement peu élevés, même pour un simple deux-pièces donnant sur une cour où des chiens aboyaient à longueur de journée, même si la seule vue était celle des locataires de l'immeuble d'en face menant une existence parallèle. Mais bon, c'était un endroit agréable et je m'y plaisais bien. J'aurais pu m'offrir mieux et pourtant je restais, juste pour le plaisir de vivre dans un cadre familier à proximité de la meilleure pizzeria de la ville.

Vous vous posez peut-être des questions sur mon prénom. Mon père, le Dr Benjamin Jones, pédiatre de son état et demeurant dans une belle maison victorienne du New Jersey avec ma mère, une ancienne danseuse qu'il aime et qui l'aime depuis le jour où ils se sont rencontrés à Rutgers University en 1960, a toujours regretté d'avoir un prénom aussi quelconque. Dans sa jeunesse, il en a même souffert. Il a grandi dans une banlieue tristounette de Detroit, au sein d'une famille modeste et sans histoires imaginant pour lui un avenir modeste et sans histoires. Mais il refusait de se considérer comme ordinaire, et lorsqu'il a eu des enfants à son tour, il n'a pas voulu leur donner le sentiment d'être ordinaires non plus. Alors il a choisi pour moi Ridley, comme le réalisateur Ridley Scott (papa a toujours eu un petit côté cinéphile). Il pensait que ce prénom original, inhabituel pour une fille, m'inciterait à accomplir de grandes choses. Et à ses yeux, en tant que journaliste indépendante à New York, c'était exactement ce que je faisais.

Avant que ne surviennent les événements dont je vais vous parler, j'avais moi-même l'impression d'être extraordinaire, en un sens : j'aimais mes parents, qui m'aimaient en retour, j'avais eu une jeunesse heureuse, je m'estimais satisfaite de mon physique (sauf peut-être de mes cuisses), j'appréciais mon travail, mes amis, mon logement. Et bien que n'ayant jamais connu le grand amour, j'entretenais de bonnes relations avec les hommes. Pour les New-Yorkais, croyez-moi, il s'agit bel et bien d'une situation extraordinaire.

Mais il y avait tant de choses que je ne savais pas, tant de strates du passé dont je n'avais jamais soupçonné l'existence… Je refuse de croire que mon ignorance expliquait mon relatif bonheur, et pourtant j'imagine que c'est la conclusion à laquelle vous parviendrez. Il est certain qu'aujourd'hui j'ai changé. Je ne regarde plus le monde du même œil, le bonheur et la paix me paraissent fuyants. La femme que j'étais me semble à présent terriblement naïve. Je l'envie.

Avec le recul, je me rends compte que ce ne sont pas les décisions majeures qui ont le plus influencé le cours de mon existence. Non, ce sont les plus modestes, les plus anodines en apparence. Tenez, pensez aux événements marquants de votre vie. Dans la plupart des cas, est-ce que tout ne s'est pas joué à quelques secondes près ? N'est-ce pas une simple impulsion qui vous a poussé à traverser telle rue plutôt que telle autre ? À vous précipiter vers le danger ou, au contraire, à vous en éloigner ? Au final, ce sont bien souvent les actes les plus insignifiants qui font la différence. Le choix des études, d'un conjoint ou d'une carrière, l'éducation qu'on a reçue – oui, tout cela forme la trame principale d'un destin. Mais, comme on le dit parfois, le diable se cache dans les détails.

Justement, j'y arrive.

En ce lundi matin à New York, l'automne s'avançait doucement vers l'hiver. L'été indien s'était achevé et les premiers frimas se faisaient sentir dans l'air. J'avais une prédilection toute particulière pour cette époque de l'année, quand la chaleur humide et oppressante piégée dans les murs de la ville se dissipait enfin, cédant la place à une fraîcheur bienvenue.

Quand je me suis réveillée ce jour-là, j'ai deviné au peu de lumière entrant par mes fenêtres que la grisaille régnait au-dehors. Les vitres étaient mouchetées de pluie, ai-je constaté quelques instants plus tard, et c'est cette vision qui a motivé mon geste : j'ai sorti un bras de sous la couette, attrapé le combiné sans fil posé près de mon lit, cherché le numéro dans le répertoire et pressé la touche d'appel.

« Cabinet du Dr Rifkin, a répondu une voix aussi dure et plate qu'un trottoir de ville.

— Bonjour, c'est Ridley Jones à l'appareil, ai-je dit en feignant d'être enrouée. J'ai attrapé un bon rhume. Je peux toujours venir, bien sûr, mais je ne voudrais pas que le docteur tombe malade à cause de moi… »

J'ai forcé une petite quinte de toux dans une tentative pathétique pour renforcer ma crédibilité. Le Dr Rifkin, sorte de minuscule gnome, s'occupait de mes dents depuis mon entrée à l'université de New York. Quand on voyait sa longue barbe blanche et sa bedaine proéminente, sa chemise à carreaux sur un pantalon retenu par des bretelles, ses chaussures orthopédiques et sa démarche de canard, on ne s'attendait pas à entendre dans sa voix l'accent de Long Island. Pour moi, il incarnait l'Écossais dans toute sa splendeur. Il aurait dû porter un kilt.

« Dans ce cas, je vais vous donner un autre rendez-vous », a déclaré la voix comme si elle n'était pas dupe de mon excuse mais s'en fichait royalement.

Voilà, j'étais libre. Or, je dois bien l'avouer, la liberté

compte plus que tout pour moi – plus que la jeunesse, la beauté, la gloire ou l'argent. Bon, peut-être pas plus que l'amour, même si certains de mes proches en doutent. Zachary le premier.

« Petit déjeuner chez Bubby ? » ai-je suggéré quand il a décroché.

Dans le silence qui a suivi, je l'ai entendu se retourner entre ses draps. Quelques mois plus tôt, j'aurais sans doute été couchée près de lui.

« Tu ne bosses pas, aujourd'hui ?

— Hé ! je suis juste entre deux boulots », ai-je répondu en feignant l'indignation.

C'était la vérité, mais de toute façon, là n'était pas le problème.

« Quand ? a-t-il demandé, et dans sa voix, j'ai décelé une nouvelle fois ce triste mélange d'espoir et de regret qui transparaissait souvent dans ses propos.

— Tu me donnes une heure ?

— O.-K. On se retrouve là-bas. »

Zachary était l'homme que j'aurais dû épouser. Nous nous connaissions depuis tout gosses. Mes parents l'aimaient beaucoup, peut-être même plus qu'ils n'aimaient mon propre frère. Mes amis l'adoraient, louaient ses cheveux d'un blond cendré et ses grands yeux bleus, sa silhouette athlétique, le succès de son cabinet de pédiatrie, la façon dont il me traitait. Moi-même, j'avais réellement de l'affection pour lui. Pourtant, quand l'heure de la décision a sonné, je me suis dérobée. Pourquoi ? Par peur de m'engager ? Pas mal de gens ont abouti à cette conclusion. Mais je ne suis pas de cet avis. C'est juste que, dans mon esprit, « Zachary » et « pour la vie » ne formaient pas une rime parfaite. Oh ! je n'aurais rien pu identifier de précis. Nous étions très complices, en amitié comme au lit ; nous avions aussi entre autres une même passion pour la salle des dinosaures au musée d'Histoire naturelle et les glaces Häagen-Dazs à la vanille. Hélas ! l'amour ne se résume pas toujours à une somme de points communs. En vérité, le bonheur de Zack me tenait tellement à cœur que je voulais pour lui une femme capable de l'aimer plus que moi. Si vous y perdez votre latin, vous n'êtes pas les seuls. Mes parents et Esme, la mère de Zack (dont je me sentais parfois plus proche que de la mienne), sont encore consternés par ma décision. Depuis toujours ou presque, ils rêvaient en secret de nous voir mariés. Aussi, quand nous avons commencé à sortir ensemble, n'ont-ils pas caché leur joie. Et quand nous nous sommes séparés, je crois bien que le coup a été plus rude pour eux que pour nous.

Depuis, Zachary et moi tentions de garder de bonnes relations. J'avais mis un terme à notre histoire environ six mois plus tôt et nous tâchions de surmonter sa déception et sa peine (ainsi que sa fierté blessée, il faut bien le dire) pour établir une amitié durable. Ce n'était pas facile, mais pas désespéré non plus.

J'ai roulé hors de mon lit, que j'ai ensuite repoussé contre le mur. Je vous ai déjà parlé des sols qui s'affaissent, n'est-ce pas ? Eh bien, il y a un creux dans le plancher de ma chambre. Et comme mon sommier est monté sur roulettes, il m'arrive de me réveiller, surtout après une nuit agitée, en plein milieu de la pièce. Mais bon, c'est un désagrément mineur. D'aucuns affirmeraient même que ce sont les détails pittoresques de ce genre qui font tout le charme de la vie dans l'East Village.

Je suis allée ouvrir le robinet de la douche, puis j'ai refermé la porte afin de laisser la vapeur réchauffer mon étroite salle de bains carrelée de noir et blanc. Tout en écoutant le bruit de la pluie, je me suis rendue à la cuisine pour me préparer un café. Encore ensommeillée, j'ai traînassé tandis que la machine à espressos bourdonnait, imprégnant l'air des riches effluves du café Bustelo. J'entendais au loin la rumeur de la 1re Avenue et je sentais aussi le parfum des viennoiseries mises à cuire chez Veniero, la boulangerie derrière mon immeuble, dont le système de ventilation libérait les senteurs alléchantes dans la cour. J'ai jeté un coup d'œil à l'immeuble d'en face : le guitariste mignon comme tout n'avait toujours pas relevé ses stores ; le couple gay était déjà habillé et installé à la table de cuisine devant de grandes tasses de café noires, le blond feuilletant *The Village Voice* et son compagnon brun *The Wall Street Journal* ; la jeune Asiatique faisait ses exercices de yoga pendant que sa colocataire lisait apparemment un script à haute voix dans la pièce voisine. Toutes les fenêtres étaient fermées à cause du froid et toutes ces scènes se jouaient devant mes yeux comme sur des écrans de télévision muets. Elles étaient autant de distractions matinales pour moi, de même que j'en serais vraisemblablement une pour ces inconnus s'ils venaient à regarder dans ma direction et me voyaient attendre mon café.

Comme je l'ai dit, j'étais entre deux boulots. Je venais de terminer pour le magazine *New York* un portrait de Rudy Giuliani qui m'avait rapporté une somme coquette. J'avais également proposé des idées d'articles à certains rédacteurs de *Vanity Fair*, du *New Yorker* et du *New York Times*. N'ayant jamais manqué de travail depuis presque sept ans que j'étais free-lance, je ne doutais pas qu'un de ces projets finirait par se concrétiser ; de toute façon, je n'étais pas pressée. Financièrement, je ne me débrouillais pas trop mal. Au début, je l'avoue, je tirais le diable par la queue. Si mes parents n'avaient pas grossi un peu mes maigres revenus à la fin de mes études, j'aurais sans doute été obligée de rentrer au bercail. Mais comme j'ai un minimum de talent, que je respecte les délais et que mon ego d'auteur ne souffre pas trop des corrections apportées à mes textes, j'ai réussi à me faire connaître et à étoffer mon réseau de relations. Pour le reste, évidemment, tout dépend de la capacité à bosser, bosser et encore bosser.

Malgré tout, je m'en serais sortie sans doute moins bien si mon oncle Max n'était pas mort environ deux ans plus tôt. En réalité, Max n'était pas mon oncle mais le meilleur ami de mon père. Ils s'étaient connus à Detroit, où ils avaient passé leur jeunesse. Tous deux fils d'ouvriers employés par l'industrie automobile, ils avaient vécu dans la même banlieue pendant dix-huit ans. Mais si papa avait la chance de vivre dans un foyer stable, son ami subissait la tyrannie d'un père alcoolique porté à la violence. Un soir, quand Max avait seize ans, cette violence avait atteint son paroxysme. Son père avait frappé sa femme avec une telle brutalité qu'elle était tombée dans un coma dont elle ne devait jamais se réveiller. Pour éviter que Max ne devienne un pupille de l'État, mes grands-parents l'avaient recueilli et s'étaient arrangés pour subvenir à ses besoins jusqu'au bac.

Ensuite, mon père était entré à la fac de médecine et avait choisi la pédiatrie, une spécialité qu'il exerce toujours. De son côté, Max s'était lancé dans l'immobilier et était devenu l'un des plus gros promoteurs de la côte est. Il avait aussitôt voulu rembourser mon père et mes grands-parents. Mais comme ceux-ci refusaient son argent, il les gâtait – et nous gâtait –, offrant croisières aux Caraïbes, vélos et cadeaux hors de prix. Naturellement, nous l'adorions. Il ne s'était jamais marié et nous traitait, mon frère Ace et moi, comme les enfants qu'il n'avait pas eus.

Tout le monde le croyait heureux parce qu'il avait presque toujours le sourire, parce qu'il riait d'un rien. Pourtant, même petite, je devinais une profonde tristesse en lui. Je me souviens encore de cette expression de chagrin qui assombrissait le bleu de ses yeux et dessinait un pli d'amertume au coin de ses lèvres. Je me souviens de la fixité de son regard quand il était perdu dans ses pensées, croyant que personne ne le voyait. Et je me souviens aussi de la façon dont il contemplait ma mère, Grace, comme si elle était un magnifique trophée remporté par un autre.

Mon oncle Max était alcoolique, mais il avait le vin gai, aussi personne ne semblait s'en émouvoir. Après avoir passé le réveillon de Noël avec nous, un an et demi plus tôt, il était parti de chez mes parents pour ne jamais rentrer chez lui. Apparemment, il s'était arrêté afin de boire un verre en cours de route, et quelques heures plus tard, au volant de sa Mercedes noire, il avait plongé d'un pont jusque dans les eaux glacées en contrebas. Accident ou suicide, nous ne le saurons sans doute jamais, même si l'absence de traces de dérapage sur la chaussée semblait indiquer qu'il n'y avait pas eu de coup de freins à la dernière minute. Il gelait à pierre fendre ce soir-là. Peut-être les pneus n'avaient-ils pas trouvé de prise sur la chaussée verglacée ? À moins que Max n'ait perdu connaissance au volant et n'ait rien vu venir ? Nous préférons tous penser qu'il s'agit d'un accident, car l'autre hypothèse nous hanterait trop.

Sa mort avait affecté toute la famille, mais personne autant que mon père ; il avait perdu son ami le plus proche, qui avait partagé sa vie pendant tant d'années. Depuis, nous n'avions plus vraiment le cœur à célébrer le réveillon de Noël, une fête à laquelle Max avait toujours assisté et qui nous rappelait maintenant sa disparition.

Par testament, il avait légué presque toute sa fortune à mes parents et à la fondation Maxwell Allen Smiley, qu'il avait créée bien avant ma naissance pour financer une foule d'organismes venant en aide aux femmes battues et aux enfants maltraités. Mais il nous avait également laissé une belle somme, à mon frère et à moi. Un banquier s'était chargé d'investir ma part dans des placements solides. C'est ainsi que je pouvais jouir de cette liberté si chère à mon cœur. Mon frère, lui, s'était injecté l'argent dans les veines. Du moins, j'avais toutes les raisons de le croire. Mais c'est une autre histoire.

Quoi qu'il en soit, ce matin-là, je n'y songeais pas. Je me réjouissais juste à l'idée d'avoir toute la journée devant moi. J'ai pris ma douche, je me suis séché les cheveux, j'ai enfilé un vieux Levi's délavé, un sweat-shirt Tommy Hilfiger rouge vif, des Nike et une casquette des Yankees, et je me suis dirigée vers la porte. Si j'avais su, je me serais arrêtée sur le seuil pour dire adieu à une existence agréable, simple, douillette et heureuse. Peut-être pas parfaite, mais pas loin.

Dans le couloir, j'ai tenté de faire le moins de bruit possible. Je soupçonnais fortement Victoria, ma voisine âgée, de guetter mes allées et venues. Elle ne m'était pas antipathique, loin de là, mais parce qu'elle était toute seule et m'attendrissait, chacune de nos rencontres me retardait de dix à vingt minutes. Malheureusement, je n'ai pas été assez discrète. À peine avais-je verrouillé ma porte que je l'entendais ouvrir la sienne.

« Qui est-ce ? a-t-elle chuchoté.

— Bonjour, Victoria », ai-je répondu en me tournant vers l'escalier.

Maigre, pâle comme un cachet d'aspirine, la vieille dame portait une éternelle blouse à fleurs dans laquelle elle flottait. La perruque gris ardoise qui, à un certain moment de sa vie, avait remplacé ses cheveux semblait avoir été taillée par ses soins. La peau de son visage, creusée de rides profondes, s'affaissait. Chaque fois que je la voyais, elle m'annonçait fièrement qu'elle avait encore ses dents – sauf qu'il lui en restait seulement cinq ou six. Elle parlait toujours tout bas, craignant peut-être que d'autres voisins ne jouent les espions derrière leur porte. Je l'aimais bien, même si notre conversation ne variait pas beaucoup d'un jour à l'autre et si, entre-temps, elle oubliait qui j'étais. Elle évoquait invariablement ses trois frères, tous des officiers de police aujourd'hui décédés, puis ajoutait qu'elle aurait volontiers quitté cet appartement où elle avait vécu avec sa mère, morte elle aussi, mais qu'elle n'avait jamais pu se résoudre à déménager.

« Ah ! si seulement mes frères étaient toujours de ce monde…, a-t-elle dit encore une fois. Ils étaient policiers, vous savez.

— Ils devaient être très courageux », ai-je déclaré en me détournant à regret de l'escalier pour m'approcher d'elle.

De toutes les réponses que je formulais depuis des années, c'était celle-là qui, manifestement, lui plaisait le plus.

« Oh, oui ! a-t-elle approuvé en se fendant d'un large sourire. Très. »

Dans l'entrebâillement de la porte, je ne voyais d'elle que sa figure, une partie de sa blouse à minuscules fleurs violettes, une jambe gainée d'un bas épais et une chaussure orthopédique grise.

Victoria vivait dans un univers à part, isolé du monde

extérieur par des stores baissés. La plupart de ses objets, couverts de poussière, avaient subi les dégâts du temps et de l'usure. Les vieux meubles massifs semblaient ancrés sur place – lourdes armoires et commodes de chêne, bergères et canapés tendus de brocart, miroirs dans des cadres dorés, un demi-queue couvert de photographies jaunies. Je n'allais chez elle que pour lui apporter des provisions ou changer des ampoules électriques, et en ressortant j'avais toujours l'impression d'emporter avec moi, pesant sur mes épaules comme un vêtement épais, un peu de sa tristesse et de sa solitude. Il régnait en outre dans cet appartement une odeur de moisi que j'associais à celle d'une existence gâchée.

Je m'étais souvent demandé quels choix elle avait pu faire dans la vie pour finir ainsi, abandonnée de tous ou presque. Aujourd'hui, je pense plus que jamais à cette question des choix, qu'ils soient insignifiants ou cruciaux. Peut-être, tout comme moi, Victoria avait-elle été aimée un jour par un homme merveilleux qui lui avait demandé sa main ; peut-être, tout comme moi, avait-elle refusé pour des raisons qu'elle-même ne s'expliquait pas. Qui sait si cette décision n'avait pas scellé son destin ?

Les seules visites qu'elle recevait étaient celles de sa nièce venue de Long Island (cheveux effilés, trois-quarts de laine rouge, chaussures pour pieds sensibles), d'une infirmière à domicile qui passait trois fois par semaine (toujours des personnes différentes, manifestant autant d'entrain et d'enthousiasme que si elles se rendaient à un enterrement), et parfois aussi de livreurs de chez Meals on Wheels, l'association d'aide aux personnes en difficulté. J'habitais cet immeuble depuis plus de dix ans et je n'avais jamais vu Victoria quitter son appartement. J'en venais à me dire qu'elle ne pouvait pas sortir, de crainte de tomber en poussière si elle posait un pied sur le dallage du couloir.

« En tout cas, s'ils étaient encore vivants, ils ne toléreraient pas qu'on fasse un tel raffut là-haut ! » a-t-elle lancé d'une voix chevrotante.

Moi aussi, je l'avais entendu, le nouveau locataire qui avait monté ses affaires la veille au soir. Je n'avais cependant pas eu la curiosité d'aller voir ce qu'il en était.

« Il emménage, Victoria. Ne vous inquiétez pas, je suis sûre qu'il ne fera bientôt plus de bruit.

— Vous savez que j'ai encore toutes mes dents ?

— C'est merveilleux, ai-je répondu avec un sourire.

— Vous m'avez l'air d'une gentille fille. Comment vous appelez-vous ?

— Ridley. Si vous avez besoin de quelque chose, n'hésitez pas, j'habite juste à côté.

— Ridley ? C'est un drôle de prénom pour une personne aussi charmante », a-t-elle ajouté en révélant ses gencives.

Sur un rapide au revoir, j'ai filé.

Je suis descendue en suivant les murs et l'escalier de pierre grise bordé d'une rambarde rouge, les corridors recouverts d'un dallage noir et blanc. Au premier, le néon au-dessus de ma tête a grésillé puis s'est éteint avant de se rallumer une seconde plus tard. Tout l'éclairage de l'immeuble était défaillant mais la propriétaire, Zelda, ne semblait pas décidée à régler le problème.

« Qu'est-ce que vous imaginez, hein ? Vous croyez que j'ai les sous pour faire refaire l'électricité ? Vous voulez que j'augmente le loyer, peut-être ? » ronchonnait-elle chaque fois que je lui en parlais. Du coup, la discussion s'arrêtait là, et pour ma part, je me contentais de veiller à ce que rien ne me bloque l'accès à l'issue de secours.

Au rez-de-chaussée, dans le couloir étroit qui menait au hall d'entrée, j'ai trouvé un message sur ma boîte aux lettres, que je n'avais pas vidée depuis le vendredi par pure paresse. *Trop de magazines !* avait griffonné en rouge le facteur, manifestement agacé. J'ai eu du mal à ouvrir la boîte bourrée de courrier, de factures, de prospectus, de catalogues, d'exemplaires du *Times*, de *Newsweek*, de *New York* et de *Rolling Stone*. J'ai tout récupéré, grimpé de nouveau les trois étages jusqu'à mon appartement, jeté mon chargement à l'intérieur, et enfin je suis redescendue.

Vous vous dites sûrement : est-ce que j'ai besoin de savoir tout ça, de connaître toutes les étapes de son départ ? Eh bien, oui, car ces deux événements – ces petites initiatives que j'ai prises – ont été déterminants. Si j'avais été différente, je ne me serais pas arrêtée pour bavarder avec Victoria. Ou peut-être que j'aurais bavardé avec elle plus longtemps. J'aurais pu passer devant ma boîte aux lettres et ne pas remarquer ou ignorer le message du facteur. Mais tout tient à des détails, justement, à de modestes décisions dont on ne peut mesurer l'importance qu'avec le recul. À trente secondes près, je n'aurais pas d'histoire à vous raconter. Ou, du moins, pas celle-ci.

Dehors, j'ai encore fait d'autres choix apparemment anodins. Comme l'heure tournait, au lieu de marcher jusqu'à TriBeCa (ce n'est pas la porte à côté, mais quand on a le temps, c'est une promenade agréable), je me suis postée au bord du trottoir pour héler un taxi. C'est à ce moment-là que je les ai vus, prêts à traverser : une jeune mère aux cheveux auburn rassemblés en une queue-de-cheval haute, flanquée d'un bébé dans sa poussette et d'un garçonnet qu'elle tenait par la main. Rien chez eux n'attirait particulièrement l'attention. Je les ai sans doute remarqués à cause du contraste avec Victoria : après la tristesse et la solitude de ma vieille voisine, l'impression de beauté et d'énergie qui émanait d'eux m'a frappée.

J'ai observé l'inconnue. Malgré sa petite taille, elle semblait posséder la force caractéristique des mamans. Je devinais sa capacité à porter les bambins dans ses bras, à serrer fermement leurs menottes, à anticiper le moindre de leurs désirs et de leurs mouvements, à sortir d'un sac un paquet de gâteaux juste avant qu'un petit visage ne se chiffonne, à se façonner une mine compatissante et compréhensive pour se faire comprendre d'un enfant encore trop jeune pour parler. Sous le charme, je les ai contemplés un moment. Puis j'ai scruté les files de voitures, à la recherche d'un taxi. Pour en trouver un de libre à huit heures et demie par un lundi matin pluvieux, il allait me falloir un sacré coup de chance ! D'autant que pas mal de gens sur le trottoir paraissaient également guetter l'improbable véhicule surmonté d'un voyant lumineux indiquant qu'il était disponible. Résignée à arriver en retard, j'ai songé à m'offrir un café. Mais à l'instant où mes yeux revenaient se poser sur la famille de l'autre côté de la rue, j'ai été saisie d'une brusque inquiétude. La mère s'était penchée vers la poussette, et le garçonnet délaissé un instant, profitant d'une brève accalmie dans le flot de la circulation, s'était aventuré sur la chaussée. Sa minuscule silhouette en jean, anorak rouge et bonnet de laine noire se trouvait maintenant sur la trajectoire d'une camionnette blanche. Le conducteur, qui parlait avec animation dans son téléphone portable, regardait à peine la route devant lui.

On dit toujours après coup : Tout était flou. Mais moi,

je me souviens précisément de chaque seconde. Devenue pareille à une balle tirée par une arme à feu, mue par une force irraisonnée, projetée dans une seule direction, je me suis précipitée sur la chaussée. Je revois la jeune mère lever la tête au moment où des cris fusaient autour de nous. Je revois la perplexité sur ses traits céder la place à la terreur pure. Je revois les passants se retourner et le garçonnet inconscient avancer vers moi d'un pas chancelant. Je sentais le bitume sous mes pieds, j'entendais le sang bourdonner dans mes oreilles. J'étais entièrement concentrée sur l'enfant, qui a ébauché un sourire hésitant quand je l'ai pris dans mes bras sans cesser de courir. Le temps a paru ralentir, s'étirer en longueur, mais moi, j'étais une fusée. J'ai serré le petit corps chaud enveloppé de son anorak. La calandre de la camionnette a envahi mon champ de vision, mon pied a heurté le pare-chocs lorsque j'ai plongé de côté. Puis le véhicule s'est éloigné dans la 1re Avenue sans ralentir, comme si le drame que nous venions de frôler avait complètement échappé au chauffeur. J'étais crispée par la tension, la détermination et la peur, mais je me suis détendue au moment où mon jeune protégé, l'air terrorisé, a fondu en larmes. Sa mère s'est ruée vers nous et l'a arraché à mon étreinte en sanglotant. Peu à peu, les larmes de son fils se sont muées en une longue plainte, comme si une sorte d'instinct primaire lui soufflait qu'il avait évité de justesse un grand danger. Des gens m'entouraient, m'examinant avec inquiétude. Est-ce que j'allais bien ? En cet instant, j'aurais encore pu répondre oui.

Vous devez vous dire que j'avais fait ma B.-A. Tout s'est terminé au mieux. Pas de quoi pavoiser. Je suis d'accord : toute personne ayant du cœur et un minimum de réflexes aurait agi de même. Mais revenons-en à ces petits détails dont je vous parlais. Figurez-vous que derrière moi, à l'angle de la 1re Avenue et de la 11e Rue, se trouvait un photographe du *New York Post*. Après avoir mitraillé le « défilé de la honte » imposé à un truand notoire qui sortait du 9e district, il avait poussé jusqu'au Five Roses au cas où l'endroit serait ouvert. Comme évidemment il ne l'était pas à une heure aussi matinale, l'homme était entré dans la boulangerie du coin afin de s'acheter un café et un beignet. Gobelet et pâtisserie gisaient maintenant à ses pieds, où ils étaient tombés quand il les avait promptement lâchés pour sortir son appareil. Il avait immortalisé toute la scène.

3

Il ne devait pas y avoir beaucoup de nouvelles à annoncer cette semaine-là. Sans compter que les clichés pris par le photographe du *Post* étaient vraiment sensationnels. Bref, grâce à ces deux facteurs combinés, j'ai eu droit à mon quart d'heure de gloire. Que pourrais-je dire ? J'en ai savouré chaque seconde. Comme je ne suis pas timide et que j'adore bavarder, j'ai accepté toutes les interviews : *Good Day New York*, *The Today Show*, le *Post*, le *Daily News*. Mon téléphone sonnait tout le temps, c'était génial. Même mes parents, dans le New Jersey, ont eu les honneurs du *Record*. Ils ne sont pas timides non plus.

À la fin de la semaine, des images de moi avaient été diffusées sur toutes les chaînes de télévision locale, dans tous les journaux de l'État et de ses voisins. L'événement avait même eu un retentissement national grâce à un extrait d'interview diffusé par CNN. Des passants m'arrêtaient dans la rue pour me féliciter et me serrer la main. En temps normal, l'atmosphère de New York ne ressemble à nulle autre ; mais quand vous êtes promu au rang de « citoyen du moment », elle devient franchement surréaliste. Les flots de passants qui jusque-là pouvaient paraître détachés, totalement indifférents, tournent soudain vers vous un visage souriant. Quand quelqu'un fait une bonne action dans cette ville, me semble-t-il, nous nous sentons tous beaucoup moins seuls, comme si nous avions enfin la preuve que, contrairement aux apparences, nous nous soucions des autres.

« Tu m'étonneras toujours, Rid », a dit Zack quand nous avons pris un verre au NoHo Star.

Dans la salle de restaurant haute de plafond qui répercutait l'écho de centaines de conversations, les parfums d'une cuisine agrémentée de saveurs asiatiques se mêlaient à la bonne odeur du pain chaud qui s'élevait de la corbeille sur notre table. En regardant Zack, je me suis sentie heureuse de pouvoir compter sur lui, mon ami de toujours.

« Pourquoi ? Tu ne m'en croyais pas capable ? » ai-je répliqué avec un sourire.

Il a secoué la tête. Ses traits exprimaient de nouveau ce mélange de désir, de regret et d'un autre sentiment que je ne parvenais pas à cerner. J'ai dû détourner les yeux tellement je me sentais minable.

« Oh ! je sais très bien que tu en es capable. Tu as toujours été comme ça, prompte à voler au secours du faible et de l'opprimé… »

Était-ce un soupçon de rancœur que je décelais dans sa voix ?

« Il faut bien que quelqu'un se dévoue, ai-je répondu en avalant une gorgée de mon cocktail Cosmo.

— D'accord, mais pourquoi toi ? Cette femme aurait dû mieux surveiller son gosse. Vous auriez pu être tués tous les deux. »

J'ai haussé les épaules. Je ne voyais pas l'intérêt d'analyser un moment particulier dans la vie d'une inconnue, ni de porter un jugement sur elle. Je me réjouissais d'avoir été là pour empêcher un drame, point. Mais Zack a poursuivi sur sa lancée.

« Et toutes ces photos de toi, franchement… Rien de tel pour faire sortir de leur tanière tous les fêlés de la ville. Pourquoi n'es-tu pas restée en dehors de tout ça ? »

Il affichait un air réprobateur ; pourtant, je percevais derrière cette façade une inquiétude et un respect authentiques. Zack était quelqu'un de généreux, qui se préoccupait par-dessus tout de mon bien-être.

« Ben voyons, ai-je répondu sur le ton de la plaisanterie. Et j'aurais laissé ce môme se faire renverser ?

— À choisir, mieux valait que ce soit lui plutôt que toi.

— Tu dis n'importe quoi. »

Lui-même n'aurait pas hésité un seul instant à plonger devant la camionnette pour sauver l'enfant – nommé Justin Wheeler, à propos. Trois ans et des poussières. Vous ai-je dit que Zack était pédiatre, tout comme mon père ? (Et, oui, ils travaillent ensemble dans certaines cliniques où ils interviennent bénévolement. Vous comprenez maintenant pourquoi la rupture a été si compliquée ?) Il a voué sa vie au service des enfants et je n'ai jamais rencontré personne, à part mon père, qui prenne autant son travail à cœur.

« Sérieux, a-t-il ajouté d'un ton radouci en me rendant mon sourire. Fais attention à toi en attendant que les choses se tassent. »

Nous avons trinqué.

« À l'héroïne du moment, a-t-il dit. À mon héroïne. »

Les choses se sont tassées, comme de bien entendu, et ma vie a repris son cours paisible. Le lundi suivant, une semaine tout juste après le sauvetage de Justin, personne ne m'a téléphoné pour me réclamer une interview. J'ai reçu un appel de la rédactrice en chef de *Vanity Fair* au sujet de mon idée d'article sur Uma Thurman. Nous sommes convenues d'un rendez-vous le mardi après-midi. Ce soir-là, en allant me coucher, j'étais encore tout excitée par mon quart d'heure de gloire, mais je me sentais néanmoins soulagée que tout revienne à la normale.

Le lendemain, déguisée en grande fille sérieuse, je me suis rendue en taxi au siège de *Vanity Fair,* où j'ai eu un bref entretien avec la rédactrice en chef – une femme d'un certain âge, affairée et incroyablement chic avec qui j'avais déjà collaboré avec succès. À condition que Mlle Thurman donne son accord, mon projet était retenu ; nous nous sommes entendues sur le tarif et le délai, puis nous nous sommes quittées. J'ai pris le métro pour retourner chez moi, et à la sortie de la station, j'ai traîné à la librairie St. Marks Books en envisageant d'écrire un roman. Enfin, je suis rentrée sans me presser, après avoir acheté de l'encens à un vendeur de rue et, en passant devant le magasin Gap à l'angle de la 8e Rue et de la 2e Avenue (qui a remplacé La Mecque de mon adolescence gothique), j'ai rouspété toute seule. Désolée, mais Gap n'a pas sa place dans la même artère que des magasins punk tels que Trash and Vaudeville.

Quand j'ai poussé la porte de mon immeuble, l'après-midi touchait à sa fin, j'étais transie dans mon tailleur Tahari en gabardine noire, et mes pieds emprisonnés dans de superbes escarpins Dolce et Gabbana criaient grâce. Cela dit, vu le prix exorbitant que j'avais payé pour ces accessoires sublimes, je n'étais pas à quelques ampoules près ; une vraie bête de mode doit savoir souffrir, pas vrai ? J'ai extirpé de ma boîte aux lettres une nouvelle pile de courrier, enlevé mes chaussures et gravi les trois étages jusqu'à mon appartement.

Celui-ci n'était pas grand – bon, d'accord, il était minuscule – et offrait un espace de rangement minime. De fait, il ne comportait qu'un seul placard au bout du couloir qui courait le long de ma chambre sans mener nulle part. Mais je trouvais appréciable d'être ainsi obligée de limiter le fatras susceptible de s'accumuler chez moi. Je me disais qu'au besoin il ne me faudrait pas plus d'une journée pour empaqueter mes affaires, et cette pensée me rassurait énormément – ce qui ne laissait pas de m'étonner, car j'occupais les lieux depuis presque dix ans et n'avais pas la moindre envie de m'en aller. Ce deux pièces me procurait le sentiment d'être ancrée quelque part tout en conservant ma liberté. Il était tel que je le souhaitais, avec un mobilier confortable et des tapis pour réchauffer les planchers. Les murs repeints de frais se teintaient d'une subtile nuance crème. C'était douillet, familier… Un endroit bien à moi, en somme. En même temps, rien de particulier ne m'y rattachait.

Ce soir-là, après avoir enfilé un survêtement noir et attaché mes cheveux, je me suis installée sur le canapé pour trier mon courrier. J'avais l'habitude de le classer en trois piles : une pour les magazines, une pour les factures, une pour la poubelle.

Cette activité toute simple qui n'exigeait aucune réflexion produisait sur moi un effet apaisant quand, soudain, je suis tombée sur une enveloppe grand format comportant mon nom et mon adresse griffonnés au feutre noir. L'expéditeur n'était mentionné nulle part. C'était une enveloppe toute bête en papier kraft, et pourtant elle m'a fait un drôle d'effet. Avec le recul, j'ai l'impression qu'il émanait d'elle une aura de menace ou de malveillance que, bien sûr, j'ai ignorée sur le moment. Je l'ai ouverte proprement en me servant d'un coupe-papier et j'en ai retiré trois documents. Aujourd'hui encore, j'ai du mal à croire que ces simples bouts de papier aient pu remettre en cause toutes les certitudes que je pensais avoir jusque-là.

On m'avait envoyé un article du *Post* illustré par une photo de moi, ainsi qu'un vieux Polaroid aux couleurs passées montrant une jeune femme en robe à fleurs qui portait une petite fille calée sur sa hanche. Elle avait le visage crispé. L'enfant, dont les yeux pétillaient de gaieté, la contemplait en souriant. Un homme se tenait derrière elles, large d'épaules, très séduisant avec ses traits finement ciselés et son regard perçant, brillant d'intelligence. Il posait une main possessive sur l'épaule de la femme. Son expression ne paraissait pas franchement bienveillante, sans que je puisse préciser cette impression, mais ce seul détail n'aurait pas suffi à expliquer la sensation d'étouffement que j'ai éprouvée ni la poussée d'adrénaline qui a fait naître des tremblements dans mes mains. La femme me ressemblait tellement que j'aurais pu tout aussi bien me regarder dans la glace. Quant à la fillette dans ses bras, elle me rappelait certains clichés de moi – même si, je m'en suis rendu compte à cet instant, aucun ne me montrait aussi jeune.

Enfin, sur la dernière feuille figurait un numéro de téléphone accompagné d'une question.

Elle tenait en quatre mots : *Êtes-vous ma fille ?*

4

Il ne me faut pas longtemps pour replonger dans mon enfance. Je n'ai qu'à fermer les yeux et laisser mes sens me ramener dans le passé. Je perçois les riches arômes s'échappant de la cuisine de ma mère, les effluves du parfum Old Spice mêlés parfois à l'odeur de la pluie sur le corps de mon père quand il rentrait le soir, l'impression de fraîcheur dans mes doigts due à la chaleur qu'il dégageait. J'entends de nouveau mes parents rire ou chanter, parfois se disputer, voire hurler quand les choses ont commencé à se dégrader avec mon frère, Ace. Je me rappelle l'épaisse moquette verte et le papier peint Laura Ashley dans ma chambre – de minuscules fleurs roses à tige vert menthe sur fond blanc. Et ce soir-là, alors que je regardais la photo dans ma main, un souvenir s'est détaché du lot, sombre et effrayant au milieu d'une foule de réminiscences heureuses.

J'avais quinze ans. Cet après-midi-là, j'étais sortie tard d'un devoir surveillé (au lycée, j'étais plutôt du style intello, première de classe). En principe, je n'avais pas le droit de monter en voiture avec des garçons, mais j'avais accepté de me faire raccompagner par un certain Frank Alvarez (carrure d'athlète, longs cheveux noirs, genre fumeur de joints, mais sexy). Après s'être garé devant chez moi, il avait essayé de m'embrasser. Le chauffage était poussé à fond dans l'habitacle, je m'en souviens encore ; Van Halen passait à la radio, mon chevalier servant dégageait une sorte d'énergie sexuelle désespérée et il s'était littéralement aspergé de parfum. Polo, je crois. La situation n'avait rien d'effrayant, et si je ne l'avais pas « dans la peau », comme disaient les adolescents de l'époque, je me sentais néanmoins flattée et il me tardait de tout raconter à mes copines.

À mon arrivée, j'ai découvert mes parents assis à la table de la cuisine, l'air sinistre. Mon père tenait à deux mains sa tasse de café et ma mère avait pleuré, de toute évidence. À cette heure-ci, en temps normal, papa n'était pas encore rentré et le dîner mijotait sur le feu.

« Oh, Ridley ! a dit ma mère comme si elle ne s'attendait pas à me voir. Quelle heure est-il ? »

Maman avait tout d'une petite poupée délicate aux traits fins et à l'opulente chevelure auburn. Elle se mouvait avec une grâce de ballerine et gardait de ses anciennes aspirations à une carrière de danseuse un maintien impeccable, dos droit et tête haute. Elle paraissait dix ans de moins que toutes les autres mères de ma connaissance, alors qu'elle était plus âgée que la plupart d'entre elles.

« Tu veux bien monter dans ta chambre un moment, ma chérie ? m'a demandé mon père en se levant. Nous dînerons tout à l'heure. »

Il entrait dans ce que nous appellerions plus tard « sa phase Ernest Hemingway », l'alcool en moins. Grand (il mesurait un peu plus d'un mètre quatre-vingts) et solidement charpenté, il arborait maintenant une barbe grisonnante ainsi qu'une petite bedaine (de moins en moins petite, à vrai dire). Il avait une façon de me prendre dans ses bras qui faisait aussitôt disparaître toutes mes craintes. Mais ce soir-là, il ne m'a pas prise dans ses bras ; il s'est contenté de poser une main sur mon épaule pour me pousser vers l'escalier.

Quand je les avais vus ainsi dans la cuisine, je m'étais dit que l'épisode Frank Alvarez allait me valoir des ennuis, mais je me suis vite rendu compte qu'ils étaient trop bouleversés pour se soucier de cette entorse mineure au règlement familial.

« Qu'est-ce qui cloche ? » ai-je lancé.

Avant que mon père ait pu répondre, Ace dévalait l'escalier, un gros sac à dos passé en bandoulière.

Mon frère et moi avons grandi dans la même maison avec les mêmes parents, et pourtant nous avons des caractères fondamentalement différents. De trois ans mon aîné, il a toujours été intransigeant quand j'étais conciliante ; rebelle quand j'étais docile ; triste et colérique quand j'étais heureuse. Pendant longtemps, il m'est apparu comme l'incarnation de la virilité. Il était beau comme une vedette de cinéma, avec ses cheveux noir corbeau et ses yeux bleu glacier, son corps musclé et ses traits volontaires. Toutes mes copines étaient amoureuses de lui, et si vous m'aviez dit à l'époque qu'il se levait le matin cinq minutes avant moi pour aller accrocher le soleil dans le ciel, je vous aurais cru.

« Où tu vas ? » lui ai-je demandé, alarmée par le sac à dos, et plus encore par son expression déterminée laissant supposer un départ définitif.

Il avait menacé de partir un million de fois, et à chaque dispute entre mes parents et lui, j'avais la nausée à l'idée qu'il puisse s'en aller pour de bon. La peur m'a saisie quand il est passé près de moi.

« Je fous le camp d'ici, a-t-il répondu en regardant mon père.

— Monte dans ta chambre, Ridley », est intervenue ma mère.

Percevant une note de désespoir dans sa voix, je me suis exécutée. J'ai gravi lentement les marches, laissant traîner ma main sur la rampe de l'escalier et dévisageant tour à tour les trois personnes que j'aimais le plus au monde, rendues presque méconnaissables par la colère et le chagrin.

Je ne pouvais pas me rappeler un seul moment de paix entre mon père et Ace. Quand ils se retrouvaient tous les deux dans une pièce, il ne fallait pas longtemps pour qu'une querelle éclate et, depuis quelques mois, leurs rapports s'étaient encore détériorés.

« Tu n'iras nulle part, fils, a décrété mon père. On va t'aider.

— Je ne veux pas de ton aide, O.-K. ? Il est trop tard. Et tu n'es pas mon père, alors ne m'appelle pas "fils".

— Ne parle pas comme ça, Ace, a supplié ma mère, les yeux remplis de larmes.

— Ridley ! a rugi mon père. Va dans ta chambre ! »

Je me suis précipitée à l'étage, le cœur cognant à grands coups sourds. Recroquevillée sur mon lit à baldaquin, j'ai entendu l'écho de leur dispute. De cette pièce située à l'autre bout de la maison, je ne distinguais pas leurs paroles, mais de toute façon je n'en avais pas le désir. Quand Ace est sorti, il a claqué la porte avec tant de force que les vibrations se sont propagées dans les murs. Un silence total s'est ensuivi, que les sanglots de ma mère ont fini par briser. Un peu plus tard, j'ai entendu les pas de mon père dans l'escalier. Ace n'est jamais revenu, et ce soir-là j'ai compris que tous les contes de fées ne se terminent pas bien.

Sur le moment, j'avais occulté les paroles de mon frère. Ou peut-être m'étais-je persuadée que la fureur ou l'addiction – ou la combinaison des deux – l'avaient poussé à crier : « Tu n'es pas mon père. » Quand, plus tard, j'en ai parlé à papa, il a répondu : « Ace voulait sans doute dire qu'il regrettait d'être mon fils, mais il l'est, et on ne peut rien y changer même si ça ne lui plaît pas.

— Eh bien, moi, je suis contente que tu sois mon père », ai-je affirmé, autant pour me réconforter que pour le rassurer.

Toujours assise sur le canapé dans mon appartement, les photos à la main, j'ai cru entendre de nouveau les terribles mots de mon frère, et cette fois je n'ai pas pu les ignorer. Ils étaient comme la clé d'une boîte contenant une myriade de questions laissées en suspens dans ma conscience depuis des années, et auxquelles je n'avais jamais pris la peine de chercher de réponses. Elles portaient sur de petits détails certainement faciles à expliquer, à moins que… Des détails du genre : pourquoi n'y avait-il aucune photo de ma mère enceinte ? Pourquoi n'y avait-il aucune photo de moi avant l'âge de deux ans ? Pourquoi n'avais-je pas le moindre air de ressemblance avec le reste de la famille ? Ces interrogations se bousculaient dans ma tête comme des papillons de nuit se cognant contre une lampe.

Je commençais à me sentir gagnée par la panique et à sombrer dans le mélodrame quand je me suis rappelé ma conversation avec Zack : *Et toutes ces photos de toi, franchement… Rien de tel pour faire sortir de leur tanière tous les fêlés de la ville.*

Il avait raison, bien sûr. Ici, à New York, il ne faut pas grand-chose pour exciter l'imagination des dingues. Je me suis concentrée sur le Polaroid ; à la réflexion, cette femme ne me ressemblait peut-être pas tant que ça.

En fin de compte, j'ai fait ce que je fais toujours en cas

de crise : j'ai décroché le téléphone pour appeler mon père. J'avais déjà le combiné en main et je m'apprêtais à composer le numéro sur le clavier quand mon doigt s'est immobilisé au-dessus des touches. C'était ridicule, non ? Je n'allais tout de même pas le déranger pour une histoire aussi absurde… Soudain, des coups secs m'ont tirée de mes pensées.

Il m'a fallu quelques secondes pour comprendre qu'on frappait à la porte. Le temps de traverser la pièce et j'ai regardé par l'œilleton. Je n'avais jamais vu l'homme qui se tenait dans le couloir ; pourtant, j'ai entrebâillé le battant. Oh ! je sais ce que vous pensez : quel(le) New-Yorkais(e) sensé(e) ouvrirait sa porte à un inconnu, surtout en un moment pareil, après avoir reçu une lettre aussi bizarre ?

Mais nous autres New-Yorkais, nous ne sommes pas spécialement plus avisés que les autres. Non, nous sommes juste un peu plus paranos. Ce jour-là, j'étais cependant trop préoccupée pour faire preuve de prudence. Pour être honnête, je dois bien avouer aussi que l'homme aperçu dans le couloir avait éveillé mon intérêt. Il était rudement sexy. Et rudement contrarié, à l'évidence : les poings sur les hanches, il fronçait les sourcils d'un air féroce.

Je ne vous apprendrai rien en vous disant qu'on sent ces choses-là. Ce doux frisson qui vous laisse imaginer des ébats très, très satisfaisants. Qui se propage dans tout votre être et répand une onde de chaleur dans vos reins. Ça n'a rien à voir avec le physique, mais je précise pour mémoire : cheveux brun foncé, presque noirs, si courts qu'ils formaient à peine plus qu'un duvet sur son crâne, lèvres pleines que j'imaginais déjà posées dans mon cou… Lui aussi était ébranlé, je l'aurais parié. Il a paru se radoucir un bref instant.

« Écoutez, a-t-il dit en se ressaisissant promptement, si vous avez un problème avec le bruit, pourquoi ne pas venir m'en parler directement au lieu d'aller vous plaindre à la propriétaire ? »

Il était mince, mais pas maigre pour autant. Il y avait quelque chose de félin en lui, mélange de force et de souplesse. J'ai distingué le dessin sinueux d'un tatouage émergeant de sa manche droite.

« Vous vous êtes trompé de porte », ai-je répliqué. Je m'efforçais de ne pas sourire à l'idée de son embarras. « Ce n'est pas moi qui ai appelé la propriétaire. »

Les mots ont résonné dans l'air entre nous, puis il a fourni la seule réponse adéquate :

« Oh ! » Silence gêné, transfert de poids d'une jambe sur l'autre. « Désolé.

— Pas de problème », ai-je déclaré avant de refermer la porte.

Il était sexy, d'accord. Mais je m'inquiétais au sujet de la lettre anonyme. La femme rationnelle en moi y voyait clairement l'œuvre d'un esprit tordu. Mais l'autre Ridley, un peu effrayée, un peu angoissée, ne pouvait s'empêcher de penser : *Les questions sont trop nombreuses. Tâche d'en apprendre plus.*

J'ai fermé la porte et, par l'œilleton, j'ai regardé l'inconnu s'éloigner. Je me suis ensuite adossée au mur, la tête vide. J'avais la curieuse impression de flotter. Je ne sais pas trop pourquoi, peut-être s'agissait-il du contrecoup. J'ignore combien de temps je suis restée ainsi.

Enfin, je suis retournée m'asseoir sur le canapé, où j'ai récupéré photos et note. L'interruption m'avait empêchée de téléphoner à mon père, et à présent je n'en ressentais plus vraiment la nécessité. J'ai posé les documents sur la table et je me suis allongée sur la banquette moelleuse, trop imposante pour la pièce mais que j'aimais beaucoup car je pouvais m'y nicher comme dans des bras accueillants. Une indicible tristesse m'envahissait peu à peu. J'ai pleuré à chaudes larmes en essayant de ne pas sangloter. Les cloisons étaient minces, et pour rien au monde je n'aurais voulu que quelqu'un m'entende – surtout pas le tatoué craquant du dessus.

5

On ne le dit pas assez mais nos parents sont des super-héros. Il leur suffit de prononcer quelques paroles magiques pour nous donner le sentiment d'être des géants invincibles, pour chasser les monstres du doute et de l'inquiétude, pour faire disparaître tous les problèmes. Mais bien sûr, leurs pouvoirs ne protègent que les enfants. Sur un adulte maître de son univers, le charme n'opère plus comme avant. Et ce qui est vrai pour ma famille l'est aussi pour d'autres ; voilà pourquoi, peut-être, nous sommes si nombreux à refuser de grandir.

Au terme d'une nuit agitée et d'un début de journée où mon taux de productivité s'est révélé quasiment nul – concrètement, je n'ai réussi qu'à emporter mon linge à la laverie au sous-sol et à me confectionner un sandwich au thon –, j'ai quitté mon appartement pour me diriger vers la station de métro dans Christopher Street. Tous les mercredis depuis que je m'étais installée à New York, je prenais le train pour aller voir mes parents. Il m'arrivait aussi d'y aller le week-end, mais le dîner du mercredi était devenu une sorte de rituel. Parfois, Esme et Zack se joignaient à nous… jusqu'à notre séparation. Je m'en voulais, certes. En même temps, j'éprouvais une joie coupable à l'idée d'avoir papa et maman pour moi toute seule.

« Ridley ? Comment vas-tu, ma chérie ? » m'avait demandé Esme au téléphone ce jour-là.

Nous nous parlions encore souvent, pour mon plus grand plaisir. Bien avant ma naissance, elle travaillait déjà comme infirmière pour mon père dans les nombreux cabinets où il exerçait. À mes yeux, elle était plus une tante adorée, une confidente, que l'employée de mon père et la mère de mon petit ami. D'ailleurs, quand j'avais rompu avec Zack, l'idée de gâcher ma relation avec elle m'avait beaucoup perturbée.

« Zack m'a dit que tu avais l'air un peu stressée, avait-elle ajouté à mi-voix, comme si elle évoquait un problème féminin embarrassant. Il se fait du souci pour toi. »

Je ne doutais pas que cette remarque partait d'une bonne intention. Pourtant, je ne pensais pas avoir eu l'air particulièrement stressée pendant mon dîner avec Zack. C'est étrange, tout de même, cette tendance qu'ont certaines personnes à affirmer à votre sujet des choses que vous savez fausses. En outre, vos interlocuteurs en sont tellement convaincus que plus vous essayez de nier, plus ils s'obstinent.

« Non, Ez, avais-je répondu d'un ton léger. Tout va bien.

— Ah oui ? Tu es sûre ? Bon, alors tant mieux. Je suis contente qu'il se soit trompé. »

Elle ne m'avait pas crue, et pourtant elle n'avait pas insisté. Du coup, je m'étais dit : *Et si j'étais réellement stressée ? Si j'étais la seule à ne pas m'en rendre compte ?*

C'est cet aspect de ma personnalité que je déteste le plus : je me laisse trop facilement influencer par les jugements erronés qu'on peut porter sur moi. Vous voyez ce que je veux dire ? Au cours de ma conversation avec Esme, j'avais commencé à stresser sérieusement. Je ne supportais pas non plus qu'on puisse parler de moi dans mon dos, me déclarer sous pression, me plaindre et venir ensuite me le dire. Tout cela m'apparaissait comme un moyen de me contrôler, de me manipuler. Comme si les autres voulaient me faire paraître faible et désemparée pour mieux se sentir forts et en pleine possession de leurs moyens, tellement plus solides que la pauvre Ridley si *stressée*.

Nous avions encore bavardé un moment de tout et de rien : de mon dernier article ; de sa polyarthrite rhumatoïde qui empirait ; d'éventuels cadeaux pour ma mère, dont l'anniversaire approchait. Peut-être parce que je me sentais coupable, j'avais toujours l'impression, six mois après les faits, que nous évitions avec soin toute allusion à cette séparation qui avait brisé le cœur de son fils et anéanti tous les espoirs de mariage et de petits-enfants.

À Hoboken, j'ai pris un autre train pour effectuer la demi-heure de trajet jusqu'à la ville de ma jeunesse. Ensuite, il y avait encore un bon quart d'heure de marche pour arriver chez mes parents. Construite en 1919, mais rénovée complètement à la fin des années 1980, la maison se dressait parmi des ormes et des chênes géants tel un des derniers bastions de l'héritage culturel américain. Quant à la bourgade elle-même, elle était des plus pittoresques avec son bazar, ses réverbères d'époque et ses rues sinueuses bordées d'arbres – une vraie carte postale, surtout à l'automne et à Noël. Il était environ quatre heures quand j'ai poussé la porte d'entrée. Une bonne odeur de pain à la viande flottait dans l'air.

« Maman ? ai-je appelé en laissant la porte-moustiquaire se refermer derrière moi.

— Ridley ! s'est exclamée ma mère en sortant de la cuisine, un sourire aux lèvres. Que deviens-tu, ma chérie ? »

Elle m'a serrée contre elle puis m'a tenue à bout de bras pour mieux m'examiner, cherchant le moindre signe révélateur d'un problème : cernes, éruption de boutons sur le menton, kilos en plus ou en moins, qui sait ?

« Tout va bien ? » a-t-elle demandé, les yeux plissés.

C'était en général l'une des premières questions que me posait ma mère quand je téléphonais ou quand je leur rendais visite. Comme si je ne leur donnais pas régulièrement des nouvelles. J'appelais mon père à son cabinet presque tous les jours mais, je le reconnais, je parlais plus rarement à maman.

« Oui, ai-je répondu. Ne t'en fais pas. »

Elle a hoché la tête d'un air entendu, me rappelant ainsi qu'elle me connaissait mieux que moi-même et qu'il était inutile de lui mentir. Mais bon sang, pourquoi voulait-on à toute force que j'aille mal ?

Maman me paraissait toujours si petite par rapport à moi ! Ses épaules osseuses, anguleuses, contrastaient avec les miennes, rondes et musclées ; sa poitrine menue et ses hanches de garçon, avec mes formes pleines ; ses traits fins, nets et ciselés, avec les miens, plus doux. En la regardant, j'ai soudain repensé à la photo reçue la veille. Je n'étais pas du tout le portrait de ma mère ; l'inconnue, au contraire, me ressemblait comme deux gouttes d'eau.

« Que se passe-t-il, Ridley ? a-t-elle demandé, la tête inclinée de côté, ses yeux bleu glacier fixés sur moi.

— Papa rentre bientôt ? » ai-je éludé en la contournant pour entrer dans la cuisine et ouvrir la porte du four.

Une vague d'air chaud a balayé mes joues. À l'intérieur, un pain de viande grésillait allégrement dans la sauce tomate. J'étais soulagée d'avoir un prétexte pour détacher mon attention de ma mère.

« Il sera là d'une minute à l'autre », a-t-elle dit. Comme je gardais le silence, elle a changé de sujet. « Alors, tu as encore plongé au milieu des voitures pour sauver un enfant ? Tu t'es précipitée dans un immeuble en flammes, peut-être ? Où en es-tu de tes aventures palpitantes ?

— Eh bien, à part ce petit garçon, rien de nouveau.

— Tant mieux. Parce qu'il ne faudrait pas que ça devienne une habitude... On ne peut pas abuser indéfiniment de sa chance », a-t-elle ajouté en me gratifiant d'une petite tape sur les fesses.

Je me suis assise à table et elle m'a parlé de ses activités de bénévole à l'école primaire locale, du cabinet de papa et de son travail à la clinique pour enfants défavorisés, où il exerçait gratuitement. Je ne prêtais guère attention à ses propos, non par manque d'intérêt mais parce que je guettais le bruit de la voiture dans l'allée.

« Tu m'écoutes, Ridley ?

— Bien sûr, m'man.

— Qu'est-ce que je viens de dire ?

— Hé, mais c'est ma petite briseuse de cœurs ! » a lancé mon père en entrant par la porte de derrière.

Il m'avait affublée de ce surnom après ma rupture avec Zack.

Je me suis levée d'un bond, impatiente de me lover entre ses bras, de savourer le réconfort de l'étreinte paternelle.

« Comment vas-tu, ma puce ? a-t-il murmuré en me serrant fort contre lui.

— Ça va, ai-je répondu, la bouche contre son épaule.

— Bon. » Avec un sourire, il m'a tapoté la joue. « En tout cas, tu as l'air en forme. »

Enfin quelqu'un qui ne me soupçonnait pas d'avoir des problèmes !

Pourtant, j'en avais bel et bien un. J'avais apporté la photo et le message. J'avais envisagé de les jeter à la poubelle, où était leur place, et de tout oublier. Mais pour une obscure raison, je n'avais pu m'y résoudre. J'avais quitté l'appartement sans l'enveloppe, mais je m'étais ravisée dans l'escalier et j'étais remontée la chercher. Pour la montrer à mes parents et les entendre me dire combien c'était ridicule, je suppose. Pour que nous puissions tous les trois en rire. Ha, ha !

Après le dîner, repus et satisfaits, nous sommes restés à bavarder sous la lumière de la vieille lampe Tiffany suspendue au-dessus de la table.

« Il m'est arrivé un truc bizarre, hier, ai-je annoncé lors d'une pause dans la conversation.

— Ah ! J'étais sûre qu'il y avait un problème, a aussitôt déclaré ma mère.

— Maman…, ai-je dit d'un ton qui, à mon sens, indiquait combien je la trouvais prévisible et agaçante, parfois.

— Tu nous expliques, Rid ? » a lancé mon père, manifestement intrigué.

J'ai poussé vers eux la photo et le message tout en scrutant leurs visages, persuadée que leur expression allait tout élucider en un instant. Or elle ne m'a rien révélé. Mon père et ma mère ont rapproché leurs têtes pour mieux étudier le cliché. Mon père a sorti ses lunettes de sa poche de poitrine. J'entendais vaguement le réfrigérateur bourdonner. La bouilloire s'est mise à siffler, mais ma mère n'a rien remarqué. L'horloge au-dessus de l'évier faisait entendre son tic-tac régulier.

« De quoi s'agit-il ? a enfin demandé mon père, esquissant un sourire perplexe et bienveillant. C'est une blague ?

— Je ne comprends pas, a renchéri ma mère en secouant la tête. Qui sont ces gens ? »

J'ai contemplé mes parents. Leur réaction était parfaitement innocente et je m'attendais à éprouver du soulagement, à me sentir ridicule d'avoir mentionné cette histoire. Au lieu de quoi, j'ai été saisie par une colère irrationnelle.

« Je n'en ai pas la moindre idée, ai-je répondu d'une voix légèrement tremblante. C'est arrivé au courrier hier.

— Et alors ?

— Vous avez vu cette femme ? ai-je crié en tapotant la photo. C'est mon portrait tout craché ! »

Mon père a ostensiblement reporté son attention sur le cliché.

« Il y a un petit air de ressemblance, c'est vrai, a-t-il dit. Et après ? »

Ma mère, ai-je noté, s'est abstenue d'examiner la photo une seconde fois. Adossée à sa chaise, elle m'a regardée. Son expression était indéchiffrable.

« Cet homme croit que je suis sa fille, maman.

— Comment sais-tu que c'est un homme, d'abord ? a-t-elle rétorqué du tac au tac.

— C'est juste une impression. L'écriture me paraît masculine. » Soupir. « Enfin, il me semble… »

À ce stade, mon père a eu une réaction inattendue. Il est parti d'un grand éclat de rire.

« Mais enfin, ma chérie, c'est grotesque.

— Franchement, Ridley, ce n'est pas drôle », a ajouté ma mère.

Sur la défensive, je me suis redressée.

« Je ne cherche pas à être drôle, m'man. J'ai reçu cette lettre hier et… elle a réveillé quelque chose en moi. Des questions, entre autres.

— Ah oui ? Quelles questions ? a interrogé mon père, dont le rire s'est éteint. Est-ce que tu peux imaginer une seule seconde que tu n'es pas notre fille ? Cette personne s'amuse à tes dépens, Ridley.

— Tu ne manques pas de jugeote, pourtant, est intervenue ma mère en secouant de nouveau la tête. Je veux dire, pendant une semaine, on a vu ta photo partout à la télé et dans les journaux. Un imbécile a trouvé que tu ressemblais à quelqu'un qu'il connaît ou a connu. Soit il est dingue et pense vraiment que tu es sa fille… soit il essaie de te déstabiliser. Mon Dieu ! c'est tellement stupide… »

J'ai gardé le silence pendant quelques instants, consciente du doute qui grandissait dans mon esprit.

« Comment se fait-il qu'on n'ait pas de photos de moi avant l'âge de deux ans ? ai-je attaqué d'un ton plus puéril que je ne l'aurais souhaité.

— Oh, Seigneur ! a soupiré ma mère. Je croirais entendre Ace. »

Je ne supportais pas que mes parents me comparent à mon frère, ce fils qui leur avait fait tant de mal, qui les avait tellement déçus, qui avait préféré la rue et la vie de junkie à la chaleur du foyer familial. J'ai serré les dents, décidée à ne rien dire, et rivé mon regard à celui de ma mère jusqu'au moment où, enfin, elle a daigné me répondre :

« Je t'ai déjà raconté qu'on rangeait les albums dans le placard de la salle de jeux au sous-sol. Malheureusement, l'inondation a tout détruit. Toutes les photos prises à l'hôpital, quand on t'a ramenée à la maison et quand tu étais bébé. »

Elle me l'avait dit, c'est vrai, et j'avais oublié. Je commençais à me sentir gênée. Pourtant, une force irrépressible me poussait à insister :

« Et les photos de toi enceinte se trouvaient aussi dans ces albums ?

— Pas du tout, a-t-elle énoncé lentement, comme si elle s'adressait à un enfant buté. J'ai pris beaucoup de poids pendant mes deux grossesses et je n'étais pas à l'aise devant l'objectif. Ça peut te paraître superficiel, comme attitude, mais j'étais jeune à l'époque. »

Ma mère était une femme superbe au teint de porcelaine et aux grands yeux en amande. Elle avait une jolie bouche capable de s'ouvrir en un sourire éclatant. Mais quand elle était en colère, sa beauté devenait glaçante. Elle avait toujours été de ces mères qui n'ont pas besoin de paroles pour gronder ; un seul regard suffisait à vous pétrifier. Or c'était cet œil froid qu'elle dardait maintenant sur moi, et il m'a fallu puiser tout mon courage pour l'affronter.

« Je ne ressemble à personne dans cette famille. »

Ma mère a détourné la tête en poussant un petit cri exaspéré. Quand elle s'est levée pour s'approcher de la cuisinière, mon père a paru mal à l'aise. Il a toujours pris son parti et une vieille rancœur s'est ranimée dans mon cœur, mais je n'ai pas soufflé mot. Enfin, il s'est concentré sur moi.

« C'est faux, Ridley, a-t-il déclaré. Tu ressembles

beaucoup à ma mère. D'ailleurs, tout le monde l'a toujours dit, tu ne te rappelles pas ? »

Ça me revenait, à présent. Il existait entre nous une certaine similitude au niveau des yeux. J'avais également hérité de ses cheveux bruns et de ses pommettes hautes. L'espace d'un instant, il m'est venu à l'esprit que j'étais peut-être en train de perdre les pédales. Ou, du moins, de souffrir d'une espèce de syndrome de stress post-traumatique. On en parle souvent dans les émissions comme « Dateline » : lorsque certaines personnes portées aux nues pendant quelques jours sombrent dans l'oubli, elles dépriment. Qui sait si je ne vivais pas la même expérience ? Si je n'étais pas en train de provoquer un drame parce que j'aspirais à ranimer l'attention dont j'avais été l'objet durant un bref laps de temps ?

« Et Ace, alors ? ai-je néanmoins persisté. Cette remarque qu'il a faite le soir où il est parti…

— Comment veux-tu donner un sens à ce qu'il a dit ? » a répliqué mon père avec tristesse. Je me suis rendu compte, soudain, que la mention de mon frère l'avait peiné. L'atmosphère entre nous s'est chargée d'une tristesse presque palpable liée au deuil d'un fils toujours vivant qui avait cependant choisi de faire le mort vis-à-vis de ses parents. « Il y a longtemps qu'il est devenu un étranger pour moi. »

Nous sommes restés silencieux un moment, ma mère devant la cuisinière, tête basse et bras croisés, mon père assis en face de moi, le regard à la fois implorant et accusateur, et moi mal à l'aise sur ma chaise, me demandant bien pourquoi j'avais abordé le sujet, pourquoi je tenais tant à obtenir des réponses et pourquoi mon cœur battait si fort.

Enfin, papa a repoussé vers moi le Polaroid, que j'ai

examiné encore une fois avec la plus grande attention. Étrangement, il avait perdu son pouvoir ; il ne montrait plus qu'un couple avec un enfant. Trois inconnus.

« Excusez-moi », ai-je murmuré en glissant la photo dans ma poche. La honte me brûlait les joues et m'a fait monter les larmes aux yeux. « Je ne sais pas ce qui m'a pris. »

Mon père m'a pressé le bras.

« Tu es bouleversée, Ridley, compte tenu de tout ce qui t'est arrivé la semaine dernière. Quelqu'un en a profité. À mon avis, tu devrais prévenir la police. »

J'ai levé les yeux au ciel.

« Pour leur dire quoi ? Qu'une simple lettre m'a mise dans tous mes états ? »

Il a haussé les épaules, le regard empreint d'une indulgence dont je ne m'estimais pas digne. Ma mère a posé sur la table nos tasses de thé puis s'est rassise sans me quitter des yeux. Il m'a semblé déceler dans ses prunelles une expression fugace que je n'avais jamais vue auparavant – peut-être du mépris pour mon manque de confiance, ma volonté délibérée de heurter leurs sentiments.

« Je suis désolée, m'man.

— Je ne t'en veux pas, ma chérie. Je comprends que tu aies pu te poser des questions. Surtout après tout ce *stress*. »

À son intonation, j'ai cependant deviné qu'elle ne comprenait pas et m'en voulait.

Plus tard, dans le train qui me ramenait à New York, j'ai regardé les banlieues défiler derrière la vitre. J'avais partagé le dessert – un gâteau au chocolat – avec mes parents dans une ambiance tendue, puis quitté la maison après avoir aidé ma mère à ranger la cuisine. Maman s'était drapée dans sa dignité et m'avait à peine embrassée quand j'étais partie. C'était typique. Elle exigeait une loyauté absolue ; en cas de défaillance, elle me battrait froid jusqu'à ce que je fasse pénitence.

Des années plus tôt, j'avais reçu et accepté le message muet qu'elle me transmettait. Elle pouvait accepter la perte d'un enfant parce qu'elle avait la possibilité d'en rejeter la faute sur lui, sur sa dépendance. Mais la perte de deux enfants – et le moindre de mes écarts de conduite s'apparentait pour elle à une perte – l'obligerait à se confronter à elle-même. Or elle s'y refusait. Toute petite, je redoutais sa colère et son jugement. Aujourd'hui, je ne les craignais plus autant, sans toutefois m'y habituer. Je déplorais la façon dont s'était déroulée la soirée et regrettais de m'être laissé ébranler autant par un message anonyme et la photo de trois inconnus.

Quand les banlieues aisées ont cédé la place aux ruines urbaines de Newark, j'ai songé à mon frère. Je le détestais, comme un enfant déteste un héros déchu. Je le détestais parce qu'il pouvait tout faire et qu'il avait tout gâché. Parce qu'il avait eu la beauté, l'intelligence, le panache, et qu'il avait tourné le dos à tous ses rêves, renoncé à toutes les possibilités qui s'offraient à lui. Et pour ces mêmes raisons, je l'aimais. Je le plaignais, je m'inquiétais pour lui, je l'adorais et le méprisais. Je me souvenais de ce que je ressentais quand il me pinçait, me pourchassait, me taquinait, me serrait dans ses bras ou me réconfortait. Sa fuite avait ouvert dans mon cœur une blessure toujours à vif. Chaque fois que je pensais à lui, j'étais submergée par une avalanche d'émotions contradictoires.

En comparaison de ce que mon frère avait infligé à mes parents – la drogue, les petits délits, les arrestations pour conduite en état d'ivresse et, enfin, cette terrible dispute quand il avait eu dix-huit ans –, mes frasques passaient pour des peccadilles. Je n'étais pas un ange : j'avais menti, un peu trop arrosé certaines fêtes, fumé en cachette, et même un jour conduit la voiture sans avoir le permis. Mais j'avais toujours d'excellentes notes, je collaborais à la revue du lycée, j'avais des copains que mes parents appréciaient. Bref, pas de drames majeurs. Je n'avais pas le droit de les décevoir, me semblait-il. Peut-être pensais-je aussi que si je leur causais des soucis à mon tour, ils ne s'en remettraient pas. Alors je restais dans le rang, tel un bon petit soldat.

Nous n'avions plus jamais parlé d'Ace après cette scène épouvantable entre mes parents et lui. Je dis bien *jamais*. Je ne pouvais pas mentionner son nom sans que ma mère éclate en sanglots et se précipite dans sa chambre. Nous faisions tous comme s'il n'avait jamais habité avec nous. Cette comédie du silence lui avait permis d'acquérir une dimension mythique dans mon esprit : il était le rebelle trop intelligent, trop sensible pour mener une vie normale. Je l'imaginais musicien ou poète, traînant de bar en bar, endurant stoïquement les tourments du génie incompris. Dans un coin de mon cœur, j'en voulais à mes parents de l'avoir poussé à fuir la maison.

Après son départ fracassant ce soir-là, je ne l'avais plus revu avant d'entrer à NYU. J'avais une chambre dans la cité universitaire située au croisement de la 3e Avenue et de la 11e Rue. Je ne sais pas trop comment il s'y était pris pour retrouver ma trace, mais en sortant un matin pour aller en cours, je l'avais aperçu au coin de la rue. Son teint était cireux, son visage couvert de marbrures rouges, et même à deux ou trois mètres de lui, je percevais son odeur de crasse. Il n'avait plus que la peau sur les os. Il avait rasé cette longue chevelure noire que j'aimais tant, ne laissant subsister qu'un chaume sombre sur un crâne zébré de minuscules cicatrices. Ses yeux bleus – les yeux de ma mère – brillaient d'un éclat fébrile.

« Salut, miss », avait-il lancé.

Je devais faire une drôle de tête, car au bout d'un moment il avait esquissé une petite grimace.

« J'ai vraiment l'air aussi repoussant ?

— Non… »

Je me sentais horriblement mal à l'aise, écartelée entre l'envie de fuir cet homme censé avoir disparu et le désir irrépressible d'embrasser mon frère, le héros de ma jeunesse dont je pleurais encore la défection.

« Comment… comment tu vas ? avais-je bredouillé.

— Oh !… bien », avait-il répondu en se passant une main sur le crâne.

Ce geste m'avait révélé les traces de piqûre sur son poignet. J'avais reculé d'un pas. Vous vous rappelez cet épisode de *Batman* où tout le monde croit le justicier devenu un criminel après avoir lutté pendant des années pour sauver Gotham du Pingouin et du Riddler ? La vue de mon frère ce jour-là m'a fait le même effet : j'éprouvais de l'incrédulité, de l'horreur aussi, mais pardessus tout une indicible tristesse à l'idée qu'il avait été vaincu par les forces du mal.

« Dis, t'aurais pas du fric à me filer ? avait-il fini par me demander. J'étais grippé cette semaine et j'ai pas pu aller bosser. J'ai une de ces faims ! »

Je lui avais donné tout le contenu de mon portemonnaie ; dans mon souvenir, il devait y avoir vingt-cinq dollars au total. À partir de là, nous avions instauré une sorte de routine, Ace et moi. Mes parents l'ignoraient, mais depuis cette rencontre je le voyais environ une fois par mois. En général, nous nous retrouvions chez Veselka, sur la 2e Avenue. Il commandait invariablement du *knish*, et moi, des crêpes aux pommes de terre. Dans ce petit restaurant bondé de l'East Village devenu une véritable institution, personne ne prêtait attention au couple étrange formé par un junkie et une fille branchée. Il me parlait de décrocher, je lui prêtais de l'argent. Je n'aurais pas dû, je sais. Que voulez-vous que je vous dise ? Je lui permettais d'entretenir sa dépendance, c'est vrai. Mais je n'avais aucune autre possibilité de lui montrer à quel point je l'aimais. De plus, je ne pouvais pas imaginer à quelles extrémités il en serait réduit si je ne le renflouais pas. Ou plutôt si, je ne les imaginais que trop bien, raison pour laquelle je cédais.

Parfois, il disparaissait pendant des mois sans me donner de nouvelles. En général, je n'avais aucun moyen de le joindre. Il avait squatté durant un temps à Spanish Harlem – du moins, à l'en croire –, puis quelque part dans Lower East Side. Je n'étais sûre de rien. Ses absences prolongées me rendaient malade d'angoisse. Un jour, j'avais fait passer une annonce dans *Village Voice* sans même savoir s'il le lisait. J'avais agi ainsi en désespoir de cause, et bien entendu, cette initiative n'avait donné aucun résultat. Mais bon, il finissait toujours par se retrouver sans le sou ou par se sentir seul, et à ce moment-là, il me rappelait. Je ne lui demandais jamais où il était allé, ni ce qu'il avait fait, ni pourquoi il ne s'était pas manifesté. J'avais trop peur que mes questions ne le poussent de nouveau à me fuir.

« Quand vas-tu devenir raisonnable ? avait voulu savoir Zachary. Il se sert de toi. Il ne t'aime pas. Les gens comme lui ne savent même pas ce qu'est l'amour. »

En un sens, Zachary ne le savait pas non plus. Il

n'avait jamais compris que lorsqu'on aime vraiment quelqu'un, peu importe que l'on soit payé de retour. L'amour pour l'autre est en soi une récompense. Ou une punition, selon les circonstances.

Le train s'est arrêté à Hoboken dans un concert de grincements et je suis descendue au milieu d'une foule de passagers. J'ai dû jouer des coudes pour monter dans le métro, qui, m'a-t-il semblé, s'est traîné poussivement jusqu'à Manhattan. De Christopher Street, je suis rentrée chez moi à pied. L'air froid et la marche m'ont revigorée ; la discussion avec mes parents me paraissait presque irréelle, je ne pensais même plus à la photo dans ma poche ou aux doutes dans mon esprit. Quand je suis arrivée devant mon immeuble, j'avais recouvré mon allant coutumier. Je n'ai pas accordé un seul regard à ma boîte aux lettres. Oh non, pas de courrier ce soir ! J'ai gravi les trois étages d'un bon pas, pour découvrir devant ma porte une bouteille de merlot et deux verres. L'un d'eux contenait un petit mot : *Pour me faire pardonner ? Jake, 4E.*

6

Je suis montée à l'étage de mon nouveau voisin. Mais, parvenue en haut de l'escalier, j'ai hésité. La rampe fluorescente grésillait, baignant le couloir d'une lumière inquiétante. J'ai regardé la bouteille et les verres dans mes mains en pensant : *Qui est ce type, après tout ? Qu'est-ce que je suis en train de faire ?* Avant même que j'aie pu formuler une réponse, une porte s'ouvrait et Jake s'encadrait dans l'embrasure, en T-shirt noir sur un jean délavé. Un sourire hésitant aux lèvres, il s'est avancé pour prendre la bouteille et les verres.

« Je n'étais pas sûr que vous viendriez. »

Laissez-moi préciser une ou deux petites choses à mon sujet. Comme n'importe quelle fille, je suis sensible au charme d'un beau gosse. Mais le physique ne m'impressionne pas, contrairement à l'intelligence, à la force de caractère, et surtout à la gentillesse. Pour moi, la gentillesse s'acquiert à la dure, à force de s'être cassé la gueule et relevé ensuite. Elle résulte de la capacité à surmonter l'échec et les chagrins. Elle implique une grande compréhension de la condition humaine, dont elle permet de pardonner les nombreuses défaillances et excentricités. Quand je devine cette qualité chez quelqu'un, je suis admirative. Et je l'ai sentie chez lui. Ses yeux marron foncé, presque noirs, aux paupières lourdes bordées de longs cils, m'ont donné envie de confesser mes péchés comme mes secrets et de faire pénitence dans ses bras.

« Vous n'avez pas à vous excuser, ai-je dit en indiquant de la tête le petit mot toujours dans le verre. À votre place, j'aurais été contrariée aussi. »

Il s'est effacé pour me laisser entrer, puis il a refermé la porte derrière lui. Quand je me suis retournée, j'ai dû lui sembler nerveuse car il a aussitôt demandé :

« Vous voulez que je rouvre ?

— Non, ai-je répondu avec un petit rire.

— Bon, je vais servir le vin », a-t-il déclaré avant de disparaître dans la cuisine.

Alors que mon appartement donnait sur l'arrière-cour, le sien donnait sur la 1re Avenue. Le bruit de la rue n'était guère atténué par les vitres fines et un courant d'air froid rendait les rebords de fenêtre glacés au toucher. Jake avait poussé le chauffage à fond, et pourtant la fraîcheur restait saisissante. Le parquet blanchi était semblable au mien, mais les similitudes s'arrêtaient là. Chez moi, j'avais privilégié le confort et le bien-être. Draps en pur coton, oreillers et couette en plumes, tapis moelleux, couvertures épaisses. J'aimais les couleurs vives, les fleurs fraîches, les bougies parfumées. Pas à la manière d'une midinette, non, plutôt pour flatter les sens.

L'appartement de Jake ressemblait à une cellule de prison version urbano-industrielle. Une sculpture en tôle, composée de formes géométriques irrégulières qui se chevauchaient, accaparait un pan de mur. La table en verre et acier brossé était entourée de six chaises en fer forgé. Un futon et quelques sièges en bois délimitaient un coin salon fort peu accueillant. Dans un angle de la pièce, un ordinateur portable trônait sur une table noire toute simple. Il n'y avait aucune photographie, pas un seul objet personnel, pas même un papier qui traînait. J'ai jeté un coup d'œil vers la porte que je supposais être celle de la chambre en me demandant si elle dissimulait un lit de clous sous la lumière crue d'une lampe d'interrogatoire.

« C'est spartiate, je sais, a-t-il dit en revenant avec le vin.

— Oh ! si peu…

— Je me suis rendu compte que je n'avais pas besoin de grand-chose. »

Il m'a tendu un verre et nous avons trinqué. À en juger par le son, c'était du cristal.

« À un nouveau départ ! »

Nous nous sommes regardés quelques secondes, durant lesquelles j'ai senti de nouveau cette électricité entre nous. Nous ne parlions pas, mais le silence n'avait rien de gênant. De grosses bougies et un plafonnier à variateur réglé presque au minimum diffusaient une lumière tamisée.

« Vous habitiez où, avant ? ai-je fini par demander.

— Je louais un appart pas cher près de Columbia. Mais le quartier est devenu trop dangereux. La nuit, les coups de feu m'empêchaient de dormir.

— Alors, vous avez opté pour le calme et la sécurité de l'East Village ? ai-je ironisé.

— Un peu d'animation de temps en temps ne me déplaît pas. Je ne suis pas snob. »

Son sourire timide est réapparu, et mon cœur s'est emballé.

« Et vous faites quoi, dans la vie ? ai-je poursuivi, consciente néanmoins de la banalité affligeante de cette question.

— Vous ne voulez pas vous asseoir ? »

Il m'a prise par le bras pour me guider vers le futon. Puis il s'est installé à distance respectueuse, quoique restreinte. Je sentais les légers effluves de son parfum. Je n'aurais eu qu'à tendre la main pour toucher sa cuisse.

« C'était une manœuvre de diversion ? » ai-je lancé.

Jake a éclaté de rire – un beau rire grave et chaleureux.

« Peut-être… Non, mais en général, quand je révèle mon métier, la conversation tourne autour pendant un bon moment. Et ce n'est pas aussi cool qu'on le pense.

— Ah bon ? Vous êtes quoi, danseur dans la troupe des Chippendales ?

— Je suis sculpteur », a-t-il répondu avec un geste en direction de l'œuvre que j'avais remarquée en arrivant.

J'ai avalé une gorgée de vin.

« C'est cool », ai-je déclaré en examinant l'objet d'un œil neuf.

Il s'en dégageait une aura de dureté due aux lignes nettes, certes, et pourtant il émanait également de l'ensemble une impression de liquide – un peu comme une cascade d'acier. Elle possédait un étrange pouvoir, à la fois fascinant et déconcertant. C'est une qualité propre au métal, non ? Séduisant pour la vue, mais froid au toucher.

« Vous arrivez à joindre les deux bouts ?

— Oui, parce que je fabrique aussi des meubles, a-t-il précisé en indiquant la table. Et d'autres bricoles. Ce n'est pas facile de vivre de son art. »

J'ai opiné. Je comprenais.

Vous avez déjà eu le sentiment, à l'occasion d'une nouvelle rencontre, d'avoir connu l'autre toute votre vie, comme si sa personnalité vous était intimement familière ? Eh bien, ce n'est absolument pas ce que j'ai ressenti avec Jake. Tout en lui me paraissait inédit, excitant. C'était un territoire inconnu, un étranger qui m'intriguait par son mystère. Avec Zack, chaque moment était comme le souvenir d'une vie antérieure : je pouvais prédire exactement ce qui allait se passer entre nous. La plupart du temps, ce n'était pas désagréable, mais je ne voulais pas que ma vie ressemble à une devinette dont j'aurais déjà la réponse. Pour certains, la prévisibilité est rassurante. Pas pour moi.

La conversation a tourné autour de mon travail, de Zack, des sujets typiques d'un premier rendez-vous. Maintenant que j'y repense, j'ai l'impression d'avoir été beaucoup plus bavarde que lui. Il n'arrêtait pas de me resservir et je me sentais de plus en plus détendue. Sans que je m'en aperçoive, nous nous étions rapprochés. Il avait posé son bras sur le dossier du futon et il lui aurait suffi de le baisser un peu pour le passer autour de mes épaules. Une barbe naissante lui ombrait la mâchoire, ai-je constaté. Je vous ai dit que les types sexy ne me faisaient ni chaud ni froid ? Euh, je me suis peut-être un peu avancée…

« Alors comme ça, vous avez eu une semaine mouvementée, a-t-il observé après avoir rempli une nouvelle fois mon verre.

— C'est toujours la même bouteille ? »

Jake s'était levé à plusieurs reprises pour faire le service et il me semblait avoir pas mal bu.

« Oh non ! a-t-il répondu. Loin de là. »

Ses manières étaient plus décontractées. À mon arrivée, il m'avait paru nerveux, ce qui n'était pas pour me déplaire. Ça le rendait plus humain, plus accessible.

« Vous êtes au courant de ce qui est arrivé ?

— Qui ne l'est pas ? a-t-il répliqué. C'était dans tous les journaux.

— Mmm… »

L'allusion aux événements récents m'a fait redescendre sur terre, ramenant à mon esprit le souvenir de la photo et du dîner chez mes parents. Mon expression a dû changer du tout au tout. Je ne suis pas très douée pour dissimuler mes sentiments.

« Hé ! a-t-il lancé en me touchant l'épaule. Qu'est-ce que j'ai dit ? »

Il avait l'air réellement soucieux. J'ai détourné les yeux, car, pour une raison inexplicable, sa compassion me donnait envie de pleurer.

« Je suis désolé, Ridley. » Il a posé son verre. « Je n'aurais pas dû vous parler de ça. »

Mais le mal était fait. Jake avait ouvert les vannes et je lui ai déballé toute l'histoire en vrac, depuis le moment où j'avais quitté mon appartement ce fameux lundi matin jusqu'à ma visite à mes parents un peu plus tôt dans la soirée. Personne à part eux n'était au courant pour la photo. Jake m'a écoutée avec attention, ponctuant mes propos de petits bruits approbateurs. Il était totalement concentré sur mon récit.

« Waouh ! » a-t-il commenté quand je me suis tue.

J'ai laissé échapper un léger rire.

« Vous regrettez de m'avoir interrogée, hein ?

— Non, pas du tout. »

Il a effleuré mes cheveux, repoussant quelques mèches égarées devant mes yeux. C'était un geste d'une grande douceur, étrangement intime.

« Donc, vous croyez vos parents. Vous allez en rester là ?

— Pourquoi ne devrais-je pas les croire ? ai-je répliqué sans réelle conviction. Toute cette histoire est ridicule. Je sais très bien qui je suis. »

Il a hoché la tête en sondant mon regard ; on aurait dit

qu'il y voyait quelque chose dont je n'avais que vaguement conscience.

« N'empêche, a-t-il repris au bout d'un moment, vous ne voulez pas appeler ce numéro ? Par curiosité ? »

C'est drôle comme certaines personnes, y compris des inconnus, ont le chic pour mettre le doigt sur un problème qui vous travaille parfois même à votre insu. La curiosité était pareille à une flamme allumée en moi, que les paroles rassurantes de mes parents avaient presque réussi à éteindre, mais que les questions de Jake ravivaient.

« Je ne pense pas que ce soit une bonne idée, ai-je répondu en me levant.

— Excusez-moi, Ridley. » Il s'est levé à son tour. « Je ne voulais pas vous effrayer. »

J'ai souri.

« On ne m'effraie pas si facilement… »

Il a esquissé un sourire hésitant. J'étais contente qu'il ne m'ait pas demandé de rester, parce que j'aurais cédé trop facilement. Je n'aspirais qu'à poser mes lèvres sur les siennes, à sentir son corps ferme et musclé contre le mien. Je rêvais de voir le reste du tatouage révélé par son col et sa manche. Mais il m'inspirait des sentiments trop forts pour que j'accepte de coucher avec lui ou même de l'embrasser le premier soir. J'avais envie de plus. Et j'avais envie de prendre mon temps.

Entre le stress, le vin et ma rencontre avec Jake, j'étais vidée quand je me suis couchée. Résultat, je me suis endormie presque tout de suite. Mais j'ai rêvé d'Ace. Je courais après lui dans une sorte de paysage urbain enténébré grouillant d'ombres furtives. Des portes que j'essayais d'ouvrir se gondolaient brusquement avant de se volatiliser. Puis j'étais poursuivie à mon tour par une forme sombre. J'arrivais devant une maison qui ressemblait à celle de mes parents, mais une fois à l'intérieur, je me retrouvais dans l'entrée de mon immeuble. En me retournant, je voyais la forme secouer la porte… Je me suis réveillée en sursaut dans le noir, le souffle court, et il m'a fallu un bon moment pour rassembler mes esprits. J'étais encore terrifiée par mon cauchemar : il me semblait qu'une présence malveillante rôdait dans l'appartement, qu'un intrus allait surgir de l'obscurité pour se jeter sur moi. Peu à peu, cependant, la peur s'est dissipée à mesure que les souvenirs du rêve s'évanouissaient.

J'étais bien éveillée, à présent. J'ai récupéré dans ma poche la photo et le message. Après les avoir froissés, je les ai flanqués à la poubelle. Puis j'ai enfilé un jogging et des tennis pour aller jeter le sac d'ordures. Il était trois heures du matin et tout le monde dormait ; je ne percevais que les échos lointains d'un poste de télévision. Je suis descendue au rez-de-chaussée, où j'ai suivi le couloir jusqu'à la lourde porte métallique dont j'ai tiré le verrou. Une odeur nauséabonde m'a assaillie, et quand j'ai pressé l'interrupteur, la lumière a fait fuir des rats. J'ai balancé le sac dans le conteneur le plus proche.

Bon, Zelda se lèverait à l'aube pour sortir les poubelles sur le trottoir, les éboueurs passeraient avant même que je sois debout, et ainsi photo et note disparaîtraient aussi sûrement que si elles n'avaient jamais existé. Quant à cette pointe de curiosité dont je vous ai parlé ? Eh bien, elle m'aiguillonnait toujours, et pourtant je ne pouvais pas envisager les conséquences d'une enquête plus poussée. Ce n'était pas très courageux de ma part, je l'avoue, mais j'avais choisi la voie de l'ignorance.

En remontant l'escalier, je me sentais plus légère, comme libérée d'un fardeau. J'étais à mi-chemin quand une ombre s'est profilée sur le palier au-dessus de moi. J'ai pilé net tandis que mon cœur faisait un bond dans ma poitrine.

« Il y a quelqu'un ? »

Je connaissais tous les habitants de cet immeuble, où je m'étais toujours sentie en sécurité. Si n'importe lequel de mes voisins s'était trouvé dans l'escalier pour une raison innocente, il m'aurait répondu. J'ai distingué un léger son, comme si quelqu'un se déplaçait tout doucement vers le mur. En jetant un coup d'œil par-dessus mon épaule, j'ai vu le néon du palier en dessous commencer à vaciller, puis s'éteindre. Mon souffle me paraissait assourdissant, l'adrénaline déferlait dans mes veines, tout mon corps tremblait de peur. Je ne savais pas s'il valait mieux avancer ou reculer.

« Qui est là ? » ai-je demandé d'une voix plus forte.

J'ai cherché du regard quelque chose pour me défendre, en vain. Soudain, j'ai entendu le bruit d'une course précipitée. Je me suis aplatie contre la cloison comme si je pouvais me fondre en elle. J'allais crier quand je me suis rendu compte que les pas s'éloignaient. Alors, je me suis accroupie, et quand j'ai levé les yeux vers la cage d'escalier, j'ai entrevu la silhouette d'un homme corpulent dont la main gantée agrippait la rampe. Il a gravi la dernière volée de marches jusqu'à la porte coupe-feu qui permettait d'accéder au toit. J'ai guetté le hurlement de la sirène d'alarme, mais elle ne s'est pas déclenchée.

Affaiblie par le soulagement, je me suis assise en me demandant comment l'intrus allait redescendre. Au même moment, l'échelle de secours au-dehors s'est mise à grincer. Quelqu'un d'autre s'en était-il aperçu ?

Quelques secondes plus tard, tout était redevenu silencieux dans l'immeuble, comme si rien ne s'était passé. J'ai regagné mon appartement, dont j'ai fermé la porte. Juste après, j'ai entendu une autre porte se refermer et une autre clé tourner dans une serrure. Mais je n'aurais su dire laquelle.

7

Je n'ai presque pas dormi de la nuit, évidemment. Après avoir fermé la porte à double tour et vérifié toutes les fenêtres, je suis restée allongée dans mon lit, les yeux grands ouverts, à l'affût du moindre bruit jusqu'à ce que le ciel noir vire au gris anthracite, puis au gris clair. En d'autres circonstances, je n'aurais pas hésité à appeler Zack ou mon père, mais comme ils semblaient me croire sur le point de faire une dépression nerveuse, je n'ai pas voulu mentionner un incident susceptible de les conforter dans leur idée. Au petit matin, j'ai fini par somnoler jusqu'à ce que mon réveil sonne.

Sitôt levée, je me suis préparé du café. En écoutant les sifflements et autres gargouillements familiers de la machine, j'ai eu l'impression que mon existence reprenait enfin son cours normal. Les événements de la veille me paraissaient maintenant étrangement irréels, comme si j'avais rêvé à partir du moment où j'étais montée dans le train pour le New Jersey. J'avais jeté la photo, déterminée à considérer toute l'histoire comme une sorte de canular douteux. Dans ma cuisine ensoleillée, j'en arrivais même à me persuader que la rencontre nocturne dans l'escalier était issue de mon imagination. Tout le monde sait que le stress peut provoquer des hallucinations, n'est-ce pas ? Quoi qu'il en soit, c'était terminé. Et cette chère Ridley s'apprêtait à vivre un jeudi matin comme tant d'autres. Le déni… Il ne s'agit pas seulement d'un mot emprunté au jargon des psychiatres ; c'est exactement ce que fait l'esprit confronté à une situation trop complexe : il s'accorde un congé.

Je suis passée dans mon bureau – une appellation un peu pompeuse pour désigner le petit espace, délimité par un paravent oriental, où je range mes dossiers et mon ordinateur portable. J'ai fouillé parmi les papiers sur la table pour retrouver la carte remise par l'agent d'Uma Thurman. Nous nous étions rencontrées dans un cours de yoga et nous avions poursuivi notre conversation devant un café chez Starbucks. Elle s'appelait Tama Puma. Grande et sèche comme un coup de trique, parfumée au patchouli, elle avait aussi le teint grisâtre et les cheveux ternes typiques des accros aux régimes macrobiotiques. Si elle s'exprimait d'une voix douce, ses inflexions hautaines témoignaient cependant d'une conscience aiguë de sa valeur. Nous avions brièvement discuté de l'article que je voulais rédiger et je lui avais dit que je l'appellerais si la rédactrice en chef de *Vanity Fair* acceptait le projet. Je lui ai donc laissé un message, heureuse de me remettre au travail et d'oublier un désastre évité de justesse.

Mais à peine avais-je ouvert la porte pour descendre chercher mon courrier que j'ai eu l'impression de recevoir un coup au plexus. Par terre, se trouvait une autre enveloppe sur laquelle figurait mon nom griffonné au marqueur noir de la même écriture hachée, nerveuse. Je l'ai ramassée avant de rentrer précipitamment. Une sensation de vertige s'est emparée de moi quand je l'ai déchirée. Elle contenait un article de journal daté du

27 octobre 1972, intitulé : UNE JEUNE MÈRE DÉCOUVERTE ASSASSINÉE, AUCUNE TRACE DE SON ENFANT. Une grande partie du texte manquait, mais la coupure s'accompagnait d'une photo de la femme montrée par le premier cliché et d'une autre de la petite fille. J'ai examiné l'inconnue avec de nouveau le sentiment de me regarder dans le miroir. Et quand j'ai étudié le portrait de la fillette, j'ai remarqué un détail qui m'avait échappé sur le Polaroid. Elle avait sous l'œil gauche un petit grain de beauté absolument identique au mien. Cette fois, le message disait : *Ils ont menti*.

Je suis sortie de l'appartement en un éclair et j'ai dévalé l'escalier jusqu'au local des poubelles. En bas, j'ai croisé Zelda, ma propriétaire.

« Les éboueurs sont déjà passés ? ai-je demandé en me précipitant vers la porte.

— Ah ! a-t-elle répondu d'un air dégoûté. Ils sont encore en grève. Quelle bande de paresseux, je vous jure ! Comme s'ils n'étaient pas assez payés… Non, les ordures sont en plan. Foutus syndicats. »

Mon sac-poubelle était toujours à la même place et je n'ai eu aucun mal à retrouver mes documents. J'ai défroissé la photo et la note en remontant l'escalier. Arrivée chez moi, j'ai récupéré le nouvel article, puis j'ai tout emporté chez Jake. Pourquoi ? C'est vrai, je le connaissais à peine. Eh bien justement, parce que c'était un étranger qui n'entretenait aucun lien avec mes proches, je le pensais plus à même de porter un regard extérieur, objectif, sur les événements récents.

« Désolée de vous déranger, ai-je dit quand il m'a ouvert, mais j'ai besoin d'aide. »

Je lui ai remis mes papiers avant d'entrer sans y être invitée. Il m'a regardée, puis il a reporté son attention sur la liasse dans sa main.

« C'est de ça que vous me parliez hier soir ?

— Oui. Et ce matin, j'ai découvert un autre message devant ma porte. »

L'air grave, il a hoché la tête. Sans me demander pourquoi je m'adressais à lui ni ce que j'attendais de sa part. Il s'est assis à la table et j'ai vu son front se plisser à mesure qu'il parcourait les papiers.

« Cette femme sur la photo vous ressemble beaucoup, a-t-il déclaré quelques instants plus tard.

— Je sais.

— Vous avez peut-être affaire à un dingue qui cherche à vous embrouiller.

— Mais pourquoi ? Qu'est-ce qu'il pourrait en retirer ?

— Certaines personnes prennent leur pied en semant le bordel dans la vie des autres. Si ça se trouve, un cinglé a vu votre portrait dans le journal, vous lui avez rappelé une fille qu'il connaissait autrefois ou qui est morte. Et, du coup, vous êtes devenue une cible pour lui.

— O.-K. Alors, comment expliquez-vous ça ? » ai-je insisté en indiquant le petit grain de beauté au coin de ma paupière gauche.

De nouveau, Jake a étudié le cliché devant lui. Enfin, il a hoché lentement la tête.

« J'admets que c'est troublant. »

J'ai remarqué alors à son sujet plusieurs détails qui ne m'avaient pas frappée la veille. Une impression de tristesse liée aux minuscules rides autour de ses yeux, peut-être creusées par l'expérience d'une tragédie. Son T-shirt blanc me révélait que le tatouage émergeant de sa manche se prolongeait sur son torse et sa clavicule. J'ai également distingué une cicatrice sur son cou ; longue d'environ deux à trois centimètres, elle était toute boursouflée, comme s'il y avait un objet logé sous la peau.

« Que voulez-vous que je fasse ? » s'est-il enquis d'une voix douce après s'être assis près de moi.

J'ai regardé ses mains, larges, puissantes, couvertes de cals au niveau des jointures et sillonnées de veines bleutées. Cette vision a provoqué en moi un frisson d'exaltation et de peur. À la lumière du jour, il me semblait plus dur, plus impressionnant et plus dangereux que la veille. Je me suis levée.

« Vous savez quoi ? ai-je répliqué. Oubliez ça. Vous avez raison. Je ne vous connais même pas. Désolée. »

Il s'est levé à son tour sans un mot. Quelle idiote j'étais ! J'ai rassemblé les papiers en priant pour que le sol s'ouvre sous mes pieds.

« J'ai peut-être tendance à dramatiser. Et ça n'a rien à voir avec vous, ai-je précisé.

— Non, à mon avis, vous ne dramatisez pas », a-t-il affirmé en me barrant le passage.

Je l'ai laissé me prendre les documents. Il les a posés loin de moi avant de glisser sa main dans la mienne.

« Pas de problème, Ridley. Je ne sais pas encore comment, mais si vous y tenez, je veux bien vous aider à résoudre ce mystère. »

Nous n'avons pas bougé. On sous-estime largement l'union des mains dans les actes d'intimité. On embrasse collègues et connaissances pour leur dire bonjour ou au revoir. On enlace un(e) ami(e) proche, on peut même aller jusqu'à lui déposer un chaste baiser sur les lèvres. On peut rencontrer quelqu'un dans une soirée, le ramener chez soi, coucher avec et ne plus jamais avoir de nouvelles par la suite. Mais demeurer ainsi, main dans la main, conscient du flot de possibilités informulées qui circule entre soi et l'autre ? Cette tendresse-là, ces promesses-là, on ne les partage qu'avec de rares personnes au cours d'une vie.

L'attrait de Jake sur moi était irrésistible.

« C'est vrai ? ai-je dit, submergée par le soulagement et la reconnaissance.

— Oui.

— D'accord. »

Je sentais sa paume, à la fois dure et chaude contre la mienne. Ses yeux plongeaient dans les miens comme pour sonder mon âme. Je devinais des secrets chez ce quasi-inconnu devant moi et j'étais en même temps apeurée, intriguée et profondément émue. Quand il m'a attirée contre lui, mon corps a tout naturellement épousé le sien. J'ai appuyé ma joue sur sa gorge, cherchant à percevoir les battements de son pouls. J'avais l'impression de me tenir au bord d'un précipice béant et la présence de cet allié me réconfortait, même si je ne savais presque rien de lui.

J'ignore combien de temps nous sommes restés ainsi. Un bon moment, je crois.

Enfin, il a rompu le charme :

« Donc, ce type veut que vous l'appeliez.

— On dirait, oui. »

Je me suis attardée encore un instant dans ses bras avant de m'écarter et d'aller m'asseoir à la table.

« Ça ne vous paraît pas curieux ?

— Pourquoi ?

— Réfléchissez un peu, a-t-il répondu en s'installant en face de moi.

— Pourquoi supposez-vous que c'est un homme ? »

J'étais parvenue à la même conclusion et je voulais savoir ce qui l'avait conduit à faire cette déduction.

Jake s'est absorbé dans ses pensées.

« *Primo*, l'écriture me paraît masculine. *Secundo*,

l'article explique que la femme sur la photo est morte et que la petite fille a disparu.

— D'accord, mais pourquoi trouvez-vous curieux qu'il ait écrit ce mot ? »

Il a haussé les épaules.

« Au cas où il se prendrait pour votre père, j'en déduis qu'il vous cherche depuis très, très longtemps. Parce que, de toute évidence, la petite fille de la photo a été *kidnappée*. Si votre enfant disparaissait pour une raison ou pour une autre et si vous passiez des années à essayer de retrouver sa trace jusqu'à le découvrir un beau jour en vie et bien portant, comment réagiriez-vous ? Vous vous précipiteriez chez lui, non ? Ou peut-être que vous appelleriez la police ? Sérieusement, vous vous contenteriez de lui envoyer un mot et un vieux Polaroid ? »

J'ai médité la question.

« Peut-être qu'il n'est pas sûr de lui. Ou qu'il a peur. »

Il a remué lentement la tête.

« Ce n'est pas exclu. Mais peut-être aussi qu'il a quelque chose à cacher.

— Quoi, par exemple ?

— Aucune idée », a-t-il répondu en se concentrant de nouveau sur l'article de journal.

Quelque chose semblait le tracasser ; pourtant, il a gardé le silence.

« Quoi ? ai-je finalement demandé. À quoi pensez-vous ?

— J'ai un copain qui… » Il s'est interrompu, l'air soudain hésitant, avant de lever les mains. « Écoutez, je ne voudrais pas dépasser certaines limites… »

Je me suis dit qu'il devait songer à mon départ précipité la veille au soir ; sans doute croyait-il m'avoir effrayée.

« Si quelqu'un ici dépasse les limites, c'est plutôt

moi, qui vous déverse tous mes problèmes ! » ai-je répondu.

Il a hésité encore quelques secondes.

« Ce copain, il est détective, a-t-il précisé en contemplant ses pieds. On se connaît depuis tout gosses. À mon avis, il pourra nous aider. »

Vous vous demandez sans doute pourquoi Jake acceptait aussi facilement de me donner un coup de main ; eh bien, moi aussi. Mais j'étais plus reconnaissante que curieuse. Après tout, quand un homme est attiré par une femme, il est prêt à faire n'importe quoi pour elle, non ? Bien, nous sommes d'accord.

8

Je suis partie vers l'est en direction du fleuve. Dans mon état, je n'aspirais plus qu'à déambuler en ville. Ce n'était pas nouveau pour moi. J'ai beaucoup déambulé dans New York, l'endroit idéal pour se perdre temporairement – ou définitivement si vous en avez envie. Vous pouvez parcourir des centaines de mètres et croiser des milliers de gens sans attirer l'attention, même si, la veille encore, votre visage était sur tous les écrans de télévision, à la une de tous les journaux. En un rien de temps, vous redevenez invisible. J'avais déjà l'impression de disparaître, d'être engloutie par les fissures lézardant depuis peu la façade de mon existence. Je me dissolvais. En proie à un curieux sentiment d'irréalité, j'ai pris la 8e Rue jusqu'à Tompkins Square, longeant des immeubles rénovés, entièrement réaménagés et repeints de frais, qui, après avoir vu passer entre leurs murs des générations entières condamnées à la misère, accueillaient désormais les boutiques les plus branchées de l'East Village. Dans une des vitrines scintillantes, j'ai aperçu l'image d'une femme qui ne savait plus qui elle était ni d'où elle venait.

Je me suis arrêtée pour la regarder. Elle avait l'air d'une personne réelle, d'une créature de chair et de sang.

Mais il suffisait de tendre la main vers elle pour qu'elle s'évanouisse.

Je m'étais déchargée sur Jake de tous mes problèmes. Il m'avait conseillé de faire une pause pour essayer de prendre du recul et de rassembler mes idées. Alors, j'avais laissé la douloureuse question de mon identité devant sa porte, comme on dépose un sac de vieux vêtements à l'Armée du Salut. Pour le moment, je voulais mettre le plus de distance possible entre mes problèmes et moi. Malheureusement, alors que l'East Village cédait peu à peu la place à Lower East Side, je n'avais qu'à croiser mon reflet sur une surface réfléchissante pour me retrouver face à une inconnue.

Vous devez penser que je dramatise. Avais-je suffisamment d'informations à ce stade ? Moins de vingt-quatre heures plus tôt, ces mêmes doutes avaient suscité en moi embarras et remords. Bon, que voulez-vous que je vous dise ? Ils avaient grandi dans l'intervalle, se frayant un chemin jusqu'à ma conscience, imprégnant chaque fibre de mon être. Je ne me sentais pas vraiment effondrée, non. J'étais plutôt comme ces bâtiments de l'East Village mis à nu, révélant leurs entrailles de bois et de cuivre, leurs enchevêtrements de câbles électriques semblables à des toiles d'araignée – une coquille vide en attente d'être réincarnée.

Enfin, j'ai débouché dans l'Avenue C, au cœur d'Alphabet City. La vraie, pas celle de l'Avenue A avant Tompkins Square, grouillant de magasins et de cafés en vogue, de complexes à un million de dollars, de lofts déglingués-chics qui s'efforçaient tous de recréer l'aspect brut de l'East Village, jugé si rebutant quand il était authentique. Mais l'argent n'était pas encore arrivé jusqu'à l'Avenue C. Une fois le parc franchi, on avait l'impression de pénétrer dans un no man's land, un territoire que la ville avait décidé de livrer à lui-même. Il y régnait une atmosphère d'anarchie et d'abandon, sauf dans de minuscules poches comme le Nuyorican Poets Café – des fleurs de créativité ayant réussi à émerger du béton. Ailleurs, les vieux immeubles se dressaient tels des soldats rebelles boiteux luttant contre la richesse envahissante qui finirait par obliger les anciens habitants du quartier à battre en retraite. Les terrains vagues étaient jonchés de détritus, de vieux meubles, de carcasses de voitures et de bidons abritant des feux autour desquels se pressaient toutes sortes de laissés-pour-compte. Sans-abri, junkies, fugueurs, êtres égarés incapables de retrouver leur chemin. J'ai continué d'avancer, tous les sens en éveil mais la tête baissée. Dans les parages, mieux valait ne pas attirer l'attention et se comporter comme si on avait une bonne raison d'être là. Or j'en avais une : j'étais à la recherche de mon frère.

Au croisement de l'Avenue D et de la 5e Rue, je suis arrivée devant l'immeuble où Ace m'avait dit squatter, la dernière fois que je l'avais vu. Il avait meilleure allure que la plupart des édifices alentour. Après la Seconde Guerre mondiale, il avait fallu construire très vite le plus de logements possible dans l'East Village pour les garçons qui allaient rentrer au pays. La quantité l'avait emporté sur la qualité, et aujourd'hui de nombreux bâtiments s'affaissaient en leur centre, comme le mien ; les façades s'effritaient et des morceaux de revêtement tombaient sur les trottoirs en dessous. Celui de mon frère, auquel on accédait par un large escalier blanc menant à une porte flanquée de colonnes doriques, paraissait encore en bon état. Un Noir de la taille d'un réfrigérateur montait la garde près de l'entrée, et sa masse imposante dissimulait complètement la chaise sous ses fesses, donnant l'impression qu'il lévitait. Il portait un maillot des New York Rangers et une casquette de base-ball rouge dont la visière reposait à l'arrière de son crâne. Son jean délavé semblait propre et bien repassé. Ses baskets multicolores lui montaient haut sur les chevilles ; du pied, il marquait un rythme imaginaire. Immobile au bas des marches, j'ai levé la tête vers lui. Il me jaugeait déjà. Étais-je réglo ? Quand il m'a gratifiée d'un bref hochement de tête, ses trois mentons ont oscillé paresseusement tandis que son regard vide ne me révélait rien.

À une certaine époque, j'aurais certainement jugé cet homme, ce gardien de l'enfer qui devait cacher dans ses poches ou à portée de main une réserve de crack, de cocaïne, d'héroïne ou de je ne sais quelle cochonnerie dont il faisait le trafic. J'aurais senti la haine me monter à la gorge comme un flot de bile. Mais la relation entre drogué et dealer était si complexe, si délicate… Qui fallait-il blâmer, celui qui demandait ou celui qui offrait ? Et qu'en était-il du reste ? Les parents négligents, l'échec de l'intégration sociale, le racisme et la pauvreté qui créaient la douleur, qui à son tour créait les junkies et les revendeurs… Même moi, j'avais ma place dans la chaîne puisque, en donnant de l'argent à Ace, je lui permettais d'entretenir sa dépendance. Vous me suivez ? À vrai dire, je ne détonnais pas dans cet environnement.

« Qu'est-ce que tu veux, ma jolie ? » a-t-il demandé sans agressivité.

Ses yeux s'étaient rétrécis et un sourire grimaçant plissait la chair de son visage.

« Je cherche mon frère, Ace », ai-je répondu d'une voix où perçait une naïveté ridicule, même à mes propres oreilles.

Il est parti d'un petit rire qui a secoué tout son corps.

« S'il est là, c'est que c'est plus ton frangin. »

La vérité contenue dans ces quelques mots m'a surprise et blessée tout à la fois. J'ai senti mes joues s'empourprer et, quand j'ai gravi l'escalier, mon interlocuteur a paru légèrement amusé, comme s'il pensait me voir tourner les talons. Je l'ai regardé en arrivant à sa hauteur, mais il s'est borné à hausser les épaules d'un air amorphe.

Ce n'était pas la première fois que je m'aventurais dans un immeuble semblable pour retrouver mon frère ; un jour, cédant à un accès de panique, j'avais pris le train pour Spanish Harlem. Les rues semblent plus menaçantes après la 96e, la colère et le désespoir rôdent partout. Les gens traînent dehors, conduisent des voitures bruyantes, s'entassent sur les rebords de fenêtre, s'interpellent. On sent le danger comme on sent l'humidité dans l'air avant un orage ; on ne doute pas que les éléments vont se déchaîner, on se demande juste quand, comment et qui va s'en sortir. L'atmosphère d'Alphabet City paraît moins électrique, la violence moins brutale, plus lente à se mettre en branle. Pourtant, la peur m'a noué l'estomac quand j'ai quitté la lumière du jour pour pénétrer dans le hall sombre. Une odeur de renfermé dominait, à laquelle s'ajoutaient des relents de déjections humaines, de corps trop nombreux en un même lieu mal ventilé, et la senteur âcre d'un produit en train de brûler – une substance certainement chimique et nocive. À travers les murs, j'entendais des murmures, des grognements assourdis, le son d'une radio ou d'une télévision, le débit monotone d'un journaliste présentant les informations. Une fois mes yeux accoutumés à la pénombre, je me suis dirigée vers l'escalier.

Enfants, mon frère et moi dormions dans des

chambres séparées par une cloison si mince que je pouvais l'entendre se retourner ou soupirer dans son sommeil. Ces pièces n'en formaient qu'une autrefois, et au moment des travaux de rénovation, une salle de bains avait été aménagée entre les deux. Nous avions ainsi notre petit univers à nous, isolé du reste de la maison et en particulier de la grande chambre de nos parents au rez-de-chaussée, qui donnait directement sur le jardin. Un Interphone bébé datant de mon enfance me servait à les avertir au besoin ; il me suffisait de l'allumer et de les appeler. Mais en général, quand je me réveillais en pleine nuit effrayée par un cauchemar, ou quand je me sentais trop seule, c'était la présence d'Ace que je voulais.

Je sortais alors de mon lit, j'avançais à pas de loup sur le tapis, puis je traversais la salle de bains qui reliait nos chambres. Je voyais l'ombre du grand chêne danser devant la fenêtre, j'entendais la respiration régulière de mon frère, je distinguais les contours de ses figurines Star Wars sur l'étagère et la pile de livres sur son bureau, je sentais l'odeur du shampooing Baby Johnson que nous utilisions toujours. Lorsque je me glissais entre les draps pour me lover contre Ace, je le réveillais immanquablement.

« Oh ! Ridley, disait-il d'une voix ensommeillée, teintée d'un mélange d'agacement, de résignation et de tendresse. Retourne dans ton lit.

— D'accord, chuchotais-je quand il m'enlaçait avant de sombrer de nouveau dans le sommeil. Dans une minute. »

Je n'ai jamais aussi bien dormi qu'à cette époque. Malheureusement, on finit par devenir trop âgé pour ce genre de réconfort, cette proximité innocente des corps – comme celle que recherchent les chiots d'une même portée – capable d'apporter chaleur et douceur. Au seuil de l'adolescence, l'éveil de la sexualité change la donne. C'est d'abord arrivé à Ace, bien sûr. Il a commencé à fermer la porte de la salle de bains quand il se levait pour faire pipi la nuit. La première fois que je l'ai entendu, j'ai compris instinctivement que je ne grimperais plus dans son lit. Du jour au lendemain, nous avons perdu cette forme d'intimité entre nous.

Au deuxième étage de l'immeuble, les craquements sinistres du plancher sous mes pieds m'ont mise mal à l'aise. Je le sentais ployer légèrement sous mon poids, et à chaque pas je craignais de le traverser et d'atterrir brutalement dans le couloir en dessous. Ace m'avait raconté qu'il vivait avec une fille au deuxième, dans un appartement dont une des fenêtres donnait sur la rue. Je me suis donc dirigée vers la première porte côté rue et j'ai frappé.

« Ace ? C'est Ridley ! »

Dans le silence qui a suivi, j'ai tourné la tête vers la fenêtre crasseuse au bout du couloir, qui laissait entrer quelques rais de soleil ; les barreaux à l'extérieur étaient tellement rouillés qu'ils paraissaient sur le point de tomber en poussière si on les effleurait. Une voiture est passée dehors, la radio à plein volume, et les basses s'échappant des haut-parleurs ont résonné dans ma poitrine et au bout de mes doigts. Les murmures que j'avais entendus en pénétrant dans le bâtiment s'étaient tus, peut-être interrompus par ma voix. Les murs et les portes semblaient retenir leur souffle. J'ai distingué un bruit de pas dans l'appartement et senti une présence derrière le battant. Du fond du couloir m'est parvenu un couinement caractéristique accompagné d'une sorte de froissement au milieu du tas d'ordures que je discernais mal dans la lumière chiche. J'ai fait comme si je ne voyais pas les rats qui s'activaient parmi les immondices et j'ai frappé de nouveau, plus fort cette fois.

« Ace ? ai-je appelé d'un ton pressant. C'est moi. Ouvre, s'il te plaît. »

J'ai sursauté quand la porte s'est entrebâillée, me révélant un immense œil bleu au-dessus de la chaîne de sûreté. À moitié dissimulé par de longues mèches filasse, il appartenait incontestablement à une femme et avait probablement été vif autrefois. Mais aujourd'hui, il était injecté de sang et souligné d'un cerne sombre.

« Il est parti, a dit l'inconnue.

— Où ?

— Hé, vous me prenez pour qui ? Sa femme ? »

Ne sachant quoi répondre, j'ai haussé les épaules. L'œil a cillé lentement.

« Je vous connais, non ? Votre visage me dit quelque chose. »

À court d'inspiration, j'ai de nouveau haussé les épaules, puis remué la tête pour indiquer que je ne me souvenais pas d'elle. L'œil m'a inspectée des pieds à la tête. Seule une expression affamée l'animait.

« C'est vous qui avez sauvé ce gosse…

— Tout juste. Écoutez, vous ne savez vraiment pas où est mon frère ?

— Alors comme ça, vous êtes Ridley. Quel salaud ! Il n'a jamais précisé que vous étiez sa sœur. »

J'ai opté pour un troisième haussement d'épaules, geste qui me paraissait à la fois pratique et neutre.

« Il parle de vous tout le temps », a-t-elle ajouté.

Décelant un soupçon d'envie dans sa voix, j'ai éprouvé une joie naïve en songeant que mon frère avait pensé à moi et mentionné mon existence à cette inconnue.

« Vous n'avez aucune idée de l'endroit où il a pu aller ? »

Elle a fermé la porte et je l'ai entendue défaire la chaîne. Le battant s'est rouvert aussitôt, mais pas en grand. Je voyais à présent une jambe maigre, une hanche pointue qui saillait sous un pantalon de survêtement gris transformé en short, un sein menu sous un caraco couleur lavande, une épaule osseuse et la moitié d'un visage émacié, livide, mangé par cet immense œil bleu. J'avais l'impression que cette fille ne voulait pas se montrer en entier. Le bout de ses doigts, avec ses ongles rongés jusqu'au sang, reposait sur le battant. Je me sentais rose et dodue, affreusement saine et bien nourrie à côté de ce sac d'os, dont la détresse se devinait aux cicatrices et aux traces de piqûre sur son corps. Je me suis trituré les méninges pour retrouver son nom. Ace me l'avait-il seulement dit ?

« Je ne l'ai pas vu depuis une semaine », a-t-elle déclaré.

Je m'attendais à des intonations révélatrices de sa tristesse ou de son inquiétude. Au lieu de quoi, elle s'était exprimée d'une voix neutre, atone. J'ai scruté son demi-visage à la recherche de… je ne sais pas quoi au juste. Un signe susceptible de créer un lien entre nous, peut-être. Mais sa figure n'était qu'un masque de défiance et son œil désormais plissé paraissait glacial. Pour elle, de toute évidence, les autres ne pouvaient que la malmener ; la seule différence, c'était comment et jusqu'à quel point.

« Comment vous appelez-vous ? » ai-je demandé.

Elle a hésité.

« Ruby. »

Ses traits se sont soudain adoucis et elle a écarté un

peu plus la porte. J'ai tenté d'apercevoir l'appartement derrière elle, mais il était plongé dans la pénombre.

« Ravie de vous rencontrer, ai-je ajouté bêtement.

— Ouais, moi aussi. »

Nous sommes restées ainsi une bonne minute, à nous regarder d'un air embarrassé.

« Si vous le voyez… ?

— O.-K., je lui dirai que vous le cherchez. »

J'ai envisagé de lui donner de l'argent. J'avais deux billets de vingt dollars dans ma poche. Mais mon instinct m'a soufflé qu'elle avait beau en avoir besoin, elle se sentirait insultée. Alors, après un petit salut de la tête, je me suis dirigée vers l'escalier, mal à l'aise et presque honteuse, comme si je fuyais le théâtre d'un accident. Quand je l'ai entendue refermer doucement la porte, j'ai dévalé les marches jusqu'au rez-de-chaussée. Dehors, le gros Noir avait quitté son perchoir et se tenait au coin de la rue en compagnie d'autres types de son acabit. Il a esquissé un sourire cynique, cruel même, laissant supposer que quelque chose sur mes traits le confortait dans son jugement. Je lui ai tourné le dos pour rentrer chez moi. Quand j'ai levé la tête vers le ciel limpide, j'ai cru de nouveau voir l'œil de Ruby, étrangement fébrile et las.

9

J'ai laissé le froid derrière moi pour entrer au Five Roses, la pizzeria au bas de mon immeuble, tenue par ma propriétaire. La chaleur à l'intérieur a apaisé la sensation de picotement sur mes joues rougies. J'ai noté la présence de deux flics assis à une table d'angle, en train de dévorer des sandwichs boulettes de viande-parmesan libérant de la sauce et du fromage fondu qui dégoulinaient dans des assiettes en carton. Mon estomac s'est mis à gargouiller. J'avais marché pendant des heures et l'après-midi touchait à sa fin.

L'endroit était quelconque, décoré avec un goût épouvantable, mais magnifié par les arômes provenant de la cuisine magique de Zelda. De faux lambris hideux, sombres et constellés de trous, recouvraient en partie les cloisons. Des rampes fluorescentes fixées au plafond affaissé, taché d'humidité, projetaient une lumière blafarde sur la salle. Celle-ci était meublée de tables branlantes dissimulées sous les sempiternelles nappes à carreaux rouges et blancs, entourées de chaises dont l'assise en vinyle brun laissait échapper des bouts de mousse. Une horloge publicitaire Pepsi Cola était accrochée de guingois au-dessus de la porte. Des centaines de photos jaunies, striées de pliures, étaient scotchées ou punaisées au mur derrière la vieille caisse enregistreuse. Ma préférée montrait Zelda radieuse à côté de Robert De Niro, qui lui avait nonchalamment passé un bras autour des épaules. Il arborait son sourire sorti tout droit des *Nerfs à vif* en brandissant une part de pizza devant l'objectif. « La meilleure pizza de New York », avait-il griffonné au-dessus de sa signature. Zelda semblait aux anges sur ce cliché ; elle était beaucoup plus jeune à l'époque et ses traits respiraient l'insouciance. Son chemisier rouge vif faisait ressortir le rose de ses joues. Son sourire était large mais aussi hésitant, d'une certaine manière, comme si elle se méfiait de cette expression inhabituelle et ne la pensait pas appelée à durer. En sept ans, je ne l'ai jamais vue souriante ni habillée autrement qu'en pantalon et col roulé noirs, tous deux tachetés de farine.

Quand je me suis approchée du comptoir, elle n'a même pas paru me remarquer ; elle s'est lancée dans un tourbillon d'activités. Elle a sorti une pizza du four à l'aide d'une spatule géante en bois puis l'a déposée sans effort apparent dans un carton ouvert. Aussitôt après, avec les mêmes gestes efficaces, elle a coupé deux tranches de la sicilienne exposée dans le présentoir vitré et les a mises à réchauffer. J'étais tellement prévisible que je n'avais même plus besoin de commander. Enfin, elle a levé les yeux vers moi.

« Ce sera tout ?

— Oui, merci », ai-je répondu en lui tendant un billet de cinq dollars.

Elle a pressé plusieurs touches sur sa vieille caisse enregistreuse et le tiroir s'est ouvert avec un *tchac-ding !* sonore témoignant d'une joyeuse impatience.

Zelda était une femme menue aux épaules étroites et voûtées, au petit visage d'oiseau. Tout l'éclat dont elle rayonnait sur la photo l'avait désertée, privant d'énergie son corps et de couleur son teint. Aujourd'hui, il émanait d'elle une aura de résignation, comme si sa vie ne consistait plus qu'à se forcer à mettre un pied devant l'autre. Pourtant, elle ne manquait pas de volonté ; je m'étais toujours dit qu'au besoin elle pourrait charger sur son dos un bloc de ciment de dix tonnes et le porter aussi longtemps qu'il le faudrait. À mes yeux, elle faisait partie de ces personnes pour qui l'existence est une prison dont elles possèdent la clé.

J'avais souvent essayé d'engager la conversation mais, lasse de me heurter à un mur, j'avais fini par renoncer des années plus tôt. Aussi attendais-je ma pizza, le regard perdu dans le vague, quand à ma grande surprise Zelda m'a adressé la parole.

« Un homme, a-t-elle marmonné, les lèvres pincées, en me fixant de ses yeux bruns cernés et entourés de minuscules rides. Il vous cherchait.

— Qui était-ce ? » ai-je demandé d'un ton léger, malgré le choc.

Elle a haussé les épaules.

« Aucune idée.

— Qu'est-ce qu'il voulait ?

— Juste que vous l'appeliez. Vous avez le numéro, qu'il a dit aussi. »

J'ai résisté à l'envie de me retourner pour examiner les passants sur le trottoir. La peur m'a saisie quand j'ai remarqué que les flics étaient partis. Zelda m'a tendu ma commande emballée dans un sachet en papier blanc.

Puis elle m'a coulé un regard de biais.

« C'était pas un homme bien, a-t-elle ajouté en secouant la tête. Pas du tout. »

Ces mots m'ont glacé le sang, et quand je suis sortie sur le trottoir, je me sentais terriblement vulnérable. Des piétons me croisaient, chargés de housses de pressing, de mallettes ou de sacs à dos. Quelqu'un m'a doublé en rollers ; un SDF était avachi sur un tabouret de l'autre côté de la rue. Dans la 1re Avenue s'écoulait un flot de véhicules d'où s'élevaient coups de Klaxon et crissements de freins. Le feu est passé au rouge pour les piétons. Tout était normal. Sauf pour moi.

Un peu plus d'une semaine après le sauvetage de Justin à ce même carrefour, plus rien ne me semblait pareil. J'avais franchi un bon million de fois les quelques mètres séparant le restaurant de la porte de mon immeuble, mais jamais je n'avais eu une conscience aussi aiguë de la foule autour de moi. J'enviais tous ces inconnus à l'air affairé, sûrs de savoir qui ils étaient, où ils allaient… et, surtout, d'où ils venaient. Et je croyais percevoir une menace sous la rumeur de la rue, telle une créature malveillante dissimulée derrière l'apparente innocence des scènes alentour. J'avais l'impression d'être observée. J'ai couru vers la porte d'entrée comme si j'étais talonnée par le danger, je l'ai déverrouillée et me suis glissée à l'intérieur. Le claquement métallique du battant qui se refermait a fait courir un frisson glacé sur ma peau.

Beaucoup plus tard ce soir-là, quand le téléphone m'a brutalement tirée d'un sommeil agité, j'ai deviné qu'il s'agissait d'Ace avant même de décrocher.

« J'ai appris que tu me cherchais, a-t-il lancé en guise de salut, d'une voix distante. C'est pas une bonne idée, Ridley. »

Je n'ai pas répondu et le silence sur la ligne s'est prolongé. Je trouvais drôle, quoique pas franchement hilarant, d'entendre mon grand frère toxico me donner des conseils.

« C'est quoi, le problème ? a-t-il repris quelques instants plus tard.

— Il faut que je te parle.

— Vas-y, je t'écoute. »

Non. J'avais besoin de voir son visage, de sonder son regard. De toute façon, je n'aimais pas m'entretenir avec lui au téléphone ; je ne parvenais jamais à le cerner, à deviner ce qu'il pensait ou ressentait. Cela dit, je n'y parvenais guère plus lors de nos rencontres.

« Il vaudrait mieux qu'on se retrouve quelque part. »

Nouveau silence. Je percevais l'écho de son souffle, et des bruits de rue m'indiquant qu'il appelait d'une cabine publique. J'ai regardé l'écran sur mon combiné ; à la place du numéro s'affichaient de petites étoiles dont la vue a accentué mon sentiment de solitude. J'ai attendu. Nos conversations téléphoniques étaient généralement entrecoupées de ces blancs chargés de tension.

« Rejoins-moi au restau sur la 4e Ouest, a-t-il dit enfin, comme si sa détermination initiale avait été envoyée au tapis après un difficile combat intérieur.

— Quand ? » ai-je demandé en jetant un coup d'œil à ma montre.

Il était une heure trente.

« Maintenant.

— O.-K. »

En moins de dix minutes, j'étais habillée et en bas de l'immeuble. J'ai hélé un taxi sur la 1re Avenue et le chauffeur a tourné à gauche dans la 12e Rue. Quand nous avons ensuite longé la 2e Avenue presque déserte à cette heure, je me suis rappelé la remarque de Truman Capote, selon laquelle elle avait un air d'abandon. J'étais d'accord. Nous sommes passés devant St. Mark's

Church et le Telephone Bar. Des gens qui ne savent pas de quoi ils parlent surnomment New York « la ville qui ne dort jamais ». Oh si ! elle dort. En tout cas, elle somnole. Les lumières s'éteignent derrière les fenêtres ; les rideaux de fer sont baissés.

À un feu, j'ai vu un homme d'une cinquantaine d'années avancer sur le trottoir. Il resserrait autour de lui les pans de sa veste en tweed et courbait les épaules comme pour se protéger d'un vent imaginaire. Il marchait vite, légèrement penché en avant, le visage inexpressif, les yeux fixés droit devant lui. Les piétons solitaires encore dehors après une certaine heure semblent toujours perdus, fatigués ou ivres, anxieux de rallier au plus vite leur destination. Étudiants et groupes de noceurs mis à part, je les ai toujours considérés comme des êtres égarés, existant en marge du monde, détachés des considérations diurnes telles que réveils, plannings, délais et responsabilités. Et je me suis toujours demandé ce qui pouvait les amener à arpenter seuls les rues la nuit. Or ce soir-là, je me retrouvais dans la même situation, aussi perdue qu'eux, même si j'étais dans un taxi, et en proie aux premières atteintes d'une bonne migraine. J'attribuais la douleur sourde derrière mes paupières à la bouteille de vin que j'avais presque terminée.

Je n'avais parlé qu'à mes parents et à Jake des messages et de la photo, mais après l'avertissement de Zelda, je ne concevais plus de supporter seule ce fardeau. Mon cerveau était en pleine effervescence quand j'étais remontée dans mon appartement. L'homme dans l'escalier la nuit précédente… était-ce lui qui me cherchait durant l'après-midi ? J'ai repensé à la note découverte le matin même. *Ils ont menti*. L'inconnu était-il au courant de ma visite chez mes parents ? Auquel cas, avait-il un moyen de savoir de quoi nous avions parlé ou s'agissait-il d'une simple coïncidence ? À moins que la signification de ces mots ne soit tout autre… J'ai songé brièvement à me rendre chez Jake un peu plus tard, à mentionner cet individu qui avait posé des questions sur moi à la pizzeria. Mais j'aspirais avant tout à rentrer chez moi, à apprécier le réconfort d'un cadre sûr et familier.

Absorbée dans mes réflexions, je n'avais pas remarqué que le chauffeur s'était arrêté devant le restaurant quand un coup frappé à la vitre m'a ramenée à la réalité. J'ai distingué le visage d'Ace derrière la glace. Il m'a ouvert la portière alors que je réglais la course, et je suis descendue.

Il avait l'air plutôt en forme malgré sa maigreur et son teint gris. Son jean délavé était trop large pour son corps émacié, mais au moins il était propre. Il portait un vieux blouson de motard sur un col roulé noir. Quand il m'a embrassée, sa barbe naissante m'a piqué la joue ; son haleine sentait la menthe. J'ai considéré cet effort d'hygiène personnelle comme un bon signe car, croyez-moi, il ne sentait pas toujours la menthe.

À l'intérieur du restaurant grouillant de noctambules en quête de cheeseburgers ou de pancakes après une soirée passée en boîte ou dans un bar, nous nous sommes installés sur les banquettes en vinyle rouge d'un box. Un présentoir vitré tournait près de moi, essayant de m'aguicher avec son assortiment de tartes au citron, gâteaux au fromage blanc et tiramisus. Des odeurs de tabac, de café brûlé, de graillon et de sirop d'érable flottaient dans l'air. Les conversations allaient bon train, ponctuées de temps à autre par le claquement des couverts sur les assiettes en céramique.

Ace n'aimait pas que je le dévisage pendant trop

longtemps. Il avait alors le sentiment d'être inspecté, m'avait-il confié. C'était peut-être vrai. Je cherchais sur ses traits des signes d'amélioration, ou au contraire de détérioration ; des indices laissant supposer un retour prochain dans la réalité – la mienne, du moins – ou une déchéance toujours plus grande. Il me semblait que mon frère existait dans un univers souterrain inconnu de tous, que je devais descendre un vieil escalier de pierre jusqu'aux longs corridors sombres où il errait en m'appelant. Alors, ce soir-là, je lui ai jeté des coups d'œil furtifs, à l'affût de nouvelles traces de piqûres, d'ecchymoses, de lésions ou que sais-je encore, tout en me demandant : combien de temps peut-il survivre ? Je veux dire, quelle est l'espérance de vie d'un drogué ? Je n'en avais pas la moindre idée.

« Bon, qu'est-ce qui se passe, Ridley ? T'as l'air vannée. »

Je lui ai fait part de toute l'histoire, malgré les interruptions de la serveuse venue prendre notre commande puis nous apporter nos cheeseburgers, frites et milk-shakes au chocolat. Ace n'a pas pipé mot durant mon récit, gardant les yeux obstinément baissés d'abord sur la table grise mouchetée de paillettes dorées, et ensuite sur l'assiette posée devant lui, dans laquelle il s'est contenté de picorer.

« Maman et papa t'ont dit quoi, au juste ? » m'a-t-il demandé après que je lui eus relaté ma visite à nos parents.

Je lui ai répété la conversation aussi précisément que ma mémoire me le permettait.

« En partant, je les croyais. Je me sentais vraiment ridicule, et aussi très déstabilisée. »

Il a ricané avant de hocher la tête.

« Ils ont toujours eu le chic pour inspirer aux autres ce

genre de sentiments, a-t-il déclaré d'un ton amer. Et il y a eu du nouveau, depuis ? »

Je lui ai parlé du second message et de l'article de journal. Il secouait la tête quand je l'ai de nouveau regardé.

« Quoi ?

— Ridley… » Il a jeté un coup d'œil par la vitre aux quelques voitures qui sillonnaient la 6e Avenue. « Pourquoi tu me racontes tout ça ?

— Parce que… je ne sais pas. J'ai la trouille. »

Ace a poussé un profond soupir avant de s'absorber dans la contemplation de ses doigts. J'ai essayé d'ignorer les marques de piqûre sur le dos de ses mains. S'il avait commencé à utiliser les veines à cet endroit, je préférais ne pas imaginer à quoi pouvait ressembler le reste de son corps.

« Tu as tout intérêt à ne pas connaître les réponses à tes questions. Je t'assure. »

Même au plus profond de ma détresse durant ces deux derniers jours, je n'avais pas cessé d'espérer que toute l'affaire soit le résultat d'un malentendu – comme ces automobilistes dont la voiture vient d'être accidentée et qui, encore choqués par l'impact, ne veulent pas croire pendant quelques secondes que c'est réellement arrivé. J'étais toujours dans cet état de déni. J'avais éprouvé le besoin urgent de retrouver mon frère en priant pour qu'il n'ait rien à m'apprendre. Je voulais l'entendre me traiter de folle et me réclamer de l'argent. J'avais fait une ultime tentative pour me raccrocher à mes illusions, et j'avais échoué.

« Ace… »

Il m'a interrompue d'un geste.

« Interroge donc papa sur ce *cher* Max », a-t-il répliqué, sarcastique. Je me suis alors souvenue que l'atmosphère paraissait toujours étrangement électrique entre mon frère et Max. Et que ma relation avec notre oncle suscitait une étrange jalousie chez Ace. « Demande-lui de te parler des projets qui tenaient tant à cœur à notre tonton. Je n'ai rien à ajouter.

— Mais…

— Faut que je te laisse, ma grande. »

Mon cœur s'est serré quand mon frère s'est levé. Dans mon désarroi, j'avais l'impression que s'il m'abandonnait maintenant, ce serait sans doute pour toujours. Peu à peu, la colère m'a envahie. Il n'avait pas le droit de me laisser affronter le problème – quel qu'il soit – toute seule.

« Ace, ai-je dit d'une toute petite voix, me faisant l'effet d'une gamine désespérée. Tu ne peux pas partir comme ça. »

Il m'a contemplée quelques instants en remuant la tête. Son regard était vide, las et, je dois bien l'admettre, complètement éteint.

« Je ne suis plus que l'ombre de moi-même, Ridley. En ce moment, je ne suis peut-être même pas là, avec toi. »

Les deux filles dans le box derrière nous avaient interrompu leur conversation et je les devinais en train d'épier la nôtre. Heureusement que je ne pouvais pas les voir, car je ne retenais plus mes larmes. Une nouvelle fois, je me sentais la proie de ce mélange familier d'adoration et de haine qui, par une curieuse alchimie, transformait l'homme faible devant moi en héros mythique. Superman, capable d'inverser la rotation de la Terre pour sauver Lois Lane mais qui refusait d'utiliser son pouvoir ; Prométhée terrorisé par le feu ; Atlas condamné à porter la voûte du ciel.

« Si tu étais maligne, tu oublierais toute cette histoire,

m'a-t-il conseillé. Continue de vivre comme avant. Fonce pour que tes poursuivants ne puissent pas te rattraper. »

La gorge nouée, j'ai hoché la tête. Puis j'ai plongé la main dans ma poche et je lui ai tendu l'argent que j'avais apporté pour lui. Il l'a accepté d'un air embarrassé, avant de jeter un coup d'œil impatient vers la porte. Durant un instant, il a paru sur le point d'ajouter quelque chose, mais soudain il s'est détourné.

« Je t'aime, ai-je dit encore sans le regarder.

— Je sais. Et je ne comprends pas pourquoi. »

Toujours assise sur la banquette, je l'ai vu s'engager dans la 4e Rue et prendre à gauche au premier croisement. Je l'ai suivi des yeux jusqu'à ce qu'il disparaisse, puis j'ai continué à scruter l'obscurité en espérant qu'il reviendrait. Mais mes attentes ont été déçues. Pour finir, j'ai posé mon front sur mes bras croisés et laissé les larmes mouiller le tissu de ma veste.

« Hé !... »

J'ai relevé la tête au moment où Jake se glissait sur la banquette de l'autre côté de la table. Il portait un blouson en jean noir sur un T-shirt gris et son expression était impénétrable. J'ai discrètement essuyé mes paupières, refusant de lui montrer mon chagrin.

« C'est une coïncidence ? ai-je murmuré d'une voix mal assurée, certaine d'avoir les yeux rouges.

— Non.

— Alors, vous m'avez suivie.

— Je craignais que vous ne fassiez des imprudences, par exemple rencontrer votre mystérieux papa en pleine nuit. »

Comme je ne répondais pas, il a ajouté :

« J'ai pensé que vous pourriez avoir besoin de soutien.

— Vous m'avez suivie », ai-je répété.

J'hésitais entre la peur, le soulagement et l'indignation. Si je ressentais un peu des trois, l'indignation menaçait cependant de l'emporter.

« Qui était-ce ? » a-t-il demandé en s'appuyant contre le dossier de la banquette, le regard tourné vers la rue comme s'il pensait apercevoir Ace.

N'ayant jusque-là jamais été espionnée, je ne savais pas trop comment interpréter l'initiative de Jake. Je ne suis pas de ces femmes qui trouvent excitant d'avoir à rendre des comptes. À vrai dire, c'est même plutôt le contraire ; les comportements dominateurs ont tendance à me faire sortir de mes gonds. Aussi ai-je dû réprimer l'élan qui me poussait à balayer les milk-shakes sur la table et à le planter là.

« Ce ne sont pas vos affaires », ai-je déclaré d'un ton plus sec que je ne l'aurais voulu.

Frappée soudain par le silence qui régnait dans la salle, j'ai observé les clients autour de moi. La foule des noctambules s'était considérablement amenuisée, au point qu'on pouvait maintenant entendre le grésillement des néons. Un couple occupait encore un box près de la porte. Deux punks partageaient une assiette de frites, leurs iroquoises orange (tellement démodées) légèrement de traviole. Un vieil homme buvait un café dans un coin, et la seule serveuse – une jeunette en pleine crise d'acné, plate comme une limande – feignait de lire un roman à l'eau de rose alors qu'en réalité elle ne perdait pas une miette de notre conversation.

« D'accord », a-t-il répondu.

Ses yeux m'ont survolée avant de se concentrer sur la table. J'ai de nouveau tenté de déchiffrer son expression, en vain.

« Je m'en vais, a-t-il repris en se levant. Ce n'était pas

une bonne idée. » Il s'est éloigné en direction de la porte avant de revenir vers notre table. « Je n'avais pas l'intention de vous harceler, O.-K. ? Et encore moins de vous effrayer. C'est juste que… je vous considère déjà comme une amie. Je ne sais pas trop pourquoi, d'ailleurs. Je ne me fais pas facilement des amis. »

Je l'ai dévisagé en me demandant si j'avais l'estomac noué à cause de mes nerfs malmenés, de mon attirance pour lui ou de toutes les cochonneries que j'avais avalées.

« C'est tout ce que je suis pour vous, Jake ?

— Quoi ?

— Une amie ? »

Il a haussé les épaules puis posé sur moi un regard tellement brûlant que j'ai failli laisser échapper un hoquet de stupeur. C'était l'expression d'un désir brut, dénué d'artifices, aussi ardent que le mien. J'ai flanqué vingt-cinq dollars sur la table et je l'ai suivi dehors.

Sur le trottoir, dans le froid, il a pris mon visage entre ses mains et m'a effleuré les lèvres des siennes. Ce simple geste a suffi à m'embraser tout entière. J'avais l'impression d'être une adolescente déconcertée par l'intensité de ses réactions autant que par celles de son petit ami. Sans s'écarter, Jake a réussi à héler un taxi et nous nous sommes effondrés sur la banquette arrière avant de nous peloter comme des étudiants le soir du bal de la promo.

Devant notre immeuble, il m'a embrassée dans la nuque pendant que je bataillais pour déverrouiller la porte d'entrée. Il m'a ensuite poussée à l'intérieur et plaquée contre le mur. Malgré l'urgence de son désir, son baiser s'est révélé doux, presque respectueux. Au lieu de fermer les yeux, il les a rivés aux miens. Pour ma part, je le dévorais littéralement du regard. Je ne sais pas trop comment nous avons gravi les trois étages jusqu'à mon appartement, mais nous y sommes bel et bien parvenus.

Sur mon lit, je l'ai chevauché pour lui ôter son T-shirt. Le tatouage ornant son torse et ses épaules montrait un dragon en vol, les ailes largement déployées ; de sa gueule béante émergeaient des dents pointues et une langue fourchue comme celle d'un serpent. C'était une véritable œuvre d'art, élaborée jusque dans les moindres détails. On sentait le dragon furieux, mais aussi puissant et généreux, sage et juste. Le dessin ne dissimulait cependant pas complètement les cicatrices : une entaille de presque dix centimètres sur le flanc et ce qui ressemblait à une blessure par balle près du cou. Jake est resté immobile pendant que je l'étudiais en laissant courir mes doigts sur les marques. Enfin, il a approché une main de mon visage et m'a caressé la joue, puis la mâchoire. J'ignore ce qu'il voyait sur mes traits.

« N'aie pas peur, Ridley », a-t-il chuchoté.

Je me suis penchée vers lui pour l'embrasser. J'avais peur, c'est vrai, mais moins de lui que du mélange de crainte et de désir en moi, de ce tumulte d'émotions nouvelles qui bouleversait une petite vie bien ordonnée jusque-là. J'ai déboutonné ma chemise.

« Je n'ai pas peur, ai-je prétendu.

— C'est ce que tu veux, tu en es sûre ? a-t-il demandé en prenant appui sur ses coudes pour me regarder. Parce que je te préviens, Ridley : je ne suis pas du genre à multiplier les aventures d'une nuit. Je suis seul depuis longtemps. Quand je m'investis, c'est sérieux. »

J'ai mesuré à son ton solennel toute la gravité de ses propos. Quand il s'est assis, je l'ai attiré à moi pour lui glisser à l'oreille :

« N'aie pas peur, Jake. »

Il a gémi avant de me serrer plus étroitement contre lui.

« Je dois te dire certaines choses à mon sujet, a-t-il murmuré dans mes cheveux.

— Et je veux que tu m'en parles. Je veux tout savoir de toi. Mais pas maintenant. »

La lumière du couloir s'insinuait dans la chambre et venait lécher les contours de sa silhouette. Sa clavicule formait un relief marqué que j'ai embrassé. Son corps, tout comme son tatouage, attestait d'un travail et d'efforts soutenus. Chaque muscle était ciselé, parfaitement dessiné, solide et dur sous la peau soyeuse. Jake frissonnait sous mes baisers. La conscience de son désir pour moi avivait tous mes sens.

Dans la pénombre, je ne distinguais pas bien son visage. Il a gardé les yeux ouverts quand je l'ai forcé à se rallonger. Sa mâchoire était crispée, sa bouche ne souriait pas. Pour qui se serait arrêté aux apparences, il aurait pu paraître insensible, voire furieux. Mais les plis à la commissure de ses lèvres et au coin de ses yeux racontaient une histoire différente. Ils exprimaient la tristesse dont je sentais toujours la présence en lui, une faim dévorante et la vulnérabilité émouvante d'un être qui autorisait rarement les autres à l'approcher, qui n'était pas sûr de supporter le plaisir ou la douleur engendrés par l'intimité.

Il m'a laissée explorer son corps du bout des doigts. Je voulais prendre mon temps pour le découvrir. J'avais envie à la fois de le posséder entièrement et de le savourer à petites doses, tout doucement. Il était patient, mais quand ses gémissements sont devenus plus intenses, j'ai deviné qu'il ne pourrait pas se retenir longtemps. Au moment où mes doigts s'attaquaient aux boutons de son jean, il m'a renversée sur le dos. Il a agi si vite que je me suis retrouvée dans ses bras, à le regarder en face, avant même d'avoir compris ce qui m'arrivait. Pendant un moment, je me suis sentie submergée par sa force et je me suis rappelé la façon dont il m'avait suivie jusqu'au restaurant. Ce souvenir m'a ébranlée, faisant naître en moi des sentiments d'euphorie et d'inquiétude.

« Tu me mets au supplice », a-t-il dit dans un souffle, d'une voix entrecoupée.

J'ai souri en refermant mes bras autour de lui.

Je me suis perdue dans son étreinte, noyée dans la chaleur de sa peau, l'éclat de son regard, la caresse de ses mains puissantes et impatientes. Il se repaissait de moi et je lui ai permis de se nourrir de ma chair, de me dévorer peu à peu. Jamais je ne m'étais offerte ainsi pendant l'amour, jamais je n'aurais cru me délecter à ce point de mon abandon. Les cauchemars qui depuis quelque temps peuplaient mon existence avaient tiré leur révérence tels des acteurs quittant la scène, et seuls comptaient désormais nos deux corps emmêlés. Une semaine plus tôt, quand je croyais encore savoir qui j'étais, peut-être ne me serais-je pas laissée aller ainsi. Mais à présent, libérée de tout ce qui m'avait définie jusque-là, je n'avais plus de frontières à protéger. Je me suis rendue sans résister au plaisir de notre union, prenant le risque de me révéler complètement à Jake. En cet instant, je me sentais plus vivante que jamais, comme si ce nouveau venu me connaissait mieux que quiconque sur cette terre.

10

Je n'avais jamais demandé à Zack de me rendre ma clé. Je ne sais pas vraiment pourquoi, peut-être par crainte de l'humilier en plus de l'avoir blessé. Et puis, nous étions toujours proches, toujours de bons amis. Mais pour moi, il allait de soi qu'il n'avait plus le droit de l'utiliser sans ma permission. Le vendredi matin m'a prouvé à quel point je me trompais.

Mon cœur a manqué un battement quand, en émergeant de ma chambre, le cerveau encore embrumé par le sommeil, j'ai découvert une silhouette installée sur le canapé dans le salon. Paniquée, j'ai senti monter dans ma gorge un cri que j'ai étouffé une seconde plus tard en reconnaissant Zack. Jamais je ne lui avais vu une expression pareille. Ses traits reflétaient l'inquiétude, mais aussi la colère et la rancœur.

« Zack... », ai-je dit en portant une main à ma poitrine. La peur en moi avait cédé la place à la contrariété. « Qu'est-ce que tu fais là ?

— Comment ça, qu'est-ce que je fais là ? a-t-il rétorqué, incrédule. Enfin quoi, Ridley, tout le monde se ronge les sangs à cause de toi !

— Ah oui ? Qui, par exemple ?

— Ton père et ta mère, en premier lieu ! Nom d'un chien, mais qu'est-ce qui t'arrive ?

— Je les ai vus avant-hier.

— Je suis au courant. Pour leur débiter des trucs complètement dingues, comme quoi ils ne seraient pas tes vrais parents. Et après, tu ne prends même pas la peine de leur téléphoner pour leur dire que tu vas bien ?

— En quoi ça te concerne ? »

Nous touchions à un aspect de ma relation avec Zack, ou plutôt de sa relation avec mes parents, que j'avais toujours détesté. J'avais souvent eu le sentiment que c'était un être façonné par leurs soins dans l'unique but de m'épouser et de veiller sur moi à leur place. Ça m'irritait au plus haut point quand nous étions encore ensemble. Et maintenant que nous étions séparés, ça me rendait carrément folle de rage. Une bouffée de chaleur m'a fait monter le rouge aux joues.

« Je veux que tu partes, Zack. Tout de suite, ai-je dit en me dirigeant vers la cuisine.

— Ridley, je t'en prie… Explique-moi ce qui se passe. »

Je l'ai ignoré lorsqu'il s'est levé pour m'emboîter le pas. En remarquant qu'il était en chaussettes, j'ai failli exploser. Il avait osé se déchausser, en plus ! De quel droit débarquait-il chez moi à l'improviste et se permettait-il de prendre ses aises ?

« Tu n'as pas entendu ? » ai-je répliqué. Je me suis retournée pour le fixer droit dans les yeux. « Va-t'en. »

Il n'aurait pas eu l'air plus choqué si je l'avais giflé en plein visage. Pourquoi le traitais-je ainsi ? Pourquoi me montrais-je aussi brutale envers lui ? C'était mon copain d'enfance, mon ancien petit ami, le fils d'une femme que j'aimais comme une mère… C'était *Zack* !

Alors, pourquoi me faisait-il l'effet d'un intrus dont je ne supportais pas la présence dans mon appartement ?

« Excuse-moi, a-t-il répondu avec un léger hochement de tête. Tu as raison. Je n'aurais pas dû venir. J'étais… »

Il s'est interrompu pour contempler ses chaussettes.

J'ai poussé un profond soupir ; je m'étais comportée en vraie garce.

« Écoute, je comprends que tu te sois fait du souci, ai-je dit d'un ton radouci en me dirigeant vers lui. Mais c'est vrai, ce n'était pas une bonne idée de venir. »

J'ai posé une main sur son bras.

« Oh ! Ridley… », a-t-il murmuré en me fixant de ses yeux bleu clair.

À sa façon de prononcer mon nom, j'ai deviné son chagrin et sa déception, mais aussi tous les espoirs qu'il nourrissait encore pour nous deux. Des espoirs entretenus par mes parents et sa mère, je l'aurais parié. *Ridley a besoin de temps. Ne t'en fais pas, elle finira par revenir.*

« Je suis désolée, Zack. »

Je ne sais pas pourquoi je m'excusais. Quand il m'a attirée dans ses bras, j'ai humé son parfum familier et je me suis laissée aller un instant contre lui, comme on s'abandonne parfois au souvenir des bons moments. « Tu es folle de quitter ce garçon », m'avait reproché ma mère. Peut-être avait-elle raison, une fois de plus. Mais je n'aimais pas Zack – ou plutôt, je n'étais pas amoureuse de lui.

« Un problème, Ridley ? » a lancé Jake en sortant de la salle de bains.

Zack s'est écarté aussi vite que si je l'avais mordu. Ses traits exprimaient un étonnement blessé. Durant quelques secondes, j'ai regardé les deux hommes devant moi ; le contraste entre eux était tellement saisissant que c'en était presque comique. D'un côté, Zack : blond, pantalon de toile au pli impeccable, chemise blanche, veste sport Lands' End posée sur le bras du canapé, mocassins Rockports abandonnés sous la table basse. De l'autre, Jake : brun, torse musclé orné d'un tatouage impressionnant, jean délavé, pieds nus (irrésistible).

En voyant la mine déconfite de Zack, je me suis sentie prise en faute, coupable de traîner avec des mauvais garçons. Pourtant, j'avais beau le plaindre, je n'en ressentais pas moins une certaine satisfaction. Il ne faudrait tout de même pas oublier qu'il avait envahi mon territoire dans le but, entre autres, de m'espionner pour le compte de mes parents ! Et ça, ça me restait en travers de la gorge.

« Qui est-ce ? a-t-il enfin demandé.

— Zack, je te présente Jake. Jake, Zack.

— Salut », a dit Jake, la main tendue.

Son interlocuteur s'est contenté de le toiser jusqu'au moment où Jake a retiré sa main en hochant la tête d'un air entendu. Sans un mot, Zack est passé près de lui pour aller récupérer ses chaussures et sa veste. Remords et tristesse m'envahissaient peu à peu – comme souvent en présence de mon ex. Quand, ses affaires à la main, il s'est avancé vers la porte, j'ai repris la parole :

« Rends-moi ma clé, Zack. Tu n'avais pas le droit de faire ça. »

Il l'a sortie de sa poche avant de me la tendre en esquissant un petit sourire énigmatique. Une pensée incongrue m'a alors traversé l'esprit : *Il en a gardé un double.*

« Je ne te comprends plus, Ridley, a-t-il déclaré.

— Je ne suis pas sûre que tu m'aies jamais comprise… », ai-je répliqué.

Je n'avais pas prémédité cette réponse, pour la bonne raison que je n'y avais pas pensé jusque-là. Pourtant, je l'ai sue vraie à l'instant même où je l'ai formulée. Je m'expliquais mieux désormais pourquoi j'avais mis un terme à notre relation ; avec lui, je ne pouvais pas être moi-même sans éprouver du remords ou craindre de le décevoir. Je me sentais telle une gosse rebelle face à un parent dominateur, dont toutes les initiatives personnelles sont sources de chagrin pour lui et méritent une punition. Le rapport était subtil, suffisamment en tout cas pour échapper à l'attention d'autrui. Presque imperceptible, en réalité… sauf pour moi.

Zack était toujours en chaussettes. Sans doute jugeait-il humiliant d'enfiler ses chaussures devant Jake. Une fois la porte refermée, je l'ai vu par l'œilleton s'asseoir sur la première marche de l'escalier pour les remettre. Je n'étais pas spécialement fière de moi.

« Ça va ? » a demandé Jake.

La façon dont il a posé la question m'a plu. Il s'inquiétait pour moi, d'accord, mais en même temps, il partait du principe que j'étais à même de gérer la situation. De plus, il ne paraissait ni jaloux ni furieux, à mon grand soulagement. Au moins, je n'aurais pas à m'occuper de ses émotions alors que je bataillais encore avec les miennes.

« Pas vraiment, ai-je avoué. Il se passe pas mal de trucs moches dans ma vie en ce moment. »

Il s'est approché de moi.

« À l'exception de la nuit dernière, pas vrai ? Attention à mon ego délicat », m'a-t-il avertie avec un grand sourire communicatif.

Mes lèvres s'étiraient déjà malgré moi quand il m'a prise par les épaules.

« Non, ce n'était pas trop moche », ai-je murmuré en appuyant ma tête contre sa poitrine.

Il a refermé ses bras autour de moi. Une minute plus tard, nous étions de nouveau au lit.

Après l'amour, j'ai somnolé un peu. En me réveillant, je n'ai pas ouvert les yeux tout de suite tant je redoutais de trouver la place vide à côté de moi. Si Jake avait disparu, je serais obligée de considérer ce que j'avais cru déceler entre nous comme pur fantasme de ma part. S'il avait disparu, je serais une parfaite idiote. Mais soudain, j'ai senti son parfum. Au même moment, sa paume s'est posée sur mon ventre, me faisant l'effet d'une décharge électrique.

« Tu es réveillée », a-t-il affirmé.

Cette fois, j'ai ouvert les yeux.

« Comment t'as deviné ?

— Le rythme de ta respiration a changé.

— Tu m'écoutais respirer ? »

Il a hoché la tête tandis qu'un sourire paresseux, terriblement sensuel, éclairait son visage. J'ai cru qu'il allait lancer une remarque grivoise, mais non, il a gardé le silence. Décidément, je l'aimais de plus en plus… Cette révélation m'a aussitôt troublée et j'ai dû fournir un effort pour me ressaisir. *Ne t'emballe pas, ma fille*.

« Quelle heure est-il ? » ai-je demandé en jetant un coup d'œil au réveil.

Il était un peu plus de dix heures.

« Tu as du boulot, j'imagine », a-t-il observé.

C'est plus une affirmation qu'une question, et de toute évidence la situation ne lui posait pas de problème. Zack n'avait jamais considéré mes activités professionnelles comme un vrai travail, et pour lui, le temps que j'y consacrais en sa présence empiétait sur les moments réservés à notre couple. Jake s'est levé et m'a offert un joli spectacle quand il a enfilé son jean et ramassé sa chemise par terre. Très joli.

« Mon studio se trouve à l'angle de la 10e Rue et de l'Avenue A », a-t-il dit en venant se rasseoir sur le lit. Il m'a pris la main et l'a portée à ses lèvres. « Viens si tu as envie de voir mes œuvres. C'est la première porte du côté est de l'avenue, juste en face du parc. Elle est rouge ; tu ne peux pas la manquer.

— Avec plaisir. » J'ai souri. « Je serai là-bas vers quatre heures. »

Il s'est penché pour me donner un baiser léger, mais tendre et charmant. Puis il est parti.

11

Après le départ de Jake, je me suis préparé un bon café, qui m'a stimulée toute la matinée. Tama Puma m'a rappelée.

« Mlle Thurman serait enchantée de vous rencontrer », m'a-t-elle annoncé, toujours aussi pénétrée de son importance, mais d'une voix plutôt chaleureuse.

Enchantée ? Qui parle encore ainsi de nos jours ? J'ai imaginé mon interlocutrice drapée dans un boa, tenant entre ses doigts une longue cigarette fine. Sauf que Mlle Puma n'était pas vraiment du genre à fumer.

J'ai ensuite téléphoné au service comptabilité du magazine *New York* au sujet d'une somme qu'on me devait encore. Le chèque a été envoyé, m'a-t-on répondu. Vers midi, l'effet de la caféine s'est enfin dissipé, et il m'a été impossible d'ignorer les pensées que j'avais repoussées jusque-là. Ma conscience me travaillait ; je devais appeler mes parents pour leur dire que tout allait bien. Pourtant, je n'en avais pas envie. Je ne voulais pas entendre leurs voix, de crainte qu'elles ne noient la mienne.

Alors je me suis connectée à Internet, puis au moteur de recherche LexisNexis, pour me renseigner sur une fillette disparue et une mère assassinée dans les années

1970, mais il y avait trop de réponses. J'ai réduit les recherches à une zone de trois États, pour obtenir encore plus de dix mille entrées. Ce constat m'a glacé le sang. J'ai repensé à mon enfance idyllique, aux sentiments d'amour et de sécurité avec lesquels j'avais grandi, à mes seules craintes de l'époque concernant d'éventuelles mauvaises notes et l'embarras suscité par mon incapacité à grimper à la corde en athlétisme.

J'ai fait défiler des articles piochés dans les archives de vieux journaux et magazines. J'ai exploré des sites web où de terribles clichés répertoriés par âges montraient des enfants disparus dont on n'avait jamais retrouvé la trace, et dont les parents avaient dû imaginer à quoi ils ressembleraient cinq ou dix ans plus tard – au cas, bien sûr, où ils seraient toujours vivants. J'ai compris alors qu'il existait un univers parallèle, un monde de violence et de terreur où certaines personnes avaient été exilées et auquel nous n'avions pas la possibilité d'accéder même si nous le souhaitions. Quoi qu'il en soit, je n'ai découvert aucune information relative à la coupure de presse incomplète que j'avais reçue, aucune image correspondant à celles posées sur mon bureau. Je dois toutefois avouer que j'ai un peu « bâclé » mes recherches, comme dirait ma mère. Au fond, je n'étais pas certaine de vouloir en savoir plus.

Ma table s'ornait d'une vieille photo encadrée d'Ace et moi tout gosses. Je l'ai examinée avec attention. J'étais assise sur une balançoire dans le parc près de chez nous et mon frère se tenait derrière moi, les mains placées juste au-dessus des miennes sur les chaînes qui retenaient la planche. Il avait appuyé son menton sur ma tête et nous arborions un grand sourire face à l'objectif tandis que des feuilles rouges, dorées, brunes et orange virevoltaient autour de nous, balayées par de fortes rafales de vent. Une mèche de mes cheveux voltigeait devant le visage d'Ace, lui dessinant une sorte de fine moustache. Je me suis souvenue d'autres jours heureux comme celui-ci, quand nous étions encore enfants tous les deux, quand rien ne laissait présager de l'avenir d'Ace. Je me suis souvenue aussi de promenades et de fêtes, de vacances et de réunions familiales, où l'ombre du spectre que deviendrait mon frère n'était pas là pour assombrir notre bonheur.

Ma mère aime bien raconter une anecdote à notre sujet. Ou, du moins, elle aimait bien la raconter à l'époque où elle pouvait encore parler d'Ace, où elle le considérait encore comme son fils. Nous étions petits – je ne sais pas trop quel âge nous avions, peut-être quatre et sept ans. Ce samedi-là, en me réveillant, j'avais vu la lumière du soleil filtrant par les stores de ma chambre, et je m'étais sentie tout excitée à l'idée que mon frère n'était pas obligé d'aller à l'école et que nous pourrions passer la matinée devant la télé, à regarder des dessins animés. C'était l'automne, l'air était frais, le sol glacé sous mes pieds nus lorsque j'ai traversé notre salle de bains pour rejoindre Ace. Je me suis glissée dans son lit et, une fois allongée près de lui, j'ai soulevé délicatement une de ses paupières. Il était déjà réveillé, bien sûr, il faisait juste semblant de dormir. Après les ronchonnements et marmonnements habituels, il m'a laissée l'entraîner jusqu'au bas de l'escalier.

En général, le samedi matin, nous commencions par avaler de grands bols de céréales Cocoa Pebbles. Mes parents ne se lèveraient pas avant un bon moment, aussi la cuisine était-elle à nous ; personne n'était là pour surveiller ce que nous mangions, pour nous dire de baisser le son de la télévision et de ne pas nous asseoir trop près de l'écran. C'était pour nous une sorte de parenthèse dorée dont nous profitions pour nous livrer à une orgie de céréales sucrées et de lait chocolaté, pour chahuter ou nous lancer dans de délirantes parties de chatouilles durant lesquelles il m'arrivait parfois de faire pipi dans mon pyjama.

Pour je ne sais quelle raison, Ace a décidé ce jour-là que nous aurions des cookies pour le petit déjeuner. Il a trouvé un paquet d'Oreo dans l'office et nous l'avons emporté, ainsi que deux verres de lait, devant le poste de télé.

Nous avions englouti la moitié du paquet, il me semble, quand ma mère a surgi.

« Ace ! Ridley ! Mais qu'est-ce que vous fabriquez ? »

Nous sommes restés pétrifiés tous les deux, immobilisant un biscuit près de nos lèvres barbouillées de chocolat.

« Donnez-moi tout de suite ces cookies. »

J'ai aussitôt tendu le mien à maman en éclatant en sanglots. Mon frère, lui, a plongé la main dans le paquet et enfourné le plus de gâteaux possible avant qu'elle ne puisse l'en empêcher.

Quand elle racontait l'histoire, ma mère s'émerveillait toujours des différences entre ses deux enfants pourtant nés des mêmes parents et élevés dans la même maison. Mais ce jour-là, je n'ai pas versé des larmes parce que je voulais encore des cookies – à vrai dire, je commençais à être écœurée –, mais parce que son arrivée mettait un terme brutal à notre interlude magique.

Dans mon esprit, cette dispute marque la naissance d'une faille entre mes souvenirs d'enfance et ceux de mon frère. Maman et lui se sont déclaré une guerre acharnée : Ace s'est enfui avec le paquet d'Oreo et enfermé dans sa chambre tandis que ma mère, furieuse, martelait la porte à coups de poing.

« Bon sang, Grace, calme-toi ! Ce n'est qu'un paquet de gâteaux ! » s'est exclamé papa en montant l'escalier à leur suite.

Mais bien sûr, le problème n'avait rien à voir avec les cookies. Il concernait avant tout le respect de l'autorité – l'autorité maternelle à laquelle je m'étais docilement pliée alors que mon frère s'était révolté. Chacun de nous ayant hérité de nos parents une personnalité différente, nous avons connu des expériences diverses dans notre jeunesse. J'avais fini en reniflant dans les bras de mon père ; Ace avait eu droit, de la part de maman, à ce silence glacial qui suivait en général ses accès de colère typiques de la périménopause.

Pourtant, elle a réussi à transformer l'incident en anecdote aussi charmante qu'amusante à relater dans les dîners, dépouillée de la tension dramatique du moment et censée illustrer combien les enfants peuvent être *drôles* et *lunatiques*. Je grinçais toujours des dents quand j'entendais son récit, non parce que l'épisode m'avait traumatisée (contrairement à Ace, sans doute), mais parce que je ne voyais pas trop quelle image ma mère essayait de donner de moi. Voulait-elle dire que j'étais lâche et Ace courageux ? Obéissante et lui rebelle ? Devais-je me sentir honteuse ou fière de mon attitude ? Il me semblait déceler dans la voix de ma mère une sorte de respect réticent quand elle évoquait Ace, comme si elle admirait son audace. Plus tard, bien sûr, elle n'a plus du tout parlé de lui. C'est étrange, tout de même, cette faculté de la mémoire à déformer la réalité, à l'étirer et à la tordre telle de la pâte à pain, amenant un même événement à prendre une signification différente pour chacun des protagonistes impliqués.

Alors que je regardais la photo de la balançoire, les souvenirs ont commencé à défiler dans mon esprit tels des soldats ; des scènes auxquelles je n'avais pas pensé depuis des années me revenaient à l'esprit, teintées de sépia par le passage du temps. Et je n'aurais su dire si j'étais plus lucide que jamais ou, au contraire, si je perdais l'esprit, si tout – mes réminiscences du passé, ma perception du présent – était altéré par les faits récents.

Mon oncle Max était une montagne, une étoile filante, un gros nounours toujours prêt à nous promener sur son dos, qui arrivait invariablement les poches pleines de bonbons et, plus tard, d'argent ou de n'importe quelle autre monnaie en vigueur à notre âge. Il était pour les concerts de rock et les matchs de base-ball, il disait oui quand mes parents disaient non, il savait consoler toutes les déceptions. C'était un vrai boute-en-train, et les journées passées avec lui en l'absence de mes parents comptent parmi les moments les plus heureux de mon enfance. Ace et moi l'adorions, bien sûr. Comment aurait-il pu en être autrement ? C'est facile de plaire aux enfants quand ce n'est pas vous qui fixez les règles, quand votre seul rôle auprès d'eux consiste à leur montrer combien la vie est amusante.

Il y avait toujours une femme pendue à son bras, mais jamais la même. Elles ont tendance à se confondre dans ma mémoire, aucune ne se détache vraiment de cette parade de lèvres et de seins siliconés, de peau bronzée, de longs cheveux blond platine et de talons hauts. Elles étaient toujours perchées sur des escarpins vertigineux quelle que soit leur tenue – robes, jeans ou bikinis. À la réflexion, cependant, je me rappelle un peu mieux l'une d'elles. Ce jour-là, une fête était organisée chez nous, dans l'après-midi – pour l'anniversaire d'Ace, je crois.

Le plafond du salon disparaissait sous une profusion de ballons à l'hélium – rouges, orange, bleus, verts, violets. J'ai l'impression d'entendre la musique qui, dans ma tête, résonne aujourd'hui comme l'orgue de Barbarie d'un manège. Je me souviens aussi des rires, d'un verre de soda renversé sur le tapis blanc, d'un ballon éclaté, des cris de joie et d'un clown exécutant des tours de magie. J'avais surgi trop vite au détour du couloir, et heurté les jambes gainées de jean d'une des petites amies de Max.

« S'cusez-moi », avais-je dit en levant les yeux vers elle.

Je ne revois de cette inconnue que ses paupières maquillées de bleu, ses cheveux blonds effilés et sa bouche pulpeuse fardée de gloss rose bonbon.

« Pas de problème, Ridley », avait-elle répondu gentiment avant de s'éloigner.

Mon regard avait alors été attiré par ses magnifiques escarpins en cuir rouge. Des Candies, me semble-t-il, le summum de la sophistication sexy. J'étais restée béate d'admiration devant ce qui m'apparaissait comme l'incarnation même de la féminité.

« Franchement, Max », avait lancé ma mère dans la cuisine au moment où je m'en approchais. Je connaissais ce ton lourd de réprobation. « En amener une ici… À la fête d'Ace ! Comment as-tu pu faire ça ?

— Je ne voulais pas venir seul, avait-il répondu d'une voix que je ne lui connaissais pas.

— N'importe quoi.

— Mais enfin, qu'est-ce que tu cherches, Grace ? Arrête de jouer les saintes nitouches, merde ! »

Je n'avais pas eu le temps d'être choquée par cet échange virulent entre ma mère et Max, car sur ces entrefaites mon père nous avait rejoints.

« Mais c'est ma petite puce ! » s'était-il exclamé en me prenant dans ses bras même si je devenais trop lourde pour lui.

Il m'avait portée jusqu'à la cuisine. Avait-il vu ma mère et Max détourner les yeux et se composer rapidement une mine joyeuse de circonstance ?

« Qu'est-ce que vous complotez, tous les deux ? avait lancé gaiement papa. Ne me dis pas que tu fais des avances à ma femme, hein, Max ? »

Tous trois avaient éclaté de rire comme s'ils trouvaient hilarante une telle possibilité. Puis le moment du gâteau était arrivé, occultant le souvenir de la scène dans mon esprit de gamine de sept ans.

Quand les murs de mon appartement ont commencé à se resserrer autour de moi, j'ai pris une douche, je me suis habillée et je suis sortie. Je connais la réputation de New York mais je ne m'étais jamais sentie menacée dans cette ville, pas une minute – du moins jusque-là. Les mises en garde de Zelda au sujet de l'inconnu à ma recherche me sont revenues à l'esprit. Je n'avais mentionné l'incident ni à Jake ni à Ace, sans que je puisse me l'expliquer. J'avais parfois tendance à traiter mes soucis comme des moucherons agaçants, appliquant une espèce de philosophie à la noix style « si on les ignore, ils vont finir par disparaître ». Pourtant, maintenant qu'un mystérieux individu s'était matérialisé en bas de chez moi au lieu de se contenter de m'envoyer des lettres, il n'était peut-être plus possible d'ignorer le problème, justement. Le danger grandissait mais j'avais peur de l'admettre, au risque de subir les conséquences de cette nouvelle situation, dont une restriction nécessaire de ma liberté. Or vous savez déjà combien j'y tiens.

J'ai franchi les portes d'une des cliniques où mon père et Zachary offraient leurs services. L'une d'elles était à New York, l'autre dans le New Jersey. Plus papa approchait de la retraite, plus il s'investissait dans ses activités de bénévole. En général, il travaillait dans le New Jersey en début de semaine et à New York les autres jours, aussi pensais-je avoir de bonnes chances de le trouver en ville ce matin-là. Oh, je vous entends déjà : ne vient-elle pas de dire qu'elle ne voulait pas parler à ses parents ? Vous avez raison, je n'en avais pas envie. Mais en cas de problème, je me sens attirée vers mon père comme par un aimant. J'ai beau jurer mes grands dieux que je ne vais pas l'appeler ou passer le voir quand quelque chose va de travers, je finis toujours par décrocher le téléphone ou faire un saut à son cabinet.

« Je cherche le Dr Jones, ai-je dit à la jeune femme à l'accueil. Il est là, aujourd'hui ? »

Elle avait une magnifique peau café au lait et de grands yeux noirs bordés de longs cils. Je ne l'avais jamais vue avant, bien que je sois venue souvent retrouver mon père ou Zack. Mais ça n'avait rien de surprenant ; la rotation du personnel était importante dans cet établissement.

« Vous avez rendez-vous ? a-t-elle lancé sans détacher les yeux du dossier ouvert devant elle.

— Je suis sa fille. »

Cette fois, elle a levé la tête et souri.

« Vous êtes la fiancée de Zack ? » a-t-elle gazouillé.

La question m'a agacée. Nous avions rompu six mois plus tôt, et de toute façon j'avais refusé sa demande en mariage. Jamais je n'avais été sa *fiancée*. Sans me laisser le loisir de répondre, elle a enchaîné :

« Et c'est bien vous qui avez sauvé ce gosse il y a deux semaines, n'est-ce pas ? Votre photo était dans le journal.

— Euh, oui. C'est moi. »

Une lueur admirative a brillé dans son regard.

« Waouh ! Ravie de vous rencontrer. Je m'appelle Ava.

— Très heureuse. »

Je me sentais terriblement gênée, incapable d'ajouter : « À propos, je ne suis pas fiancée à Zack. En fait, je ne l'ai jamais été… C'est une longue histoire. »

Aussi ai-je gardé le silence.

« Juste une seconde, a-t-elle dit sans me quitter des yeux. Je vais l'appeler sur son *pager*. Mais je vous en prie, asseyez-vous. »

Je me suis installée sur un siège libre parmi les bébés en pleurs et les jeunes enfants à la toux sèche et au nez qui coulait, en espérant que mon organisme résisterait aux virus baladeurs. À côté de moi, une femme respirait laborieusement comme si elle avait les poumons encombrés.

« Ridley ? a repris Ava quelques minutes plus tard. Vous pouvez y aller, il est dans le dernier cabinet.

— Merci.

— C'est drôle, a-t-elle repris en pressant un bouton pour m'ouvrir la porte à droite de son bureau, vous ne ressemblez pas beaucoup à votre papa. »

J'ai forcé un sourire.

« Je sais, on me l'a déjà dit. »

« Votre père est un saint. Vous vous en rendez compte, au moins ? Vous avez de la chance, vous deux.

Mouais, une putain de veine. Mais ne racontez pas à votre maman que je jure devant vous, hein ? »

Oncle Max nous l'avait répété si souvent qu'à la fin les mots avaient perdu tout leur sens. « Vous ne savez pas…, ajoutait-il invariablement. Non, vous ne savez pas ce que c'est d'avoir un père qui ne vous aime pas. » Son expression à ce moment-là était celle qu'il arborait toujours en présence de ma mère. Comme si, pour le bal de la promo auquel devait se rendre toute la planète, il était le seul à ne pas avoir de cavalière.

C'était peut-être l'homme le plus solitaire que j'aie jamais connu, à l'exception de mon frère. Quand j'étais petite, je sentais cette faille en lui sans pouvoir me l'expliquer. En grandissant, j'ai pris conscience qu'il se considérait comme seul au monde. Pourtant, je ne comprenais pas vraiment d'où lui venait cette impression ; il avait mes parents, il nous avait, Ace et moi, il avait son cortège de poupées Barbie. Aujourd'hui seulement, je le cerne mieux. La solitude est une sorte de maladie. Il l'avait attrapée et elle contaminait sa vie. Il la soignait à sa manière, nous gâtant à outrance, vouant à mes parents une adoration sans bornes, s'entourant de « petites amies », abusant de la bouteille. Hélas ! il n'existait pas de remède. Cette maladie-là est incurable.

« Oh, Ridley ! » s'est exclamé mon père avant de pousser un profond soupir. Il m'a regardée d'un air peiné. « On s'est fait beaucoup de souci, tu sais.

— Je suis désolée », ai-je répondu en fermant la porte derrière moi.

Nous nous trouvions dans une salle d'examen. Elle sentait… eh bien, vous êtes sûrement familiers de ce genre d'odeurs : pansements et désinfectant. Éclairage au néon, méchants sols en Formica associant des couleurs discordantes : moutarde, olive, saumon.

Étagères immaculées vert avocat, bocaux remplis de boules de coton et d'abaisse-langue encore dans leur emballage.

Papa m'a serrée dans ses bras alors même que je le devinais furieux contre moi. C'était une des raisons pour lesquelles je l'aimais tant. Quand elle fulminait, ma mère ne regardait pas en face l'objet de son courroux, comme si elle refusait d'admettre son existence tant qu'elle ne lui avait pas accordé son pardon. Je me suis écartée au bout de quelques secondes puis hissée sur la table d'examen, dont le papier non tissé s'est plissé sous mes fesses, me rappelant des dizaines de visites pour diverses raisons dans des pièces qui semblaient toutes pareilles. Ou presque. Malgré une propreté impeccable, celle-ci dégageait une impression d'usure et de dégradation caractéristique d'un établissement public, par opposition à certains cabinets privés opulents où j'avais eu l'occasion d'aller. C'était déprimant. Dans cet environnement propre et aseptisé mais hideux, digne d'un décor des années 1950, des fissures lézardaient les murs, des taches d'humidité souillaient le plafond. Comme si les pauvres ne méritaient pas un cadre plus moderne et plus attrayant. Un poster jauni aux coins déchirés était scotché sur une cloison ; il montrait le système musculaire humain. Ravissant. Le type avait l'air plutôt calme pour quelqu'un qui s'était fait écorcher.

« Pourquoi as-tu chargé Zack de m'espionner ? » ai-je attaqué.

Mon père a pris un air innocent.

« Qu'est-ce que tu me chantes, Ridley ? Jamais je ne ferais une chose pareille. »

Impassible, j'ai soutenu son regard.

« Bon, d'accord, je lui ai demandé de te téléphoner,

a-t-il avoué enfin. C'est tout. Je pensais que tu accepterais peut-être de lui parler.

— Eh bien, il est entré chez moi sans prévenir. Ça ne m'a pas plu, figure-toi.

— En tout cas, je crois qu'il a compris la leçon », a répliqué mon père en détournant les yeux.

Il s'est laissé choir sur une chaise à l'assise en vinyle vert et aux pieds métalliques, puis il s'est appuyé contre le dossier en croisant les mains sur son ventre. De nouveau, il a soupiré.

« Donc, ai-je poursuivi, à la fois irritée et embarrassée, il s'est empressé de venir tout te raconter, en bon petit mouchard ? »

Avais-je conscience de me comporter comme une gosse de douze ans ? Oui, rassurez-vous, et je n'en étais pas fière. Mais il s'agissait là d'un aspect particulier d'un problème plus vaste que je commençais tout juste à cerner : en présence de mes parents, j'avais toujours le sentiment d'avoir douze ans. Et devinez quoi ? Ils ne demandaient pas mieux que de me traiter comme telle.

« Tu as rencontré quelqu'un ? s'est enquis mon père en s'efforçant d'adopter un ton léger.

— Je ne suis pas venue pour discuter de ça, papa.

— Ah non ?

— Non. Je voudrais parler d'oncle Max. »

Personne n'aurait qualifié mon père de « séduisant ». Du moins, pas au sens traditionnel du terme. Cependant, je me rendais bien compte de l'attrait qu'il exerçait sur les femmes. Pour autant que je le sache, aucune n'était capable de croiser son regard sans se fendre aussitôt d'un grand sourire. Son charme allait bien au-delà du seul physique. Les reliefs de son visage donnaient de subtiles indications sur une vie moins policée qu'il n'y paraissait. La petite bosse sur l'arête de son nez laissait supposer une jeunesse tumultueuse dans un milieu modeste ; et sa mâchoire carrée, une détermination sans faille une fois ses décisions arrêtées. Ses yeux bleu clair reflétaient ses humeurs. Je les avais vus réchauffés par la compassion, éclairés par l'amour et la compréhension, assombris par le chagrin ou l'inquiétude, plissés sous l'influence de la colère ou de la déception. Mais jamais ils ne m'étaient apparus comme en cet instant, totalement inexpressifs, insondables. Le silence qui avait suivi ma question me faisait l'effet d'une troisième présence dans la pièce, d'un spectre qui se serait glissé sous la porte.

« Est-ce que tu as manqué d'amour, Ridley ? a-t-il demandé enfin. Est-ce qu'on ne t'a pas assuré la sécurité financière et affective dont tu avais besoin pour réussir ta vie d'adulte ?

— Bien sûr que si, ai-je répondu, déjà bourrelée de remords.

— Alors, où est le problème ? Tu es arrivée au stade où tu te crois obligée de nous reprocher toutes les erreurs que nous avons commises en vous élevant, ton frère et toi ? Je ne m'attendais pas à une telle attitude de ta part, Ridley. De ton frère, oui, mais pas de toi. »

Et voilà, on en revenait toujours à l'insupportable comparaison. Depuis son départ, mon frère était devenu – sinon verbalement, du moins par une sorte d'entente tacite – un objet de mépris dans la famille, le symbole même de l'échec et de l'ingratitude. L'allusion à Ace a remué dans mon cœur un mélange explosif de honte, de rancœur et de colère qui m'a empourpré les joues.

« Quel rapport avec la question que je t'ai posée ? » ai-je répliqué.

Une lueur de surprise fugace a traversé son regard, comme s'il ne m'avait pas crue capable de remarquer ses efforts pour déployer l'arsenal émotionnel afin de créer une diversion.

« Parce que tout cela n'est pas lié à notre discussion de l'autre soir, peut-être ? a-t-il lancé avec une indignation qui ne semblait pas tout à fait sincère. Ta mère en est toujours toute retournée.

— Papa… »

Il a soutenu mon regard puis détourné les yeux un instant avant de les poser de nouveau sur moi.

« Qu'est-ce que tu veux savoir, Ridley ? »

J'aurais bien aimé connaître moi-même la réponse. Ace m'avait dit d'interroger papa sur Max et « les projets qui lui tenaient tant à cœur ». Mais je ne voyais pas bien comment formuler une requête aussi vague, aussi bizarre.

« Y a-t-il des choses que j'ignorais au sujet de Max ? »

Les sourcils froncés, mon père a secoué la tête.

« Pourquoi me demandes-tu ça ? Où es-tu allée pêcher des idées pareilles ? »

Sans un mot, je me suis adossée au mur en contemplant le sol. J'ai entendu mon père soupirer, j'ai vu ses pieds se déplacer jusqu'à la fenêtre.

« Depuis combien de temps revois-tu Ace ? » a-t-il dit d'une voix sourde.

Quand il s'est retourné, j'ai levé les yeux vers lui. Son visage était maintenant empreint de tristesse. Cette expression ne me réjouissait pas, mais elle valait mieux que le regard éteint qu'il m'avait lancé avant que je mentionne l'oncle Max.

« Longtemps, ai-je murmuré. Mais tu le sais déjà, pas vrai ? »

La lumière des néons m'a soudain paru plus vive, plus crue. Je percevais le bruit de pas des infirmières se croisant devant la porte. Des bribes de conversation ponctuées de quelques rires. Je venais enfin de comprendre que, pendant des années, Zack avait transmis à mon père des informations sur moi. Cette pensée me rendait à la fois malade et folle de rage.

Mon père a haussé les épaules.

« Tant mieux s'il accepte de te parler. Moi, je n'ai plus de nouvelles de lui depuis une éternité. Pourquoi ne m'as-tu rien dit ?

— Et comment j'aurais fait, hein ? Après son départ, je n'ai même plus eu le droit de prononcer son nom ! » ai-je rétorqué, étonnée d'avoir haussé le ton et de sentir mes mains trembler.

Il a hoché la tête, puis il s'est approché de moi pour me prendre par les épaules. Les effluves familiers d'Old Spice m'ont chatouillé les narines, me rappelant les soirs où je l'attendais à son retour du travail.

« Je suis désolé, Ridley, a-t-il murmuré en me forçant à le regarder. Ta mère et moi n'avons pas su gérer la situation. J'en suis conscient.

— Ça n'a plus d'importance, papa. Je ne vous en veux pas. Je comprends », ai-je ajouté en me laissant glisser de la table pour m'éloigner de lui.

Toute manifestation de tendresse de sa part me ramenait irrésistiblement vers lui, me détournant du même coup de la vraie raison de ma visite.

« Nous avons été très affectés, a-t-il poursuivi. Dévastés, même… surtout ta mère. Nous nous sentions complètement démunis, impuissants. Et aucun de nous n'a vraiment réfléchi aux répercussions sur toi. C'était égoïste de notre part. Et nous en sommes navrés, tous les deux. »

De nouveau, j'ai été saisie de remords. Je me suis assise sur la chaise qu'il avait occupée quelques instants plus tôt, puis j'ai porté les mains à mon front. J'avais mal au crâne et je ne savais plus trop où j'en étais. La rencontre ne tournait pas du tout comme je l'avais prévu.

« Je suis heureux que vous puissiez parler, a repris mon père. Du moment que tu ne prends pas au pied de la lettre tout ce qu'il dit.

— Comment ça ?

— Eh bien, Ace s'est mis en tête des idées bizarres quand il a commencé à se droguer. Il est devenu très hostile vis-à-vis de Max, jaloux de la relation que tu entretenais avec lui. Ne laisse pas la colère de ton frère gâcher le souvenir d'un homme qui t'aimait de tout son cœur.

— Tu crois vraiment qu'il m'a manipulée ? Je t'ai montré la photo, pourtant. »

J'aurais pu ajouter qu'il y avait plus – une autre enveloppe, un homme posant des questions sur moi à la pizzeria –, mais je ne l'ai pas fait.

« Je sais, Ridley, je sais. Je pensais juste qu'il avait pu profiter d'une conversation entre vous pour répandre son venin.

— Pourquoi m'aurait-il orientée vers Max ? Pourquoi m'aurait-il conseillé de t'interroger sur notre oncle et les projets qui lui tenaient tant à cœur ? Ce sont ses propres mots. »

Papa a haussé les épaules d'un geste théâtral, paumes tournées vers le ciel en signe d'ignorance.

« Comment veux-tu expliquer ses réactions ? Il est malade, Ridley. On ne peut pas se fier à lui. »

Vu de l'extérieur, ce n'était pas totalement faux – après tout, qui prendrait au sérieux les propos d'un junkie ? Pourtant, j'avais confiance en mon frère parce que je ne le réduisais pas à sa dépendance. J'espère sincèrement que notre valeur est supérieure à la somme de nos différentes facettes. Je pensais que mon père partageait cet espoir lui aussi. Mais sans doute avait-il perdu depuis longtemps ses illusions au sujet d'Ace.

« Tu ne vois pas du tout à quoi il pouvait faire allusion, papa ? »

Il a soupiré. Puis :

« Les seules affaires dont s'occupait Max – en dehors de son travail, j'entends – ont permis d'apporter une aide précieuse à des milliers d'enfants maltraités et de femmes battues.

— Tu veux parler de la fondation ?

— Tu t'en souviens, n'est-ce pas ? »

D'un tiroir, il a retiré une liasse de brochures qu'il m'a tendue.

J'en ai lu une au hasard :

LA *SAFE HAVEN LAW* A BESOIN
DE VOTRE SOUTIEN POUR ÊTRE VOTÉE
DANS L'ÉTAT DE NEW YORK
VOS DONS PEUVENT SAUVER DES VIES

Fondation Maxwell Allen Smiley
Association à but non lucratif pour la protection des enfants maltraités et des femmes battues

J'avais seize ans quand mes parents m'avaient emmenée à un bal de charité à l'hôtel Waldorf Astoria. Il s'agissait d'une soirée éblouissante réunissant l'élite des New-Yorkais en robes scintillantes et smokings coupés à la perfection. Je me rappelle encore les impressionnantes décorations florales, les myriades de flûtes à champagne, les sculptures de glace et l'orchestre de jazz au grand complet. Pour la circonstance, je portais une robe en organza de soie rose et ma première paire de vrais escarpins. Les boucles d'oreilles en diamant que j'avais reçues pour mon seizième anniversaire brillaient à mes lobes (j'ai guetté mon reflet toute la soirée) et le bracelet en diamant prêté par ma mère semblait ruisseler de mon poignet. J'avais l'impression d'être un mélange de rock star, de top model et de princesse – rien de moins ; je me sentais grisée, euphorique.

Max, mon cavalier, me présentait comme sa « superbe nièce » à des personnalités telles que Ed Koch, Tom Brokaw, Leslie Stahl. J'ai serré la main de Donald Trump, de Mary McFadden, de Vera Wang. L'événement devait permettre de collecter des dons pour la fondation Maxwell Allen Smiley, et, à cinq mille dollars la place, Max avait réussi ce soir-là à rassembler une somme colossale destinée aux diverses associations caritatives financées par son œuvre.

« Par l'intermédiaire de la fondation, ton oncle Max a contribué à faire voter la *Safe Haven Law* dans l'État de New York, a précisé mon père. Cette loi autorise les femmes à abandonner leur bébé dans des foyers, des hôpitaux, des casernes de pompiers ou des postes de police sans avoir à craindre de poursuites et en sachant que l'enfant sera pris en charge et confié aux services d'adoption. »

J'ai feuilleté la brochure. Sur la première page figuraient deux photos, l'une montrant une benne à ordures, l'autre une infirmière qui serrait dans ses bras un bébé endormi. *Faites le bon choix pour votre enfant. Anonymat garanti*, pouvait-on lire. Suivaient des explications sur la *Safe Haven Law* et un texte recommandant aux mères de ne pas paniquer, de ne surtout pas laisser leur nourrisson dans une benne ou dans les toilettes publiques, comme c'était arrivé si souvent, mais de le confier aux refuges mentionnés sur la liste jointe. D'un ton neutre, sans juger, on leur assurait que toutes les formalités seraient accomplies et qu'au bout d'un certain délai, si elles n'avaient pas changé d'avis, les droits parentaux seraient enlevés et le bébé placé dans un foyer aimant.

« Je n'ai jamais entendu Max parler de cette loi, ai-je observé.

— Elle a donné lieu à une vive controverse », a expliqué mon père en se rasseyant. Il semblait las, soudain. « Ses détracteurs estimaient qu'elle encourageait les jeunes filles à abandonner leur enfant. Des filles qui, de leur point de vue, l'auraient peut-être gardé en l'absence d'un tel recours. Mais dans l'optique de ses défenseurs, comme Max et moi, si une mère cédait à l'impulsion d'abandonner son bébé, pour n'importe quelle raison, mieux valait qu'elle le dépose dans un endroit où il recevrait l'amour et l'attention dont il avait besoin. En proposant une solution valable à des personnes désespérées, effrayées, on les empêcherait peut-être d'aller jusqu'au meurtre. La loi a été votée en 2000. Aujourd'hui, la fondation propose un service d'assistance téléphonique et sert de bureau de relations publiques. »

Maintenant qu'il le disait, je me rappelais avoir vu les affiches dans le métro et sur les bus, et même entendu des annonces à la radio. Une voix grave, mélodieuse, se détachait sur fond de pleurs d'enfant : « Vous êtes à bout ? Vous ne supportez plus la pression de la maternité ? Avant de commettre l'irréparable, appelez-nous. Nous pouvons vous aider. » Jamais je ne m'étais doutée que mon père et mon oncle avaient joué un rôle dans cette campagne – ce qui me paraissait d'autant plus étrange que papa et moi étions très proches et discutions souvent de son travail.

« Pourquoi ne m'en as-tu jamais parlé ? ai-je demandé.

— Je ne l'ai pas fait ? Je n'en suis pas si sûr… Peut-être avais-tu mieux à faire qu'écouter ton vieux père radoter… »

Il a tenté un sourire, qui s'est évanoui devant mon expression fermée. Nous sommes restés silencieux pendant quelques instants. Je regardais toujours la brochure en songeant à la remarque énigmatique d'Ace.

« L'enfance de Max n'est pas un secret pour toi, a déclaré papa. Il a été maltraité à un point que j'ai rarement vu dans ma carrière de médecin – et je t'assure, ce n'est pas peu dire. Au lieu d'utiliser cette expérience comme excuse pour foutre sa vie en l'air, il l'a transformée en moteur de réussite sociale. Et plus tard, il s'est appuyé sur cette réussite pour améliorer le sort de milliers d'enfants maltraités comme lui et de femmes battues comme sa mère. »

J'avais déjà entendu ce discours. Je ne voyais pas pourquoi il me le répétait aujourd'hui. Pour autant, je ne l'ai pas interrompu.

« Cette loi était d'une importance capitale pour lui, a-t-il continué. À ses yeux, elle devait permettre à des bébés sur lesquels pesait un risque élevé de mauvais traitements ou de négligence d'être adoptés *avant* que le mal soit fait, et non après, comme c'est si souvent le cas. Il se sentait d'autant plus concerné qu'il n'était lui-même jamais parvenu à surmonter certains traumatismes. »

J'ai repensé à Max, à la tristesse inscrite au plus profond de son être, que rien ne semblait pouvoir adoucir même lors de nos grands moments de bonheur.

« Alors, c'est ce que tu voulais savoir, Ridley ? »

J'ai haussé les épaules. Je n'en avais pas la moindre idée.

« Écoute, ma chérie, ne cherche pas de secrets inavouables parce qu'il n'y en a pas. Il t'aimait. Plus que tu ne l'imagines. »

Une intonation particulière dans sa voix m'a intriguée, mais quand je l'ai regardé, je n'ai vu sur son visage que ce doux sourire si familier.

« Il aimait aussi Ace, ai-je fait observer en me demandant toutefois pourquoi mon frère s'était toujours senti délaissé.

— Bien sûr, a approuvé mon père. Mais il existait un lien spécial entre ton oncle et toi. Peut-être Ace l'enviait-il… » Il s'est interrompu le temps de jeter un coup d'œil par la fenêtre, puis il a poussé un léger soupir. Quand il a repris la parole, il semblait s'adresser plus à lui-même qu'à moi. « Je ne comprends pas. Aucun de vous n'a jamais manqué d'amour ni d'attention. Il y en a toujours eu assez pour deux.

— Je n'ai jamais dit le contraire, papa.

— Bien sûr, cette histoire d'argent a dû jouer aussi. Ton frère n'a sans doute pas apprécié.

— Quel argent ?

— Celui que t'a laissé Max à sa mort. Ton oncle n'a pas pris les mêmes dispositions à l'égard d'Ace.

— Comment ça ? »

J'avais toujours supposé que mon frère avait reçu une somme égale à la mienne, mais je ne m'étais pas particulièrement intéressée aux détails de l'opération. Ace avait disparu depuis longtemps au moment où j'avais rencontré l'avocat de Max pour discuter des termes de mon héritage ; Ace avait certainement fait la même chose à un moment donné. Je n'avais jamais évoqué avec lui la mort de notre oncle ni son legs, tout comme je ne lui avais jamais demandé où il était passé durant des mois. En fait, nous ne parlions pas de grand-chose à part de ses griefs et des injustices dont il s'estimait victime. C'est assez consternant, je vous l'accorde.

« Il n'y avait aucune clause particulière te concernant, a expliqué papa. L'argent t'a été versé au décès de Max. Ace, lui, ne pouvait le toucher qu'au terme d'une cure de désintoxication et de cinq années sans drogue. Ça l'a peut-être rendu furieux. »

Je ne pouvais pas en vouloir à Max. C'était une condition raisonnable, me semblait-il, et ajoutée dans l'intérêt de mon frère.

« Quel rapport avec moi ? »

Papa a haussé les épaules.

« Sous l'emprise de la colère ou de la jalousie, certaines personnes font des choses détestables.

— D'après toi, c'est Ace qui m'aurait envoyé cette photo ?

— Je dis seulement que c'est une possibilité.

— Non », ai-je décrété.

Il m'a considérée un instant comme on regarde un enfant qui croit encore au Père Noël : avec une indulgence chagrine.

« Impossible, me suis-je obstinée.

— Réfléchis quand même, d'accord ? » a-t-il suggéré en posant une main sur mon épaule.

J'ai opiné.

« Bon, je dois y aller, papa. »

Il a paru sur le point de me retenir. J'ai vu ses bras se lever puis retomber le long de ses flancs ; il s'était ravisé au dernier moment.

« Appelle-moi ce soir, Ridley, si tu veux encore discuter.

— Pourquoi ? Il y a autre chose ?

— Je ne sais pas. À toi de me le dire. »

Je l'ai embrassé sur la joue, refusant de goûter le réconfort d'une étreinte qui me privait aussi de mes moyens. En quittant la salle d'examen, j'avais les idées encore plus embrouillées qu'à mon arrivée. Les réponses de mon père avaient soulevé d'autres questions dans ma tête. Songeuse, je suis sortie dans la grisaille quasi hivernale de l'après-midi.

« Ridley ! Attends. »

Je me suis retournée pour découvrir Zack devant les portes vitrées de l'établissement.

« Attends, a-t-il répété. Je peux te parler ? »

Les lèvres serrées, j'ai fait non de la tête. Sa seule vue m'emplissait de colère ; l'idée qu'il ait pu rapporter mes confidences à mon père, cette scène grotesque chez moi le matin même… Non, je ne voulais pas l'entendre.

« Je t'en prie, Rid », a-t-il insisté en s'approchant de moi.

À travers les portes de la clinique, j'ai aperçu sa mère, Esme, en pantalon et tunique de travail ornée d'un ourson sur le devant. Petite, elle avait le teint rosé et des cheveux blond doré coupés au carré. Un dossier serré contre la poitrine, elle a jeté un regard anxieux dans notre direction puis m'a adressé un sourire triste avant de s'éloigner.

Je n'ai rien dit à Zack quand il m'a rejointe.

« Excuse-moi pour ce matin, Rid. Je suis allé trop loin, je le reconnais. »

Incapable de prononcer une parole, j'ai acquiescé. Ses yeux bleus étaient plus clairs que jamais ; un soupçon de barbe blonde lui ombrait la mâchoire. Il avait posé une main sur mon bras. Il n'y avait pas si longtemps, je me croyais amoureuse de lui. À cette pensée, j'ai éprouvé – comme avec mon père – l'envie presque irrésistible de me réfugier dans ses bras pour me sentir rassurée, en sécurité, choyée et aimée. À condition, bien sûr, de me conformer à ce qu'on attendait de moi.

« Je ne t'en veux pas », ai-je répondu. Rien n'était plus faux, mais je l'ai dit juste pour soulager la tension entre nous. « À plus tard. »

Je me suis éloignée sans ajouter un mot, et cette fois il ne m'a pas rappelée. L'échappée de ciel entre les immeubles était du même gris foncé que le bitume. Coups de Klaxon et vrombissements de moteur résonnaient autour de moi. Un sentiment de profonde solitude m'a étreint le cœur tandis que l'air froid s'insinuait par les manches de mon blouson, me glaçant jusqu'aux os.

12

J'ai appuyé sur la sonnette à côté de la porte rouge, sans obtenir de réponse. Pendant que je patientais, j'ai donné un dollar à un sans-abri qui poussait un chariot de supermarché rempli de poupées démembrées, et salué de la main un flic dont j'avais fait la connaissance au Five Roses et qui, en compagnie de son équipier, patrouillait en direction de l'Avenue A. Des gamins chahutaient sur le terrain de jeux dans le parc Tompkins Square, de l'autre côté de la rue. J'ai repensé à Justin Wheeler en me demandant où il pouvait bien être ce jour-là. Après avoir pressé la sonnette une seconde fois, j'ai essayé la poignée. À ma grande surprise, la porte n'était pas verrouillée.

« Ohé ! » ai-je appelé avant de m'engager dans une entrée minuscule donnant sur un escalier raide envahi par la pénombre. Comme je me heurtais toujours au silence, je suis retournée dans la rue où j'ai cherché du regard une autre porte rouge aux alentours. Mais c'était la seule. Je l'ai de nouveau ouverte.

« Jake ? »

Un *clang* retentissant a résonné à l'intérieur, évoquant un coup frappé sur du métal. Je suis entrée en laissant le battant se refermer derrière moi. J'ai gravi les marches avec précaution, sentant sous ma main la fraîcheur de la cloison en plâtre ; la cage d'escalier était si étroite qu'il m'aurait suffi d'écarter les coudes pour toucher les murs. Au sommet, j'ai débouché dans une sorte de gigantesque loft, sombre lui aussi, à l'exception d'un coin au fond éclairé par des projecteurs montés sur des trépieds géants. Jake, qui n'avait apparemment pas remarqué mon arrivée, se tenait là, abattant de toutes ses forces un gros marteau sur un arc métallique deux fois plus grand et deux fois plus large que lui.

Les journalistes sont avant tout des témoins. Nous regardons. Nous nous perdons dans la contemplation du monde avant de coucher nos observations sur le papier. Souvent, nous nous sentons à la lisière de la vie, en marge. C'est là qu'est notre place. On ne peut pas observer d'un œil objectif un environnement auquel on appartient. Alors je me suis perdue dans la contemplation de cet inconnu qui avait partagé mon lit la nuit précédente. J'ai vu les muscles puissants de son dos se tendre et rouler sous la peau à chaque coup de marteau, le voile de sueur sur son corps luire sous l'éclat aveuglant des projecteurs, la façon dont ses doigts serraient le manche en bois du marteau, dont ses jointures blanchissaient sous l'effort, dont ses veines saillaient. Je percevais les vibrations de chaque coup qui emplissait le vaste espace. Tout autour de la scène illuminée, je distinguais dans la pénombre des formes sombres créées par ce même marteau. Une impression de rage émanait de Jake par vagues. Il punissait ce bout de métal. Il se punissait lui-même. J'ai éprouvé au creux de mon ventre une drôle de sensation, mélange de peur et de désir.

Soudain, alors qu'il levait le marteau une nouvelle fois, il a suspendu son geste et s'est retourné. Il avait le visage baigné de sueur, marqué par la fatigue. Ses traits reflétaient une concentration intense interrompue brusquement, comme si je l'avais surpris en plein ébat amoureux.

« Ridley... »

Je n'ai pas répondu tout de suite tant je me sentais embarrassée de l'avoir détaillé ainsi à son insu.

« Salut », ai-je dit enfin en me dirigeant vers lui, le bruit de mes pas se répercutant dans la salle immense.

De l'avant-bras, il a essuyé son front moite avant de poser son outil.

« Ça va ? a-t-il demandé.

— Très bien, oui.

— J'ai oublié de te dire que la sonnette ne fonctionnait plus, a-t-il déclaré avec un regard étrange. J'avais laissé la porte ouverte en espérant que tu la pousserais.

— C'est exactement ce que j'ai fait.

— Je comptais un peu là-dessus. »

Il semblait différent. Plus dur. Sous la lumière crue, les marques de son corps se détachaient nettement, que ce soit la cicatrice courant de son cou à sa clavicule, de toute évidence causée par un coup brutal et rageur, ou la chair boursouflée sur son épaule m'évoquant une blessure par balle, bien que je n'en aie jamais vu jusque-là. Qui était cet homme, après tout ? Pourquoi avais-je ouvert mon cœur à un parfait inconnu ?

Au moment où je reculais malgré moi, il m'a saisi doucement le poignet.

« N'aie pas peur, a-t-il murmuré comme s'il avait deviné mes craintes. Quand je bosse, je suis ailleurs. Perdu dans mes pensées. »

J'ai opiné. Je pouvais le comprendre, bien sûr. Lorsque j'ai effleuré la cicatrice près de sa gorge, il a tressailli légèrement. Sans le quitter des yeux, j'ai retenu ma main un instant, puis suivi de l'index la ligne blanche et lisse, plus douce que le reste de sa peau, me semblait-il. Un frisson l'a parcouru et il a fermé les yeux. J'ai placé ma paume sur la cicatrice plus irrégulière près de son épaule. Un seul mot s'est imposé à mon esprit : douleur.

Mue par une irrésistible impulsion, je me suis plaquée contre lui, indifférente à sa sueur. Je ne lui ai pas demandé d'où venaient ces marques. Au fond, je n'étais pas certaine de vouloir le savoir ; en outre, je ne le sentais pas prêt à me répondre. En l'interrogeant dans ces conditions, j'aurais eu l'impression d'être indiscrète, de violer un accord tacite entre nous selon lequel il me donnerait des explications en temps utile. Mais est-il possible de faire confiance à quelqu'un dont on se méfie ? Il a refermé ses bras sur moi et m'a serrée avec force contre lui avant de me relâcher pour me débarrasser de mes vêtements, la bouche toujours dans mon cou.

La lumière blanche m'a troublée pendant qu'il me déshabillait. Non que j'aie opposé la moindre résistance. Non que je n'aie pas déboutonné fébrilement son jean avant de le baisser sur ses hanches avec la même urgence désespérée qu'il mettait à dénuder ma peau. Mais il n'y avait aucun moyen de se dissimuler sous cet éclat aveuglant. Le moindre défaut, la moindre imperfection seraient implacablement exposées. En même temps, n'est-ce pas ce que nous désirons tous malgré notre peur ? Nous révéler complètement et être néanmoins aimé ? Jake m'a prise brutalement par terre, sur nos habits en vrac, tandis que la fermeture Éclair de mon blouson me rentrait dans le dos. L'expérience m'a bouleversée.

Nous sommes restés enlacés un bon moment, sans bouger, les yeux dans les yeux. Les mots entre nous semblaient superflus. J'entendais vaguement les bruits de la rue au-dehors, je voyais l'écran bleu d'un ordinateur briller dans une alcôve qui devait servir de bureau. Peu à peu, cependant, j'ai senti le froid m'envahir malgré la présence de Jake à côté de moi. Je l'ai regardé : la douceur et la gentillesse se lisaient de nouveau sur ses traits, pour ma plus grande joie.

« Écoute, Ridley, a-t-il déclaré soudain en me prenant la main. Il faut qu'on parle. »

Je déteste cette phrase. Elle n'augure jamais rien de bon.

« Ah oui ? De quoi ? ai-je répliqué avec un petit rire forcé pour masquer ma nervosité. Oh ! attends, je sais… Tu es un fondamentaliste mormon et tu veux faire de moi ta troisième épouse.

— Euh… non.

— Tu travailles pour la CIA, tu vas partir en mission secrète et tu n'es pas sûr de revenir un jour ?

— Non plus.

— Tu es *vraiment* un Chippendale ?

— Sérieux, Ridley, m'a-t-il grondée en s'appuyant sur un coude. À propos de ton problème, tu te rappelles ? Je t'ai dit que j'avais un copain capable de t'aider. »

J'ai hoché la tête.

« Je voulais aborder le sujet dès ton arrivée mais…

— Tu n'as pas pu parce que j'avais ma langue dans ta bouche.

— Tout juste », a-t-il répondu en éclatant de rire.

Avec beaucoup de douceur, il a repoussé une mèche égarée devant mes yeux. Ce n'était pas la première fois qu'il faisait ce geste et j'appréciais l'intimité qu'il créait entre nous. J'ai détourné la tête. J'avais presque réussi à chasser de mon esprit cette sale histoire qui empoisonnait ma vie, mais à présent ma peur et ma tristesse revenaient au galop. En quelques secondes, une sourde appréhension m'a saisie.

« Eh bien, vas-y… Raconte-moi tout.

— Je préférerais te montrer, a répondu Jake. On se rhabille et on retourne chez moi, d'accord ? »

13

THE NEW JERSEY RECORD

UNE JEUNE MÈRE DÉCOUVERTE ASSASSINÉE, AUCUNE TRACE DE SON ENFANT

Margaria Popick

27 octobre 1972 – Hackettstown, New Jersey

Le corps sans vie de Teresa Elizabeth Stone, vingt-cinq ans, a été découvert aujourd'hui dans son appartement de la résidence Oak Groves, sur Jefferson Avenue. La police a été alertée par des voisins étonnés d'entendre sa télévision fonctionner à plein volume depuis vingt-quatre heures. Ce n'était pas dans les habitudes de cette jeune mère célibataire, qui travaillait comme standardiste dans une agence immobilière à Manhattan pour subvenir aux besoins de sa fille de dix-huit mois, Jessie Amelia Stone.

Mlle Stone a été trouvée dans sa cuisine, où on l'avait battue à mort. Il n'y avait aucun signe d'effraction, et d'après les voisins la jeune femme entretenait une relation houleuse avec son

compagnon, le père de Jessie. Depuis le début de l'année, les policiers étaient déjà intervenus à plusieurs reprises sur les lieux pour régler des querelles domestiques. Un mois plus tôt, Mlle Stone avait obtenu contre son petit ami une ordonnance de placement sous contrôle judiciaire.

Les voisins la décrivent comme une personne sans histoires, sérieuse et toute dévouée à sa fille. Maria Cacciatore, voisine et amie de Mlle Stone, gardait souvent Jessie lorsque sa maman était au travail. « Je suis anéantie, nous a-t-elle confié. Jamais je n'aurais pu imaginer une chose pareille. Elle aimait tellement cette enfant... Elle en était folle. »

La police recherche activement le petit ami de Mlle Stone, Christian Luna, qui pourrait avoir enlevé Jessie. Il est considéré comme extrêmement dangereux. Toute personne ayant des informations sur lui est priée de se mettre au plus vite en relation avec les autorités.

« Où as-tu déniché ça ? » ai-je demandé.

Une photo accompagnait l'article – identique à celle figurant sur la coupure de presse que j'avais reçue au courrier. Je me sentais nauséeuse et j'avais la gorge sèche.

« Mon copain, le détective, a reconnu la police de caractères utilisée dans le second article, m'a expliqué Jake. Il a fouillé les archives du journal sur Internet et il est tombé sur ce truc.

— Mais comment ? » J'ai de nouveau examiné la feuille. « Le texte est composé en Times New Roman, comme dans des milliers de quotidiens.

— Hé ! a-t-il répliqué d'un ton léger, tu ne peux pas

nier le résultat ! Ça lui a pris plusieurs heures, mais au moins il n'a pas perdu son temps.

— Ça paraît trop facile », ai-je fait remarquer d'un ton à la fois sceptique et indigné.

Vous aimeriez sans doute savoir pourquoi je me montrais aussi vindicative. Bonne question. Après tout, n'avais-je pas sollicité son aide ? Et voilà, maintenant qu'il avait rempli sa mission, j'étais furieuse, sur la défensive, en proie à un curieux sentiment de violation d'intimité. Je lui en voulais d'avoir trouvé aussi vite cet article ; peut-être qu'au fond j'avais espéré qu'il ferait chou blanc. Je me rappelais toutes les réponses affichées par LexisNexis, le découragement qui m'avait saisie à la pensée de les consulter les unes après les autres. Pourtant, si je m'étais obstinée, j'aurais sûrement fini par mettre la main sur cet article moi aussi.

Je me suis approchée de la fenêtre, d'où j'ai contemplé la 1re Avenue et Pet's Spice de l'autre côté de la rue – la boulangerie italienne concurrente de Veniero. Ces visions étaient on ne peut plus familières pour moi, et pourtant j'avais l'impression de les regarder d'une autre planète, d'être détachée, distante. Des types louches portant des jeans trop larges et un bandana sur la tête étaient rassemblés autour d'un tabouret, me rappelant la scène devant l'immeuble de mon frère. De fil en aiguille, je me suis remémoré ma rencontre avec Ruby.

« Qu'est-ce que ça veut dire ? » ai-je lancé.

Jake s'était assis sur le futon, attendant patiemment que je fasse le tri parmi mes émotions.

« Je ne sais pas, a-t-il répondu. Peut-être rien. »

Silence. Puis :

« Il y a autre chose. »

Je me suis tournée vers lui puis dirigée vers la table, où j'ai pris place, les bras croisés au niveau de la taille, penchée en avant comme si je souffrais de douleurs abdominales. J'en arrivais presque à le souhaiter. Une soudaine crise d'appendicite aiguë me fournirait une bonne excuse pour échapper à ce cauchemar.

« Mon copain a un contact au poste de police de Hackettstown et il lui a passé un coup de téléphone, a poursuivi Jake. L'affaire n'a pas été élucidée. Christian Luna n'a jamais été retrouvé, ni interrogé, ni accusé. On n'a aucune trace non plus de la petite, Jessie.

— Comment s'appelle-t-il ?

— Qui ?

— Ton copain si serviable. »

Il a hésité une fraction de seconde.

« Harley. On se connaît depuis l'enfance. Il a une dette envers moi. Je lui ai rendu pas mal de services ces dernières années.

— Et il est détective dans la police ?

— Non, il travaille à son compte. Comme privé. »

J'ai acquiescé de la tête. Pourquoi me concentrais-je sur ce détail ? Je l'ignore. Peut-être essayais-je juste de gagner du temps, de mettre en doute les compétences de l'ami de Jake, et donc la véracité des éléments fournis. En tout cas, ça n'a pas marché. On ne peut pas contester ce qui est écrit noir sur blanc devant soi. Enfin si, on peut, au risque de passer pour un crétin complètement bouché.

Je me suis de nouveau intéressée aux documents sous mes yeux. Sur la photo accompagnant l'article tout juste sorti de l'imprimante, la femme et la fillette étaient si pâles qu'elles ressemblaient à des fantômes. La coupure originale jaunie que j'avais reçue était posée à côté. Quelqu'un l'avait gardée pendant plus de trente ans avant de décider, quelques jours plus tôt, de s'en séparer et de me la faire parvenir. J'ai retourné cette pensée dans mon esprit en m'efforçant d'imaginer ce qui pourrait me pousser à me séparer d'un objet conservé précieusement pendant des lustres. La seule motivation possible, me semblait-il, résidait dans l'espoir d'un éventuel retour de la personne ou de la chose symbolisée par cette relique. Pour quelle autre raison se raccrocherait-on à des vieilles photos, des bijoux ternis, des lettres à l'encre passée ? Ce sont pour nous des sortes d'amulettes, de talismans dotés de pouvoirs magiques. Il suffit de les effleurer pour retrouver ce que le temps a volé ou abîmé.

« Christian Luna est né dans le Bronx en 1941, a lu Jake, les yeux baissés sur les notes qu'il avait prises dans un petit carnet noir. Il est allé au lycée à Yonkers, il a passé son bac en 1960, et ensuite il s'est enrôlé. Il a été démobilisé au bout de dix-huit mois. Pour le moment, je n'en sais pas plus sur ce point. Il s'est installé à Hackettstown, dans le New Jersey, en 1962 et il a travaillé sur divers sites comme machiniste. Jamais marié. Une fille, Jessie Amelia Stone. Arrêté en 1968 pour conduite en état d'ivresse ; condamné à trois cents heures de travaux d'intérêt général. En 1970, il a été placé trois fois en garde à vue à la suite de l'intervention des flics pour querelles domestiques. Aucune charge n'a été retenue. En septembre 1972, Teresa Stone a obtenu une ordonnance contre lui. Voilà, c'est tout. Après le meurtre de Teresa, Luna a disparu de la surface de la terre. Son permis de conduire expirait en 1974 ; il n'a jamais été renouvelé. Pas de carte d'électeur, pas de fiches de salaire, pas d'autres arrestations. Comme il ne semble pas particulièrement malin ni suffisamment introduit dans le milieu pour pouvoir procéder à un changement d'identité, je ne vois que deux solutions : soit il a quitté le pays – pour s'établir au Canada ou au

Mexique, vu qu'il n'a pas de passeport –, soit il est mort et personne n'a jamais trouvé son corps.

— Et quel rapport avec mon problème, hein ? » ai-je lancé, consciente du ridicule de ma question mais toujours furieuse, toujours retranchée derrière ma mauvaise foi.

Un léger sourire aux lèvres, Jake a haussé les épaules, indifférent ou au contraire extrêmement indulgent envers mon humeur de chien.

« Très bien », a-t-il dit en venant me rejoindre. Il a placé une chaise en face de moi et s'est assis dessus à califourchon. « Tu veux continuer ou pas ? Si je me rappelle bien, c'est toi qui m'as demandé de fourrer mon nez là-dedans, non ? »

Quand j'ai hoché la tête, j'ai senti poindre un début de migraine. Jake a posé une main sur mon bras.

« Tu es sûre de vouloir élucider le mystère ? a-t-il repris avec un geste vers les documents sur la table. Si tu préfères, on peut se concentrer sur ta protection et sur les moyens de mettre un terme à ce harcèlement, au lieu d'en chercher la cause. La décision t'appartient, Ridley. Il s'agit de ta vie ; est-ce que tu tiens vraiment à courir le risque de la foutre en l'air ? Je ne crois pas qu'il soit trop tard pour tout reléguer aux oubliettes. »

Il s'exprimait d'une voix calme, posée. Pourtant, ses yeux brillaient d'un étrange éclat. Il m'offrait une dernière chance de conserver mes illusions et, à mon avis, il espérait que je renoncerais même si lui ne le souhaitait pas. Qui a dit que lorsque l'esprit entrevoit la lumière, il ne peut plus connaître les ténèbres ?

« Je veux savoir ce qui se passe, ai-je décrété.

— O.-K. » Son regard s'est durci et la pression de sa main sur mon bras s'est accentuée. « Donc, pour tenter d'identifier celui ou celle qui t'a envoyé les notes et les photos, il faut faire le point sur les éléments dont on dispose. D'abord, on a cet article. Et ensuite, un nom, Christian Luna.

— Plus un numéro de téléphone. »

Impassible, Jake a gardé le silence.

« C'est lui, tu crois ? ai-je demandé. C'est Christian Luna qui est derrière tout ça ? »

Il a haussé les épaules.

« Difficile de se prononcer à ce stade.

— Mais à ton avis, c'est possible ?

— Disons que c'est le suspect numéro un. Sauf que ça ne résout pas les questions cruciales.

— Par exemple ?

— Eh bien, d'abord, où a-t-il passé ces trente dernières années ? Et qu'est-il arrivé à Jessie ? S'il a réellement tué Teresa Stone, et rien n'est moins sûr, il sait forcément ce qu'est devenue la gosse, non ? Et s'il n'a pas tué Teresa ni enlevé l'enfant, alors... qui l'a fait ?

— Et ce numéro de téléphone ? On ne peut pas consulter un annuaire inversé, un truc comme ça ? »

Jake a opiné.

« Je m'en suis déjà chargé. Attends, je vais te montrer. »

Il s'est approché de l'ordinateur, dont il a manipulé la souris. Quand l'écran noir est revenu à la vie, Jake s'est connecté sur un site appelé netcop.com. À peine avait-il entré le numéro dans un champ qu'apparaissaient sur lc moniteur un nom et une adresse, plus un plan d'accès. *Amelia Mira, 6061 Broadway, Bronx, New York.*

« De toute évidence, on n'a pas affaire à un professionnel, a commenté Jake, ni à un as de l'informatique. Sinon, on n'aurait pas abouti aussi vite à un résultat.

— Le second prénom de Jessie était bien Amelia, pas vrai ? »

Il a souri.

« Tu réagis rudement vite ! Tu es sûre que c'est ta première enquête ?

— Bien sûr que non ! Ridley Jones, pigiste le jour, détective privé la nuit… », ai-je rétorqué, pince-sans-rire. Je n'étais pas d'humeur à blaguer. « Bon, qui est cette femme ?

— Aucune idée. Je n'ai rien trouvé sur elle. »

Avec un soupir, je me suis levée pour arpenter la pièce. En revenant vers Jake, j'ai de nouveau détaillé ses mains, larges et carrées, et la façon dont ses muscles tendaient le tissu de sa chemise. Un point me chiffonnait encore.

« Jake ? Je ne comprends pas comment tu as pu obtenir toutes ces informations. Tu sembles savoir exactement où chercher.

— Je t'ai déjà répondu.

— D'accord, mais tu parais tellement à l'aise ! On dirait que tu as fait ça toute ta vie. »

De nouveau, il a souri.

« Bah, j'ai toujours rêvé de devenir détective. Et je connais pas mal de flics. Ces gars-là, tu ne peux pas les fréquenter sans qu'ils déteignent sur toi. » D'un geste, il a indiqué ses notes. « De plus, je n'y suis pour rien. C'est mon copain qui nous a fourni ces renseignements. »

Tout en refusant de l'admettre, je sentais confusément que quelque chose ne collait pas dans ses explications. J'avais eu l'occasion d'éprouver sa tendresse, sa gentillesse, je lui faisais confiance au point de lui avouer mes secrets et de lui offrir mon corps. Pourtant, il me donnait l'impression – accentuée par son appartement –

d'être juste de passage, comme s'il pouvait tout quitter du jour au lendemain, y compris moi, sans un regard en arrière. J'ai examiné une nouvelle fois l'espace autour de moi à la recherche d'affaires personnelles susceptibles de l'ancrer dans la réalité, de rendre sa présence plus permanente. Une photo, un carnet d'adresses, n'importe quel objet qui le rattacherait à ces lieux. Mais non, la pièce était nue, dépouillée de ces bricoles caractéristiques d'un chez-soi.

Je dois te dire certaines choses à mon sujet, avait-il chuchoté la veille au soir. Mais je l'avais obligé à se taire, et nous nous étions oubliés dans un corps-à-corps torride. Nous avions occulté nos passés respectifs. Seul comptait le présent. Mon corps enflammé par la passion n'avait que faire du futur. Aujourd'hui, j'étais bien partie pour laisser de nouveau mon désir étouffer mes questions.

« Ridley », a-t-il murmuré près de moi, m'arrachant à mes pensées.

Les mains sur mes épaules, il a sondé mon regard. Dans le sien, j'ai retrouvé ce qui m'inspirait une telle confiance. Puis il m'a enlacée et a déposé un baiser sur mes cheveux. Son odeur, sa chaleur ont provoqué une sorte de réaction chimique en moi. Les Japonais parlent d'une cinquième saveur fondamentale appelée *unami*. Celle-ci, présente dans certains aliments, déclenche des envies irrépressibles, et du coup, on continue de manger longtemps après être objectivement rassasié. J'expérimentais l'équivalent émotionnel de ce phénomène. Je n'ai pas demandé à Jake ce qu'il avait voulu dire la veille.

« Et maintenant, on fait quoi ? » ai-je lancé en m'écartant.

Je suis allée m'asseoir sur le futon, aussi confortable qu'un bloc de granit.

« À mon avis, tu as deux possibilités. Tu appelles ce numéro pour essayer d'en savoir plus sur ton interlocuteur, tu vois comment il présente la situation et tu avises en fonction. Ou alors, je pars faire un tour dans le Bronx, je traîne aux abords de cette adresse et je vais à la pêche aux infos. Si tu téléphones, tu te mets en position de faiblesse. Tu montres que la manœuvre a réussi, que tu es effrayée, curieuse ou je ne sais quoi. Bref, tu laisses l'adversaire prendre l'avantage. »

À ce moment-là, j'ai été atteinte de paralysie mentale. Il me semblait que la décision à prendre revenait à choisir le meilleur moyen de se suicider. Valait-il mieux sauter du pont de Brooklyn ou se tirer une balle dans la tête ? S'entailler les poignets dans la baignoire ou avaler un flacon de somnifères ? Chaque méthode a ses avantages et ses inconvénients, mais au final, on se retrouve toujours à l'état de cadavre.

« Pourquoi toi ? » ai-je demandé au bout d'un moment.

Je me sentais tellement vidée que j'avais dû fournir un gros effort pour formuler la question.

« Pourquoi pas ? a-t-il répliqué.

— Tu as de l'expérience dans ce domaine ?

— Non. Et toi ? »

Je me suis allongée sur le canapé puis, après avoir gratifié Jake d'un bref coup d'œil, j'ai placé mon avant-bras sur mon front. C'était ma position « Dieu-que-je-suis-malheureuse ! »

« Laisse tomber, ai-je déclaré en me relevant d'un bond. Oublie toute cette histoire. »

Sans hésitation, je l'ai planté là et j'ai claqué la porte derrière moi.

14

Je sais ce que vous pensez : *Quelle ingrate !* Rendez-vous compte, cet homme si séduisant s'était mis en quatre pour m'aider alors que nous nous connaissions à peine, il avait même proposé d'aller dans le Bronx (le Bronx, bon sang !) pour essayer de comprendre ce qui m'arrivait. Il se souciait réellement de mon sort, je le sentais, et moi, je n'avais rien trouvé de mieux à faire que de réagir en gamine capricieuse et de sortir de son appartement comme une furie. Oh ! mes proches n'auraient pas été surpris par une telle attitude – demandez donc à Zack. Mais voilà, j'étais paniquée, j'avais les idées embrouillées et mon instinct me poussait à fuir. « Va-t'en, va-t'en », m'ordonnait mon cerveau (ou mon cœur, peut-être ?) et j'avais obéi.

Savez-vous combien de personnes se soucient réellement de vous ? Je ne parle pas des copains avec qui vous vous amusez, des êtres que vous aimez et en qui vous avez confiance. Non, je pense à ceux qui se réjouissent vraiment de votre bonheur ou de votre réussite, qui se sentent mal quand vous êtes blessé ou dans une mauvaise passe, qui n'hésitent pas à sacrifier un peu de leur temps pour vous donner un coup de main. Il n'y en a pas beaucoup, hein ? Jake était de ceux-là, me semblait-il, et cette constatation m'inspirait des sentiments mitigés. Car voyez-vous, toute médaille a son revers. Quand des gens se préoccupent de votre bien-être, les parents par exemple, vous avez à votre tour des responsabilités envers eux. Chaque fois que vous vous faites du mal, vous leur en faites aussi. Or je n'avais déjà que trop de responsabilités de cet ordre, selon moi. On n'est pas libre lorsque d'autres se soucient de nous ; du moins, pas si on se soucie également d'eux.

J'ai ouvert la porte en entendant Jake descendre l'escalier. Il s'est assis sur une marche et m'a regardée à travers les barreaux.

« Hé ! a-t-il dit d'un ton amusé. Ne sors pas les griffes, d'accord ? »

J'ai réprimé un sourire.

« Ça te dirait d'aller faire un tour avec moi ? ai-je lancé.

— Bien sûr. »

Depuis toujours, je vouais à New York une véritable passion. Je ne me rappelle pas avoir jamais souhaité vivre ailleurs. Les gratte-ciel miroitants, la rumeur de la circulation, le côté glamour des habitants de Manhattan – tout cela symbolisait le monde des adultes quand j'étais petite. Je m'imaginais, plus tard, arpenter les rues de la ville en femme d'affaires accomplie, brillante et sophistiquée. Le loft de mon oncle représentait tout ce que j'aimais à New York. Il se situait au sommet d'une tour de la 57e Rue dont Max avait supervisé lui-même l'édification. Lignes épurées, portiers sanglés dans un uniforme impeccable, sols en marbre, ascenseurs dotés de miroirs, couloirs recouverts d'une épaisse moquette. Autrefois, évidemment, je n'avais pas la moindre idée du prix d'un tel bien. Pour moi, tout le monde à Manhattan possédait un immense appartement en terrasse avec vue panoramique sur la ville.

En pénétrant dans le hall, j'ai eu droit à un hochement de tête solennel de la part de Dutch, le portier. Il a fait mine d'aller appeler l'ascenseur pour moi, mais je l'en ai empêché d'un geste en le gratifiant d'un grand sourire. Par-dessus ses lunettes à double foyer, il a fixé sur moi ses impassibles yeux gris d'ancien policier. Impassibles, d'accord, mais qui ne laissaient rien échapper.

« Bonsoir, mademoiselle Jones. Vous avez votre clé ? a-t-il demandé en coulant un regard en direction de Jake.

— Oui, Dutch. Merci, ai-je répondu.

— Votre père est passé tout à l'heure, a-t-il ajouté en se concentrant sur la feuille posée devant lui.

— Ah bon ? »

Au fond, je n'étais pas tellement surprise. Nous venions tous ici à des moments différents et pour des raisons différentes. Nous nous retirions dans l'appartement de Max comme certaines personnes se rendent sur une tombe, juste pour nous sentir plus proches de lui. Afin de respecter ses dernières volontés, nous avions dispersé ses cendres du haut du pont de Brooklyn avant de le regretter en voyant ce qui restait de lui voltiger dans l'air puis se déposer sur l'eau en contrebas. Nous l'avions confié aux éléments sans rien garder pour nous. Mais au fil du temps, ce sentiment avait disparu. On ne peut se raccrocher à rien ni à personne en ce monde. Tôt ou tard, on finit par tout perdre, sauf ce qu'on a en nous.

L'avocat de Max ne cessait de rappeler à mon père la valeur de cet appartement et le montant astronomique des seuls frais d'entretien. Pourtant, un an et demi après la mort de mon oncle, les lieux étaient toujours dans l'état où il les avait laissés.

« Chouette piaule », a lancé Jake quand j'ai poussé la porte et composé le code de l'alarme : 5-6-8-3.

Il correspondait aux lettres du mot Love sur la console tactile ; c'était le code dont Max se servait pour presque tout – du moins, tous les systèmes auxquels j'avais accès.

Devant nous, les baies vitrées offraient une vue panoramique sur la ville. Nous étions au quarante-cinquième étage, à l'ouest de la 1re Avenue. Au loin, on apercevait le New Jersey. La nuit, la ville se transformait en semis d'étoiles scintillantes.

« Où on est ? a demandé Jake.

— Chez mon oncle Max, ai-je répondu en allumant les lumières qui baignaient d'une lueur tamisée les œuvres d'art et éclairaient les rayonnages.

— Pourquoi m'as-tu amené ici ? »

J'ai haussé les épaules.

« Je n'en sais trop rien. »

Je me suis dirigée vers le bureau de Max tandis que Jake me suivait sans se presser, détaillant toutes les photos accrochées dans le couloir. Des photos de moi, d'Ace, de mon père et de ma mère, de mes grands-parents. Pour ma part, je les ai à peine regardées. Parvenue près de la table de travail, j'ai pris place dans le fauteuil, allumé la lampe halogène et ouvert un des tiroirs. Il ne contenait plus les dossiers que je savais rangés là autrefois. J'en ai ouvert deux autres, pour les découvrir également vides. J'ai fait pivoter le fauteuil pour examiner la longue rangée de tiroirs en chêne sous les étagères remplies de livres, d'objets rapportés d'Afrique ou d'Orient et d'autres portraits de nous. Un de ces tiroirs était entrebâillé, ai-je noté. J'y ai jeté un coup d'œil. Vide aussi. Comme tous ceux que j'ai tirés par la suite.

Désemparée, je suis allée m'asseoir sur le gros canapé en daim brun. Où étaient ces fichus dossiers ?

« Un problème ? a questionné Jake en s'installant à côté de moi.

— Tous ses papiers ont disparu. »

Il a froncé les sourcils.

« Depuis quand ? »

Je lui ai signifié que je n'en savais rien. Quand je venais ici, avant et après la mort de Max, je n'avais aucune raison de fouiller les tiroirs. Depuis sa disparition, j'aimais m'allonger sur le canapé, sentir l'odeur des vêtements toujours rangés dans la penderie, regarder les photos nous montrant tous les deux. Mon père et ma mère faisaient de même à chacune de leurs visites. Ainsi qu'Esme. À en croire la rumeur, elle avait eu autrefois une liaison passionnée avec Max.

« Finalement, j'ai renoncé, m'avait-elle confié. Tu ne peux pas attendrir un bloc de pierre. Tu peux toujours essayer, bien sûr, mais c'est toi que tu blesses. »

Je savais qu'elle parlait de mon oncle, ce dont elle ne se doutait pas.

« J'aurais fait n'importe quoi pour cet homme », avait-elle ajouté.

Nous avions eu cette conversation quand je lui avais demandé si elle était déjà tombée amoureuse avant de rencontrer le père de Zack, un avocat mort jeune d'une crise cardiaque quand son fils avait neuf ans.

« Une fois, avait-elle répondu. Il y a une éternité. »

D'après ma mère, Esme aurait été heureuse d'épouser Max.

« Mais ton oncle ne voulait pas s'engager. Pas vraiment. Il était trop… » Elle s'était interrompue pour chercher le mot juste. « Trop marqué. Et il en avait conscience. Elle a eu le cœur brisé, mais pour finir elle s'est mariée avec Russ. Ils ont eu Zack. Tout allait pour le mieux. Du moins jusqu'à ce que Russ soit fauché en pleine fleur de l'âge… Une vraie tragédie. Pauvre Esme. »

Pauvre Esme. Pauvre Zack. Max et moi, les briseurs de cœurs…

« Ton père les a peut-être pris ? » a suggéré Jake.

Il m'a fallu un petit moment pour revenir à la réalité tant j'étais plongée dans mes souvenirs.

« Les dossiers ? Mais pourquoi ?

— Le portier a dit qu'il était passé tout à l'heure, a répondu Jake. Tu es bien allée le voir cet après-midi, non ? »

J'ai réfléchi. Après notre entrevue, papa se serait précipité ici pour récupérer tous les papiers de Max ? Non, je n'arrivais pas à le croire. Notre discussion à propos de Max avait dû lui donner envie de faire un saut à l'appartement. De plus, il y avait des dizaines de tiroirs ; il aurait eu besoin de cartons et d'un diable. J'en ai parlé à Jake.

« Alors, c'est peut-être son avocat qui a tout emporté.

— Mouais, sûrement.

— À quoi pensais-tu ? a-t-il demandé en me passant un bras autour des épaules.

— À Max. J'aurais aimé que tu le connaisses. »

Durant un instant, une ombre a voilé son regard et j'ai regretté d'avoir fait cette remarque. Peut-être en disait-elle trop long sur mes sentiments… Mais une seconde plus tard, il m'a rassurée.

« Oui, a-t-il murmuré après m'avoir déposé un baiser sur le front. Moi aussi, j'aurais bien aimé le connaître. » Puis : « En tout cas, il t'adorait. »

J'ai souri.

« Comment le sais-tu ?

— Regarde autour de toi ! Il a fait de cet appart un autel qui t'est consacré.

— Pas seulement à moi ! me suis-je récriée avec un petit rire. À nous, à toute notre famille.

— D'accord, il y a des photos de vous. Mais, de toute évidence, tu es le point de mire.

— Non. »

Mon regard s'est porté vers le cliché sur le bureau. Il me montrait à trois ou quatre ans, juchée sur les épaules de Max, les mains croisées sur son front, riant aux éclats. Je me suis levée pour aller jeter un coup d'œil aux autres photos dans le couloir. Du plus loin que je m'en souvienne, elles avaient toujours été là. Un jour, j'avais cessé d'y prêter attention. Elles étaient magnifiques, pourtant, certaines en noir et blanc, d'autres en couleur, toutes habilement mises en valeur par d'épais cadres en bois de couleur dorée ou argentée. Je me suis vue à presque tous les âges. Toute gosse, assise dans la baignoire pendant que maman me lavait les cheveux. La première fois où j'étais montée sur un vélo. À la plage, dans la neige, prête pour le bal de la promo, le jour de la remise des diplômes. Sur la plupart des tirages, j'étais entourée de mes proches : Ace et moi sur les genoux du Père Noël, mon père et moi dans les tasses de thé géantes à Disney World, nous tous à la fête de mon école. Pourtant, Jake avait raison. Simplement, je ne l'avais pas remarqué jusque-là.

Il existait un lien spécial entre ton oncle et toi, avait dit mon père. C'était vrai, bien sûr, je le savais. Mais comme pour tant d'autres aspects de ma vie, je l'acceptais sans me poser des questions. C'était comme ça, point final.

« Pas étonnant qu'Ace ait été jaloux, ai-je conclu à voix haute.

— Ah oui ?

— Eh bien... »

Un soupir m'a échappé tandis que je regardais la photo où Ace et moi dévalions ensemble un toboggan aquatique. Il avait noué ses bras autour de ma taille. Juste après, me suis-je rappelé, nous nous étions cogné la tête au moment de tomber à l'eau. J'avais hurlé quand Ace m'avait ramenée au bord de la piscine. « Calme-toi, Ridley, je suis désolé, m'avait-il dit. Pleure pas, sinon ils vont nous obliger à rentrer. » Quelques instants plus tard, Max me hissait hors de la piscine. J'avais mouillé sa chemise bleue quand il m'avait serrée contre lui.

« Ne sois pas trop brusque avec elle, champion, avait-il dit à mon frère, sans sévérité ni colère. Elle est encore petite. »

Ace, accoudé au rebord de la piscine, nous avait suivis des yeux quand nous nous étions éloignés. J'ai tenté de me remémorer son expression. Était-il furieux, triste, embarrassé ? Ou jaloux ? Je ne m'en souvenais pas.

« On n'en a jamais vraiment parlé, ai-je répondu à Jake. Mais mon père semble penser que mon frère a souffert de la relation entre Max et moi.

— Tu crois qu'il pourrait t'en vouloir ?

— Pas assez pour s'en prendre à moi de cette façon, si c'est ce que tu insinues », ai-je affirmé en sortant l'article de ma poche.

Je l'ai déplié pour examiner une nouvelle fois la photo, sur laquelle les fantômes d'une femme et d'une petite fille paraissaient me regarder.

Sans un mot, Jake s'est dirigé vers la porte. Je le

sentais mal à l'aise dans cet appartement, impatient de s'en aller. Je ne lui ai pas demandé pourquoi ; sans doute était-il intimidé par le luxe environnant. En tant qu'artiste, Jake devait savoir que le Miró sur un mur, le dessin de Dalí sur un autre étaient des originaux. Zack m'avait dit un jour qu'il avait l'impression de visiter un musée quand nous allions chez Max, qu'il s'attendait à tout instant à voir surgir un gardien lui ordonnant d'ôter ses pieds du canapé.

« Mais peut-être assez pour aviver la flamme du doute, te faire croire à de sombres magouilles familiales ? » a repris Jake.

Je l'ai regardé. Pourquoi tout le monde croyait-il Ace capable du pire ? Il était dépendant de la drogue, d'accord, mais ce n'était pas pour autant un psychopathe et un menteur ! Mon visage devait trahir mon indignation, car Jake a levé les mains en un geste conciliant.

« C'était juste une question, Ridley. »

Une question pertinente, toutefois. Si je ne m'étais pas sentie aussi protectrice envers mon frère, peut-être pour l'avoir défendu vis-à-vis de Zack pendant des années, je m'en serais sûrement rendu compte. Mais en cet instant, j'avais juste envie de me distancier un peu de Jake. Ce n'est jamais agréable de s'entendre assener une vérité qu'on n'est pas prêt à affronter.

Avant de sortir de l'immeuble, j'ai demandé à Dutch si mon père avait emporté quelque chose en partant, si lui-même l'avait aidé à transporter des cartons. Non, m'a-t-il répondu, mon père n'était pas resté longtemps et n'avait rien pris.

« Pourquoi ? Il manque des affaires ? » s'est-il enquis, les sourcils froncés.

Non, pas vraiment. Juste une gosse nommée Jessie. J'ai souri en secouant la tête.

Je n'ai pas soufflé mot dans le métro ni sur le trajet jusqu'à notre immeuble, et si mon silence a contrarié Jake, il n'en a rien montré.

Cette fois, j'avais arrêté ma décision. J'en avais plus qu'assez d'être ballottée en tous sens comme une barque dans la tempête. Tout ce que j'avais pu obtenir jusque-là, c'étaient les informations que d'autres avaient bien voulu me fournir – l'expéditeur des messages anonymes, mes parents, mon frère et même Jake. Chacun me donnait sa version des faits et, comme par hasard, elles ne se recoupaient pas. À ce stade, je ne voyais plus qu'une solution : chercher *moi-même* la vérité. Autrement dit, le moment était venu d'aller faire un tour dans le Bronx. Quand je l'ai annoncé à Jake, il a répondu, en essayant d'y mettre les formes, que ce n'était pas une bonne idée.

« Pourtant, c'est toi qui m'en as parlé, ai-je répliqué devant la porte de son appartement.

— Je t'ai parlé d'y aller seul, nuance. Pas avec toi.

— Parce que c'est ton problème, peut-être ? Pourquoi t'intéresses-tu tellement à cette histoire ? »

Il s'est tourné vers moi et m'a prise par les épaules. Pour un peu, le feu de son regard aurait eu raison de ma détermination.

« Je me fous royalement de cette histoire, Ridley. C'est toi qui m'intéresses. Je tiens à toi. Beaucoup plus que je ne le devrais à ce stade, je suppose. » Il a poussé un profond soupir en concentrant son attention sur le sol. « Mais je ne peux pas te laisser t'engager sur une piste que j'estime dangereuse sans te mettre au moins en garde. Quelqu'un te surveille, bon sang ! Tu l'as oublié ? Ce type s'est pointé à la pizzeria, il s'est introduit dans cet immeuble…

— Très juste. Donc, je ne suis même plus en sécurité

chez moi. Alors, quelle différence si je vais dans le Bronx ou pas ? Tu peux toujours m'accompagner. »

Ma logique vous semble-t-elle un peu tirée par les cheveux ? Bah ! vous n'avez sans doute pas tort. Mais je dois dire aussi que je manquais d'expérience dans le domaine du harcèlement. En cet instant, je brûlais de comprendre ce qui m'arrivait, de trouver des réponses moi-même et non de les arracher à des personnes dont les intérêts ne résidaient peut-être pas du côté de la vérité. J'ai expliqué ma position à Jake.

« Sois raisonnable, Ridley. »

Son ton condescendant m'a hérissée. Je n'aimais pas qu'on me parle comme à une gamine. *Sois raisonnable ?* Puisque je n'étais pas d'accord avec lui, j'étais forcément déraisonnable ? Ben voyons.

« Va te faire foutre, Jake. Inutile de prendre tes grands airs avec moi, O.-K. ? »

Ah, l'orgueil…

Il a soupiré.

« O.-K. »

Quand il est entré chez lui, je l'ai suivi en prenant soin de refermer la porte derrière moi. Il a enlevé son blouson de cuir et l'a jeté sur le futon. J'ai tenté d'ignorer la façon dont sa chemise noire soulignait les muscles de son torse. Enfin, il s'est assis.

« À toi de décider, a-t-il déclaré en me regardant droit dans les yeux. J'y vais seul ou pas du tout. »

Il bluffait, je l'aurais parié.

« Ah oui ? Et pourquoi, s'il te plaît ?

— Je refuse de t'entraîner dans une situation potentiellement risquée pour toi. Si tu tiens à aller au-devant des emmerdes, libre à toi. Mais ne compte pas sur moi pour t'accompagner. »

N'est-ce pas typique des hommes d'affirmer qu'ils

veulent vous protéger quand ils essaient en réalité de vous imposer leurs choix ?

Sa mâchoire s'est crispée. Il bluffait, j'en étais sûre. Quant à moi, je n'avais aucune envie de me lancer toute seule dans cette expédition.

« Super. Bon, à plus tard. »

Pour le coup, moi, je bluffais.

Or il n'a pas bougé, se bornant à me dévisager comme s'il attendait que je revienne sur ma décision. Alors j'ai quitté l'appartement, dont j'ai claqué la porte. En descendant l'escalier, j'ai espéré jusqu'au bout qu'il se précipiterait à ma suite, mais non. Dehors, j'ai tourné à gauche dans la 14e Rue, où je suis montée dans un bus à destination du West Side. De là, par pur entêtement, j'ai pris la ligne de métro 1/9 jusqu'à la 242e Rue, dans le Bronx. Pendant le trajet, qui durerait une bonne heure, j'aurais tout le temps de me demander ce que je pourrais bien faire une fois sur place.

Le métro de New York est devenu légendaire, pas vrai ? Que vous le connaissiez ou pas, vous en avez sûrement une certaine image. Une image moche, je veux dire. Vous voyez sans doute de vieux wagons rouges qui se traînent sous les rues de Manhattan dans un bruit de ferraille. Vous vous les représentez couverts de graffitis, mal éclairés et remplis de tous les violeurs, cinglés, meurtriers, gangs et tueurs en série que comptent les cinq *boroughs*. Les vieux New-Yorkais, ceux qui ont grandi avec ces trains, m'ont dit qu'autrefois, dans un passé pas si lointain, cette description correspondait plus ou moins à la réalité. Mais dans la ville que je connais aujourd'hui, le métro est juste un moyen de transport – le plus rapide, du reste. Les nouvelles rames résistent aux graffitis et sont régulièrement entretenues. La seule chose qu'on puisse leur reprocher, c'est cette association malencontreuse de beige et d'orange. Entre les sans-abri, les bousculades aux heures de pointe, les retards souvent inexplicables et prolongés, l'absence de climatisation dans les stations (qui fait d'elles le premier cercle de l'enfer en plein été), le métro est incontestablement l'un des endroits les plus déplaisants sur cette planète. Mais je ne m'y suis jamais sentie en danger.

En général, vous êtes entouré de gens quelle que soit l'heure, mais ce soir-là, quand le train a dépassé la 96e Rue pour s'engager dans le Bronx, il ne restait plus qu'une poignée de passagers dans ma rame. Un adolescent portant l'uniforme d'un lycée privé et un sac à dos bourré à craquer écoutait son Walkman en se balançant au rythme d'une musique que je distinguais à peine parmi les grincements du train. Une vieille femme en manteau de laine bleu marine et jupe à fleurs lisait un roman à l'eau de rose. Un chauve (rasé, j'entends, pas dégarni) en blouson de cuir et jean délavé somnolait, la tête renversée, la bouche entrouverte. Au niveau de la 116e Rue, j'ai moi-même commencé à m'assoupir, ou plutôt à sombrer dans une douce rêverie au sujet de mon oncle Max.

Son entrain ne l'empêchait pas de compter parmi les hommes les plus puissants de New York, mais son pouvoir n'avait rien d'impressionnant pour un enfant. Quand vous avez douze ans, vous vous fichez pas mal que votre oncle joue au golf avec des sénateurs et des membres du Congrès ou que sa photo voisine, dans des magazines comme *Forbes,* avec celles de Donald Trump et d'Arthur Zeckendorf. À la rigueur, s'il avait pu aller dans les coulisses avec Bono ou Simon LeBon, j'y aurais sûrement été plus sensible. Mais l'immobilier, ce n'est pas franchement folichon, si vous voyez ce que je veux dire.

Plus tard, après mon premier bal de charité, j'ai mieux cerné le genre d'influence qu'exerçait mon oncle, le genre de personnes qu'il connaissait. Il avait en partie financé les campagnes de politiques comme Al D'Amato, George Pataki et Rudolph Giuliani. Il avait des relations haut placées ; dans son métier, c'était une nécessité. Il fallait en effet disposer de moyens importants pour traverser les océans de paperasserie et pour contourner les lois sur l'aménagement urbain, voire, si ce n'était pas possible, pour les faire modifier. Des rumeurs circulaient aussi à propos d'autres contacts plus nébuleux. Et quand on y songe, en tant que promoteur immobilier sur la côte est, il n'aurait pas pu décrocher certains marchés sans s'associer d'une manière ou d'une autre avec les grands patrons de l'industrie du bâtiment. Je m'étais toujours plus ou moins doutée que les intérêts professionnels de mon oncle devaient parfois coïncider avec ceux de personnages moins respectables. Après tout, l'avocat de Max n'était autre qu'Alexander Harriman, connu pour sa clientèle de célébrités. Cela dit, je n'avais jamais réfléchi à la question. Jusqu'à maintenant.

Étrangement, je pensais toujours à Max comme à notre *oncle*, jamais comme à l'homme qu'il était en dehors de notre famille. Un homme d'affaires puissant, riche, influent, solitaire, entouré de femmes qui semblaient toutes de passage, superficielles, pareilles à des actrices jouant la comédie. S'agissait-il de call-girls ? Aujourd'hui, je me pose la question. Ou alors, c'étaient des chercheuses d'or, des femmes intéressées par les cadeaux dont il les couvrait, les voyages qu'il leur offrait, les relations qu'il avait. *Max*, ai-je songé, *je suis désolée, mais en fin de compte, je n'ai peut-être jamais su qui tu étais vraiment.* C'est drôle, nous ne percevons jamais les géants de notre enfance, ceux qui nous marquent le plus et forgent nos caractères, comme des êtres de chair et de sang, imparfaits et détachés de nous. Ce sont des sortes d'archétypes – mère, père, tonton gâteau –, des personnages dans le film de notre vie. Quand on découvre d'autres facettes de leur personnalité ou d'autres aspects de leur existence, le choc est brutal ; on a l'impression qu'ils se dépouillent d'un masque pour révéler un visage différent. Vous n'êtes pas d'accord ? O.-K., c'est peut-être juste une opinion personnelle.

Surprise par un brusque cahot, j'ai ouvert les yeux pour m'apercevoir que j'étais seule dans la rame avec l'homme endormi en jean et blouson de cuir. Après la station suivante, le métro quitterait le réseau souterrain pour s'engager sur des rails aériens. J'ai refermé les yeux. Et pensé aussitôt : *Ce type n'était-il pas à l'autre bout du wagon, tout à l'heure ?* L'estomac noué, la gorge sèche, j'ai soulevé légèrement les paupières ; le chauve, bien réveillé, m'observait avec un drôle de sourire aux lèvres. J'ai senti mon cœur s'affoler et étouffé un hoquet de stupeur. Un étui allongé était posé sur le plancher entre ses pieds, ai-je remarqué, le genre à abriter un instrument de musique. Cette vision m'a un peu rassurée. Je suis toujours partie du principe qu'on n'a rien à craindre de personnes chargées d'un bagage. Les meurtriers, les voyous, les violeurs ou même les tueurs en série voyagent léger en cas de sinistre mission à accomplir. Je veux dire, réfléchissez, ils ont besoin d'avoir les mains libres. Même un sac à dos risquerait de les gêner.

Mon soulagement s'est cependant vite dissipé quand j'ai vu le passager se rapprocher insensiblement de moi. Au moment où nous débouchions hors du tunnel, la lumière de l'éclairage public a inondé la rame. Je me suis éclairci la gorge et redressée en ouvrant les yeux. L'inconnu a aussitôt laissé retomber sa tête sur son épaule en feignant de dormir.

Que faire ? me suis-je demandé. Mes jambes pesaient des tonnes, me semblait-il, et, dans ma poitrine, mon cœur était comme pris de folie. Pourtant, je me suis forcée à me lever pour marcher jusqu'à l'avant de la rame, où j'ai ouvert la porte afin de passer dans la suivante. Quand je me suis retournée, le chauve me contemplait toujours avec le même sourire en coin, mais dans ses yeux j'ai cru déceler une menace. J'ai soutenu son regard ; tant que je gardais les yeux ouverts, me disais-je, il n'oserait pas se rapprocher. Puis je me suis rappelé la remarque de Zelda – mon Dieu, était-ce seulement hier ? – au sujet d'un individu louche se renseignant sur moi. Était-ce lui ? Est-ce qu'il me suivait ? Je n'en avais pas la moindre idée. Après tout, il n'y a pas pénurie de cinglés dans cette ville.

Lorsque le train s'est arrêté à la station suivante, nos regards s'affrontaient toujours. Quand les portes se sont ouvertes, il s'est levé d'un bond et, après avoir récupéré son étui, il est descendu. S'il montait dans ma rame, j'étais prête à sauter sur le quai et à courir vers la première voiture. J'ai attendu pendant ce qui m'a paru une éternité : le chauve ne s'est pas manifesté. J'étais toute seule ; je ne voyais personne dans les rames voisines, personne non plus sur la plate-forme. Enfin, le signal du départ a résonné et le conducteur a dit dans son micro : « Veuillez vous éloigner des portes. » Celles-ci se sont refermées. Avant de se rouvrir brusquement.

« Ne bloquez pas la fermeture des portes », a lancé le conducteur d'un ton irrité.

J'ai reporté mon attention sur le quai, mais il n'y avait

plus trace du passager. Il n'était pas non plus dans le métro, ai-je constaté en m'approchant de la vitre me séparant des autres voitures. Où était-il ? À présent, un flot d'adrénaline déferlait dans mes veines, faisant trembler mes mains. Le signal a résonné encore une fois, les portes ont coulissé puis se sont de nouveau écartées à la dernière seconde. J'ai traversé plusieurs rames pour rejoindre celle du conducteur. Rien ne troublait le silence autour de moi, sinon le chuintement des portes pneumatiques qui s'ouvraient et se refermaient sur mon passage. Je ne cessais de jeter des coups d'œil apeurés par-dessus mon épaule, redoutant de voir surgir l'inconnu.

« Tu vas dégager cette porte, oui, connard ? » a crié le conducteur.

Par la vitre de la rame où je me trouvais, j'ai soudain vu l'homme se matérialiser sur le quai, comme s'il s'était jusque-là caché derrière un des piliers. Les portes se sont finalement refermées et le train a quitté lentement la station. Submergée par le soulagement, je me suis laissée choir sur une banquette en renversant la tête.

« Je deviens complètement parano », ai-je dit à voix haute.

Au même moment, je me suis redressée et j'ai découvert l'inconnu en train de me dévisager, une main levée en signe d'adieu, ce même sourire odieux flottant sur ses lèvres. Je ne lui ai pas rendu son salut.

J'étais encore secouée quand je suis arrivée au terminus. S'il faisait sombre dehors, j'ai néanmoins constaté à la lumière des réverbères que les arbres du parc Van Cortlandt se paraient de couleurs automnales, leur feuillage doré, orange et rouge foncé se détachant sur l'herbe toujours verte du terrain de sport à ma droite. Des gamins jouaient au handball sur les courts proches de la sortie de la station, et en descendant l'escalier, j'ai entendu leurs cris et leurs exclamations enthousiastes. Riverdale est l'un des derniers îlots agréables du Bronx et, ce soir-là, le quartier m'a paru particulièrement tranquille et sûr.

Arrivée en bas des marches, j'ai remarqué une Firebird noire modèle 69 stationnée au bord du trottoir. Le moteur grondait comme un chien montrant les crocs. J'ai réprimé un sourire de soulagement en reconnaissant Jake au volant et, les yeux fixés droit devant moi, j'ai fait mine de ne pas l'avoir vu.

« Hé ! a-t-il appelé quand je suis passée près de lui. J'ai vraiment cru que tu bluffais, tout à l'heure ! »

Il m'a suivie en voiture, avançant dans Broadway à une allure d'escargot, amenant les automobilistes derrière lui à se déchaîner sur leur Klaxon et à lui hurler des obscénités au moment de le doubler.

« Allez, Ridley, arrête, a-t-il dit au bout de quelques centaines de mètres. T'as gagné, O.-K. ? »

C'était exactement ce que j'avais envie d'entendre. Je me suis installée côté passager et il a aussitôt accéléré. L'intérieur de la Firebird était impeccable, le cuir des sièges nettoyés et cirés avec soin sentait les produits d'entretien. Un lecteur de CD avait été fixé au tableau de bord, dont tous les boutons, ainsi que le levier de vitesses, étaient neufs, en acier brossé. Cette voiture était à l'image de Jake : puissante, solide et racée.

Nous avions dépassé d'une centaine de mètres l'adresse supposée d'Amelia Mira lorsqu'il a fait demi-tour pour revenir plus lentement vers la rangée de pavillons mitoyens parmi lesquels se trouvait le 6061. Après s'être garé sous les grosses branches basses des arbres proches du parc, il m'a tendu une vieille casquette de base-ball d'un bleu passé et une paire de lunettes noires, toutes deux trop grandes pour moi.

« Mets-les, m'a-t-il conseillé. Mieux vaut qu'on ne te reconnaisse pas, ce n'est pas le but. »

Je n'avais toujours rien dit, et de toute évidence, mon mutisme commençait à l'agacer. Nous sommes restés silencieux encore quelques minutes, jusqu'au moment où Jake a explosé :

« Bon sang, Ridley ! T'es toujours aussi têtue ?

— Toujours. »

Avec un sourire, j'ai tourné la tête vers lui. Quand il m'a tendu la main, je l'ai serrée dans la mienne.

« Je n'aurais jamais cru que tu aurais le cran de venir ici toute seule, a-t-il repris. Sinon, je ne t'aurais pas laissée partir.

— Désolée. »

J'étais sincère. Je me rendais compte qu'il s'était fait du souci. Le soulagement sur ses traits était visible, une lueur d'inquiétude brillait encore dans son regard. Je m'en voulais d'avoir réagi comme une peste capricieuse – encore une fois, je dois bien l'avouer.

« Tu sais quoi, Jake ? J'ai vraiment l'impression d'être manipulée. Tout le monde a sa propre version des faits, aucune ne concorde et je ne sais pas qui croire. J'apprécie que tu m'aies rejointe, seulement je dois voir les choses par moi-même. Tu comprends ? »

Il a opiné.

« Je comprends. »

Une expression fugace a assombri ses traits, mais elle avait disparu avant que je puisse l'identifier.

« Alors, qu'est-ce qu'on fait ? ai-je demandé.

— On attend et on ouvre l'œil », a-t-il répondu en balayant du regard les alentours.

En cette belle soirée d'automne, fraîche mais plaisante, des enfants jouaient au foot dans le parc, des adultes flânaient, d'autres promenaient leur chien. Se lancer dans une opération de surveillance par une telle nuit, au milieu de tous ces gens paisibles et heureux, me paraissait bizarre. Il aurait dû tomber des trombes d'eau ponctuées de temps à autre par un coup de tonnerre précédé d'éclairs ; le parc aurait dû grouiller de voyous, de gangs prêts à en découdre.

« On attend quoi, au juste ?

— Avec un peu de chance, a répliqué Jake en haussant les épaules, on le saura quand on le verra. »

J'en ai déduit que nous allions passer des heures dans cette voiture. Parfois, ne vouloir en faire qu'à sa tête n'est pas aussi gratifiant qu'on le souhaiterait. Jake m'a souri comme s'il lisait dans mes pensées. Je commençais à avoir faim, mon estomac gargouillait et j'avais envie d'aller aux toilettes.

Après avoir demandé à Jake de m'emmener au Burger King devant lequel nous étions passés un peu plus tôt pour que je puisse m'acheter un hamburger et soulager ma vessie, nous nous sommes de nouveau garés en face du 6061 afin de surveiller les allées et venues. Des maisons plongées dans l'obscurité ont repris vie, des lumières se sont allumées derrière les fenêtres. Certaines de ces mêmes maisons sont redevenues sombres un peu plus tard. Le 6061 demeurait dans le noir.

Nous ne bavardions pas beaucoup, mais le silence entre nous n'avait rien de désagréable. Toutes les demi-heures environ, Jake faisait tourner le moteur pour relancer le chauffage. Je me sentais vaguement mal à l'aise, un peu effrayée aussi, car j'ignorais ce que nous cherchions exactement et ce que nous ferions si nous trouvions quelque chose. Mais j'aurais eu mauvaise grâce de me plaindre. Au bout de deux ou trois heures, je me suis allongée à plat ventre sur la banquette arrière, juste pour changer de position, les yeux à la hauteur de la vitre latérale. De mon poste d'observation, je ne voyais de Jake que le sommet de son crâne.

« Qu'est-ce que tu as voulu dire hier soir ? ai-je demandé à un moment. Quand tu m'as laissé entendre que tu devais m'expliquer certaines choses à ton sujet. »

Comme il ne répondait pas, j'ai pensé qu'il s'était peut-être endormi.

« Je ne sais pas par où commencer », a-t-il déclaré enfin.

Je me suis alors rendu compte que presque toutes nos conversations au cours des derniers jours avaient essentiellement tourné autour de moi. Il m'avait parlé de son art, de l'endroit où il avait vécu avant de s'installer dans l'East Village… C'était à peu près tout. J'aurais voulu le regarder en face, mais dans la mesure où il ne se tournait pas vers moi, j'en ai déduit qu'il n'y tenait pas. Au souvenir de ses cicatrices, j'ai senti l'incertitude me gagner. Même si nous étions devenus intimes, Jake restait un étranger pour moi. Pourtant, je ne cessais d'oublier cet aspect de notre relation, car j'avais l'impression de le connaître comme jamais je n'avais connu personne ; si j'ignorais tout de son passé, son cœur n'avait en revanche pas de secrets pour moi.

Je me suis assise sur le siège et je lui ai passé les bras autour du cou en approchant mon visage du sien. Je distinguais son profil, je sentais la barbe naissante sur sa mâchoire et je percevais l'odeur de sa peau mêlée à celle du cuir des sièges. Il a posé ses mains sur mes avant-bras.

« Commence donc par le début, lui ai-je glissé à l'oreille. Dis-moi tout.

— J'aimerais pouvoir. »

Il s'était exprimé d'une voix sourde, tremblante de colère. Je n'ai cependant pas eu l'occasion de lui demander ce qu'il entendait par là car, au même moment, nous avons aperçu un individu sur le trottoir. Nous avions vu pas mal de monde ce soir, mais pour une raison inexplicable, nous avons compris tous les deux que c'était notre homme.

Celui-ci marchait rapidement, les épaules voûtées, une casquette de base-ball ramenée bas sur le front, lui dissimulant en partie le visage. Il avait fourré les mains dans les poches d'un léger blouson noir qui ne devait pas le protéger du froid. Rien chez lui n'attirait l'attention : taille moyenne, environ un mètre soixante-quinze ; corpulence moyenne, peut-être dans les quatre-vingt-cinq kilos. Pourtant, nous l'avons tous les deux suivi des yeux, oubliant notre discussion tandis qu'il gravissait les marches menant à l'entrée du 6061 Broadway.

Nous avons encore patienté dix minutes sans dire un mot. Aucune lumière ne s'est allumée dans la maison.

« C'est lui, tu crois ? C'est l'homme qui m'a envoyé la lettre ? »

Je l'avais imaginé plus grand, plus menaçant, lui qui s'était introduit dans ma vie avec toute la subtilité d'une boule de démolition.

« Possible, a murmuré Jake.

— On fait quoi ?

— Toi, tu restes ici et tu surveilles la porte. Je vais aller jeter un coup d'œil à l'arrière. »

Avant que je puisse répondre, il était descendu de la

voiture et s'éloignait de la maison. Je l'ai vu dans le rétroviseur traverser Broadway puis revenir sur ses pas avant de disparaître dans une ruelle. Mon cœur battait à une vitesse folle, me laissant craindre une crise de tachycardie. J'ai patienté pendant ce qui m'a paru une éternité. Je ne portais pas de montre, je n'avais donc aucun moyen de vérifier. Enfin, n'y tenant plus, je suis sortie de la Firebird à mon tour et j'ai emprunté le même itinéraire que Jake.

L'étendue sombre et silencieuse du parc se déployait sur ma droite et il n'y avait pas âme qui vive dans la rue. Les réverbères baignaient la nuit d'une clarté orangée. De l'autre côté, cependant, il n'y en avait pas. Or, entre l'épicerie et le premier des pavillons mitoyens, se dressait une rangée d'arbres. L'endroit n'était pas rassurant, les feuilles mouillées rendaient le bitume glissant. J'ai pressé le pas.

Parvenue au niveau de la ruelle où Jake avait disparu, j'ai risqué un œil dans l'étroit passage. Une lumière brillait à l'extrémité. Je me suis dirigée vers elle en m'efforçant d'ignorer la puanteur des poubelles pleines et les zones ombreuses de part et d'autre, où n'importe qui aurait pu se dissimuler.

Brusquement, je me suis cogné le genou contre une des poubelles, dont le couvercle métallique a rebondi sur le sol. Dans un jardin proche, un chien s'est mis à aboyer, provoquant une petite décharge d'adrénaline dans mes veines. J'ai couru jusqu'au bout de la ruelle qui – je vous le donne en mille – débouchait sur une autre rue parallèle à l'arrière des pavillons.

Des lumières éclairaient certaines façades, et derrière les fenêtres, j'ai distingué ici et là des lampes allumées ou la lueur bleutée d'écrans de télévision. Les échos lointains de *Money*, des Pink Floyd, me sont parvenus aux oreilles ; plus loin, des odeurs de viande rôtie ont déclenché des gargouillements dans mon estomac (oui, je sais, encore). L'obscurité restait relativement épaisse dans le coin, mais au moins, si je criais, il y aurait sûrement quelqu'un pour m'entendre.

J'étais presque sûre que le pavillon sombre au milieu était le 6061. Mais je n'ai vu Jake nulle part. J'ai réussi à progresser plus discrètement, sans rien heurter, jusqu'au moment où j'ai découvert un escalier métallique étroit permettant d'accéder à un balcon qui courait sur toute la longueur de la façade arrière. Ayant aperçu une lumière par une des fenêtres, je suis montée sans bruit et j'ai jeté un coup d'œil à l'intérieur.

L'inconnu entrevu dans la rue était assis par terre près d'une de ces lanternes à pile vendues au supermarché Kmart. Adossé au mur, les jambes tendues devant lui et croisées au niveau des chevilles, il avait ôté sa casquette mais gardé son blouson. Comme je ne distinguais pas bien son visage, je n'aurais su dire s'il s'agissait de l'homme sur la photo. La faible lueur de la lampe ne parvenait pas à dissiper les ombres sur ses traits. À côté de lui, se trouvait un vieux téléphone vert à cadran.

Il mangeait le contenu d'une boîte de raviolis à l'aide d'une fourchette en plastique. Les yeux fixés sur l'étiquette, il semblait mastiquer longuement chaque bouchée avant d'avaler. Les coins de sa bouche s'affaissaient, ai-je noté. Tristesse, révolte, dégoût… difficile à dire. En tout cas, il m'est apparu comme l'incarnation même de la solitude. Quelles que soient l'identité de cet homme et la raison pour laquelle nos chemins se croisaient aujourd'hui de manière si étrange, il émanait de lui une impression de détresse tellement poignante que j'en ai eu la gorge nouée. Les larmes me sont montées aux yeux sans que je comprenne vraiment pourquoi.

Peut-être parce que la désolation de cette scène faisait écho à celle de mon cœur.

Soudain, j'ai senti des bras m'envelopper et une main se plaquer sur ma bouche. Je ne me suis pas débattue car j'avais déjà deviné qu'il s'agissait de Jake, peut-être à son parfum.

« Qu'est-ce que tu fiches ici ? T'es dingue ou quoi ? » m'a-t-il soufflé à l'oreille.

Me prenant par la main, il m'a ramenée d'autorité à la voiture.

« Pourquoi est-ce qu'on est venus ? ai-je demandé une fois installée dans la Firebird.

— Parce qu'on voulait savoir à qui on avait affaire.

— Et alors ?

— D'après ce que j'ai pu voir ? Un type tout seul assis près d'un téléphone dans une maison vide sans électricité.

— Et tu en conclus quoi ?

— Rien de particulier, sinon que je suis de taille à l'affronter en cas de problème. »

Mon visage devait refléter mon désarroi, car Jake m'a posé une main sur l'épaule.

« Écoute, a-t-il dit d'un ton patient, j'ai accepté de t'aider à découvrir ce qui se passe, pas vrai ? J'ai obtenu des infos, creusé quelques pistes et trouvé l'adresse correspondant au numéro de téléphone. Avant que tu appelles, je tenais à savoir où on mettait les pieds et qui était ce type.

— Et c'est qui, selon toi ?

— Christian Luna, j'en suis presque sûr. Mais on ne pourra pas découvrir ce qu'il veut, pourquoi il pense que tu es sa fille et ce qu'il a pu fabriquer durant toutes ces années sans avoir une conversation avec lui. C'est l'étape suivante.

— Autrement dit, je lui téléphone ? »

Il m'a donné son portable et le numéro.

« Vas-y. »

Le téléphone en main, j'ai hésité.

« Seulement si tu en as envie, Ridley. Sinon, je défonce sa porte et je lui flanque la trouille de sa vie. Après, je te garantis que tu n'entendras plus jamais parler de lui. Il est en cavale. De toute évidence, il se planque parce qu'il a peur des flics. Il rentrera dans son trou, je t'assure. Et toi, tu n'auras plus qu'à prétendre qu'il ne s'est rien passé. »

Mais il était trop tard pour reculer, nous le savions tous les deux. Nous sommes encore restés assis quelques minutes dans le noir avant que je trouve le courage de composer le numéro. Mes doigts tremblaient et je sentais la sueur perler sur mon front malgré le froid glacial qui régnait dans l'habitacle.

Il a décroché à la première sonnerie. Il avait une voix grave teintée d'un léger accent que je n'ai pas identifié.

« Jessie ? »

Je l'ai revu assis par terre. Son intonation trahissait une profonde tristesse atténuée par un espoir des plus infimes.

« Ridley, ai-je répondu. Je m'appelle *Ridley*. »

Il me semblait crucial de réaffirmer ce point, auquel je me raccrochais comme à une bouée dans la tourmente.

« Ridley, a-t-il répété. Bien sûr.

— J'aimerais vous rencontrer.

— D'accord », a-t-il dit d'un ton presque suppliant.

Les bancs à l'entrée du parc Van Cortlandt dans une heure, avait griffonné Jake sur un bout de papier. Lorsque j'ai précisé le lieu du rendez-vous à mon interlocuteur, il a marqué un temps d'arrêt. Se doutait-il que nous étions tout près de chez lui ? En tout cas, un instant plus tard, il a accepté.

« Tu viendras seule ? » a-t-il demandé.

J'ai confirmé malgré mes réticences à mentir, même à cet inconnu qui saccageait ma vie.

« Comment vous appelez-vous ? ai-je questionné.

— Je suis ton père.

— Mais comment vous appelez-vous ?

— Je te retrouve dans une heure », a-t-il décrété avant de raccrocher.

J'ai coupé le téléphone portable et je l'ai rendu à Jake.

« Alors, il t'a dit son nom ?

— Il n'a pas voulu. »

Il a changé de position sur son siège.

« Mmm, j'aurais sans doute fait pareil à sa place. »

En réponse à mon coup d'œil surpris, il a expliqué :

« Si j'étais un fugitif, j'aurais trop peur qu'en te révélant mon identité, tu préviennes aussitôt les flics, et qu'une dizaine de voitures de patrouille se pointent devant chez moi. Il n'y a pas prescription pour meurtre, dans cet État. »

J'ai haussé les épaules.

« Alors, pourquoi prend-il le risque ?

— À toi de lui poser la question. »

15

Nous avons attendu qu'il quitte le pavillon mitoyen puis se dirige vers l'entrée du parc. D'après Jake, nous devions nous assurer qu'il serait seul. Je ne voyais pas trop qui d'autre pourrait être impliqué, mais je n'ai pas posé de questions. Jake semblait parfaitement dans son élément, comme si les opérations de surveillance étaient monnaie courante pour lui. De mon côté, je trouvais la situation tellement étrange, tellement surréaliste que je me suis demandé à plusieurs reprises si je n'étais pas en train de rêver et si je n'allais pas me réveiller à tout moment.

Au bout de quelques minutes, Jake a démarré pour suivre notre homme. Il marchait de nouveau le dos voûté, d'un pas cependant plus rapide. Il a jeté un coup d'œil par-dessus son épaule deux ou trois fois, mais je ne crois pas qu'il nous ait remarqués.

« Il semble si seul… et si triste », ai-je murmuré.

Après un long silence, Jake a répliqué :

« Tu ne peux pas le savoir rien qu'en le regardant. Tu n'as sous les yeux que ce qu'il veut bien te montrer. »

Étonnée par cette remarque, je me suis tournée vers Jake. Mais il était totalement concentré sur la forme sombre devant nous, tel un oiseau de proie prêt à fondre sur une souris loin en dessous de lui.

« La façon dont se tient une personne quand elle ne se croit pas observée permet de comprendre beaucoup de choses sur elle, ai-je affirmé. Je l'ai sentie en lui, cette tristesse, je t'assure.

— Je n'y crois pas. À mon avis, on projette sur les autres ce qu'on ressent. Si tu es malhonnête, tu vois la malhonnêteté partout. Si tu es bon, tu lis la bonté sur les visages. Les attitudes physiques peuvent indiquer le mensonge ou la nervosité, mais je ne pense pas qu'il soit possible d'évaluer quelqu'un, son caractère ou sa personnalité, simplement en l'observant. »

J'ai médité ces paroles un moment.

« Donc, tu en conclus que je me sens seule et triste ? »

Nouveau silence. L'obscurité entre nous semblait soudain former un mur impénétrable m'empêchant de distinguer ses yeux.

« Ce n'est pas le cas ? » a-t-il murmuré.

Un cri de protestation est monté dans ma gorge, l'indignation a raidi mes épaules, et pourtant je n'ai pas émis le moindre son. Parce qu'il avait raison. C'était exactement ce que je ressentais depuis la seconde où j'avais reçu cette enveloppe. Et peut-être même, à un niveau inconscient, depuis bien plus longtemps. Murée dans mon silence, j'ai été saisie d'une sorte d'engourdissement à mesure que nous nous approchions du parc. Brusquement, Jake m'a pris la main et l'a serrée avec force. Je me suis accrochée à la sienne en redoutant le moment où il allait me lâcher.

Il a dépassé l'entrée, fait demi-tour un peu plus loin et garé la Firebird. Quand nous en sommes descendus, j'ai pris le temps d'examiner la voiture, cette fois. C'était un vrai bijou, bichonné, repeint de frais. Pas franchement discret.

« Tu aimes ? a-t-il demandé en me voyant regarder le bolide.

— Tu sais ce qu'on dit à propos des hommes qui roulent dans des engins pareils ?

— Vas-y, je t'écoute.

— Qu'ils compensent une virilité défaillante.

— Ah bon ? Ma virilité laisse à désirer, d'après toi ? » a-t-il plaisanté en m'attirant à lui.

J'ai senti mes joues s'empourprer.

« Euh, non. »

Il m'a donné un long baiser très doux qui m'a embrasée de l'intérieur. Puis il s'est écarté en me posant une main sur la joue. Son expression espiègle avait disparu, remplacée par une extrême gravité.

« Ça va aller, a-t-il chuchoté.

— Bien sûr, ai-je répondu, feignant une assurance que je n'éprouvais pas. Je sais.

— Non, tu ne sais pas. Mais moi, si. Allez, on y va. »

Jake et moi avons pénétré dans le parc à environ deux cents mètres de l'endroit où j'avais dit à Christian Luna – ou quel que soit son nom – de me retrouver. Jake s'est dissimulé parmi les arbres à une trentaine de mètres derrière moi tandis que je suivais l'allée jusqu'au banc occupé par mon mystérieux interlocuteur. Il a tressailli en entendant le bruit de mes pas. Lorsqu'il s'est levé, je me suis immobilisée.

« N'approchez pas », lui ai-je ordonné.

Moins de deux mètres nous séparaient. J'avais peur, je voulais qu'il garde ses distances.

Il était plus âgé et semblait plus petit que je ne l'avais

cru de loin, mais il s'agissait bien de l'homme de la photo. Je reconnaissais l'intensité de son expression, ses sourcils broussailleux, ses lèvres pleines. Nous nous sommes regardés comme si nous scrutions notre image dans un miroir. L'espace d'un instant, il m'a semblé déceler sur son visage quelque chose que je n'avais jamais vu chez personne : le reflet de mes propres traits. Je n'aurais su dire à quoi tenait au juste cette impression. À la forme des yeux, peut-être, ou au dessin de la mâchoire. Je me suis dit : *C'est sans doute mon imagination qui me joue des tours. Je ne vois que ce que j'ai envie de voir... ou ce que je crains le plus. À cause de la tension de ce moment irréel.*

« Jessie », a-t-il murmuré.

Soulagement, joie et chagrin transparaissaient dans sa voix. Il s'est avancé d'un pas, j'ai reculé d'autant. Puis il a levé les mains vers moi, mais j'ai croisé étroitement les bras sur ma poitrine sans cesser de reculer. Je le haïssais, tout d'un coup. Je ne supportais pas cette ressemblance entre nous.

« Vous l'avez tuée ? » ai-je lancé.

Ma voix cinglante a claqué dans la nuit, et il a sursauté comme si je l'avais giflé.

« Quoi ? a-t-il soufflé.

— Teresa Elizabeth Stone. Vous l'avez tuée ?

— Ta mère, a-t-il rectifié avant de se laisser choir sur le banc, manifestement privé de forces. Non, je ne l'ai pas tuée. »

Il a laissé retomber sa tête sur sa poitrine, et soudain, il a éclaté en sanglots. La profondeur de sa détresse m'a tout à la fois embarrassée et émue malgré moi. Je me suis assise à côté de lui en attendant qu'il se calme. Je ne pouvais pas le regarder et je ne pouvais pas non plus me résoudre à le réconforter, mais la haine que j'avais brièvement ressentie à son égard s'était déjà évanouie. J'ai renversé la tête pour contempler le ciel où scintillaient quelques étoiles. Machinalement, j'ai enfoui mes doigts gelés dans les poches de mon blouson.

« Vous êtes Christian Luna ? ai-je demandé quand ses larmes se sont enfin taries.

— Comment le sais-tu ?

— Aucune importance. »

Je vous parais dure, peut-être ? Eh bien, oui, je l'étais. Dure. Froide. Glaciale, même. Oh ! j'ai eu maintes fois l'occasion de le regretter depuis. Il méritait sans doute plus de compassion de ma part, mais je ne me sentais pas capable de lui en offrir. J'étais défaite. Son visage m'avait fourni la réponse tant redoutée.

« Écoutez, ai-je repris alors qu'il semblait chercher ses mots. Qu'est-ce que vous attendez de moi exactement ? »

J'ai lu la déception et l'incrédulité dans son regard. Je n'avais aucune idée des scénarios qu'il avait pu imaginer, mais de toute évidence les choses ne tournaient pas comme il l'avait espéré. Et dans l'état où j'étais, j'ai éprouvé une joie mauvaise à anéantir ses fantasmes de retrouvailles idylliques.

« Ce que j'attends ? Tu es ma fille, voyons, a-t-il dit d'un ton abasourdi. Ma Jessie. »

Ses yeux et sa voix se faisaient suppliants. Or il n'aurait pas eu plus de succès s'il avait essayé d'attendrir la statue de la Liberté.

« Vous n'avez pas de preuve », me suis-je obstinée, les bras toujours croisés, tel un juge.

L'entêtement constitue parfois un bouclier des plus efficaces. On peut se retrancher derrière, s'en servir pour parer les attaques, se protéger et s'isoler des autres.

« Regarde-moi, Jessie, a-t-il répliqué avec un petit

rire. La preuve est là, sur mon visage. Tu ne la vois pas ? »

Je n'ai pas répondu. Mais quand il s'est approché, je ne me suis pas écartée de lui, cette fois. Lui-même n'a pas tenté de me toucher.

« Si je suis Jessie, qu'est-il arrivé à Teresa Stone ? Et si vous ne l'avez pas tuée, alors qui est son meurtrier ? »

Il a soupiré.

« Je me pose la question tous les jours depuis trente ans. »

Dans le silence qui a suivi, il m'a encore regardée, et moi, j'ai encore tenté d'éviter son regard. Une voiture est passée à toute allure, faisant résonner dans la nuit le rythme d'une musique saccadée.

« Je n'étais pas un bon père, a-t-il repris. Et je n'ai pas bien traité ta mère. Mais je n'ai tué personne. »

En décelant dans sa voix une colère sourde, à peine maîtrisée, j'ai enfin tourné la tête vers lui. Il avait une soixantaine d'années, peut-être un peu plus. Sa peau était hâlée, abîmée par le soleil, sillonnée de rides profondes. Il avait l'air usé d'un homme dont l'existence a été jalonnée d'épreuves – hygiène de vie désastreuse, décisions désastreuses, dénouements désastreux. Il paraissait accablé par le poids des erreurs passées, mais en même temps résigné à le porter sur ses épaules quoi qu'il arrive. Je pensais rencontrer en Christian Luna un individu méchant, malveillant et dangereux, possédant la volonté et la capacité de me faire du mal. Mais je ne voyais qu'un être fatigué, découragé, prêt à rendre les armes.

« Oh, j'ai bien essayé de réparer mes torts à ma façon, a-t-il ajouté avec le même petit rire désespéré. Mais j'étais jeune. Et tellement paumé… Je n'ai jamais connu mon père, tu comprends. Je ne savais pas comment doit se comporter un homme. »

Il a secoué la tête, tout à ses souvenirs, le regard perdu dans le vague.

Cet aveu m'a amenée à l'examiner de plus près, à tenter de cerner sa personnalité au-delà de ses caractéristiques physiques. J'ai alors découvert un homme qui avait vécu dans le regret, qui avait appris ses leçons, mais trop tard. N'est-ce pas le châtiment ultime que d'acquérir enfin la sagesse juste pour s'apercevoir que les conséquences de certains actes sont irrévocables ?

« J'ai rencontré Teresa en allant au boulot, m'a-t-il expliqué. Elle était standardiste dans une agence immobilière. Moi, j'étais ouvrier à l'usine, mécanicien syndiqué. On habitait tous les deux dans le New Jersey, on faisait les trajets tous les jours en train pour aller en ville et en revenir. C'est là qu'on a commencé à se parler. J'ai tout de suite vu que c'était une gentille fille. Charmante. Mignonne. On est sortis ensemble deux ou trois fois. Je lui ai dit que je l'aimais, mais ce n'était pas vrai. »

J'ai essayé de les imaginer à partir de la photo que j'avais eue sous les yeux. En me demandant à quoi Teresa pouvait ressembler quand elle riait, comment elle était habillée… Peut-être était-elle amoureuse de lui et pensait-elle être aimée en retour… Je suis écrivain et j'aurais voulu qu'il me raconte leur histoire comme je l'aurais moi-même fait. Mais à l'évidence, ce n'était pas un conteur-né.

« Après le deuxième ou troisième rendez-vous, Teresa m'a laissé coucher avec elle. Là-dessus, je me suis désintéressé d'elle. J'ai arrêté de l'appeler. Tu sais ce que c'est. »

Tu sais ce que c'est. Je suppose, oui ; nous avons

presque tous connu ça à un moment ou à un autre, non ? Vous faites confiance à quelqu'un, vous vous donnez corps et âme. Vous êtes persuadé que vous allez vivre ensemble, que l'intimité physique entre vous n'en est qu'à ses débuts. Or, pour l'autre, l'objectif a été atteint, il est temps de rejouer la partie. Teresa avait-elle pleuré à cause de lui ? Avait-elle souffert de la solitude après son départ ? S'était-elle détestée ? Avait-elle souhaité ne jamais l'avoir rencontré ?

Christian Luna restait silencieux, attendant sans doute de ma part un encouragement que je ne lui ai pas donné. Je ne voulais pas lui faciliter les choses. Je ne sais pas pourquoi je réagissais de manière aussi égoïste et mesquine, c'était plus fort que moi.

« Elle est venue me trouver un soir au moment où je terminais mon service, a-t-il enfin poursuivi. Il était tard, il faisait nuit. Je ne l'avais pas vue depuis un bon bout de temps. J'ai compris tout de suite qu'elle avait attendu dans le noir juste pour me parler. Et là, elle m'a annoncé qu'elle était enceinte. »

J'ai tenté de visualiser la scène. Une soirée froide, peut-être une légère bruine, un croissant de lune derrière les nuages. Teresa était-elle effrayée ? En larmes ?

« Vous avez été gentil avec elle ? ai-je murmuré.

— Non, a-t-il répondu, tête basse, en fourrant les mains dans ses poches.

— Elle avait peur ? »

Il a remué lentement la tête.

« Pas du tout. Elle s'est montrée forte, au contraire. Je lui ai demandé comment elle savait que l'enfant était de moi. Elle m'a répondu qu'elle n'avait fréquenté personne d'autre. Je l'ai crue, mais j'ai refusé de l'admettre devant elle. »

Il s'est tu et m'a dévisagée avec tant d'intensité que

j'ai fini par le regarder. Une telle honte se lisait sur ses traits que j'ai dû détourner les yeux.

« Je lui ai suggéré de…, a-t-il commencé.

— Se faire avorter ? »

En guise de réponse, il a hoché la tête.

« Elle a refusé. Avant d'ajouter un truc que je n'oublierai jamais. Elle a dit : "On n'a pas besoin de toi. Je voulais juste te donner l'occasion d'être père, d'avoir cette joie dans ta vie." »

Un soupir lui a échappé.

« Je n'étais qu'une merde, je l'avais traitée comme une moins que rien, et elle me proposait quand même de te connaître. Je n'ai pas compris. Tu vois ? Ça me dépassait, à l'époque. Pourtant, j'ai offert de l'épouser. Elle a refusé.

— Sans blague ? Après une discussion aussi romantique ? »

Il a poussé une sorte de grognement.

« Mouais. J'étais un vrai con.

— Mais vous l'avez revue, n'est-ce pas ? Il y a cette photo que vous m'avez envoyée. Les interventions de la police pour querelles domestiques. L'ordonnance obtenue contre vous.

— Quoi ? Tu as engagé un détective privé ? »

Je n'ai pas répondu. De son côté, il s'est contenté de hocher la tête.

« Je n'ai pas appelé la police, ai-je précisé. Vous n'avez rien à craindre. »

Il m'a gratifiée d'un sourire étrangement indulgent, comme s'il était inutile de me donner des explications parce que je ne comprendrais pas de toute façon. Je n'y ai pas vraiment prêté attention sur le moment, mais je m'en suis souvenue plus tard.

« Je passais de temps en temps, m'a-t-il dit. Je lui

laissais de l'argent quand j'en avais. Mais toutes mes visites se terminaient mal. Je finissais toujours par faire des conneries. Alors, elle exigeait que je m'en aille. Je commençais à gueuler. Après, les flics arrivaient et m'emmenaient. Je ne sais pas, tu me mettais la tête à l'envers. Je t'aimais, merde ! Tu étais si jolie, je me sentais tellement bouleversé devant toi ! En même temps, les responsabilités m'affolaient. J'étais lâche. Je… »

Il s'est interrompu, troublé, comme s'il avait parlé de quelqu'un d'autre. Cette vie-là devait lui paraître si lointaine au bout de toutes ces années… Et peut-être était-il réellement différent aujourd'hui. En tout cas, il ne ressemblait pas du tout à l'homme qu'il décrivait, effrayé et paumé au point de maltraiter la mère de son enfant.

« Et puis, un jour, elle m'a demandé de te surveiller, a-t-il continué. C'était une urgence ; elle devait aller travailler et la voisine qui te gardait d'habitude était malade. Alors, je suis venu à l'appartement ; tu étais encore toute petite, tu n'avais même pas deux ans. À un moment où je ne te regardais pas, tu as renversé un verre de bière posé sur la table basse et il s'est brisé par terre. Je me suis précipité vers toi et je t'ai soulevée par un bras. J'étais furieux, c'est vrai, mais je voulais surtout t'empêcher de te couper avec les éclats.

» Ensuite, tu t'es mise à hurler sans que je puisse te calmer. Je paniquais, je ne savais pas quoi faire. Alors je t'ai enfermée dans ta chambre. La voisine a téléphoné deux ou trois fois, elle a laissé des messages sur le répondeur. "Qu'est-ce qui se passe avec Jessie ? Je ne l'ai jamais entendue crier comme ça." »

Il pleurait en silence.

« Tu braillais toujours quand Teresa est arrivée,

environ une heure plus tard. La voisine l'avait appelée au bureau et elle était revenue en catastrophe. Elle s'est aperçue tout de suite qu'il y avait un problème sérieux. Elle t'a conduite à l'hôpital, et là, elle a découvert que je t'avais cassé le bras. C'est à la suite de cet accident qu'elle a demandé une ordonnance contre moi. Je n'avais plus le droit de te voir. »

La nuit semblait de plus en plus froide. Il s'est essuyé les yeux avec la manche de son blouson. À ce stade, j'étais parvenue à éprouver un peu de compassion pour lui, alors qu'à l'entendre, s'il n'en avait tenu qu'à lui, je ne serais même pas là aujourd'hui. Il avait maltraité Jessie enfant, et à présent il détruisait ma vie d'adulte. Je n'étais toujours pas prête à admettre que nous n'étions qu'une seule et même personne, Jessie et moi. Je n'en ressentais pas moins une certaine pitié pour lui.

« Deux semaines plus tard, je me suis soûlé avant de passer à l'appartement. J'étais décidé à démolir la porte au besoin si Teresa refusait de m'ouvrir et de me laisser te voir, m'assurer que tu allais bien. Une fois sur place, j'ai fait un boucan de tous les diables, mais elle n'a pas cédé. Elle m'a crié à travers la porte qu'elle avait appelé les flics, qu'ils allaient arriver d'une minute à l'autre. En entendant les sirènes, j'ai déguerpi. J'ai encore bu, et puis je suis retourné là-bas quelques heures plus tard. Cette fois, la porte était ouverte… »

Il respirait laborieusement, à présent ; des larmes ruisselaient toujours sur ses joues, comme si elles ne devaient jamais s'arrêter, comme s'il les avait gardées en réserve durant toutes ces années.

« En voyant les lumières éteintes dans l'appartement, j'ai compris aussitôt que quelque chose clochait. Là-dessus, j'ai aperçu une chaussure par terre, au milieu d'une flaque de sang. Il paraissait noir dans l'obscurité, ce sang, et tellement épais qu'on l'aurait cru faux. Au moment où j'ai allumé, j'ai découvert Teresa sur le sol. Elle avait les yeux ouverts, du sang sur les lèvres et la nuque brisée. Son regard semblait m'accuser, me dire que tout était ma faute… Et c'était vrai, en un sens : si j'avais été quelqu'un de bien, elle serait toujours vivante. Peut-être qu'on formerait une famille, aujourd'hui… »

Il s'est encore interrompu, le souffle court. Puis il s'est couvert le visage avec ses mains et m'a parlé entre ses doigts.

« Je t'ai cherchée partout, mais tu avais disparu. Alors je me suis enfui. Cette nuit-là, j'ai rassemblé toutes les économies que j'avais cachées sous mon matelas. Je suis monté dans un car pour El Paso et je suis allé jusqu'à Ciudad Juarez, au Mexique. De là, j'ai pris un avion pour Porto Rico. Je n'y avais jamais mis les pieds avant, mais mes grands-parents étaient nés là-bas et je savais qu'un de mes cousins éloignés y vivait toujours. Je n'ai plus quitté la ville ; j'ai bossé comme mécanicien dans son garage durant tout ce temps. »

J'ai secoué la tête. Son histoire me paraissait à la fois assez simple et assez compliquée pour être vraie. À partir de là, que devais-je faire ?

« Bon, que s'est-il passé, monsieur Luna ? Pourquoi vous êtes-vous brusquement souvenu de moi ? Qu'est-ce qui vous a poussé à revenir ?

— Je ne t'ai jamais oubliée », a-t-il répondu, la main tendue vers moi. Instinctivement, je me suis écartée. « Je pensais à toi tous les jours. Tu ne me crois peut-être pas, mais c'est la vérité, je t'assure. »

Il avait beau m'implorer du regard, je ne pouvais pas envisager le moindre contact physique.

« O.-K., ai-je dit. Ça ne m'explique toujours pas pourquoi vous vous manifestez maintenant.

— Je t'ai vue sur CNN, a-t-il répondu en se fendant soudain d'un large sourire. J'ai vu ta photo quand tu as sauvé ce gosse dans la rue. Ton joli visage… Je t'ai reconnue tout de suite. Tu ressembles tellement à ta mère que je me suis même demandé si mon imagination ne me jouait pas des tours. Jusque-là, j'ignorais si tu étais encore en vie. Et puis, tu m'es apparue, comme en réponse à mes prières. Il fallait que je fasse le voyage, que je te retrouve enfin, tu comprends ? »

Je suis restée silencieuse. Rien ne me venait à l'esprit. Cet homme était un inconnu pour moi. Qu'avions-nous à nous offrir ? Que pouvions-nous espérer de cette rencontre ?

« Chez qui logez-vous ? Qui est Amelia Mira ? »

Il m'a dévisagée d'un air intrigué. La question était peut-être bizarre pour lui, compte tenu de tout ce que j'aurais pu lui demander d'autre. Mais Jessie avait hérité de son prénom et je voulais savoir qui elle était.

« C'était ma mère, a-t-il répondu. Ta grand-mère. Elle est morte l'année dernière et elle m'a légué cette maison par testament. La ville ne va pas tarder à se l'approprier, j'en ai bien peur. Je n'ai pas les moyens de payer les impôts.

— Votre mère savait où vous étiez ? »

Il a opiné.

Jessie Amelia Stone, baptisée ainsi en l'honneur d'une grand-mère qu'elle n'avait jamais connue par un père qui avait commencé par ne pas vouloir d'elle puis l'avait maltraitée et avait peut-être tué sa mère… *Pauvre Jessie*, ai-je pensé, avant de me rendre compte que je pleurais.

À cet instant, Christian Luna a fait quelque chose

d'affreux. Il s'est laissé glisser du banc pour s'agenouiller devant moi et me prendre les mains. Jamais je n'avais éprouvé autant de honte et d'embarras.

« Monsieur Luna, je vous en prie... »

Je l'ai attrapé par l'avant-bras pour le forcer à se relever.

« Jessie, je n'attends rien de toi. Je voulais juste te connaître, te voir en personne...

— Je vous en prie », ai-je répété, pour m'interrompre aussitôt.

À vrai dire, je ne voyais pas quoi ajouter. Je sentais qu'il était sincère, qu'il était vraiment persuadé d'avoir retrouvé Jessie. Moi, en revanche, je restais sceptique.

« Je ne comprends pas, monsieur Luna », ai-je dit soudain en me redressant. Je me suis éloignée de lui, toujours agenouillé sur le sol. « Pourquoi vous êtes-vous enfui ? Pourquoi n'avez-vous pas cherché Jessie à l'époque ? »

Il a écarté les mains en signe d'impuissance.

« Je ne pouvais pas. Avec toutes ces arrestations, l'ordonnance contre moi... Tout le monde allait penser que je l'avais tuée. »

Avec un soupir, j'ai de nouveau secoué la tête.

« Tu ne me crois pas, hein ? a-t-il murmuré.

— Je ne sais pas. »

Brusquement, il s'est remis debout et m'a saisie par les épaules. Son regard reflétait un désespoir total.

« Je t'en prie, Jessie. Dis-moi au moins que tu ne me crois pas coupable du meurtre de ta mère. »

Je me sentais incapable de répondre. Comment pouvait-il me demander d'assimiler d'un coup toutes ces informations puis de former un jugement ? Voilà pourquoi il voulait me voir, ai-je compris. Pour recevoir l'absolution. Or je doutais d'être la mieux placée pour la lui donner. Ce n'était pas pour moi qu'il était revenu, c'était pour lui-même, dans son propre intérêt. Peut-être avait-il pris conscience de ses erreurs, peut-être même les avait-il expiées, mais au fond il demeurait ce même homme fondamentalement égoïste qui avait maltraité Teresa Stone et sa fille Jessie. S'il n'était pas un meurtrier, il avait cependant fui comme un lâche tant il craignait d'être accusé. Et aujourd'hui, il saccageait ma vie dans l'espoir d'obtenir mon pardon. Que devais-je en conclure ? Comment étais-je censée réagir ?

Lorsque je me suis rassise sur le banc, il m'a imitée. J'attendais d'éprouver des sentiments, comme si mes gènes devaient finir par le reconnaître et par envoyer une sorte de signal à mon cerveau et à mon cœur. Mais non, rien de tel ne s'est produit. J'avais l'impression d'être un cerf-volant dont on avait lâché la corde ; je dérivais au gré du vent, de plus en plus haut et de plus en plus loin. J'ai songé soudain que la liberté à laquelle j'aspirais depuis toujours n'était qu'une forme d'indépendance ancrée dans des repères familiers. La vraie liberté, celle dont je faisais maintenant l'expérience, me semblait infiniment plus dangereuse.

J'ai ouvert la bouche pour reprendre la parole mais je ne saurai sans doute jamais ce que j'aurais pu dire. Au même moment, Christian Luna s'est affalé contre moi comme si sa colonne ne le soutenait plus. Je l'ai rattrapé par l'épaule pour l'empêcher de tomber sur mes genoux, et quand j'ai voulu l'appuyer contre le dossier du banc, sa tête s'est mise à ballotter, me révélant un minuscule cercle rouge entre ses yeux.

La violence est parfois discrète. Dans les films, les détonations déchirent l'air et les coups de poing provoquent des craquements sinistres. Les gens meurent en poussant un cri ou un gémissement. Christian Luna, lui, avait rendu l'âme en silence. Il avait quitté le monde sans émettre le moindre son.

Je l'ai secoué.

« Monsieur Luna ? Vous ne vous sentez pas bien ? »

Question idiote s'il en était, je vous l'accorde, mais que voulez-vous que je vous dise ? Le choc est un proche parent du déni ; il atténue l'impact de la réalité quand elle devient trop insoutenable. Un instant plus tard, j'ai senti des mains se poser sur moi.

« Ridley ! Bon Dieu, qu'est-ce qui s'est passé ?

— Quoi ? » ai-je murmuré en me retournant. Jake se tenait derrière moi. « Je... je ne sais pas. »

Il a voulu m'obliger à me lever, mais je me raccrochais à Christian Luna. Mon père, peut-être... Jake a fini par me forcer à desserrer les doigts tout en scrutant les alentours, sans doute pour essayer de déterminer la provenance du coup de feu. Enfin, il m'a entraînée vers la voiture. J'ai jeté un coup d'œil par-dessus mon épaule ; Christian Luna, toujours sur le banc, était tombé de côté. L'horreur de ce qui venait de se produire s'est peu à peu imposée à mon esprit. Un flot de bile a manqué m'étouffer.

« Est-ce qu'on ne devrait pas... » J'allais dire : « appeler la police », mais je ne suis pas sûre d'avoir pu terminer ma phrase car, une seconde plus tard, je me penchais par-dessus la clôture du parc pour vomir dans l'herbe. J'avais l'impression que Jake, derrière moi, me protégeait de son corps comme s'il redoutait d'autres tirs. Puis il m'a de nouveau incitée à avancer et je suis parvenue à faire quelques pas.

« La police ? ai-je enfin articulé.

— Il faut qu'on foute le camp d'ici tout de suite, a répondu Jake en me passant un bras autour des épaules. Marche vite, mais essaie d'avoir l'air normal. »

La remarque m'a paru si drôle que j'ai commencé à rire. Il a souri à son tour. C'était un sourire artificiel, forcé. Jake tentait *lui aussi* d'avoir l'air normal sans que ce soit crédible un seul instant. Je riais tellement, à présent, que j'en avais mal au ventre. Puis le rire s'est bloqué dans ma gorge. Par chance, nous étions déjà installés dans la Firebird. Jake a bouclé ma ceinture de sécurité, et soudain, j'ai éclaté en sanglots dont la violence m'a littéralement pliée en deux. Jamais je ne m'étais sentie aussi impuissante face à mes émotions. Il me semblait qu'une force vivante en moi luttait pour s'échapper de mon corps.

« Ridley, a murmuré Jake en nous regardant tour à tour, la route et moi. Ça va aller, ça va aller. »

Il a répété ces mots encore et encore, comme une incantation ayant le pouvoir de transformer un souhait en réalité. Au niveau de la 186e Rue, il est sorti de la voie express pour s'engager dans l'allée permettant d'accéder au parc Fort Tyron. Celui-ci était fermé mais nous nous sommes garés sur le parking, et quand Jake m'a attirée à lui, j'ai enfoui mon visage dans son épaule. Il m'a serrée longtemps dans ses bras en me chuchotant des paroles de réconfort. Peu à peu, mes spasmes ont diminué d'intensité, me laissant affaiblie et incapable de respirer par le nez tant mes sinus étaient enflés. Je me suis abandonnée contre lui.

« Qu'est-ce qui s'est passé, Ridley ? a-t-il demandé quand j'ai recouvré un semblant de calme. Tu as vu d'où venait le coup de feu ? »

Je ne pouvais pas lui répondre. J'avais l'impression qu'il me parlait à travers un mur d'eau.

« Je ne sais pas, ai-je bredouillé enfin. Je… je n'ai rien vu du tout. »

Je l'ai entendu mentionner une ombre sur le toit de

l'immeuble de l'autre côté de la rue. Mais des images tournaient en boucle dans ma tête : celle de Christian Luna s'effondrant contre moi, celle de ce petit trou rond au beau milieu de son front… Je revivais la scène sans arrêt.

Au bout d'un moment, Jake a redémarré et nous avons pris la voie express Henry-Hudson pour rentrer. Je voyais les lumières de la ville scintiller, les phares et les feux arrière des voitures autour de nous se fondre en une ligne floue jaune et rouge. J'étais comme anesthésiée ; mes membres pesaient des tonnes, mon cou me semblait soudain trop fragile pour soutenir ma tête.

« Qu'est-ce qui m'arrive, Jake ?

— Je suis désolé, Ridley. Tellement désolé… »

Je ne lui ai pas demandé ce qu'il voulait dire, ni pourquoi il s'excusait.

« J'aurais dû mieux te protéger », a-t-il ajouté.

J'aurais voulu répondre que ce n'était pas sa faute, mais les mots n'ont pas réussi à franchir mes lèvres.

De retour dans l'East Village, nous sommes montés directement dans l'appartement de Jake. Il m'a aidée à me coucher puis il s'est allongé près de moi en me caressant les cheveux. Quand il m'a pensée endormie, il a quitté la chambre. Je l'ai entendu allumer la télé et j'ai compris qu'il attendait un flash spécial concernant la découverte d'un cadavre dans le Bronx. Au moment où je sombrais dans le sommeil, une pensée troublante m'a traversé l'esprit : pourquoi Jake n'avait-il pas voulu prévenir la police ?

16

Quand je me suis réveillée, Jake dormait à côté de moi, torse nu mais toujours en jean. Un bras sur mon ventre, il arborait un léger froncement de sourcils comme si ses rêves le perturbaient. J'ai souri, flottant toujours pour ma part dans ce doux état cotonneux précédant le retour de la conscience. Jake a changé de position, ses traits se sont relâchés, son froncement de sourcils a disparu. Durant quelques instants, dans les premières lueurs de l'aube, il a paru paisible. Or cette sérénité contrastait tellement avec son expression coutumière, sombre et tendue ! Je me suis alors remémoré toutes les questions que je me posais à son sujet, et aussitôt les événements de la nuit précédente ont déferlé dans ma mémoire. Peur, chagrin et remords se sont bousculés en moi, provoquant un début de nausée. J'ai dû me forcer à rester allongée je ne sais combien de temps, les mains crispées sur le ventre, en essayant de donner un sens à ce qui s'était passé.

Enfin, je me suis levée discrètement pour me rendre au salon. La grisaille du petit jour éclairait à peine la pièce. J'ai allumé le poste de télé, dont j'ai baissé le son. Je suis tombée sur New York One News, la chaîne câblée locale qui diffuse des informations vingt-quatre heures sur vingt-quatre. J'ai eu droit à la litanie habituelle des nouvelles : un chien renversé par une voiture sur la 2e Avenue avait été abattu par un flic voulant mettre un terme à ses souffrances puis enfermé dans un congélateur avant d'être découvert encore vivant. Sacré scoop, non ? Paulie Umbruglia, surnommé « Le Poing », avait été arrêté pour fraude fiscale. Il est descendu d'une voiture de police, dûment menotté et flanqué de deux agents baraqués en uniforme. Mes yeux se sont arrondis de surprise lorsque j'ai vu apparaître derrière lui l'avocat de mon oncle Max, Alexander Harriman. Épaisse tignasse neigeuse, hâle *made in Bahamas*, Rolex éblouissante, costume à cinq mille dollars, large sourire capable de charmer n'importe lequel de ses interlocuteurs ou de devenir menaçant en une seconde et de le pétrifier sur place. Autrefois, Max ne jurait que par lui. Il répétait toujours : « Crois-moi, Ridley, un bon avocat doit avoir des griffes acérées mais rétractables, une colonne vertébrale en titane et une morale flexible. »

J'avais rencontré Alexander Harriman à plusieurs reprises, lors de fêtes de charité, de dîners chez Max et même une fois chez mes parents, pour un réveillon du nouvel an qu'ils avaient organisé. Je pense vous l'avoir déjà dit, il avait une clientèle haute en couleur, mais, comme pour tant d'autres aspects un peu flous de ma vie, je n'avais jamais vraiment creusé la question. Après tout, la seule fois où j'avais personnellement eu affaire à lui, c'était pour discuter du legs de mon oncle. Ce motif avait donné lieu à une brève rencontre cordiale, durant laquelle il m'avait remis un chèque et proposé de m'aider à gérer l'argent. J'avais répondu que j'avais déjà pris les dispositions nécessaires, merci quand même.

Quelque chose en lui me déplaisait. Peut-être à cause de la description donnée par Max, qui m'évoquait invariablement l'image du Terminator, ou peut-être à cause de l'antipathie manifeste mais informulée qu'il inspirait à mes parents. Mon cœur battait toujours un peu plus vite en sa présence, je me sentais toujours troublée par son regard. Au moment où j'allais sortir de son cabinet ce jour-là, il avait ajouté : « Vous savez, Ridley, votre oncle Max vous aimait beaucoup. Il voulait être sûr, au cas où il décéderait prématurément, que vous pourriez compter sur moi. Alors, si vous avez besoin d'un service, n'importe lequel, si vous avez des questions d'ordre juridique ou légal, surtout n'hésitez pas à vous adresser à moi, ma petite Ridley. » Je lui avais serré la main en le remerciant une nouvelle fois pour sa sollicitude, et en même temps je m'étais dit qu'à moins de vraiment toucher le fond, je ne risquais pas d'appeler à l'aide Alexander Harriman en personne. Mais ce matin-là, assise sur le futon de Jake, je me suis demandé si j'avais toujours sa carte. J'avais bel et bien touché le fond, me semblait-il, et après avoir fui une scène de crime – comme Jake et moi l'avions fait –, la présence d'une main secourable armée de griffes rétractables me paraissait infiniment souhaitable.

Alors que le présentateur continuait d'annoncer les nouvelles, sans mentionner Christian Luna, j'ai tenté d'analyser pourquoi nous avions réagi ainsi la veille au soir. Après tout, une fois hors de danger, nous aurions pu nous arrêter en route et prévenir la police. Eh bien non. Quelqu'un avait été abattu sous nos yeux et nous l'avions abandonné sur un banc dans un parc public.

J'ai de nouveau examiné la pièce au décor froid, quasi industriel, dépouillée de tout effet personnel. J'ai songé à l'homme endormi dans la chambre voisine. C'est vrai, j'avais l'impression de comprendre Jake à un niveau instinctif, presque primaire, qui compensait largement à mes yeux les mystères de son passé, et pourtant j'éprouvais un malaise grandissant à son égard. Imaginez qu'un inconnu entre chez vous et s'assoie sur le canapé. Ne pourrait-il pas tirer certaines conclusions sur vous à partir de votre cadre de vie ? Des indications sur vos goûts, par exemple, suggérées par des photos d'êtres chers ou importants pour vous, une revue sur une table basse, un objet particulier ? Ce salon, lui, n'offrait rien de tel. Il était aussi nu qu'une chambre d'hôtel – un simple lieu de passage. J'étais de plus en plus troublée, de plus en plus persuadée que Jake me dissimulait des aspects essentiels de son existence.

Son ordinateur portable était toujours posé sur une petite table dans un coin. En l'absence de désordre, de tiroirs à ouvrir, de papiers à passer en revue, il semblait me mettre au défi de l'allumer. Or je n'avais jamais reculé devant les défis et, compte tenu des circonstances, je me sentais encore plus bravache que d'ordinaire. Je me suis approchée furtivement de la machine, je l'ai ouverte et j'ai pressé le bouton de démarrage. Un léger bourdonnement s'est élevé, accompagné de bips trop sonores à mon goût. Puis une fenêtre s'est matérialisée sur l'écran, me demandant un mot de passe. *Merde !* J'ai tenté d'activer mon cerveau, de rassembler le peu de renseignements que j'avais sur Jake : il n'était pas du genre à utiliser un code d'accès évident ; il était trop préoccupé par les questions de sécurité, comme tous ceux qui ont quelque chose à cacher.

« Quidam. »

J'ai fait volte-face. Jake se tenait sur le seuil.

« Quoi ?

« Le mot de passe, a-t-il répondu. C'est "quidam". »

Il n'avait pas l'air fâché ni même surpris de me voir fureter dans ses fichiers informatiques – ou, du moins, essayer. Bizarrement, je n'en concevais moi-même aucun embarras.

« Ça veut dire quoi ? ai-je demandé.

— C'est un terme emprunté à Cyprian Kamil Norwid, un poète romantique polonais. Il vient d'un mot latin qui signifie "quelqu'un, un être humain". Mais le héros du *Quidam* de Norwid est un homme à la recherche de sa place dans le monde, en quête de bonté et de vérité. "Et il était anonyme, privé de nom... complètement orphelin, un quidam." »

Je me suis écartée de l'ordinateur avant de retourner m'asseoir sur le futon et de ramener mes genoux vers ma poitrine.

« C'est ce que tu ressens, Jake ? »

Il a haussé les épaules.

« Peut-être. Par certains côtés. »

Enfin, il est venu me rejoindre. Cette même tristesse que j'avais déjà vue sur ses traits a de nouveau assombri son regard pendant quelques secondes. Il aurait voulu me toucher, je le sentais, mais ne sachant pas comment j'allais réagir, il n'osait pas tendre la main vers moi. L'atmosphère entre nous s'était chargée de tension. À cause de ma méfiance, sans doute, qui m'empêchait de le prendre dans mes bras et de l'embrasser pour chasser sa peine, comme le désirait mon cœur.

« Pourquoi as-tu refusé d'appeler la police, hier soir ? » ai-je murmuré.

Jake s'est absorbé dans ses réflexions.

« Je n'ai pas de réponse valable à te donner, a-t-il dit enfin, sinon que je préférais éviter de nous retrouver mêlés à une histoire dangereuse pour toi.

— Mais on l'a abandonné... »

Ma voix s'est brisée, les larmes me sont montées aux yeux et j'ai senti une douleur sourde palpiter derrière mes paupières.

« Il était mort, a déclaré Jake avant d'ajouter d'une voix plus douce : Je suis désolé, Ridley. Désolé pour tout ce qui est arrivé. Désolé que tu aies dû assister à ça. Et désolé aussi de ne pas t'avoir assuré une meilleure protection. Mais… enfin, je veux dire, on ne pouvait plus rien pour lui. On ne sait même pas qui a tiré. Alors, tout ce qu'on aurait gagné si on avait appelé la police, c'est une flopée de questions. Je voulais juste qu'on se sorte de là. »

Soudain, voyant son regard se fixer sur un point derrière moi, j'ai tourné la tête vers le téléviseur. Une jeune journaliste blonde à la coupe au carré se tenait devant le parc Van Cortlandt, parmi une foule de policiers affairés.

« Un homme dont on ne connaît pas encore l'identité a été trouvé ce matin assassiné dans le parc Van Cortlandt à Riverdale. Découvert par des joggers, l'inconnu a semble-t-il été tué d'une balle en pleine tête », a expliqué la journaliste d'un ton étrangement enjoué, comme si elle commentait un défilé de majorettes.

Derrière elle, j'ai distingué de nombreuses voitures de patrouille et un ruban jaune tendu autour du banc où je m'étais assise la veille au soir. La fourgonnette du légiste bloquait l'entrée du parc. Combien de personnes étaient passées devant le corps de Christian Luna avachi sur ce banc avant que l'une d'elles ne s'aperçoive d'un problème ? Comment avions-nous pu le laisser ainsi, cet homme qui était peut-être mon père ? Quoi qu'il ait fait, il ne méritait pas un sort pareil.

« D'après la police, poursuivait la journaliste, s'il faut

bien sûr attendre le rapport de la balistique, il semble néanmoins que le coup de feu ait été tiré par un individu armé d'un fusil et posté sur un toit de l'autre côté de la rue. » La caméra a balayé les bâtiments en face du parc, en particulier la rangée de pavillons mitoyens près de laquelle nous avions fait le guet pendant des heures. « Pour le moment, il ne s'agit encore que de constatations préliminaires. Seule une enquête approfondie pourra les confirmer ou non.

» Des témoins auraient aperçu un homme et une femme qui quittaient précipitamment le parc peu après minuit, mais jusque-là personne n'a été capable d'en fournir une description précise. S'ils ne sont pas encore considérés comme des suspects à ce stade, les policiers souhaiteraient néanmoins les interroger.

» C'était Angela Martinez en direct du Bronx pour New York One News. »

Après avoir éteint le poste, je suis restée un moment devant l'écran noir.

« Oh, bon sang ! ai-je marmonné. Je n'arrive pas à le croire. C'est un vrai cauchemar ! » Je me suis tournée vers Jake, qui, imperturbable, se contentait de me regarder. « T'as entendu ? ai-je crié. On est recherchés par les flics ! »

Affolée, je me suis mise à arpenter la pièce.

« Pour un interrogatoire, c'est tout », a-t-il répondu, comme s'il s'agissait d'une banale formalité.

Peut-être en était-ce une pour lui, mais pour moi, qui n'avais même jamais eu une contravention, il s'agissait d'une perspective effrayante.

« Jake, ai-je décrété en m'immobilisant devant lui. Il faut qu'on aille au poste. »

Il a fait non de la tête.

« N'y pense même pas. C'est hors de question. De toute façon, les flics sont le cadet de nos soucis.

— Pardon ?

— Enfin, réfléchis un peu, Ridley ! Qui a tué Christian Luna, hein ? Et pourquoi ? »

Eh bien, croyez-le ou non, dans mon égoïsme monumental, je ne m'étais pas encore posé la question. Je ne pensais qu'au moment où cet homme avait été assassiné sous mes yeux, sans me demander pourquoi ni par qui.

« Personne n'était au courant de ton rendez-vous avec lui, a repris Jake. Nous-mêmes, on l'ignorait avant d'aller dans le Bronx.

— Alors, c'était peut-être un accident ? Je veux dire, une balle perdue, ai-je suggéré sans conviction.

— Un tir aussi précis ? Sûrement pas.

— Donc, quelqu'un le suivait, c'est ça ? Ou l'avait mis sur écoute ?

— Possible. L'autre hypothèse, c'est que quelqu'un te suivait, toi.

— Moi ? » J'ai forcé un petit rire. « Pourquoi on m'aurait suivie ? »

Vous devez vous dire : Elle est dingue ou quoi ? L'intrus dans mon immeuble, l'individu louche dans la pizzeria, le type du métro… Tous ces éléments se télescopaient dans ma tête sans que je fasse le lien entre eux. Du moins, jusqu'au moment où j'ai repensé au type du métro, justement. À ses yeux de poisson mort, à l'étui calé entre ses pieds. M'avait-il filée ou s'agissait-il d'un fêlé parmi tant d'autres ? Comment savoir ?

« Si quelqu'un avait suivi Christian Luna avec l'intention de le supprimer, a poursuivi Jake, il aurait été facile d'agir bien avant. Quand il rentrait chez lui, par exemple. Si c'était lui la cible, il aurait été beaucoup plus facile et moins risqué de le tuer au moment où il se trouvait seul. Sauf si le tireur ne savait pas qui était la victime à abattre. S'il devait attendre que tu le mènes jusqu'à elle.

— J'ai remarqué un homme dans le métro, ai-je avoué. Il m'a paru bizarre, mais il est descendu avant moi. »

La seule idée d'avoir pu mener le tueur jusqu'à Christian Luna me donnait envie de vomir.

« Comment ça ? a demandé Jake. En quoi il t'a paru bizarre ?

— Il n'arrêtait pas de me regarder. Et de me sourire. »

Je me suis sentie un peu ridicule en lui racontant comment l'inconnu s'était insensiblement rapproché de moi quand j'avais les yeux fermés, et ensuite, comment il m'avait fait peur en m'adressant un signe alors que le train quittait la station.

« Donc, il est descendu avant toi ?

— Oui.

— C'était peut-être juste un cinglé », a dit Jake en haussant les épaules.

Je me suis rassise près de lui en essayant de récapituler les faits, mais la vision de Christian Luna s'effondrant sur moi m'obsédait, et pour finir, je me suis pris la tête entre les mains.

« Ridley… »

Au moment où il m'enlaçait, je me suis dégagée et relevée d'un bond. Dans la chambre, j'ai enfilé mon jean et mes chaussettes, puis récupéré mes chaussures. Toujours sur le futon, Jake s'est penché en avant, le front barré par un pli soucieux.

« Je ne peux pas en parler maintenant », ai-je dit.

Il a hoché la tête et baissé les yeux vers le plancher. Je

me suis détournée ; je ne voulais pas laisser mes sentiments pour lui m'embrouiller les idées.

« Je dois réfléchir.

— Attends, Ridley. Sois prudente, surtout.

— Promis. Il faut juste que je rentre chez moi un moment. »

Cette fois, il n'a pas insisté. Consciente de ma brusquerie, mais déterminée à ne pas flancher, je suis sortie de son appartement.

S'il m'avait serrée dans ses bras, je me serais sans doute rendue à ses arguments. Seulement mon univers s'écroulait autour de moi, et si je m'en remettais à Jake maintenant, alors que je me sentais faible et effrayée, serait-ce par amour ou par besoin d'être rassurée ? Auquel cas, dans mon état de vulnérabilité, comment pourrais-je affronter ce qu'il avait à m'avouer ? Oh, bien sûr, je ne raisonnais pas en ces termes à ce moment-là. Une seule chose m'importait alors : m'éloigner de lui et de ce cauchemar.

À peine avais-je refermé la porte de mon appartement que tous les événements de la veille et toutes les peurs nées de ma discussion avec Jake ont paru refluer. Réconfortée par la vision de ce décor familier, je suis redevenue moi-même l'espace de quelques bienheureuses minutes.

Le chiffre « 4 » clignotait furieusement sur mon répondeur. Quand avais-je écouté mes messages pour la dernière fois ? Mercredi matin ? Jeudi ? Nous étions maintenant samedi, mais j'avais l'impression d'être partie depuis un mois. L'agent d'Uma Thurman m'avait laissé un message aimable quoique laconique ; la rédactrice en chef de *Vanity Fair* voulait savoir où j'en étais de mon article ; Zachary me suppliait de le rappeler pour clarifier certains points ; le dernier correspondant avait raccroché.

Quelques jours plus tôt, je me serais empressée de donner de mes nouvelles, de reprendre les choses en main. Mais ce matin-là, allongée sur le canapé, je me suis bornée à écouter les voix résonner dans la pièce. J'étais comme paralysée. Il me semblait qu'une partie de moi était restée dans le parc où Christian Luna était mort – cette partie de moi capable d'assumer les tâches simples du quotidien. J'avais la tête complètement vide. Enfin, au bout d'une éternité, j'ai réussi à me traîner jusqu'à la cuisine pour faire du café en espérant recouvrer un peu d'énergie.

Dopée par la caféine, j'ai téléphoné au siège de *Vanity Fair*, heureusement fermé le samedi, pour laisser un message : à la suite d'un problème familial urgent, je serais obligée de différer le reportage. Je me doutais bien que la rédactrice n'apprécierait pas, et pour ma part, je regrettais de renoncer à un travail aussi motivant, mais tant pis, je n'avais pas le choix. J'ai ensuite laissé un message semblable à Tama Puma (d'où sortait ce nom, franchement ?). De toute façon, je ne mentais pas : j'avais réellement des problèmes urgents à résoudre ; quant à savoir s'ils étaient d'ordre familial ou pas, c'était une autre histoire. J'ai néanmoins prié pour que mon initiative ne saborde pas ma carrière. Je veux dire, la concurrence est rude dans le milieu de la presse et, en principe, on ne diffère pas un projet pour *Vanity Fair*, au risque d'être considéré comme incapable de respecter les délais et remplacé immédiatement. Or jusque-là, j'avais toujours fait preuve d'une grande conscience professionnelle. Cela dit, la situation actuelle était nettement plus grave : c'était peut-être *ma vie* que j'étais en train de saborder.

Quant à parler à Zack, je ne pouvais m'y résoudre. Épuisée par mes efforts, je me suis recouchée sur le canapé.

Sans doute pensez-vous à ce stade qu'avec la mort de Christian Luna, mes ennuis avaient plus ou moins disparu. Je vous l'accorde, maintenant qu'il nous avait quittés, il n'y avait plus personne pour affirmer – en tout cas, je l'espérais – que je n'étais pas moi. Pourtant, je ne voyais pas comment chasser de mon esprit les révélations de cet homme et reprendre ma vie comme avant. Ce n'était même pas envisageable. D'autant que d'autres questions se bousculaient désormais dans ma tête, dont une en particulier : qui avait tué Teresa Stone ? Pour vous, ce n'est peut-être pas la plus importante, mais pour moi, si. Imaginez cette jeune mère célibataire luttant pour élever seule sa petite fille et devant supporter ce connard de Christian Luna. Là-dessus, un soir, elle est assassinée chez elle et la fillette se fait kidnapper – du moins, à en croire ce même Christian Luna. Or je le croyais ; j'étais persuadée qu'il n'avait pas tué Teresa et que le vrai meurtrier et ravisseur de Jessie n'avait jamais été pris. Si Teresa était réellement ma mère et si j'étais réellement Jessie, je me devais – et à elle aussi – de découvrir ce qui s'était passé. J'en ressentais la nécessité au plus profond de mon cœur. Car la clé du mystère me permettrait peut-être aussi de répondre à deux autres questions : qui avait abattu Christian Luna ? Et qui étais-je ?

Quand un coup a résonné à ma porte, j'ai poussé un profond soupir. Je n'avais aucune envie d'affronter Jake maintenant. Je ne voulais pas m'interroger à son sujet en plus de tout le reste. Mais quand j'ai ouvert, je suis tombée nez à nez avec Zelda. Accompagnée par trois policiers, deux en uniforme et le troisième en civil.

« Mademoiselle Jones ? Ridley Jones ? a demandé ce dernier.

— Oui. »

Permettez-moi une petite parenthèse pour préciser que je ne suis pas, mais alors pas du tout, douée pour le mensonge. Je rougis. Je bafouille. Je baisse les yeux. À l'école, ça m'avait valu quelques heures de colle – autrement dit, rien de bien méchant. Mais à la seule vue de ces agents de police devant chez moi, je me sentais prête à tomber dans les pommes.

« Nous avons quelques questions à vous poser. Pouvons-nous entrer ?

— Bien sûr », ai-je répondu du ton le plus léger possible.

Je me suis écartée pour les laisser entrer. Zelda est restée dans le couloir en me regardant d'un air sévère.

« Z'êtes une gentille fille, Ridley, a-t-elle dit. Je veux pas d'ennuis ici, hein ?

— Je sais, Zelda. Tout va bien.

— Les flics, a-t-elle marmonné avec une petite moue de mépris. Y sont encore pires que les types louches qui vous cherchaient. C'est pas bon signe, tout ça. »

Elle a redescendu l'escalier en secouant la tête. Me sentant épiée, j'ai regardé vers la droite et aperçu l'œil de Victoria dans l'entrebâillement de sa porte. Aussitôt après, elle a claqué le battant. *Zelda avait-elle bien dit « les » types louches ?*

« Mademoiselle Jones ? »

Je suis rentrée chez moi.

« Je vous offre un café ? ai-je proposé en m'asseyant sur le canapé.

— Non, merci, a répondu le flic en civil. Je me

présente, mademoiselle Jones : inspecteur Gus Salvo. Bon, je ne vais pas y aller par quatre chemins. Un homme a été assassiné la nuit dernière dans le parc Van Cortlandt, en plein Bronx, et des témoins affirment vous avoir vue lui parler avant qu'il ne soit abattu. Vous et un autre individu auriez pris la fuite peu après. Que pouvez-vous m'apprendre à ce sujet ? » J'ai remarqué qu'il n'avait pas dit « une femme correspondant à votre signalement ». Non, il s'était adressé directement à moi. « Notre témoin vous a reconnue d'après une photo dans le journal, a-t-il repris, devançant ma question. Une photo datant d'une quinzaine de jours, quand vous avez sauvé ce gosse. »

L'inspecteur, grand et mince, ne paraissait pas spécialement musclé. Pourtant, il émanait de lui une étrange impression de force. Il avait un visage étroit et des yeux sombres, presque noirs. Il m'a fait l'effet d'un homme qui avait entendu des milliers de mensonges plus pathétiques les uns que les autres et pour qui le monde se résumait à deux dimensions : le noir et le blanc, le vrai et le faux, le bon et le mauvais. Dans l'univers de Gus Salvo, le gris et la demi-mesure n'existaient pas.

J'ai fermé les yeux un instant. Quand je les ai rouverts, le policier me dévisageait toujours.

« Écoutez, mademoiselle Jones, a-t-il repris, je sais que vous étiez là-bas. Vous le savez aussi. Alors, pourquoi ne pas tout me raconter ? »

Son raisonnement m'a paru tellement convaincant que j'ai obéi, en commençant par le sauvetage du petit garçon jusqu'à la mort de Christian Luna sur ce banc la veille au soir. J'ai « tout déballé », comme ils disent dans les vieux films de gangsters. À quelques exceptions près. J'ai omis la présence de Jake ; je me sentais très protectrice envers lui et je n'avais pas envie de lui attirer des ennuis. J'ai omis également toute référence à mon frère. Pour le reste, je m'en suis tenue à la vérité, disant que j'avais appelé Christian Luna après avoir réfléchi plusieurs jours, et décidé avec lui d'un rendez-vous dans le parc. Donc, c'est vrai, je n'ai pas *tout* déballé. Juste l'histoire des enveloppes, des photos et de mon appel à Christian Luna.

Pour toute réaction, l'inspecteur Salvo s'est contenté de griffonner dans un calepin relié de cuir.

« Vous avez mis quelqu'un au courant, mademoiselle Jones ? a-t-il demandé.

— Non, ai-je répondu, consciente de rougir. Personne. »

Il m'a regardée droit dans les yeux.

« Donc, a-t-il récapitulé en inclinant la tête de côté, vous avez décidé de rencontrer cet homme dans un parc désert du Bronx, en pleine nuit et, qui plus est, toute seule. Vous n'en avez parlé à personne. Vous n'avez pas jugé utile de vous faire accompagner par un ami. »

Muette, j'ai haussé les épaules.

« Vous me paraissez intelligente, mademoiselle Jones. Or cette idée-là ne l'était pas du tout », a-t-il ajouté avec un curieux demi-sourire.

De nouveau, j'ai haussé les épaules. Je le faisais beaucoup, depuis quelque temps ; c'était pratique.

« Certaines circonstances exceptionnelles peuvent nous amener à réagir de manière inhabituelle, ai-je énoncé.

— Mmm… »

Sans me quitter des yeux, il a opiné. Je lui donnais environ dix ans de plus que moi, surtout à cause des rides profondes au coin de ses paupières. Il a tourné les pages de son calepin jusqu'à trouver la bonne.

« Toujours d'après les témoins, un homme a émergé

du couvert quelques secondes après le coup de feu. Vous seriez partis ensemble.

— J'étais seule, me suis-je obstinée. Je suis sortie du parc et j'ai repris le métro pour rentrer chez moi. »

J'ai éprouvé une bouffée de fierté : je n'avais même pas bégayé. Sans un mot, l'inspecteur a rivé son regard au mien. Il savait que je mentais et je savais qu'il le savait. Je me suis détendue à cette pensée, comme si nous étions deux acteurs jouant un numéro et récitant un texte écrit pour nous.

« Pourquoi vous êtes-vous enfuie, mademoiselle Jones ?

— J'étais sous le choc. Complètement affolée. C'est tout juste si je me rappelle mon départ.

— Eh bien, je peux peut-être réveiller votre mémoire. Les témoins ont dit que vous étiez sortie du parc avec un homme. Apparemment, il vous traînait derrière lui. Vous êtes montés tous les deux dans une Pontiac Firebird de 69. »

Bon sang, il faisait tellement sombre ! Qui avait pu noter tous ces détails ? Et aux informations, un peu plus tôt, la journaliste n'avait-elle pas expliqué que des joggers avaient découvert le corps ? Si des « témoins » avaient réellement assisté à la scène la veille au soir, pourquoi n'avaient-ils pas alerté la police tout de suite ?

« Je vous répète que j'ai pris le métro, inspecteur. »

Soudain, je me suis demandé où Jake avait garé la voiture. Dans la rue, devant l'immeuble ? Ah non ! Dans un parking de la 10e Rue.

« Mademoiselle Jones, a enchaîné l'inspecteur Salvo d'une voix douce, enjôleuse. Vous avez été vue par plus d'une personne.

— Suis-je responsable de ce que les gens croient voir ? »

Il a opté pour une tactique différente.

« O.-K., revenons un peu en arrière. Savez-vous d'où a été tiré le coup de feu ?

— Non.

— Mais vous étiez tous les deux assis sur le même banc. Vous étiez tournée vers les bâtiments de l'autre côté de la rue et la victime était tournée vers vous, en face du parc. Je me trompe ?

— Non, c'est ça. »

Au même moment, je me suis souvenue de la remarque de Jake au sujet d'une ombre sur le toit de l'immeuble de l'autre côté de la rue. La journaliste elle aussi avait parlé d'un tir provenant d'un toit. Je n'avais rien d'une experte en balistique, mais je venais de comprendre que la balle ayant atteint Christian Luna entre les deux yeux n'aurait pas pu provenir des immeubles d'en face. Non, le coup de feu venait des bois… où était Jake. Un sourire fugace a éclairé les traits de l'inspecteur. À mon avis, mon visage était pour lui comme un écran où défilaient toutes mes émotions.

« La voiture, une Firebird noire de 69 immatriculée RXT 658 est enregistrée au nom d'un certain Harley Jacobsen, domicilié au 258, 110e Rue Ouest. »

J'ai tenté de lui opposer un regard impassible. *Harley ?* a répété une voix dans ma tête. N'était-ce pas le prénom du copain détective de Jake ? Et ils avaient le même nom de famille ? (À propos, ai-je précisé que le patronyme de Jake était Jacobsen ?)

« Trois interpellations pour agression, possession d'arme prohibée, intrusion avec effraction », égrenait l'inspecteur.

Je commençais à me sentir mal, mais j'ai gardé le silence.

« Voyez-vous, mademoiselle Jones, je m'estime

plutôt bon juge en matière de caractères et je n'imagine pas une femme comme vous traînant avec ce genre d'individu.

— Vous avez raison, ai-je décrété un instant plus tard. Ce n'est pas le cas. Je n'ai jamais entendu parler de cet homme. »

Nouveau petit sourire fugace.

« Je peux vous appeler Ridley ? »

De la tête, j'ai acquiescé.

« Écoutez, Ridley, je serais désolé si vous aviez des ennuis parce que vous essayez de protéger quelqu'un qui ne le mérite pas. »

Ses paroles m'ont ébranlée. Je me rendais bien compte que j'étais en présence d'un dur à cuire. L'inspecteur Salvo savait jauger ses interlocuteurs et les manœuvrer de façon subtile afin de les amener à dire la vérité. Je me suis demandé s'il était devenu flic grâce à ce talent ou si l'expérience lui avait permis de l'acquérir.

« Je ne connais pas cet homme », ai-je répété.

Pour le coup, ce n'était pas un mensonge. J'ignorais tout de ce Harley Jacobsen. Même si, apparemment, j'avais passé une bonne partie de la nuit à rouler dans sa voiture. L'inspecteur s'est replongé dans ses notes et m'a énuméré une liste de faits à propos de l'individu en question.

« Abandonné quand il avait cinq ans. Un gamin à problèmes, de toute évidence. Trimballé de foyer d'accueil en foyer d'accueil jusqu'à l'âge de quatorze ans, jamais adopté. Envoyé ensuite dans un orphelinat du New Jersey, où il est resté jusqu'à l'âge de dix-huit ans. Plus tard, il s'est engagé dans les marines, où il a eu des avertissements pour bagarres, indiscipline, etc. Son tour de service s'est achevé en 1996 et il ne s'est pas réengagé. A obtenu sa licence de détective privé à New York en 1997. »

Mon oreille droite bourdonnait, comme souvent en période de stress intense. Quant à mon cerveau, il s'efforçait d'assimiler toutes les informations fournies par l'inspecteur. Jake m'avait-il menti sur son nom ? Était-ce lui, ce fameux Harley ? Ou Harley était-il un de ses copains, comme il me l'avait dit, dont il aurait emprunté la voiture ?

Gus Salvo m'a tendu une feuille de papier. C'était une photocopie de la licence de Harley Jacobsen. La photo était mauvaise, sombre et floue, et pourtant, impossible de s'y méprendre : c'était bien Jake. J'ai cru que mon cœur allait se désintégrer.

Jake m'avait donné un faux nom. Pourquoi ? Il possédait une licence de détective privé, ce qui expliquait beaucoup de choses mais pas toutes, loin s'en fallait. Quant au reste, il s'agissait peut-être de ce qu'il essayait de me confier depuis le soir de notre rencontre.

« Vous ne voyez pas de qui je veux parler, Ridley ?

— Non. Pas du tout. »

Je me suis efforcée de soutenir le regard du policier – dur, bien trop perspicace.

« Il n'a pas eu la vie facile, votre bonhomme, ai-je observé, mal à l'aise.

— Ce n'est pas une excuse pour enfreindre la loi. »

Je n'avais rien à ajouter. Pour une raison inexplicable, je me sentais plus protectrice que jamais envers Jake. D'accord, il m'avait menti sur son nom. Mais de toute évidence, certains m'avaient menti sur des questions plus graves.

« Je ne peux pas vous aider, inspecteur. Je vous ai dit tout ce que je savais à propos de la nuit dernière.

— Ridley... » Il a soupiré. « Je ne suis pas sûr de vous croire, hélas ! »

Je lui ai souri – sans insolence, juste pour lui signifier que je n'avais plus rien à ajouter. S'il avait voulu abuser de son pouvoir, je suppose qu'il aurait pu m'arrêter pour avoir fui une scène de crime, sauf qu'à mon avis, ce n'était pas ce genre d'homme. Pour autant, il ne renoncerait pas, je le sentais aussi. Il s'est levé après avoir refermé son calepin. À ce moment-là, je lui ai parlé du cousin de Christian Luna à Porto Rico afin que le corps puisse être rendu à la famille. J'ignorais le nom de cet homme, mais je me disais que l'inspecteur Salvo n'aurait aucun mal à obtenir cette information. Les deux autres policiers, restés silencieux pendant l'entretien, se sont dirigés vers la porte. Je les ai suivis. Parvenue près de l'inspecteur, je me suis rendu compte qu'il était un peu plus petit que moi ; jusque-là, sa personnalité lui avait conféré une stature plus imposante.

« Qu'avez-vous découvert, hier soir ? m'a-t-il soudain demandé. C'était votre père ?

— Il semblait le croire, en tout cas.

— Vous ne voyez pas qui aurait pu vouloir sa mort ? »

J'ai fait non de la tête.

« Je ne le connaissais pas. Il se cachait, c'est sûr. J'ai pensé qu'il avait peur de la police, mais peut-être qu'il redoutait quelqu'un d'autre.

— C'est plausible, a approuvé l'inspecteur. Vous voulez bien réfléchir à une chose, Ridley ? » a-t-il ajouté en me donnant sa carte.

J'ai opiné.

« Il m'a été très facile de vous identifier et de vous trouver. Je suis arrivé chez vous moins de douze heures après le meurtre de Christian Luna. » Je n'ai pas soufflé mot, même si j'ai senti un frisson glacé me parcourir. « Je ne suis pas un méchant, O.-K. ? Vous risquez peut-être des ennuis, mais je ne vous ferai aucun mal. Vous avez compris, Ridley ? »

J'avais lu quelque part que les flics utilisent souvent le prénom de leurs interlocuteurs afin de créer un sentiment d'intimité. Dans mon cas, la technique se révélait efficace.

« Vous êtes témoin d'un meurtre. Si quelqu'un pense que vous avez vu quelque chose et veut remédier à la situation… » Il s'est interrompu, sans doute pour laisser mon imagination remplir les blancs. « Je vous conseille de surveiller vos arrières. Vous êtes dans les emmerdes jusqu'au cou. »

Incapable de prononcer un mot, j'ai de nouveau hoché la tête. S'il avait cherché à m'effrayer, c'était réussi. Jake m'avait dit que les flics étaient le cadet de nos soucis. Je trouvais embêtant que ces mêmes flics semblent partager son avis.

« Je vous reverrai, Ridley, a-t-il dit en me posant une main sur le bras. N'hésitez pas à me téléphoner, de jour comme de nuit, si vous vous rappelez un détail, si vous avez envie de parler ou si vous avez un problème.

— D'accord. Merci.

— Inutile de préciser que vous devez rester joignable. »

Il m'a gratifiée d'un regard à la fois condescendant et paternel. Puis ses collaborateurs et lui se sont engagés dans l'escalier. Quand j'ai entendu la porte d'entrée se refermer dans le hall, au rez-de-chaussée, j'ai claqué la mienne et je me suis précipitée à l'étage. J'ai frappé, sans obtenir de réponse. J'ai appuyé sur la poignée. Verrouillée. J'ai frappé de nouveau. Seul le silence m'a répondu.

17

« Cabinet d'Alexander Harriman », a annoncé une voix claire et cassante.

Je m'étais dit qu'un homme comme Alexander Harriman devait aussi travailler le samedi. Apparemment, je ne m'étais pas trompée.

« C'est Ridley Jones à l'appareil. Il est là ?

— Un moment, je vous prie. »

Avais-je vraiment touché le fond, à votre avis ? J'avais vu un homme se faire assassiner avant de m'enfuir d'une scène de crime. Mon nouvel amant était soudain devenu un étranger qui avait menti sur certains aspects de sa vie ou les avait délibérément passés sous silence. Les policiers étaient venus chez moi et m'avaient demandé de « rester joignable ». Oui, j'estimais pour ma part qu'une main secourable pourvue de griffes rétractables pourrait peut-être me sortir de là.

« Ridley ! m'a accueillie Alexander Harriman de sa voix chaleureuse, comme s'il m'avait connue toute ma vie – ce qui était le cas, en un sens. Que puis-je faire pour vous ?

— Je crois que j'ai des ennuis. »

Bref silence à l'autre bout de la ligne.

« Quel genre d'ennuis ? a-t-il demandé d'un ton plus grave.

— J'ai été témoin d'un meurtre.

— N'en dites pas plus, Ridley.

— Pardon ?

— Je n'aime pas avoir ce genre de conversation au téléphone. Venez donc me voir au cabinet. »

J'ai pris une douche qui m'a permis de me redonner une contenance. À l'exception des cernes sous mes yeux et de mes traits tirés, j'avais l'air relativement normale dans le miroir de la salle de bains. J'ai hélé un taxi dans la 1re Avenue et indiqué au chauffeur l'adresse du cabinet d'Alexander Harriman à Central Park West.

Les lieux respiraient une élégance discrète, toute de chêne massif et de cuir, de tapis persans et des mêmes objets d'art orientaux et africains que mon oncle affectionnait. Un énorme bouddha rouge trônant dans un coin semblait me dévisager ; un masque tribal sculpté dans l'écorce et surmonté de grandes plumes rouges, installé au milieu d'ouvrages juridiques, m'observait d'un air impassible.

C'était tellement bizarre pour moi de me retrouver ainsi dans le pétrin sans l'appui de mes parents… Jusque-là, au moindre souci, j'avais toujours appelé mon père pour me plaindre. À présent, j'avais l'impression que les amarres de mon existence s'étaient rompues, me condamnant à dériver et dériver encore jusqu'à disparaître à l'horizon.

« Je regrette que nous n'ayons pas eu cette conversation avant que vous en parliez à la police », a dit Harriman quand je lui ai raconté toute l'histoire, de la première lettre anonyme à la visite de l'inspecteur Salvo.

Sans répondre, j'ai haussé les épaules.

« À vrai dire, a-t-il repris en s'adossant à son fauteuil, vous auriez dû m'appeler dès le début de ce harcèlement.

— C'est que… je n'ai pas beaucoup d'expérience dans ce domaine, vous savez !

— Non, je m'en doute. »

Il s'est penché en avant pour poser les coudes sur sa gigantesque table de travail, qui, vu sa taille, aurait pu aussi servir de piste d'atterrissage.

« Que dois-je faire, d'après vous ?

— Le meilleur conseil que je puisse vous donner, c'est d'aller séjourner un moment chez vos parents. Je téléphonerai à l'inspecteur Salvo et m'arrangerai pour que toutes les communications entre vous passent par mon intermédiaire. L'affaire est entre mes mains, désormais ; si vous avez besoin de vous entretenir avec la police, je vous accompagnerai. On ne peut rien vous reprocher, sinon d'avoir fait des choix discutables. »

À l'entendre, c'était si facile… Et c'était tellement tentant ! Je rentrais chez papa et maman, je laissais les portes se refermer derrière moi et j'oubliais toute cette histoire.

« Puisque la source du problème a été éliminée, semble-t-il, a ajouté Harriman, vous n'avez plus de raisons de vous tourmenter. »

Je me suis levée pour m'approcher d'une rangée de photographies placées à droite de son bureau. La fenêtre offrait une vue étonnante sur Central Park et la 5e Avenue. *La source du problème a été éliminée.* Le choix des termes me paraissait bizarre pour évoquer la mort d'un homme qui était peut-être mon père.

« Il pensait vraiment que j'étais sa fille. Il a voulu me voir et quelqu'un l'a tué, ai-je murmuré en contemplant les voitures dans la rue en contrebas. Comment voulez-vous que ça ne me tourmente pas ? »

Il n'a pas répondu mais je sentais son regard peser sur moi.

« Cet homme, dont l'identité reste à établir, n'était pas votre père. Je peux vous le garantir. »

Sa voix exprimait une telle certitude que je me suis tournée vers lui.

« Je veux dire, réfléchissez un peu, a-t-il poursuivi en laissant échapper un petit rire méprisant. Ce type disparaît pendant trente ans et refait surface un beau jour en se prétendant votre père ? Et vous, vous le croyez ? Allons, Ridley, vous êtes intelligente. Bien trop intelligente pour gober ce genre de conneries. »

J'ai gardé le silence en essayant d'imaginer les raisons qui auraient pu pousser quelqu'un à me jouer un aussi sale tour. Sans en trouver aucune.

« O.-K., a déclaré Harriman. Je vous propose une chose, d'accord ? Je vais demander l'autorisation de prélever un échantillon de tissu pour un test ADN. »

À ces mots, j'ai senti mon estomac se nouer. Pourquoi n'avais-je pas moi-même évoqué cette possibilité ? Peut-être parce que je préférais rester dans l'ignorance. Parce que la réponse m'effrayait.

« Alors ? a-t-il lancé comme je ne répondais pas. Au fond, vous n'avez guère envie d'en savoir plus, hein ? »

Une des photos sur l'étagère a soudain attiré mon attention. Elle montrait Harriman, mon oncle Max, Esme, mon père et un inconnu. Tous posaient sous une bannière rouge qui disait :

MISSION ASSISTANCE DÉTRESSE
DONNEZ UN REFUGE
AUX ENFANTS ABANDONNÉS

J'ai pris le cadre pour l'examiner de plus près. Tous semblaient très jeunes et Max avait passé un bras autour des épaules d'Esme. Elle-même le tenait par la taille en arborant un grand sourire.

« De quand date cette photo ? » ai-je demandé.

Quand Harriman m'a rejointe, j'ai décelé les effluves d'un parfum coûteux. La seule montre à son poignet aurait sans doute pu payer les études d'un ou deux gamins. Il avait les mains tellement bronzées qu'il semblait porter des gants. Avec un sourire, il a étudié le cliché à son tour.

« Oh ! il y a longtemps. Bien avant votre naissance.

— C'est quoi, cette "mission Assistance détresse" ?

— L'un des projets de la fondation Maxwell Allen Smiley. Vous vous souvenez des efforts déployés par votre oncle pour faire passer la *Safe Haven Law* ? »

J'ai acquiescé de la tête en me rappelant ma conversation avec mon père.

« La mission Assistance détresse désignait le groupe chargé du lobbying, des relations publiques, de la publicité, de la collecte des fonds et des demandes de soutien aux célébrités, a-t-il expliqué. Depuis que la loi a été votée, cette mission consiste essentiellement à fournir une assistance téléphonique aux parents démunis, à gérer les relations publiques, à distribuer des autocollants aux hôpitaux, aux cliniques, aux postes de police ou aux casernes de pompiers afin de les identifier comme foyers où les femmes peuvent laisser leur bébé. Ils organisent aussi des galas en l'honneur de médecins qui se sont illustrés par leur dévouement aux enfants dans le besoin. La fondation de Max continue de financer les initiatives du groupe. »

Il a reposé le cadre sur l'étagère puis m'a prise par les épaules pour me forcer à me détourner.

« Quoi qu'il en soit, ma chère Ridley, c'est de l'histoire ancienne. »

Je me suis assise sur le canapé en face de son bureau, tellement moelleux que j'ai eu l'impression de m'y enfoncer. Harriman s'est installé dans un gros fauteuil ouvragé qui avait tout d'un trône, avec son siège et son dossier tendus de brocart ainsi que ses accoudoirs en bois s'achevant par des têtes de lion.

« Bon, je vais appeler un taxi pour vous conduire chez vos parents, a-t-il déclaré, la main déjà tendue vers le téléphone. Je m'occupe du NYPD[1]. Dans une semaine, tout cela ne sera plus qu'un mauvais rêve. »

Je l'ai regardé. Il avait le pouvoir de tout effacer, je le savais. C'était bien le genre d'homme capable d'attacher des blocs de ciment à vos problèmes puis de les balancer dans l'East River. Il réglait toutes vos difficultés, à condition de ne pas trop s'interroger sur ses méthodes. Ou de fermer les yeux, carrément.

« Non, ce n'est pas la peine, ai-je répondu. J'irai en train.

— Ne soyez pas ridicule, a-t-il répliqué en décrochant.

— Je vous assure, ai-je insisté. J'ai besoin de réfléchir. »

Il a suspendu son geste et m'a dévisagée d'un air sceptique.

« Mais vous irez chez Ben et Grace ? »

J'ai hoché la tête.

« Oui. Vous avez raison. J'ai besoin de recul. »

Cette fois, il a raccroché. De mon côté, je me suis levée.

« Mes parents ne doivent rien savoir pour le moment, ai-je dit. Inutile de les effrayer.

1. New York Police Department : police de New York *(N.d.T.)*.

— Secret professionnel oblige, ma chère, a-t-il affirmé. Cette discussion restera entre nous. Je laisserai un message chez vous, à votre domicile, quand j'aurai parlé à cet inspecteur. Vous n'aurez qu'à consulter votre répondeur.

— Entendu.

— Faites-moi confiance, Ridley. La semaine prochaine à la même heure, vous aurez tout oublié. Vous avez pris la bonne décision en venant me voir. Votre oncle tenait à s'assurer qu'il y aurait toujours quelqu'un pour veiller sur vous. »

J'ai serré la main qu'il me tendait.

« Merci, maître. »

Je ne suis pas une bonne conductrice. D'une part, à cause du manque d'expérience, et, de l'autre, à cause de cette tendance de mon esprit à vagabonder. J'avais eu pas mal d'accrochages dans ma jeunesse. Des accidents sans gravité, toujours de ma faute, amenant mon père à gémir : « Mais enfin, Ridley, est-ce que tu pourras un jour quitter cette maison sans heurter quelque chose ? » Leur assurance avait augmenté, les frais de réparation finissaient par représenter une somme rondelette. Pourtant, ils s'inquiétaient surtout de ce qui pourrait m'arriver de plus grave. Chaque pare-chocs défoncé devenait le symbole de la fragilité de mon existence, d'une indépendance qui signifiait pour eux de nouveaux dangers dont ils ne pourraient pas me protéger. Peu à peu, je leur échappais.

J'ai loué une Jeep noire Grand Cherokee (à un tarif prohibitif) dans le West Village, un peu plus tard ce jour-là, et je suis sortie de la ville. Après avoir parcouru la voie Henry-Hudson à une allure d'escargot, ralentie par divers chantiers (en cours depuis au moins quinze ans, je serais prête à le parier), j'ai finalement réussi à me dégager des bouchons au niveau de la sortie vers le pont George-Washington. Je me rendais dans le New Jersey. Mais pas chez mes parents, comme je l'avais pourtant promis à Harriman. Non, je n'aurais pu m'y résoudre, même si c'était tentant. Parce que ce n'était plus chez moi, désormais.

Je ne suis pas détective privé, contrairement à d'autres ; je suis journaliste. Autrement dit, il m'est arrivé de suivre des pistes, de retrouver la trace de certaines personnes au fil des années. Je suis même parvenue à délier des langues. Après avoir quitté Alexander Harriman, j'étais retournée chez moi, je m'étais assise sur le canapé avec une grande tasse de café, puis perdue dans la contemplation des fenêtres sombres et du mur de béton sur lesquels donnait mon appartement. J'avais longuement réfléchi à mon histoire, me posant les mêmes questions qu'au moment de rédiger un article ou un portrait : en tant que lecteur, qu'est-ce que j'avais envie de savoir ? Quels étaient les aspects laissés en suspens jusque-là ?

Je n'avais pas l'intention d'aller chez mes parents ni de prétendre qu'il ne s'était rien passé. Ce n'était même pas une possibilité. J'avais franchi le point de non-retour en acceptant ce rendez-vous dans le parc avec Christian Luna. Je n'avais plus aucun moyen de revenir à mon ancienne vie ; il me fallait désormais aller de l'avant.

Étrangement, je me sentais plus calme que jamais. Vous pensez peut-être que j'aurais dû être complètement abattue, mais je me rappelle une remarque faite un jour par une psychologue que mes parents et moi avions consultée après la mort de Max. Elle m'avait dit que le chagrin n'est pas linéaire. Il ne se traduit pas par une lente progression régulière vers la guérison, mais évolue en zigzag ; moments de désespoir et de répit se succèdent jusqu'à ce que les seconds finissent par l'emporter sur les premiers. L'esprit n'est pas capable de gérer des émotions dévastatrices telles que la détresse et la terreur pendant des périodes prolongées, aussi doit-il s'accorder des pauses. Je n'étais pas certaine d'éprouver du désespoir, mais qui sait ? Christian Luna, qui se croyait mon père, était mort dans des circonstances violentes. Jake m'avait menti. Je n'étais même plus sûre de me connaître. Pourtant, d'une certaine manière, je me sentais détachée, capable de refouler ma peur pour mieux cerner les énigmes jalonnant apparemment l'histoire de ma vie.

J'ai déjà mentionné ma préoccupation la plus importante : qui était l'assassin de Teresa Stone ? Comme je vous l'ai dit, la réponse à cette question me permettrait sans doute de résoudre d'autres mystères. J'ignore ce que vous en pensez, mais moi, j'en vois quelques-uns de taille. *Primo* : qui était Jake ? Évidemment, je n'en saurais rien tant que je n'aurais pas discuté avec lui – une initiative reportée à plus tard puisque M. le privé Jake/Harley avait présentement joué les filles de l'air. *Secundo* : qui avait tué Christian Luna et pourquoi ? Là, je dois bien avouer que j'étais dans une impasse ; je n'avais rien, pas le plus petit élément susceptible de m'offrir un début de piste. Et *tertio* : Christian Luna avait-il dit la vérité ? Étais-je sa fille ? Et était-il innocent du meurtre de Teresa Elizabeth Stone ?

J'avais relu l'article découvert par Jake/Harley dans le *New Jersey Record*. Maria Cacciatore, la voisine de Teresa à l'époque, gardait souvent Jessie. Après avoir allumé mon ordinateur, je m'étais connectée sur Internet puis de nouveau sur LexisNexis. Quelques secondes plus tard, je disposais des numéros de téléphone et des adresses de plusieurs Cacciatore à Hackettstown, dans le New Jersey. J'avais également relevé le numéro de la régie en charge de la résidence Oak Groves. « Logements abordables dans un cadre propre et sûr ! » clamait leur site. Je n'avais jamais imaginé que des termes comme *propre* et *sûr* puissent constituer des arguments publicitaires, mais bon, on fait avec les moyens du bord, je suppose. D'après les photos, les immeubles ressemblaient à des habitations à loyer modéré, ce qui ne me paraissait guère étonnant vu la situation de Teresa au moment du meurtre. Si je ne réussissais pas à retrouver Maria Cacciatore, je m'étais dit que la régie pourrait peut-être m'orienter sur d'autres locataires de la résidence ayant vécu là-bas dans les années 1970.

Bon, je vous arrête tout de suite : j'aurais pu passer ces coups de fil avant d'entreprendre mon expédition dans le New Jersey, c'est vrai, sauf que je n'avais aucune envie de rester assise chez moi à décrocher mon téléphone sans être sûre d'obtenir les renseignements désirés. En principe, je devais me montrer prudente, mais puisque Jake/Harley m'avait menti sur son nom, sa profession et Dieu sait quoi encore, je me sentais dégagée de la promesse que je lui avais faite à ce sujet. Voilà pourquoi j'avais décidé de tenter l'aventure.

J'étais sans doute la seule personne dans tout New York à ne pas avoir de téléphone portable. Ce n'était pas une question de principe : comme je travaillais chez moi, j'étais facilement joignable. De plus, je ne prenais pas souvent le volant, aussi les risques de panne nécessitant un appel étaient-ils minimes. Sans compter que les portables ne fonctionnaient pas dans le métro, le seul endroit où je concevais leur utilité – pour dire par exemple : « On est coincés, je serai en retard, etc. » Et puis franchement, si on ne pouvait pas m'appeler, c'est que je n'avais pas envie d'être dérangée. Mes amis et ma famille râlaient tout le temps, ce qui (ça ne vous étonnera pas, maintenant que vous me connaissez mieux) me confortait dans mes résolutions, bien sûr. Pourtant, sur la Route 80, je me suis arrêtée au centre commercial, où j'ai acheté un téléphone portable chez un revendeur. Pour une fois, compte tenu de ma mission, l'engin ne me paraissait pas superflu. J'ai choisi un minuscule Nokia rouge, puis je me suis offert un gâteau et un jus d'orange que j'ai avalés dans la voiture en examinant mon nouveau jouet. Dieu bénisse la technologie.

À ce stade, je vous semble peut-être sûre de moi, lucide, un peu insouciante, un peu imprudente aussi. Vous avez sans doute raison. J'étais toujours effrayée, secouée par les événements de la nuit précédente, dont les images s'imposaient parfois à mon esprit avec une remarquable netteté. Mais j'avais l'impression – peut-être trompeuse – d'avoir pris les choses en main. Maria Cacciatore représentait mon seul lien avec un passé dont, quelques jours plus tôt, j'ignorais tout. Si elle était toujours en vie, si j'arrivais à la retrouver, Christian Luna n'aurait pas définitivement emporté la vérité dans la tombe. Je me sentais galvanisée par l'espoir de découvrir qui avait tué Teresa Stone, ce qu'était devenue Jessie et quelles en étaient les conséquences pour moi.

Je me doutais bien que les chances étaient restreintes, et pourtant je voulais tout mettre en œuvre pour remplir ma mission. Parfois, le monde vous guide jusqu'à la vérité ; il suffit d'avoir le courage de suivre les signes. Et faute de plomb dans la cervelle, j'avais du courage à revendre.

Arrivée à Hackettstown, je me suis garée dans le parking du premier 7-Eleven venu et j'ai commencé à donner mes coups de téléphone.

Les deux premiers ne se sont pas bien passés. Peut-être à cause de la méfiance et de l'agressivité caractéristiques du monde d'aujourd'hui ; peut-être à cause de tous les télévendeurs qui s'étaient manifestés avant moi ; ou peut-être que les Cacciatore ne formaient pas un clan très accueillant. *Martino* Cacciatore m'a suggéré d'aller me faire voir ailleurs et d'arrêter d'importuner les honnêtes citoyens ; je l'avais dérangé en plein jeu télévisé, et maintenant, il ne saurait jamais combien coûtait exactement la croisière aux Caraïbes proposée par l'animateur. *Margaret* Cacciatore était dure d'oreille, et au bout de dix minutes de conversation à tue-tête, elle a poussé une sorte de grognement avant de me raccrocher au nez. Elle n'a pas décroché quand je l'ai rappelée. Enfin, j'ai composé le dernier numéro.

« Allô ? a dit une voix de vieille dame.

— Bonjour, je voudrais parler à Maria Cacciatore, s'il vous plaît.

— Ça ne m'intéresse pas. »

Elle a coupé la communication. J'ai pressé la touche *bis* sur mon téléphone.

« Allô ? »

Toujours la même voix, mais méfiante et contrariée.

« Je n'ai rien à vous vendre, madame Cacciatore.

— Ah. Parce que j'ai gagné un bon pour deux nuits d'hôtel à Orlando. Mais je ne suis pas obligée d'acheter quelque chose, hein ?

— Non, madame. Je vous assure, je ne vous appelle pas pour ça.

— Alors, qu'est-ce que vous voulez ?

— Êtes-vous Maria Cacciatore ?

— Oui, c'est moi. » Gros soupir. « Bon, c'est pour quoi ?

— Avez-vous connu autrefois une certaine Teresa Elizabeth Stone et sa fille, Jessie ? »

Le silence à l'autre bout de la ligne s'est prolongé si longtemps que j'ai cru la liaison coupée. Puis j'ai entendu la vieille femme respirer.

« Oui, a-t-elle répondu. Ça remonte à loin. Teresa… elle est morte. Paix à son âme.

— Je sais, madame Cacciatore. J'aurais juste quelques questions à vous poser sur elle. Et sur Christian Luna. Accepteriez-vous de m'aider ?

— Qui êtes-vous ? »

Elle semblait bouleversée à présent, et même furieuse, comme si je l'avais forcée à se remémorer des souvenirs douloureux.

« Je m'appelle Ridley Jones et je suis journaliste. Je rédige en ce moment un article sur les enfants disparus dont on n'a jamais retrouvé la trace, et je suis tombée par hasard sur votre nom dans un exemplaire du *New Jersey Record* datant de 1972. »

Bon, d'accord, je suis peut-être plus douée pour le mensonge que je ne l'ai affirmé. Cela dit, je commençais à avoir de la pratique. Et de toute façon, je lui avais servi une demi-vérité.

« Vous écrivez pour quel journal ? » a-t-elle lancé.

De toute évidence, elle avait encore toute sa tête.

« Je travaille en free-lance, ai-je répondu. Je n'ai pas encore vendu l'article. »

Elle s'est ménagé quelques instants de réflexion, et au moment où je pensais me voir opposer un refus, elle a déclaré :

« Vous n'avez qu'à passer chez moi. Je n'aime pas beaucoup parler au téléphone. »

Elle m'a donné rendez-vous à seize heures et fourni les indications nécessaires pour me rendre à son appartement.

« Ça ne date pas d'hier. Je ne sais pas trop si je me souviendrai de grand-chose, a-t-elle ajouté avant de raccrocher.

— Faites de votre mieux, madame Cacciatore. C'est tout ce que je peux vous demander. »

Il me restait du temps avant mon entretien. Apercevant le regard soupçonneux du vendeur du 7-Eleven fixé sur moi, je suis sortie du parking et j'ai roulé jusqu'à une librairie Barnes & Noble. J'ai apprécié de pouvoir savourer un thé Chai glacé, installée dans un confortable fauteuil en cuir, en feuilletant le *New York Times* du jour.

Plusieurs minutes se sont écoulées avant que le vague malaise dont j'avais conscience devienne impossible à ignorer. Je me sentais observée. J'ai changé de position sur mon siège sans détacher mes yeux du journal. Enfin, je l'ai posé sur la table et je me suis étirée en regardant autour de moi comme si de rien n'était. Un homme au rayon « Policiers » à ma gauche lisait la quatrième de couverture d'un livre de poche. Grand, baraqué, casquette de base-ball masquant à peine un crâne chauve, lunettes de soleil, blouson bomber vert olive, jean propre et gros bottillons noirs. Soudain, il a jeté un coup d'œil dans ma direction. A-t-il esquissé l'ombre d'un sourire ? Avant que je puisse me prononcer, il avait replacé le livre sur le rayonnage et s'éloignait. À la laideur de son visage faisait écho l'aura de malveillance qui émanait de lui.

Ce n'était pas n'importe quel obsédé matant une fille. Non, son allure avait quelque chose de familier. J'étais presque sûre de l'avoir déjà vu. Bon sang, était-ce l'inconnu du métro ?

Mon cœur a fait un bond dans ma poitrine. J'ai pris mon Chai et je suis sortie du magasin aussi vite que possible sans courir. La casquette et les lunettes noires ne me permettaient pas de l'identifier avec certitude. De retour dans la Jeep, j'ai scruté le rétroviseur pour voir s'il m'avait emboîté le pas. Je me suis rappelé ma conversation avec Zelda au sujet du type de la pizzeria, et aussi les propos de Jake, et même ceux de l'inspecteur Salvo laissant entendre qu'on m'avait peut-être suivie pour remonter jusqu'à Christian Luna – et qu'on me suivrait peut-être encore. J'ai de nouveau sorti mon Nokia de ma poche, et cette fois j'ai téléphoné à Zelda.

« Five-Roses-à-votre-service, a-t-elle répondu de son habituelle voix bourrue.

— Bonjour, c'est Ridley.

— Vous voulez commander ?

— Non, Zelda. Dites, vous vous souvenez de ce type qui me cherchait, l'autre jour ? À quoi ressemblait-il ? »

J'ai perçu en arrière-fond la rumeur des conversations dans le restaurant, le *tchac-ding !* de la caisse enregistreuse. Je surveillais toujours la porte du magasin dans le rétroviseur.

« Parce que faudrait que je me rappelle tout, moi ? s'est récriée Zelda. Croyez qu'j'ai la tête comme un ordinateur ?

— Je vous en prie, c'est extrêmement important. »

Je la savais capable de se remémorer le moindre détail concernant cet individu. Encore fallait-il qu'elle le veuille, bien sûr. Elle ne supportait pas d'être dérangée, et de plus, elle détestait perdre son temps à bavarder.

« Ce gars-là, c'étaient des emmerdes sur pattes. Voilà.

— Taille moyenne, cheveux bruns, yeux bruns, casquette de base-ball ? » ai-je hasardé.

J'espérais qu'elle allait répondre oui, me confortant dans l'idée qu'il s'agissait de Christian Luna et me permettant ainsi d'oublier cette histoire de skinhead et de ravaler ma paranoïa.

« Oh, non ! C'était pas lui, ça. » J'ai attendu la suite, mais en vain. « Vingt dollars vingt-cinq », a-t-elle ajouté. *Tchac-ding !* « Voilà votre monnaie. Bonne journée.

— Zelda ? »

Elle a poussé un profond soupir.

« Une espèce de grand costaud. La boule à zéro. Un voyou, c'est sûr. Dans quel genre de pétrin vous vous êtes fourrée, Ridley ?

— Aucune idée, ai-je répondu, le cœur serré.

— Je veux pas d'ennuis chez moi, a-t-elle grondé.

— D'accord, d'accord. Au revoir, Zelda. »

J'ai coupé la communication et je me suis laissée glisser sur mon siège sans quitter du regard le rétroviseur. Si l'homme sortait maintenant, alors... Alors, quoi ? Eh bien, j'étais faite comme un rat, voilà. J'ai aperçu mon reflet dans le rétroviseur latéral mal réglé. J'avais l'air d'une dingue, les yeux exorbités tel un cheval fou, les épaules voûtées, ma paille entre les lèvres. « T'es complètement parano », ai-je lancé à mon image. Mais au moment où j'allais en rire, j'ai vu l'inconnu pousser les portes battantes et examiner le parking comme s'il cherchait quelque chose. Je n'aurais su dire s'il s'agissait du type du métro. Il lui ressemblait vaguement, c'est tout. Enfin, il s'est éloigné de la Jeep et fondu dans la foule qui se pressait aux abords du magasin. J'ai démarré promptement pendant qu'il ne regardait pas dans ma direction et quitté le parking.

Après avoir roulé pendant quelques kilomètres, tremblante et distraite, j'ai enfin acquis la certitude que personne ne me suivait. Alors seulement, je suis allée chez Maria Cacciatore.

18

Ce n'était sans doute pas très réaliste de ma part, mais je ne pouvais m'empêcher de guetter la Firebird tout en roulant, le cœur partagé entre l'espoir et la raison. Et si Jake avait trouvé un moyen de me rejoindre ? Il avait peut-être choisi un autre véhicule afin de déjouer la surveillance d'éventuels ennemis lancés sur mes traces ? Ou alors, il était capable de me repérer grâce à ma carte de crédit ; il apprendrait ainsi que j'avais loué une voiture, acheté un téléphone portable, réglé quelque chose chez Barnes & Noble. Un détective privé sait faire ça, non ? Ou est-ce que je nageais en plein délire ?

Le souvenir de nos nuits d'amour a soudain envahi ma mémoire. Si Jake m'avait menti, dans ces moments-là en revanche, il s'était montré sincère. Il n'était pas possible de feindre une telle intimité. Du moins, il me semble… Étais-je en train de m'abuser ? En temps normal, le moindre soupçon de malhonnêteté suffisait à m'alerter. Mais dans ce nouvel univers où j'évoluais, je me sentais comme Alice au pays des merveilles. Je ne reconnaissais plus rien, j'avais perdu tous mes anciens repères.

Quand je suis arrivée au niveau de l'adresse indiquée par Maria Cacciatore, je me suis garée et j'ai scruté le rétroviseur à la recherche d'un signe de Boule-à-Zéro. Personne. J'ai fini par rire de moi-même. Je devenais vraiment parano ! Le monde grouillait de grands costauds chauves et je n'avais aucune raison de penser que l'individu de la pizzeria, celui du métro et celui de chez Barnes & Noble étaient le même. Ç'aurait été carrément grotesque, pas vrai ?

J'ai longé une galerie extérieure en lisant le numéro sur les portes des appartements. Parvenue devant le nº 4, j'ai frappé. Comme aucun bruit ne s'élevait à l'intérieur, je me suis demandé si Maria Cacciatore n'avait pas changé d'avis. Par acquit de conscience, j'ai frappé une nouvelle fois.

« Une minute, bon sang ! a lancé une voix assourdie derrière le battant. Je viens, je viens… »

J'ai entendu le bruit d'une chasse d'eau, celui d'un robinet qu'on ouvrait et refermait, puis des pas pesants. Enfin, la porte s'est écartée, révélant une femme potelée en longue robe hawaiienne et turban assorti. Elle fronçait les sourcils.

« Madame Cacciatore ? »

Elle m'a dévisagée durant quelques secondes, puis son froncement de sourcils s'est mué en expression de stupeur.

« Jésus, Marie, Joseph ! » s'est-elle exclamée en reculant d'un pas.

J'ai jeté un coup d'œil par-dessus mon épaule pour voir ce qui avait suscité une telle réaction, mais lorsque j'ai reporté mon attention sur elle, Maria Cacciatore me contemplait toujours.

« Une chance que vous m'ayez téléphoné d'abord, a-t-elle dit. Vous auriez pu me faire avoir une attaque ! »

Elle s'est effacée pour me laisser entrer. À aucun moment, elle ne m'avait quitté du regard.

« Je ne comprends pas, ai-je prétendu.

— On a dû vous le dire, pourtant, non ? Vous lui ressemblez tellement… Vous êtes son portrait tout craché. »

Quand elle a refermé la porte, l'intérieur est devenu très sombre. De lourds rideaux de velours rouge masquaient les fenêtres, ne laissant filtrer qu'une faible lumière couleur sang. Partout se dressaient de grandes bougies dans des supports en verre à l'effigie des saints – les mêmes que dans toutes les *bodegas* de la ville. Dans un coin du salon, était disposée une table recouverte d'une étoffe noire qui, elle aussi, se teintait de pourpre – comme tout dans cette pièce, y compris mes mains. Deux chaises étaient placées de part et d'autre de la table, sur laquelle se trouvaient un jeu de tarot et une autre bougie. Les carillons à vent fixés au plafond demeuraient silencieux dans la touffeur ambiante. Une odeur musquée d'encens flottait dans l'air.

« Vous voulez que j'éteigne le bâtonnet d'encens ? a proposé la vieille dame. Ça incommode certains clients.

— Non, non, pas de problème, ai-je répondu. Madame Cacciatore…

— Appelez-moi plutôt Madame Maria, ma chère petite. Comme tout le monde. Ou juste Madame.

— D'accord.

— Bon », a-t-elle soupiré avant de s'asseoir sur le canapé. Son ample robe s'étalait autour d'elle. Elle a rajusté son turban. Peu à peu, mes yeux s'accoutumaient à la pénombre ambiante et je me suis rendu compte qu'elle me détaillait toujours. « Pourquoi m'as-tu menti, Jessie ? Pourquoi avoir raconté des histoires à la vieille dame qui te changeait tes couches autrefois ? »

Lorsqu'elle a tapoté le coussin à côté d'elle, je suis allée prendre place sur le canapé.

« Je n'ai pas menti. Je ne suis pas Jessie. Je m'appelle Ridley Jones. »

Elle a opiné.

« Et tu es venue te renseigner sur ta mère. Tu veux savoir ce qui lui est arrivé. »

Elle s'était exprimée comme si elle venait de consulter un oracle, sauf que je lui avais déjà tout raconté au téléphone.

« Je suis venue me renseigner au sujet de Teresa Elizabeth Stone », me suis-je entêtée.

C'est terriblement agaçant qu'on vous prenne pour quelqu'un d'autre. Vos interlocuteurs vous attribuent un prénom différent, vous tutoient, font allusion à des parents qui ne sont pas les vôtres… Ils sont aussi sûrs de leur fait que vous l'êtes du vôtre. Au bout d'un moment, pourtant, vous commencez à douter, à avoir l'esprit confus. Mais rien ne prouvait que j'étais Jessie Stone, et de toute façon, si je l'avais été un jour, je ne l'étais plus depuis longtemps. Aujourd'hui, j'étais Ridley Jones. Et cette identité-là, j'avais bien l'intention de m'y accrocher de toutes mes forces.

« Bien, a-t-elle repris d'une voix douce, presque maternelle. Ridley. O.-K. Vas-y, raconte-moi tout.

— Pourquoi ? Vous n'avez pas encore deviné ? ai-je répliqué en désignant le décor autour de moi.

— Allons, allons, a-t-elle dit avec un sourire, il faut bien gagner sa vie… Moi, je me contente de lire les cartes. Les gens ont besoin de conseils, d'une personne pour écouter leurs problèmes et leur assurer que tout ira bien. Du reste, c'est pour ça que tu es venue toi aussi, non ? »

Je n'ai pas répondu. En vérité, j'envisageais de me lever et de partir, mais cette vieille dame me plaisait bien, malgré (ou peut-être à cause de) son pseudomysticisme. Les signes visibles de l'âge n'altéraient en rien ses traits volontaires. Son corps rond semblait accueillant, propre à réconforter les malheureux en détresse. Au fond, je me sentais en sécurité dans cette petite pièce originale. Alors, j'ai mis Madame Maria au courant de toute l'histoire. Sans rien omettre, cette fois, contrairement à ce que j'avais fait en présence de l'inspecteur Salvo. Comme vous pouvez le constater, je n'ai pas besoin qu'on me pousse beaucoup pour me livrer ; je n'ai jamais su garder un secret.

Quand je me suis tue, elle a relâché son souffle.

« Toi, il te faut une bonne tasse de thé. »

Aussitôt, elle s'est dirigée vers la kitchenette juste en face du canapé. Elle a rempli d'eau une tasse, plongé dedans un sachet de thé et placé le tout au four à micro-ondes. Puis elle est revenue vers moi et m'a posé une main sur la joue.

« Tu as sûrement l'impression que ta tête va exploser, ma pauvre Ridley… »

Sa gentillesse m'a touchée au point d'en avoir les yeux embués, et néanmoins je me suis contenue. J'ai vraiment apprécié qu'elle m'appelle « Ridley » et non « Jessie ».

Sur ce, le micro-ondes a émis un bip et elle est allée chercher la tasse, à laquelle elle a ajouté un peu de sucre et de miel avant de me l'apporter.

« Ta mère… Oups ! désolée. Teresa, je veux dire, était une gentille fille, a-t-elle déclaré en se rasseyant. Sa seule erreur a été de s'acoquiner avec ce bon à rien de Christian Luna. Dès que je l'ai vu, j'ai su qu'il ne lui apporterait rien de bon. Mais c'était son destin de toujours tomber sur le mauvais cheval. Certains étaient riches, d'autres pauvres, d'autres encore séduisants ou quelconques. Mais ils avaient tous un point commun : ils n'étaient pas pour elle. »

Maria m'a regardée comme si elle craignait de m'avoir blessée. D'un geste, je l'ai encouragée à poursuivre.

« Bon, je ne devrais peut-être pas juger aussi durement Christian Luna », a-t-elle repris d'un ton pensif. De nouveau, elle m'a caressé le visage. « Sans lui, Jessie ne serait pas née. Et ce bébé était un véritable trésor pour Teresa. Le soleil de sa vie. » Elle a porté une main à sa poitrine. « Maintenant, tu m'annonces que Christian Luna nous a quittés. Il ne faut pas dire du mal des morts.

— Il m'a juré qu'il n'avait pas tué Teresa. À votre avis, c'est vrai ?

— Je n'ai jamais cru qu'il l'avait tuée. Oh ! je sais bien que les apparences jouaient contre lui. Après tout, il est venu ce soir-là en faisant du scandale. Tout le monde le pensait coupable. Surtout après sa disparition et celle de Jessie. Mais Christian Luna était un lâche. Jamais il n'aurait pu assassiner une femme et lui voler son enfant. Sans compter qu'il ne voulait pas assumer la charge de Jessie. Pas vraiment, du moins. Alors, pourquoi l'aurait-il emmenée ?

— Pour réaffirmer son pouvoir, peut-être ? Il aurait récupéré la petite parce qu'on l'en avait privé ? »

Elle a haussé les épaules.

« Possible. Mais je ne le voyais pas comme ça. Il criait et tempêtait, il giflait parfois Teresa, c'est vrai. Quand il a cassé le bras de la petite, c'était un accident. Il n'avait pas l'âme d'un meurtrier doublé d'un kidnappeur. » Elle a secoué la tête. « Pour moi, ce n'est pas lui le coupable.

— Alors qui ?

— Je l'ignore. Tout ce que je sais, c'est que Jessie n'est pas la seule à avoir disparu cette année-là. »

Stupéfaite, je l'ai dévisagée quelques secondes.

« Au moins trois autres cas ont été mentionnés aux informations au cours des mois précédents, a-t-elle expliqué. Et d'autres encore par la suite.

— Les parents ont-ils été assassinés aussi ? »

Perdue dans ses souvenirs, elle a plissé les yeux.

« Pas que je me souvienne.

— Que s'est-il passé ? ai-je demandé en me redressant. Je veux dire, les médias ont dû s'emparer de ces affaires, non ?

— Pas vraiment. À l'époque, c'était différent. On ne parlait pas beaucoup de ce genre d'histoires : les pédophiles qui s'en prennent à des enfants, les crimes de tueurs en série… On ne savait pas grand-chose de tout ça, et surtout, je crois qu'on *ne voulait pas* savoir. Et puis, il s'agissait de gosses des cités, des quartiers pauvres.

— Ah. »

J'étais à court de mots. Toutes ces informations m'ébranlaient pour diverses raisons. D'abord, elles apportaient une certaine crédibilité à la version de Christian Luna ; donc, s'il n'était pas l'assassin de Teresa, il avait peut-être dit la vérité à mon sujet. Ensuite, si Jessie comptait parmi les gamins du coin enlevés à cette période, et si j'étais réellement Jessie, quelles conclusions en tirer ? Comment en étais-je arrivée à la vie que je menais aujourd'hui ?

Soudain, les carillons à vent se sont entrechoqués. Tous égrenaient des notes sur des tonalités différentes. Le résultat était à la fois étrange et inquiétant. Madame Maria s'est levée.

« Ne t'en fais pas, a-t-elle décrété en allant se poster

derrière le plan de travail qui séparait la cuisine du reste de la pièce. J'ai un ventilateur réglé sur une minuterie qui se déclenche toutes les heures. Ça marque la fin d'une séance. »

Elle s'est éclipsée quelques instants, puis le ventilateur a ralenti le mouvement. Le son des carillons a diminué peu à peu. Comme je me sentais à cran, je me suis levée. Avant de partir, j'ai tendu une carte de visite à Madame Maria.

« Je suis désolée, a-t-elle dit après l'avoir rangée dans sa robe.

— Pour quoi ?

— Pour tout ce que tu as dû traverser. Ce n'est pas juste. »

Elle semblait plus triste et âgée qu'à mon arrivée.

« La vie n'est pas juste », ai-je répliqué en haussant les épaules.

Ces paroles-là, je les avais entendu prononcer par ma mère je ne sais combien de fois au fil des ans. Moi, au contraire, je croyais en une certaine justice. Ou du moins à un certain équilibre. Le yin et le yang. Le bien et le mal. Le bon et le mauvais. Le sucré et l'amer. L'un n'existait pas sans l'autre. Quand tout va de travers, on sait que ça ne peut que s'arranger. Quand tout va trop bien, on sait aussi que ça ne va pas durer. Question d'équilibre, donc.

De la tête, elle a acquiescé.

« Hé, tu veux que je te tire les cartes ?

— Non, merci », ai-je répondu avec un sourire. Je n'avais pas spécialement envie de savoir ce que les cartes avaient en réserve pour moi. « Appelez-moi, d'accord ? Si un détail vous revient. »

Elle a opiné de nouveau, manifestement sur le point d'ajouter quelque chose. J'ai patienté.

« À propos… Teresa emmenait toujours Jessie à la clinique de Drew Street. Elle aimait bien le docteur qui s'occupait de la petite. Ils ont peut-être gardé son dossier. C'est la clinique des Anges. Elle existe toujours. »

Je lui ai opposé un regard vide.

« Si tu veux avoir des certitudes. Je veux dire, ils ont peut-être des empreintes dentaires ou digitales… »

En d'autres termes, puisque les deux parents de Jessie étaient morts, je n'avais aucun autre moyen de connaître ma véritable identité. Enfin, Madame Maria s'est approchée de moi et m'a serrée dans ses bras. Son étreinte était aussi douce et chaude que je l'avais imaginée.

« Merci, ai-je murmuré en me détournant.

— Prends garde à toi, Jessie », a-t-elle chuchoté avant de fermer la porte.

Sans doute ne voulait-elle pas que je l'entende. J'aurais préféré moi aussi ignorer cette dernière remarque.

19

« Saviez-vous que trois autres enfants avaient disparu du quartier en 1972 ? » ai-je demandé à l'inspecteur Salvo.

J'étais assise dans ma Jeep de location garée sur le parking de la bibliothèque de Hackettstown. Après avoir parcouru des microfiches pendant deux heures, j'avais été éjectée du bâtiment par la bibliothécaire, pressée de rentrer chez elle. Elle m'avait laissée entrer quelques minutes avant la fermeture, et autorisée à effectuer mes recherches pendant qu'elle bouclait son travail de la journée. Enfin, elle avait éteint les lumières et décrété qu'il était temps pour moi de partir. À présent, j'avais mal à la tête (encore, oui), sans doute à force d'avoir scruté tous ces articles en petits caractères. Il faisait nuit et j'étais vidée mais dopée à la caféine. En raison de la fraîcheur extérieure, la voiture se réchauffait lentement. Je voyais mon souffle former de petits nuages blancs.

« Je veux dire, dans un rayon d'à peine dix kilomètres ? » ai-je insisté comme le policier ne me répondait pas.

Il a gardé le silence quelques instants avant de déclarer enfin :

« Je ne saisis pas le rapport avec mon enquête, Ridley.

Vous me parlez d'événements qui se sont produits il y a trente ans dans un autre État. »

Cette fois, c'est moi qui suis restée silencieuse. Sur le coup, dans le petit espace de lecture tapissé de faux lambris où j'avais pris place à la bibliothèque, cette découverte m'avait paru importante. Quatre enfants, dont Jessie Stone, avaient été enlevés de foyers modestes dans la région de Hackettstown. Deux garçons âgés de trois ans ; deux filles – un bébé de neuf mois et Jessie, pas tout à fait deux ans. Quatre bambins au teint clair, un blond, un rouquin et deux brunettes. Aucune de ces affaires n'avait été résolue. J'avais tout consigné dans un calepin. Mais à présent, je me demandais pourquoi j'avais téléphoné à l'inspecteur. Peut-être parce que je n'avais personne d'autre à appeler ? Concernant ces enlèvements, du moins.

« S'il y a bien une chose plus agaçante pour les flics que les détectives privés, Ridley, ce sont les civils qui *se prennent* pour des détectives privés.

— Il existe peut-être un lien entre ces kidnappings et ce qui est arrivé à Christian Luna, ai-je avancé sans conviction.

— Comment ça ? Parce qu'il aurait appris quelque chose sur ces disparitions ?

— Tout juste.

— Écoutez, Ridley, s'il avait eu en main des éléments lui permettant d'être innocenté du meurtre de sa petite amie, vous ne croyez pas qu'il s'en serait servi au lieu de rester planqué pendant trente ans ? »

Je n'ai pas soufflé mot. Là, il avait marqué un point.

« Où êtes-vous, Ridley ?

— Dans le New Jersey.

— Rentrez chez vous, d'accord ? a-t-il repris d'un

ton radouci. Je jetterai un coup d'œil à ces dossiers, promis. »

Je n'aurais su dire s'il était condescendant ou pas. Son intonation le laissait supposer, en tout cas.

« Encore une chose, a-t-il ajouté. Au sujet de votre ami – ou plutôt de ce gars dont vous n'avez jamais entendu parler…

— Oui ?

— Figurez-vous qu'il a changé d'adresse. Et devinez où il s'est installé ? Dans votre immeuble !

— Tiens donc ! » ai-je répliqué.

Je m'efforçais de réagir de manière décontractée, alors que je me sentais comme une gamine prise en flagrant délit de mensonge : apeurée, ridicule, mais prête à m'enferrer au besoin.

« Et devinez quoi d'autre ? » J'avais l'impression de voir ses efforts pour réprimer un sourire. « Il prétend qu'il était à Riverdale hier soir, dans un bar où il traîne souvent. Le Jimmy's Bronx Café. Après, il se serait arrêté pour manger un morceau dans une pizzeria, toujours à Riverdale, avant de rentrer chez lui. Il n'a rien vu ni entendu dans le parc. Et il ne vous connaît pas non plus.

— Eh bien… », ai-je commencé. Surtout, s'en tenir à des affirmations simples. « Vous savez comment ça se passe dans les grandes villes, non ? Vous pouvez habiter le même immeuble pendant des années sans même savoir le nom de vos voisins.

— N'empêche, c'est une drôle de coïncidence.

— C'est vrai.

— Sauf que je ne crois pas aux coïncidences, a-t-il énoncé d'un ton froid. Revenez à New York, Ridley. Je crois qu'une petite conversation s'impose.

— J'ai un avocat, ai-je protesté faiblement.

— Je suis au courant. Il s'est déjà manifesté. Mais vous ne m'avez pas encore bien cerné, Ridley. Si vous pensez que je vais me laisser intimider par Alexander Harriman, vous vous trompez. Alors, un bon conseil : rentrez tout de suite. »

Je me suis exécutée, sans rendre la Jeep, que j'ai garée dans le parking où Jake rangeait sa voiture. La Firebird n'était plus là, ai-je constaté.

Je disposais de nombreuses informations nouvelles sans toutefois pouvoir les analyser. Je ressentais une impression étrange en me dirigeant vers mon appartement, comme si ce n'était plus le mien, comme s'il était peuplé de souvenirs appartenant à quelqu'un d'autre, une sorte d'écervelée frivole et superficielle. Durant quelques secondes, j'ai envisagé de reprendre la Jeep pour partir quelque part, n'importe où. Mais j'étais trop fatiguée. La pizzeria était fermée et la rue presque déserte. Je me suis traînée dans l'escalier jusque chez moi.

Il était là. Au fond, je m'y attendais. De tout cœur, j'avais souhaité sa présence, et j'aurais été immensément déçue s'il m'avait fait faux bond. Il avait allumé la lampe près du canapé et contemplait le plafond. Quand je suis arrivée, il s'est levé aussitôt. Son regard reflétait un soulagement indicible.

« Comment es-tu entré ? ai-je demandé.

— Tu as laissé tes clés ce matin. »

C'était vrai. Au moment de partir, plus tôt dans la journée, j'avais attrapé le trousseau rendu par Zack parce que je ne retrouvais pas le mien.

Une personne sensée aurait sans doute gardé ses distances et ordonné à Jake de s'en aller, mais vous avez déjà certainement compris que je ne réagissais plus en personne sensée. Quand il s'est approché de moi pour me serrer dans ses bras, je me suis blottie contre lui sans hésiter. Son étreinte puissante me réconfortait d'autant plus que je me sentais faible au point de défaillir. J'aurais voulu me fondre en lui.

« Bon sang ! a-t-il murmuré dans mes cheveux. Jamais je ne m'étais autant inquiété pour quelqu'un jusqu'à ce soir. »

J'ai levé les yeux vers lui. En décelant sur ses traits cette tristesse que j'avais remarquée à plusieurs reprises, j'ai repensé aux paroles de l'inspecteur Salvo. Jake me paraissait étrangement vulnérable, tout d'un coup, comme s'il n'avait pas l'habitude de se laisser gouverner par ses émotions. Il m'a caressé la joue. Si sa paume était calleuse, son geste n'en exprimait pas moins une grande tendresse.

« Je dois te dire certaines choses à mon sujet », a-t-il déclaré pour la seconde fois depuis notre rencontre.

À présent, j'étais prête à l'écouter.

« Je sais, ai-je répondu. Commençons par ton nom, d'accord ? »

Lorsqu'on entend une histoire comme celle de Jake, on ne peut que rester silencieux. Silencieux et attentif. Assise sur le canapé près de lui, j'avais posé mes jambes sur les siennes. Il parlait tout doucement, me coulant parfois un regard furtif. Il lui arrivait de buter sur les mots, ce qui laissait supposer qu'il n'avait pas souvent eu l'occasion de confier son récit à quelqu'un. Je l'ai pris comme un gage de confiance de sa part, un secret à garder et à protéger. Qui nous liait, d'une certaine façon.

« Le plus drôle, c'est que je me souviens d'elle. Je me souviens de ma mère. Ou peut-être que c'est juste un rêve. Mais je me rappelle m'être senti aimé, en sécurité, bordé le soir. C'est peut-être pour ça que je n'ai pas complètement bousillé ma vie. »

Harley Jacobsen s'était baptisé Jake dans sa première famille d'accueil. *Harley* était un môme, un gosse qui mouillait parfois son lit la nuit et se promenait partout avec un Winnie l'Ourson miteux, seul vestige d'une enfance normale dans une vie antérieure. *Harley* n'avait pas les moyens de se défendre contre deux frères d'adoption plus grands que lui, plus méchants et sournois que des bêtes sauvages. *Jake*, lui, rendait coup pour coup quand Harley se serait enfui en pleurant. *Jake* n'avait pas peur ; il était plein de colère. Il se battait avec la dernière énergie, rassemblant toutes ses forces et toute sa volonté. Il n'avait pas le choix car, compte tenu de sa petite taille, il devait mobiliser l'ensemble de ses ressources pour affronter des adversaires plus imposants. Et puis, un jour, alors que ses deux frères d'adoption le provoquaient dans le jardinet de leur maison du New Jersey, Harley s'était éclipsé après avoir subi des mois de raclées et d'insultes, cédant la place à Jake. Celui-ci avait ramassé un long bâton pointu, et lorsque l'aîné des deux frangins s'était rué sur lui, Jake le lui avait enfoncé dans l'œil.

« J'ai encore l'impression de l'entendre hurler, m'a-t-il dit. Aujourd'hui, j'en suis désolé. Mais sur le moment, j'ai compris que j'avais remporté une victoire. Ses cris m'ont prouvé que je ne serais plus jamais le souffre-douleur de personne. »

Retiré aussitôt de cette famille d'accueil, il avait été qualifié d'enfant à problèmes extrêmement perturbé. Un psy avait noté dans son dossier, auquel Jake avait eu accès plus tard, qu'il souffrait d'une dissociation de la personnalité puisqu'il s'était baptisé Jake.

« C'était faux, m'a-t-il assuré. Je savais parfaitement

qui j'étais. Mais je sentais que, pour survivre, j'avais intérêt à m'endurcir au plus vite. Dans mon esprit de gamin de sept ans, Harley m'apparaissait comme un prénom de môme. Jake, que j'avais formé à partir de la première syllabe de mon nom de famille, était pour moi un prénom d'homme. C'est ce que je voulais devenir. »

Le reste de son enfance n'avait été qu'une suite de mauvais traitements. Dans un de ses nombreux foyers d'accueil, on l'obligeait à dormir dans un sac de couchage sous le sommier d'un autre enfant. « On parlait de lits superposés », a-t-il observé avec un petit rire sans joie. Dans cette même famille, on lui avait servi des sandwichs au fromage à tous les repas pendant trois mois. « Pourtant, je n'étais pas malheureux, a-t-il commenté. Avec le recul, je me rends compte que je n'étais pas si mal tombé. On me foutait une paix royale. » Au bout d'un certain temps, cependant, il avait été confié à l'État parce qu'il continuait de faire pipi au lit et tombait souvent malade, enchaînant rhumes et angines. Les souffrances endurées dans les autres foyers allaient de la négligence à la violence physique, comme le prouvaient les cicatrices sur son corps. Une mère adoptive l'avait obligé à s'agenouiller sur les éclats de verre d'une vitre qu'il avait brisée en jouant au ballon ; un homme l'avait brûlé avec une cigarette en découvrant qu'il avait terminé un carton de lait ; il se retrouvait mêlé à des bagarres aux poings et au couteau presque toutes les semaines à l'école.

« Mon "tour de service" des foyers d'adoption s'est achevé quand j'avais quatorze ans », a-t-il dit en posant les yeux sur moi.

J'ai soutenu son regard pendant quelques secondes, et apparemment mon expression l'a rassuré. Je me sentais déchirée par ce qu'il me racontait, complètement laminée. J'aurais voulu l'attirer à moi pour le réconforter, pour effacer le souvenir de ses souffrances. Mais bien sûr, on ne peut jamais guérir l'autre des blessures du passé ; c'est pure folie que d'imaginer le contraire. De plus, Jake semblait remis, maintenant, solide. Il avait relevé les défis de l'existence, survécu et pansé ses plaies. Il était fort.

« Mon père adoptif, Ben Wright, m'a tiré dessus, a-t-il repris. Oh ! au début, il semblait plutôt sympa. Je veux dire, il m'apparaissait vraiment comme quelqu'un de bien. Il m'a emmené plusieurs fois à des matchs de base-ball au Yankee Stadium. Sa femme, Janet, était gentille et jolie comme tout. J'étais leur seul enfant. Pendant un temps, tout s'est passé au mieux entre nous.

» À l'époque, j'étais devenu grand. Je veux dire, baraqué. Je faisais du sport tous les jours, pour différentes raisons. Aujourd'hui, je pense que c'était un moyen de canaliser ma colère, même si je n'en avais pas conscience sur le moment. Résultat, j'avais l'air d'un dur. Les autres m'évitaient. Ils devaient me donner plutôt seize ou dix-sept ans. Et puis, j'avais deux tatouages et quelques vilaines cicatrices. On ne m'emmerdait plus. Tout en moi proclamait : *Pas touche !* Le revers de la médaille, évidemment, c'est que je n'avais pas beaucoup de copains.

» Là-dessus, Janet est tombée enceinte. Je me suis dit : Super, je vais me retrouver à la rue une fois de plus. Mais elle m'a affirmé que je pouvais rester aussi longtemps que je le désirais.

» Le problème, c'est que Ben était stérile. Or Janet l'ignorait. Elle l'avait trompé sans se douter un seul instant de la situation. Alors, son mari a perdu les pédales. Il s'est mis en tête que j'avais couché avec elle.

— Tu n'avais que quatorze ans », ai-je souligné.

Il a lâché un rire cassant.

« Ouais, je sais… Bref, une nuit, je me suis réveillé pour découvrir Ben devant moi, armé d'un flingue. Il m'a crié : "T'as baisé ma femme, hein, petit con ?" Moi, j'ai répondu : "Non, Ben, bien sûr que non."

» Je me sentais plus triste qu'effrayé. Personne ne s'était montré aussi gentil avec moi que Ben, et je ne comprenais pas qu'il puisse me croire capable d'un truc pareil. Je lui ai dit : "Ne me chasse pas. Je me plais ici, avec vous." Ça me paraissait tellement injuste… Ils avaient été tous les deux formidables et ma vie s'en était améliorée. Je me débrouillais plutôt pas mal au lycée, j'avais de bonnes notes, et voilà que tout s'écroulait encore une fois.

» Bref, quand j'ai voulu m'asseoir, il m'a tiré une balle dans l'épaule. Je suis presque sûr qu'il avait l'intention de me tuer, mais il a raté son coup. »

Jake avait passé son adolescence dans un orphelinat pour garçons. Et là, contre toute attente, il avait trouvé un mentor et un ami en la personne d'un psychologue nommé Arnie Coel.

« Arnie m'a appris à affronter mes démons, à exprimer ma colère de façon plus saine. Je tenais un journal, et ensuite je parlais avec lui des trucs que j'écrivais. Il m'a initié à l'art, encouragé à développer mon côté créatif. Il m'a même payé des cours de sculpture sur métal quand j'ai commencé à m'y intéresser. Lui aussi avait connu les orphelinats dans sa jeunesse. Il disait toujours : "C'est pas parce qu'on te traite comme de la merde que t'en es, mon gars. Tu peux faire quelque chose de ta vie, tout mettre en œuvre pour te sortir de là et trouver ta place dans le monde."

» Plus tard, il m'a suggéré de m'enrôler afin que mes frais d'éducation soient pris en charge. Ce n'était pas la voie la plus facile, mais je crois que c'était la meilleure pour moi. En l'absence de toute discipline après mon départ de l'orphelinat, j'aurais pu mal tourner. On dit souvent des soldats que s'ils n'étaient pas dans l'armée ils seraient en taule, non ? Bref, je me suis installé en ville après mon tour de service et inscrit à John Clay College. L'idée de faire respecter la loi me plaisait, sauf que je n'avais pas envie d'entrer au NYPD.

— C'est pour ça que tu as voulu exercer le métier de détective ? »

Il a hoché la tête puis contemplé le sol.

« La police est venue ce matin, lui ai-je avoué. Un inspecteur m'a tout raconté. »

De nouveau, il a opiné.

« Pourquoi ne m'en as-tu pas parlé ? » ai-je demandé.

Jake a haussé les épaules.

« Mon art me correspond mieux, a-t-il répondu. Plus je gagne d'argent avec mes sculptures et mes meubles, moins je bosse comme privé. Avant, je m'occupais surtout d'affaires de fraude aux assurances, d'enquêtes sur des adultères, et de surveillance, en collaboration avec les flics, de personnes appréhendées pour conduite en état d'ivresse. »

Il s'est interrompu le temps de se frotter les yeux. Ses explications ne me convainquaient qu'à moitié ; elles me semblaient incomplètes, trop vagues. Mais il avait l'air tellement épuisé par son long récit que je n'ai pas voulu insister pour en savoir plus. Même si j'avais bien d'autres questions en tête, le moment me paraissait mal choisi pour les poser. *J'y reviendrai plus tard*, me suis-je dit.

« En tant que détective privé, je pensais pouvoir réparer des torts tout en fixant moi-même les règles, a-t-il poursuivi. J'ai obtenu ma licence en 1997.

Pourtant, je n'étais pas satisfait. Coincer un mari qui couche avec une autre ou un pauvre type qui bosse au noir pour boucler ses fins de mois alors qu'il est en congé maladie, et bousiller sa vie… Je ne sais pas, ça me perturbait. Je me faisais peut-être de fausses idées sur ce métier, mais je pensais aussi qu'il me permettrait de découvrir ce qui m'était arrivé et ce qui était arrivé à mes parents. Malheureusement, je ne suis pas allé très loin non plus de ce côté-là. »

Il a soupiré et levé les yeux vers le plafond. J'ai vu ses épaules se relâcher peu à peu.

« Je suis resté proche d'Arnie jusqu'à sa mort, il y a un peu plus d'un an. Cancer du côlon. Il me poussait toujours à poursuivre mes recherches sur mes parents. Mais après sa disparition… »

Sa voix s'est perdue dans un murmure inaudible. Il en avait fini avec les confidences, c'était évident. Il m'a regardée comme pour évaluer l'impact de ses propos sur moi ; à en juger par son expression hésitante, il n'était pas sûr de ma réaction. Je me suis réfugiée dans ses bras et nous sommes restés enlacés un long moment. J'étais heureuse d'entendre battre son cœur ; nombreux étaient ceux qui avaient tenté de le briser, voire de l'arrêter définitivement, mais il restait solide.

« Je regrette, a-t-il repris quelques minutes plus tard. Je n'en ai jamais parlé à personne. Sauf à Arnie, bien sûr. Je n'aurais pas dû t'imposer ce fardeau. Surtout en ce moment, avec tout ce que tu affrontes… »

Je me suis redressée.

« Je suis plus forte que je ne le parais, ai-je affirmé avec un sourire.

— Oh ! je n'en doute pas. »

Visiblement soulagé, il m'a rendu mon sourire.

« Merci, Jake. »

Il a froncé les sourcils.

« Pour quoi ?

— Pour m'avoir raconté ton histoire.

— Je… je ne veux pas de ta pitié. Ce n'est pas pour ça que je t'ai confié mes secrets.

— Crois-moi, Jake, c'est bien la dernière chose que tu m'inspires. Tu es fort ; on t'a donné de mauvaises cartes, et pourtant tu as fini par remporter la partie. Je t'admire. Je te respecte. En aucun cas je ne te plains. »

Quand on commence à mieux connaître l'autre, ses caractéristiques physiques s'estompent peu à peu. On se laisse envelopper par son énergie, par l'odeur de sa peau. On devient plus sensible à l'essence de son être et moins à son apparence. Voilà pourquoi on ne peut pas tomber amoureux de la beauté. Elle nous flatte, on la convoite, on veut même la posséder. Elle charme les yeux et le corps, mais pas le cœur. Et c'est pourquoi aussi, lorsqu'on crée un véritable lien avec quelqu'un, les imperfections physiques ne comptent plus.

Avec le recul, je me rends compte que sortir avec Zack était le résultat d'une décision prise en toute connaissance de cause. Il était beau, amusant, doté des qualités que la plupart des femmes recherchent chez les hommes. Je l'aimais bien. Il était proche de ma famille. Oui, j'avais *décidé* d'avoir une liaison avec lui. C'était une bonne idée, approuvée par les uns et les autres. Tomber amoureuse de Jake, en revanche, n'avait rien d'un choix. J'étais portée vers lui par un courant tout-puissant contre lequel je ne pouvais pas lutter, au risque de me noyer.

À la façon dont il me regardait en cet instant, j'ai compris qu'il était lui aussi entraîné par ce même tourbillon. Il voyait clairement en moi, sous la surface. Je me sentais reconnue. Et j'éprouvais une immense gratitude envers lui car, à ce stade, je n'étais même plus sûre de me reconnaître moi-même. Oh ! je savais qui j'étais, ne vous y trompez pas. Sauf que j'ignorais ma véritable identité. Mais peut-être est-ce cela, l'amour : la capacité de se découvrir vraiment, au-delà des noms et des signes extérieurs dont nous nous servons pour nous définir. Peu importait qu'il se nomme Harley ou Jake, que je me nomme Ridley ou Jessie. Au fond, ça n'avait peut-être même jamais compté.

Soudain, il s'est levé et m'a enlacée. Nous avons échangé un baiser brûlant. Nous avions encore des choses à nous dire, mais les mots n'étaient plus de mise entre nous ; seul existait un désir ardent, irrépressible. Je l'ai laissé m'emmener à l'étage, dans son appartement, car je ne pouvais plus me détendre dans le mien, sous l'œil de tous les fantômes qui le peuplaient. Et au milieu de son salon dépouillé, nous nous sommes noyés dans un océan de chaleur et de plaisir, donnant tout sans rien exiger en retour, nous rassasiant l'un de l'autre jusqu'à satiété.

20

Le lendemain matin, il m'a préparé un petit déjeuner dominical avec des pancakes à la confiture de fraises (il n'avait plus de sirop d'érable) et un riche café corsé. Pendant que nous grignotions au lit, je lui ai raconté les événements de la veille. J'avais du mal à croire que moins de quarante-huit heures s'étaient écoulées depuis la mort de Christian Luna. J'ai parlé à Jake de l'inspecteur Salvo, de Madame Maria et des informations découvertes à la bibliothèque.

« L'équipier de l'inspecteur Salvo est venu bavarder avec moi et a fini par m'emmener au poste, m'a raconté Jake. Je ne me suis pas montré aussi coopératif que toi, j'imagine. Mais ils ont dû me laisser repartir au bout de deux heures. Je crois bien qu'ils auraient aimé me garder plus longtemps. En tout cas, ils ont saisi ma voiture.

— Il m'a dit qu'il t'avait parlé.

— Ah bon ? Quand ?

— J'ai appelé Salvo pour le mettre au courant de la disparition des autres enfants à Hackettstown.

— Pourquoi as-tu fait ça ? » a demandé Jake, les sourcils froncés.

J'ai cru déceler autre chose que de la curiosité dans sa voix. De l'inquiétude, peut-être ?

« Je l'ignore… J'avais besoin d'un allié, je crois. Je ne savais plus trop sur qui compter. »

Il a hoché la tête.

« Je t'avais menti, c'est vrai. Tu hésitais à me faire confiance. Je regrette, Ridley. »

D'un geste, j'ai balayé son excuse. Ça n'avait plus d'importance, à présent.

« Et il t'a dit quoi ? Pour les gosses ? s'est enquis Jake.

— Rien. Juste qu'il y jetterait un coup d'œil – et encore, je pense qu'il voulait surtout me dissuader de poursuivre mes recherches. Là-dessus, il m'a conseillé de renoncer à ma nouvelle carrière de détective privé et de rentrer à la maison.

— Il n'avait pas tort. »

J'ai dardé sur lui un œil noir.

« Jake…, ai-je repris après une autre tasse de café et quelques bouchées de pancakes. Que s'est-il passé quand tu as essayé de te renseigner sur ta famille ? »

Je n'étais pas certaine de sa réaction, mais cette question-là me chiffonnait depuis que nous avions fait l'amour la veille au soir. Alors que Jake s'était endormi presque aussitôt, j'étais restée longtemps éveillée, songeant à tout ce qu'il m'avait raconté. Je m'étais souvenue des paroles de l'inspecteur Salvo, selon lesquelles Jake avait été « abandonné quand il avait cinq ans ». Jake m'avait affirmé se rappeler sa mère, mais rien de plus.

Il ne m'a pas répondu tout de suite. Enfin, il a haussé les épaules.

« J'ai tenté de retrouver leur trace depuis le jour où j'ai obtenu ma licence jusqu'à la mort d'Arnie. Comme je te l'ai dit, c'était une de ses obsessions. Il estimait nécessaire pour moi de résoudre le mystère de mon passé avant de pouvoir me bâtir un avenir. D'ailleurs, c'est sans doute la principale raison qui m'a poussé à devenir détective…

— Et ?

— Je n'ai pas progressé d'un pouce », a-t-il conclu.

Il a ramassé les assiettes vides posées sur le lit pour les porter à la cuisine. Je me suis abstenue de le suivre afin de ne pas lui donner l'impression de le harceler. À son retour, il s'est assis près de moi.

« Apparemment, ma mère m'aurait abandonné sans laisser le moindre document – pas d'extrait de naissance ni de carnet de santé. Si je t'avouais que je n'y crois pas, que je me rappelle l'amour de cette femme dont je revois encore le visage, que je ne conçois pas d'avoir été séparé d'elle comme ça, tu me prendrais pour un dingue ? »

Jake avait les yeux brillants et me regardait avec attention. Manifestement, il était important pour lui que je lui accorde mon soutien.

« Non, pas du tout, ai-je répondu. Je te conseillerais de suivre ton intuition. Parfois, c'est la seule chose à faire. »

Il a acquiescé.

« Arnie m'a beaucoup aidé en sous-main. C'est grâce à lui si j'ai pu accéder à mon dossier et comprendre pourquoi, étant donné la façon dont j'étais décrit, je n'intéressais pas les couples candidats à l'adoption. J'étais trop vieux, de toute façon ; les gens préfèrent les bébés.

— Où as-tu été découvert ? ai-je demandé, pensant à un éventuel début de piste.

— Aucune idée. Ma fiche d'admission a été égarée, paraît-il. »

C'était désespérant : pas de noms de parents, pas d'extrait de naissance… J'ai songé au mot de passe de son ordinateur : « quidam ». Je me l'expliquais mieux, à présent.

« Quoi qu'il en soit, a-t-il repris en se tapant les cuisses avant de se lever, c'est pour moi une quête inachevée et nous avons des affaires plus urgentes à régler pour le moment – à savoir *ta* quête personnelle. »

Il déployait des efforts visibles pour détendre l'atmosphère. Sans grand succès, malheureusement.

« Nos quêtes sont relativement similaires, ai-je fait remarquer.

— Exact. Sauf que mes interlocuteurs ne se font pas descendre devant moi et que je ne suis pas menacé par un skinhead. »

Nous avons éclaté de rire. Tout comme certaines personnes éclatent de rire pendant les enterrements pour soulager la pression, alors que la situation n'a rien de comique.

Jake et moi avons passé le reste de la journée à essayer de retrouver les parents des enfants disparus à Hackettstown, prêts à leur raconter la même histoire que celle dont je m'étais servie pour amener Madame Maria à me parler. Je m'étais installée sur le canapé avec le téléphone et un des nombreux annuaires utilisés par Jake dans son travail. Assis devant son ordinateur, il s'était connecté à Internet et appelait de temps à autre sur son portable un de ses contacts dans la police. En fin d'après-midi, nous avions découvert par l'intermédiaire des familles, des journaux et des rapports de police que les parents des jeunes disparus étaient tous morts, sauf un.

Jake avait réussi à réunir pas mal d'informations grâce aux archives accessibles en ligne de plusieurs quotidiens du New Jersey, dont le *Record* et le *Star Ledger*.

Sheila Murray, la mère de Pamela – âgée de neuf mois au moment de l'enlèvement –, était décédée en 1975 dans un accident de voiture qu'elle avait provoqué sous l'emprise de l'alcool. Trois ans après le kidnapping de son enfant unique, alors que l'affaire n'était toujours pas élucidée, elle avait brûlé un feu rouge et heurté un autre véhicule occupé par trois jeunes filles, toutes mortes sur le coup elles aussi. Selon les articles rédigés à la suite de l'enlèvement de Pamela dans son berceau en pleine nuit, pendant que sa mère dormait, cette dernière ne paraissait pas savoir qui était le père et élevait seule la petite.

« Encore une impasse, a commenté Jake quand nous avons terminé de lire tous les articles sur Sheila et Pamela Murray.

— Mmm. »

Michael Reynolds, le père de Charlie – kidnappé à l'âge de trois ans –, avait dû élever seul son fils quand sa femme, Adele, avait succombé aux blessures reçues lors d'une rixe dans un bar. L'article du *Record* précisait que la seule survivante de la famille était la mère d'Adele, Linda McNaughton. Son nom n'apparaissant pas dans l'annuaire, nous avons procédé à une rapide recherche sur Internet et découvert le numéro de téléphone de cette femme, qui vivait toujours dans la même ville.

Au cours d'une conversation tendue, malaisée, avec Linda McNaughton, j'ai appris que Michael Reynolds était un accro à l'héroïne, mort moins d'un an après la disparition de son fils, enlevé dans leur studio.

À un certain moment, Mme McNaughton a prononcé des paroles glaçantes qui m'ont hantée tout le reste de la journée, bien longtemps après que nous eûmes raccroché.

« C'était ma fille, puisse-t-elle reposer en paix, et je l'aimais, m'a-t-elle affirmé. Mais elle n'avait jamais désiré ce bébé. Elle a tenté de l'abandonner quelques jours après sa naissance, puis elle est retournée le chercher. Elle se sentait trop coupable. Quant à Michael, il ne voulait rien d'autre qu'une aiguille pour se piquer. Si vous voulez mon avis, qu'il soit mort ou encore en vie, Charlie est mieux où il est. »

Jake contemplait fixement son écran lorsque j'ai raccroché.

« Alors ? » a-t-il demandé d'un ton absent sans quitter des yeux le moniteur.

Je lui ai résumé mon entretien avec Linda McNaughton. Il n'a pas réagi, se bornant à tapoter la souris de l'index droit pour faire défiler un article que je ne pouvais voir de ma place.

« Tu ne trouves pas bizarre que tous ces gens soient morts ? ai-je lancé.

— Très bizarre, même. »

Cette fois, je me suis levée pour le rejoindre et j'ai jeté un coup d'œil au texte par-dessus son épaule.

Marjorie Mathers, la mère de Brian – trois ans lui aussi au moment où il avait été kidnappé dans son lit en pleine nuit –, purgeait une peine d'emprisonnement à perpétuité pour le meurtre de son mari. Elle l'avait tué trois semaines après la disparition de Brian. Ils s'étaient livré une guerre sans merci pour la garde du petit garçon, et elle prétendait qu'il avait engagé des hommes pour l'enlever. D'après les avocats de Marjorie, l'absence insupportable du garçonnet, associée à des années de mauvais traitements de la part de son mari, l'avait conduite au bord de la folie. Ils affirmaient qu'elle n'avait pas voulu tuer son époux, mais que la discussion s'était envenimée quand elle l'avait accusé d'avoir enlevé Brian pour la punir d'avoir quitté le domicile conjugal. Le coup de feu, prétendait-elle, était parti tout seul durant la bagarre. Cependant, les indices semblaient confirmer la thèse du procureur, selon laquelle elle l'avait abattu d'une balle dans le dos pendant qu'il dormait. Elle ne pourrait pas obtenir la libération conditionnelle avant 2020.

« Et si on essayait de lui parler ? ai-je suggéré.

— Je ne crois pas que ce soit une bonne idée, a répliqué Jake.

— Pourquoi ?

— Elle est cinglée, c'est évident.

— Qu'est-ce qui te fait dire ça ?

— Eh bien… elle a assassiné son mari, pas vrai ? »

J'ai haussé les épaules avant d'aller me rasseoir sur le canapé.

« Même si elle a tué quelqu'un, elle a peut-être des informations utiles à nous donner. C'est la seule parente encore en vie. »

Jake a poussé un profond soupir.

« À mon avis, il serait malvenu à ce stade d'obliger cette femme à revivre un passé douloureux alors qu'on n'a pas de questions plus précises à lui poser. L'entretien sera certainement pénible – et encore, si elle accepte de nous recevoir. Elle est enfermée pour le restant de ses jours ; son fils a été enlevé et jamais retrouvé. Mets-toi un peu à sa place. Tu tiens vraiment à la torturer encore plus ? »

Il avait raison ; soudain, je me suis sentie nulle. J'étais tellement obsédée par mes problèmes que j'avais perdu toute compassion envers les autres.

« Alors, quelle est la prochaine étape, Jake ?

— Je ne sais pas. »

Vers vingt heures, il est sorti faire des courses pour le dîner, et je suis restée à feuilleter mon calepin en essayant de comprendre pourquoi il m'avait paru si important de joindre ces gens. Qu'avais-je espéré apprendre ? Où étaient censés me mener ces entretiens ? J'ai repensé à ma conversation avec Linda McNaughton. J'ai tourné quelques pages de mon cahier, retrouvé son numéro et décidé de la rappeler.

« Madame McNaughton ? ai-je demandé quand elle a décroché.

— Oui. »

Elle m'avait sans doute reconnue, car sa voix s'est chargée de lassitude et de contrariété.

« C'est Ridley Jones. Je suis vraiment désolée de vous déranger à nouveau, mais j'aurais une autre question à vous poser au sujet d'un point que vous avez mentionné tout à l'heure. »

Elle a soupiré. J'ai entendu le cliquetis d'un allume-gaz.

« Ce n'est pas facile pour moi, vous savez, mademoiselle.

— J'en suis consciente, madame McNaughton. Mais je vous en prie, dites-moi encore une chose.

— Laquelle ?

— Vous m'avez raconté que votre fille avait voulu abandonner Charlie après sa naissance.

— C'est exact. J'ai essayé de l'en dissuader, mais nous étions tous dans une situation financière désastreuse. Elle pensait que ce serait la meilleure solution pour lui.

— Alors, elle... elle l'a confié à un service d'adoption ?

— Non. » Elle a pris une profonde inspiration et

gardé le silence quelques instants. « Vu les problèmes de Michael avec la drogue, elle se disait qu'ils ne seraient jamais de bons parents, vous comprenez ?

— Je comprends, oui. Eh bien, où a-t-elle emmené Charlie ?

— Dans… dans un de ces endroits.

— Quels endroits ? ai-je demandé, le cœur battant.

— Un de ceux où vous pouvez laisser votre bébé sans qu'on vous pose de questions. Vous savez, au lieu de l'abandonner dans une benne à ordures, vous n'avez qu'à le déposer devant la porte, appuyer sur la sonnette et filer. Vous avez trois jours, je crois, pour changer d'avis.

— Madame McNaughton, est-ce qu'elle a emmené Charlie dans un centre Assistance détresse ?

— Oui, c'est ça. C'était ce nom-là. Mais, je vous le répète, elle est retournée le chercher. Ils se sont montrés gentils avec elle, là-bas, ils lui ont donné des conseils. Elle se sentait beaucoup mieux après leur avoir parlé, presque capable d'être une mère aimante. Seulement, à mon avis, Charlie avait compris qu'elle ne voulait pas de lui. Il souffrait de coliques terribles, il hurlait jour et nuit… »

J'ai à peine entendu la suite. Je ne pensais plus qu'à Ace et à ce qu'il m'avait dit ce soir-là. *Interroge donc papa sur ce cher Max et les projets qui lui tenaient tant à cœur.*

Enfin, j'ai remercié Linda McNaughton et j'ai raccroché. Quelles conclusions en tirer ? Je n'en avais pas la moindre idée. Pourtant, je n'arrêtais pas de revoir la brochure que m'avait tendue papa, les images de la benne dégoûtante et du bébé dans les bras de l'infirmière.

Une pensée m'a soudain traversé l'esprit, que j'ai

chassée aussitôt tant elle me paraissait grotesque. Elle est cependant revenue à la charge sans que je puisse m'en défaire.

« Un problème ? » a lancé Jake à son retour, les bras chargés de sacs odorants en provenance de chez Young Chow, le traiteur chinois.

Nous habitions en dehors de leur zone de livraison, mais leurs crevettes à l'ail – les meilleures de tout l'East Village – valaient le détour.

« Non, ai-je prétendu. Je rêvassais, c'est tout. Je suis vidée.

— Tu m'étonnes », a-t-il répliqué en me dévisageant.

Il s'est bien douté que quelque chose me tracassait ; pour autant, il n'a pas insisté. Je n'étais pas encore prête à lui parler de ce que j'avais en tête. Du reste, je n'étais pas moi-même prête à me l'avouer.

« Tu as découvert autre chose ?

— Non, rien. »

Je me suis levée pour m'approcher de la table et déballer les plats.

Jake est passé à la cuisine, d'où il est revenu quelques instants plus tard avec des assiettes, des couteaux, des serviettes, et une bouteille de vin blanc logée sous le bras.

« À table, a-t-il dit en me tirant une chaise. On se sent toujours mieux après un bon repas et un bon vin. »

Je lui ai souri en priant pour qu'il ait raison.

21

Quand j'y repense aujourd'hui, je suis stupéfiée par mes réactions. C'est facile à dire après coup, je sais bien, mais franchement, je m'étonne de ma capacité de l'époque à accepter comme allant de soi autant d'aspects de mon passé, sans les remettre en cause, sans me poser de questions. Ça me paraît incroyable. D'un autre côté, n'a-t-on pas tous tendance à prendre pour acquise une bonne partie de notre vie ? N'est-ce pas normal, au fond ? Pourtant, certains signes auraient dû m'alerter, je crois. En mon for intérieur, j'ai toujours reproché à ma mère son attitude consistant à nier tout ce qui risquait d'altérer l'image qu'elle se faisait d'elle et de son existence – comme sa faculté de prétendre que mon frère n'avait jamais existé, par exemple. Or j'avais hérité sans le savoir de ce trait de caractère.

Comment expliquer autrement que je n'aie jamais repensé jusque-là à la dernière soirée passée avec oncle Max ? Le choc de sa mort et les événements qui avaient suivi le coup de téléphone annonçant l'accident de voiture semblaient avoir occulté tous les souvenirs de cette nuit.

C'était une soirée de réveillon presque parfaite. La neige tombait en légers flocons et toutes les maisons s'ornaient de minuscules lumières blanches. Les habitants avaient gardé leurs bouteilles de lait et d'eau minérale pendant des semaines, et à présent elles s'alignaient le long des trottoirs, remplies de sable et agrémentées d'une bougie. L'effet était magique. Après le dîner, les familles sortiraient dans les rues, où l'éclairage public avait été tamisé pour la circonstance, et feraient une petite promenade digestive, s'arrêtant ici et là pour bavarder avec voisins et amis. C'était une tradition bien agréable. Même une New-Yorkaise comme moi, qui se voulait branchée et tout et tout, appréciait la beauté et la simplicité de cette ambiance de fête.

Personne, à part moi, n'avait paru remarquer qu'oncle Max était déjà ivre à son arrivée. Bon, peut-être que mes parents l'avaient remarqué aussi, mais ils n'en avaient rien montré. Ça y est, vous commencez à saisir le fonctionnement de ma famille ? Moi, en tout cas, je le comprends mieux. Tout ce qui est dérangeant ou problématique doit être ignoré, point final. C'est tellement typique des protestants anglo-saxons blancs… Nous ne l'étions pas, pourtant, mais chez nous, ce rejet était tellement délibéré, tellement absolu qu'aborder quand même les sujets délicats serait revenu à mettre le feu à la maison, à déclencher sirènes et alarmes. Le déni est une créature fragile, n'est-ce pas ? Susceptible, apeurée, incapable de se regarder en face.

Oncle Max était un alcoolique patenté mais discret. Quand on ne le connaissait pas, on pouvait facilement passer à côté de cette intonation chantante dans sa voix, de cet éclat dans ses yeux, de cette légère oscillation dans sa démarche. Ce soir-là, la maison grouillait d'invités : jeunes collègues de mon père et leurs épouses, Esme, et aussi Zack. Nous sortions ensemble depuis peu ; tout nous paraissait nouveau, prometteur et, sinon exaltant, du moins assez excitant. Certains voisins s'étaient joints à nous. Ma mère s'était démenée pour que tout soit parfait, des décorations florales aux plats eux-mêmes. Elle s'activait telle une poupée mécanique remontée à bloc, les traits figés en un masque de concentration au milieu d'un océan de visages souriants aux joues rosies. Je me rappelle Zack me demandant à un moment : « Ta mère a des soucis ? Elle va bien, tu crois ? » Je l'avais regardée s'affairer, raidie par la tension. « Évidemment ! avais-je répliqué en haussant la voix pour couvrir les chants de Noël et le bruit des conversations. Elle est toujours comme ça ! » En cet instant, je ne voyais vraiment pas où était le problème. Maman se donnait un mal de chien pour éblouir ses hôtes ; toute imperfection serait considérée comme un désastre et la conduirait à s'enfermer dans sa tour d'ivoire. Pour moi, c'était une situation tout à fait normale.

Avec le recul, je m'aperçois aujourd'hui que mon père se tenait le plus loin possible d'elle. Je me souviens qu'elle lui avait reproché d'avoir utilisé un torchon et non une manique pour sortir du four un plateau d'amuse-gueule, d'avoir trop rempli le filtre de la cafetière, préparant ainsi un café trop fort, et un tas d'autres bévues tout aussi insignifiantes. Elle le rabrouait discrètement mais d'un ton débordant de mépris. De son côté, il avait appris à tendre le dos. Cela dit, encore une fois, rien de tout cela ne me paraissait bizarre ou inhabituel. Pour ma part, je passais un excellent moment.

Et puis, Max était arrivé en coup de vent, tout sourires, les bras chargés de sacs qui, je le savais, contenaient des cadeaux plus extravagants les uns que les autres. Pareil à un aimant, il avait immédiatement attiré tous les convives comme autant de particules métalliques. J'ignore si c'était sa personnalité, sa fortune ou l'association des deux qui lui valait autant d'attention, mais à la minute même où il avait fait son apparition, il était devenu le centre de la fête et le niveau de gaieté était monté en flèche. Sa grosse voix et son rire sonore dominaient le brouhaha ambiant. Même maman avait paru se détendre un peu, maintenant que ses prouesses d'hôtesse ne risquaient plus d'être jugées.

Zack et moi avions disparu dans la cuisine, où nous nous étions assis à table devant une boîte de cookies offerte à mes parents par un invité. De notre poste d'observation, nous apercevions les réjouissances, mais nous avions besoin d'un coin tranquille pour nous ménager un peu d'intimité et en profiter pour bavarder. Nous avions déchiré le papier cadeau rouge entourant la boîte avant de nous jeter sur les délicieux biscuits fourrés à la confiture de framboises et recouverts de sucre glace.

« Bon sang ! ton oncle a une sacrée descente, avait remarqué Zack.

— Hein ?

— Eh bien, il a déjà éclusé cinq bourbons en moins d'une heure. »

J'avais haussé les épaules.

« Il est costaud.

— Tu peux le dire ! Apparemment, ça ne lui fait pas le moindre effet. »

Les yeux fixés sur les cookies, j'avais répondu :

« C'est tout Max, ça. »

C'est tout Max. Comme si je le connaissais.

Quelques heures plus tard, la maison avait retrouvé son calme. Esme et Zack étaient partis. Mon père avait entraîné un groupe dehors pour la promenade digestive rituelle à la lueur des bougies. Maman récurait frénétiquement les casseroles dans la cuisine après avoir repoussé toutes mes tentatives pour l'aider, estimant sans doute que personne ne pouvait rivaliser avec ses capacités. Bref, je m'étais dirigée vers le salon à la recherche d'un chocolat à me mettre sous la dent, et là, j'avais découvert Max assis tout seul dans la pénombre devant notre gigantesque sapin de Noël. J'adore voir un sapin de Noël éclairé dans une pièce sombre. Je m'étais affalée à côté de lui sur le canapé et il m'avait passé un bras autour des épaules, tenant de sa main libre un verre de bourbon en équilibre sur son genou.

« Quoi de neuf, oncle Max ? avais-je demandé.

— Pas grand-chose, ma puce. La fête était réussie, en tout cas.

— Mouais. »

Nous avions savouré un long moment de silence complice jusqu'à ce que je lève les yeux vers lui. Il pleurait sans bruit, à ma grande surprise ; les larmes roulaient sur ses joues telles des gouttes de pluie sur une vitre. Je ne lui avais jamais vu une telle expression de détresse absolue. J'avais attrapé sa grosse paluche d'ours, que j'avais serrée avec force.

« Qu'est-ce qui se passe ? » avais-je murmuré comme si je craignais que quelqu'un le découvre ainsi, à nu.

Or je voulais le protéger.

« Tout se retourne contre moi.

— Tout quoi ?

— Tout le bien que j'ai essayé de faire. J'ai tout gâché. Putain ! j'ai foiré dans les grandes largeurs », avait-il dit d'une voix tremblante.

J'avais secoué la tête. Je pensais : *Il est ivre, c'est tout.* Soudain, il m'avait prise par les épaules, sans aucune brutalité mais avec une sorte d'urgence désespérée. Ses yeux brillants avaient sondé les miens.

« Tu es heureuse, Ridley, hein ? Tu as grandi entourée d'amour et d'attentions, pas vrai ?

— Euh, oui, oncle Max, bien sûr », avais-je répondu pour le rassurer, incapable cependant de comprendre pourquoi mon bonheur semblait tant lui importer.

Il avait hoché la tête en desserrant son étreinte, le regard toujours rivé au mien.

« Tu es peut-être la seule chose que j'ai réussie dans ma vie, Ridley.

— Max ? Qu'est-ce que vous fabriquez là, tous les deux ? »

Nous avions sursauté en découvrant mon père sur le seuil – simple silhouette noire cernée de lumière. Sa voix semblait bizarre, comme si une créature inconnue avait pris possession de lui et parlait par sa bouche. Max m'avait relâchée brusquement.

« Il faut qu'on parle, Max », avait décrété mon père.

Mon oncle s'était levé sans protester. Quand j'avais fait mine de les suivre, papa m'en avait dissuadée d'un geste. Max s'était dirigé vers les doubles portes fermant le bureau. Il avait les épaules voûtées et la tête basse, mais il s'était retourné pour me sourire juste avant de disparaître dans la pièce.

« Qu'est-ce qu'il a ? avais-je demandé à papa.

— Ne t'en fais pas, ma chérie, m'avait-il répondu d'un ton qu'il voulait léger. Ton oncle a un peu trop bu, je crois. Parfois, le bourbon libère ses démons intérieurs.

— De quoi voulait-il parler ? avais-je insisté, devinant qu'on essayait de me cacher quelque chose d'important.

— Ridley ! » avait grondé mon père. Puis il s'était ressaisi aussitôt, me laissant supposer que j'avais imaginé la brutalité de son intonation. « Je t'assure, tu n'as pas à t'inquiéter au sujet de Max. C'est l'alcool qui l'a mis dans cet état. »

Il s'était éloigné de moi pour disparaître à son tour dans son bureau. Je m'étais attardée quelques minutes devant, à écouter le bourdonnement de leurs voix. Je savais que les lourdes portes m'empêcheraient d'entendre leur conversation ; ce n'était pas faute d'avoir essayé de jouer les espionnes quand j'étais petite ! Même en collant l'oreille contre le battant, on ne pouvait distinguer les mots que si les personnes à l'intérieur se mettaient à hurler. Et puis, j'avais rencontré un vieux copain dans le couloir – ce cher « Déni », vous vous rappelez ? Il m'avait prise sous son aile en murmurant des paroles apaisantes : *C'est juste le bourbon. Les anciens démons de Max qui resurgissent. Tu le connais. Demain, il aura tout oublié.* S'il apparaît relativement inoffensif au départ (il est incapable de lancer un assaut frontal, voyez-vous), le déni acquiert de la puissance quand on accepte de coopérer avec lui, quand on le laisse tisser sa toile autour de soi. Oui, tant qu'on ne le regarde pas en face, il vous enveloppe dans un cocon douillet. On s'y sent bien, en sécurité et au chaud. C'est tellement plus agréable que de se colleter avec la réalité…

C'est la dernière fois que j'ai vu mon oncle Max – son visage toujours mouillé de larmes et empourpré par le bourbon, son sourire triste, ses paroles énigmatiques. *Tu es peut-être la seule chose que j'ai réussie dans ma vie, Ridley.*

Oh, Seigneur ! ai-je songé en regardant derrière la fenêtre de Jake les voitures circuler dans la 1re Avenue. *Qu'avait-il voulu dire ?*

Jake fredonnait en remplissant le lave-vaisselle dans

la cuisine. Je trouvais formidable qu'il accepte tout naturellement de s'occuper du dîner et de la vaisselle. En comparaison, Zack était toujours le petit garçon à sa maman. Esme l'avait choyé à outrance, allant jusqu'à lui choisir ses vêtements tous les matins jusqu'à son entrée en fac. Même s'il avait appris à un moment de sa vie que les femmes n'existaient pas dans l'unique but de pourvoir à ses besoins, il accomplissait avec une mauvaise grâce visible les tâches qu'il jugeait secrètement indignes de lui. Jake, lui, savait se prendre en charge et ne rechignait pas à prendre en charge les autres. Peut-être même en retirait-il un certain plaisir.

Vous devez vous demander : Mais bon sang ! quand va-t-elle se décider à l'interroger sur les révélations de l'inspecteur Salvo ? D'abord, son casier judiciaire ; ensuite, la trajectoire de la balle qui avait tué Christian Luna, tirée du parc et non du haut d'un toit, comme il l'avait laissé entendre l'autre nuit. Oh ! rassurez-vous, je n'avais pas oublié. Et j'estimais maintenant avoir attendu assez longtemps pour lui poser les questions dont je n'étais toujours pas certaine de vouloir connaître les réponses.

Comme je contemplais la rue, je l'ai senti – et non vu – s'approcher de moi. Il m'a enveloppée de ses bras. Il allait sûrement me demander à quoi je pensais… Non, il a gardé le silence.

« L'inspecteur Salvo m'a dit que tu avais un casier », ai-je déclaré posément.

Il a relâché son souffle près de mon oreille sans pour autant desserrer son étreinte.

« On s'attire facilement des ennuis quand on travaille en solo. C'est comme dans les films, tu sais ; les flics n'aiment pas beaucoup les privés. Si leur route croise un peu trop souvent la nôtre, ils s'arrangent pour nous mettre hors jeu en invoquant n'importe quelle charge. De toute façon, je n'ai pas un *casier* à proprement parler ! Je n'ai jamais fait de taule, nom d'un chien ! »

Le rire dans sa voix m'a arraché un sourire.

« Tu as un faible pour les mauvais garçons, hein ? a-t-il chuchoté en m'embrassant dans le cou.

— À vrai dire, tu es le premier. »

J'allais lui parler du coup de feu tiré dans le parc quand je l'ai senti se raidir brusquement. Je me suis retournée vers lui en me demandant s'il avait mal interprété ma remarque. Mais il ne me prêtait pas attention ; il regardait par la fenêtre. Avec douceur, il m'a forcée à m'en écarter.

« Qu'est-ce que tu as vu, Jake ?

— Le type sous le porche de l'autre côté de la rue. Ce ne serait pas lui qui t'a suivie ? Il était déjà là quand je suis revenu de chez le traiteur, tout à l'heure. Il n'a pas bougé. »

J'ai jeté un coup d'œil par-dessus son épaule, et aperçu une forme sombre dans l'encoignure de la porte. Je ne distinguais pas son visage, juste une jambe et une botte noire.

« Je ne sais pas, ai-je répondu, mal à l'aise. Ça pourrait être n'importe qui.

— J'ai un curieux pressentiment.

— Oh ! c'est sûr, un individu qui traîne devant l'entrée d'un immeuble dans l'East Village… Tu as raison, c'est trop bizarre, ai-je ironisé. Pas normal du tout.

— Je vais m'en assurer. Toi, tu restes ici. »

Il avait attrapé son blouson et ses clés, puis claqué la porte avant même que j'aie fini ma phrase :

« Comment ça, t'en assurer ? C'est ridicule ! »

Je l'ai entendu dévaler l'escalier. Le temps que

j’enfile mon pantalon (je portais juste un des T-shirts de Jake et des chaussettes blanches) pour le rejoindre, ai-je pensé, il serait déjà de retour. Alors, je me suis postée près de la fenêtre pour guetter l’homme de l’autre côté de la rue.

22

Avant même que Jake soit sorti de l'immeuble, j'ai vu la silhouette émerger de l'obscurité et s'éloigner dans la rue. Ce n'était pas l'homme du métro et de Barnes & Noble. Non, c'était mon frère.

Que faisait-il là ? Est-ce qu'il m'attendait ? J'ai ouvert la fenêtre pour l'appeler mais le bruit de la circulation a noyé mes paroles. Au moment où j'enfilais mon jean, j'ai entendu une sonnerie quelque part, comme étouffée par diverses épaisseurs de tissu. Il m'a fallu quelques secondes pour me rendre compte qu'elle provenait du tas de vêtements sur le sol de la chambre. J'ai fouillé les habits jusqu'à mettre la main sur mon nouveau téléphone portable glissé dans la poche de mon blouson. Je n'ai pas reconnu le numéro affiché sur l'écran, et du coup, j'ai hésité ; devais-je répondre, alors que personne ne me savait en possession d'un portable ? Finalement, la curiosité l'a emporté.

« Allô ?

— Ridley Jones ? »

La voix masculine bourrue m'était familière, sans que je puisse cependant l'identifier.

« Oui ?

— Inspecteur Salvo à l'appareil. »

Merde !

« Comment avez-vous eu mon numéro ?

— Quand vous m'avez appelé, je l'ai mémorisé dans mon téléphone.

— Ah. »

Raison de plus pour ne pas avoir de portable, ai-je songé.

« Écoutez, Ridley, j'ai de mauvaises nouvelles pour vous. On a découvert le fusil qui a tué Christian Luna. »

J'ai senti mon cœur s'affoler. Pourquoi me donnait-il cette information ?

« Il était abandonné sur le parking près du parc Fort Tyron, dans le Bronx. Le permis de port d'armes est au nom de votre ami, Harley Jacobsen. »

Mes pensées m'ont aussitôt ramenée sur les lieux du crime, cette nuit-là. J'ai revu Jake déboucher du couvert, m'entraîner loin de Christian Luna. Je me suis remémoré son bras autour de moi, me soutenant jusqu'à la voiture, puis le trajet jusqu'au parc Fort Tyron, où il m'avait laissée sangloter contre son épaule. Je ne me souvenais pas d'un fusil. S'il y en avait eu un, je l'aurais remarqué, non ?

« Veillez à ne pas l'approcher ce soir, Ridley, a repris l'inspecteur. Mes hommes et moi allons l'appréhender. Je ne voudrais pas qu'il vous arrive quelque chose.

— Je vous ai déjà dit que…

— Épargnez-moi vos histoires, mademoiselle Jones. »

Je n'ai pas insisté. À présent, il me paraissait ridicule de continuer à prétendre que je ne connaissais pas Jake. Pourtant, un détail me chiffonnait.

« Si vous nous croyez amis, pourquoi me prévenez-vous ? Je pourrais très bien l'avertir de votre arrivée… »

Je l'ai entendu soupirer à l'autre bout de la ligne.

« Pour moi, vous êtes une chic fille qui s'est laissé embobiner par un individu indigne de confiance. Et très franchement, je n'ai pas envie que vous vous retrouviez au milieu d'une fusillade… J'espère ne pas avoir à regretter ce coup de fil », a-t-il ajouté avant de raccrocher.

Au même moment, Jake est rentré.

« Il a filé, a-t-il dit en jetant son blouson sur une chaise. Il n'était plus là quand je suis sorti. »

Le portable à la main, je suis restée pétrifiée.

« Tu n'as pas eu le temps de le voir ? » ai-je murmuré.

Je devais faire une drôle de tête tandis que je ressassais les propos de l'inspecteur Salvo, car Jake a froncé les sourcils.

« Quoi ? »

Il m'a semblé entendre le hurlement des sirènes au loin. Jake, lui, n'y a prêté aucune attention. Après tout, il ne s'agissait pas d'un bruit inhabituel à New York la nuit.

« Ils viennent te chercher, Jake.

— Qui ?

— L'inspecteur Salvo m'a téléphoné, ai-je dit en boutonnant mon jean.

— Comment ça ?

— Sur mon portable. Il a mémorisé mon numéro après mon appel d'hier. » Je me suis avancée vers lui. « Ils ont découvert le fusil qui a tué Christian Luna.

— Tant mieux, a-t-il répliqué avec un haussement d'épaules. Mais quel rapport avec moi ?

— Le permis est à ton nom, Jake. »

Il a gardé le silence quelques secondes, le temps d'enregistrer l'information.

« Oh, merde ! a-t-il marmonné en tendant la main

vers la chaise la plus proche. C'est des conneries, Ridley.

— Et maintenant, ils viennent t'arrêter », ai-je ajouté.

Les sirènes se rapprochaient. J'ai enfilé mon blouson.

« Non, a déclaré Jake. Cette arme ne m'appartient pas. Ils n'ont aucun moyen de prouver le contraire. »

Comment vous expliquer ce que je ressentais à cet instant ? Mon oreille droite bourdonnait, mes mains tremblaient légèrement. Je ne savais plus si je devais croire Jake ou non. J'étais trop choquée.

« Ce coup de feu…, ai-je murmuré. L'inspecteur Salvo m'a dit qu'il provenait des bois où tu te cachais, et non d'un toit. »

Jake a regardé le sol puis reporté son attention sur moi.

« J'ignore d'où il provenait, Ridley. Mais ce n'est pas moi qui ai tiré, je te le garantis. »

Il paraissait effrayé, lui aussi. Soudain, il a récupéré son blouson et s'est dirigé vers la porte.

« Tu n'es plus en sécurité ici, Ridley. Il faut que tu partes. Tout de suite.

— Quoi ? »

Abasourdie, je lui ai emboîté le pas. Il est revenu vers moi, très pâle soudain, et m'a gentiment posé une main sur le bras.

« Écoute, Ridley. Va chercher des affaires chez toi et prends une chambre dans un hôtel. N'en parle à personne. À personne, tu entends ? Ni à tes parents, ni à ton copain Zack. Tu m'as compris ?

— Non, je reste avec toi. »

Les mots avaient jailli de ma bouche sans que je puisse les retenir. Pensais-je sérieusement à m'enfuir avec lui ? Eh bien, oui. Je me sentais tellement déracinée, tellement coupée de mon ancienne vie que je ne voyais pas d'autre solution.

La police était presque là ; j'apercevais déjà la lueur rouge des gyrophares sur les immeubles de l'autre côté de la rue. Jake m'a effleuré les lèvres d'un baiser avant de me contempler d'un air impénétrable.

« Je ne peux pas t'imposer ça, a-t-il déclaré.

— Jake…

— Promets-moi de faire ce que je t'ai dit. Tu ne préviens personne et tu paies la chambre en liquide. En liquide, Ridley. C'est important.

— Pourquoi ? »

Je ne mesurais pas vraiment la gravité de la situation, mais depuis ma conversation avec Linda McNaughton, je soupçonnais derrière toute cette histoire la présence de forces plus puissantes et menaçantes que les petites machinations de Christian Luna.

« Tu es en danger, Ridley. On l'est tous les deux. Alors, je t'en prie, promets-moi de m'obéir.

— Mais qu'est-ce qui se passe, bon sang ? Qu'est-ce que tu me racontes ?

— Je t'expliquerai tout, je te le jure. Même si tu n'as aucune raison de me faire confiance, promets-moi de partir », a-t-il insisté.

Quand j'ai entendu des coups frappés à la porte de l'immeuble, j'ai répondu :

« Promis.

— Je te retrouverai, ne t'inquiète pas. »

Il s'est de nouveau dirigé vers la porte et j'ai senti mon estomac se nouer. Le reverrais-je un jour ?

« Je n'ai pas tué Christian Luna, Ridley. Je veux que tu le saches. »

Un instant plus tard, il avait disparu. J'ai patienté encore un peu en guettant les bruits en provenance du hall. Quand je me suis glissée dans le couloir, Zelda vociférait au rez-de-chaussée et Jake s'était volatilisé.

« Arrêtez ! Vous pouvez pas monter ! » a crié ma propriétaire.

Juste après, des pas précipités ont résonné dans l'escalier. Sans perdre une seconde, j'ai gravi une volée de marches et débouché sur le toit, où l'air froid m'a saisie. Qu'allais-je bien pouvoir faire, maintenant ? Je m'attendais presque à apercevoir Jake dans les parages. Mais non. Sans doute s'était-il déjà débrouillé pour quitter l'immeuble.

J'ai fini par enjamber le rebord à l'arrière pour descendre par l'escalier de secours. En contrebas, les chiens m'avaient repérée et aboyaient frénétiquement. Au niveau de mon appartement, j'ai réussi à soulever la fenêtre à guillotine et je me suis faufilée à l'intérieur, dans l'obscurité.

De l'escalier me parvenaient des voix d'hommes, des grésillements de radios, un martèlement de bottes. « Hé, où il est, vot' mandat ? Vous m'écoutez, oui ? » s'énervait Zelda. J'ai regardé par l'œilleton, et comme il n'y avait personne dans le couloir, j'ai entrebâillé la porte. Durant une seconde, j'ai envisagé de sortir par l'arrière de l'immeuble. Mais j'avais vu suffisamment de films policiers pour savoir que toutes les issues étaient surveillées. Au moment où j'allais battre en retraite, j'ai remarqué Victoria derrière sa porte entrouverte, les yeux agrandis par la peur. J'ai éprouvé un bref élan de pitié pour elle, mais je n'étais malheureusement pas en position de l'aider. J'ai refermé le battant, auquel je me suis adossée. Je fuyais la police, à présent ! Cette fois, j'avais définitivement franchi la limite ; à partir de là, je m'enfonçais dans l'inconnu.

Plusieurs personnes ont débouché sur le palier.

« Puisque je vous dis qu'elle est pas ici ! Elle est sortie tout à l'heure et elle est pas revenue ! a aboyé Zelda.

— Où est-elle allée ? » a demandé son interlocuteur – l'inspecteur Salvo.

Leurs chaussures claquaient sur les dalles du couloir, leurs voix se rapprochaient.

« Vous me prenez pour qui ? a rétorqué Zelda. Sa mère ? »

Quand le policier a frappé à ma porte, je me suis raidie.

« Vous êtes sourd ou quoi ? » a braillé Zelda.

Dans le silence qui a suivi, j'ai retenu mon souffle. Un nouveau coup a ébranlé le battant.

« Ridley ? a lancé l'inspecteur. Si vous êtes là, soyez gentille et ouvrez-moi. Ne m'obligez pas à revenir avec un mandat d'arrestation pour complicité de meurtre et obstruction à la justice. Je ne tiens pas à vous coffrer, Ridley. Mais en cas de nécessité, je le ferai. »

J'étais toujours aussi immobile qu'une statue. Je ne pouvais pas sortir maintenant. J'avais prévenu Jake ; je m'étais enfuie de son appartement pour échapper aux autorités. Je n'avais plus le choix, je devais continuer à me cacher. Quand mon téléphone fixe s'est mis à sonner, j'ai retenu mon souffle. Le répondeur s'est déclenché après deux sonneries, puis la voix de mon père s'est élevée dans la pièce :

« Ridley ? » Il s'exprimait d'un ton soucieux, contrarié. « Ta mère et moi venons de recevoir un coup de fil d'Alexander Harriman et nous sommes très inquiets. Il faut qu'on te parle au plus vite. Rappelle-nous. »

Il a raccroché.

Bravo pour la confidentialité des rapports avocatclient ! De quel droit Harriman avait-il téléphoné à mes parents ? Et que leur avait-il raconté au juste ?

« Vous avez une clé de l'appartement ? » a demandé l'inspecteur Salvo à Zelda.

J'ai fermé les yeux en priant le ciel de m'aider.

« Vous avez un mandat ?

— Ne cherchez pas les complications, madame Impecciate.

— Vous avez un mandat ? » s'est-elle entêtée.

Je l'aurais volontiers embrassée.

« Non, je n'en ai pas.

— Ben moi, j'ai pas de clé. »

Elle avait choisi de mentir pour me protéger. Elle savait que je me trouvais dans l'immeuble, et à mon avis elle savait aussi que j'étais chez moi. Cette femme qui m'avait à peine adressé la parole durant toutes ces années m'offrait tout d'un coup un soutien aussi inattendu que providentiel. Pourquoi ? Parce qu'elle m'aimait bien, au fond ? Ou parce qu'elle détestait la police ?

« Qu'est-ce que vous faites ?

— Je l'appelle sur son portable, a-t-il répondu. Je lui ai parlé tout à l'heure. »

Pendant que je fouillais frénétiquement ma poche à la recherche du téléphone, j'ai entendu l'inspecteur composer le numéro. Je suis parvenue à éteindre l'engin juste avant qu'il ne me trahisse.

« Elle est sur messagerie, a-t-il marmonné. Et merde ! »

Ils se sont éloignés sans se parler. J'ignore combien de temps au juste je suis restée ainsi, à l'affût du moindre bruit. Peu à peu, le vacarme a diminué à l'étage au-dessus, le martèlement des bottes a décru dans l'escalier, les voix et les radios se sont tues. J'ai peut-être même somnolé un petit moment. Mon téléphone n'arrêtait pas de sonner, mais la personne à l'autre bout de la ligne ne laissait pas de message. J'étais toujours adossée au battant quand j'ai perçu un petit grattement suivi d'un chuchotement :

« Ridley ? »

Je me suis relevée aussitôt, pour m'apercevoir que j'avais les jambes tout engourdies. Je ne savais pas quoi faire.

« Ridley ? C'est Zelda. »

J'ai entrouvert la porte.

« Venez, m'a-t-elle dit. Je vais vous montrer par où sortir pour qu'on vous voie pas. Ils attendent dehors que vous rentriez. L'autre flic, là, il est parti chercher un mandat. »

Je ne voyais pas pourquoi elle me proposait son aide, mais le moment était mal choisi pour lui poser la question. Je l'ai suivie jusqu'au rez-de-chaussée, puis nous avons traversé la cuisine du restaurant et la cour, où les chiens se sont précipités pour nous faire fête. Enfin, Zelda s'est baissée pour soulever les deux battants métalliques permettant d'accéder à la cave. J'ai descendu les marches derrière elle en baissant la tête pour ne pas me cogner contre le plafond. En bas, s'alignaient des étagères remplies de bouteilles d'huile d'olive, de boîtes de coulis de tomate, de bocaux d'épices, d'assiettes en carton et de serviettes en papier, de caisses d'ail. Différentes senteurs s'ajoutaient à l'odeur de renfermé, créant un mélange étrangement agréable.

Parvenue au fond de la pièce, Zelda a encore déverrouillé une porte. De l'autre côté, il faisait noir comme dans un four. Elle s'est enfoncée dans l'obscurité et je lui ai emboîté le pas en tâtant les murs autour de moi.

Nous étions dans une sorte de tunnel humide et froid empestant le moisi.

« Ce passage, il débouche sur la 11e Rue, m'a-t-elle dit. Je sais pas pourquoi il est là, mais il longe l'arrière de la boulangerie Black Forest. Y a une porte qui donne aussi sur leur cave. »

Au même moment, mes mains ont effleuré une surface métallique. La situation avait pris une tournure tellement irréelle que j'ai soudain été saisie d'une terrible envie de rire – le genre de rire hystérique qui risque de s'achever par des sanglots. Alors, j'ai réprimé cette envie de toutes mes forces en continuant d'avancer. Quelques minutes plus tard, Zelda a actionné d'autres verrous, et enfin, j'ai vu la rue et senti l'air frais sur ma peau. Le ciel nocturne semblait incroyablement clair après les ténèbres du tunnel. Une fois dehors, je me suis retournée vers ma propriétaire et bienfaitrice.

« Merci. »

Elle a paru sur le point de me confier quelque chose, mais au dernier moment, elle s'est ravisée.

« Soyez prudente, Ridley. »

Ses lèvres se sont incurvées en une esquisse de sourire. Une drôle de lueur brillait dans ses yeux. Elle a tiré la porte, qui s'est refermée avec un claquement sonore.

23

Était-ce un sourire satisfait qui flottait sur ses lèvres ? Je ne distinguais pas bien ses traits dans la pièce sombre où flottaient des relents de bière et d'immondices. En tout cas, Ace n'avait pas paru heureux de me voir quand j'avais frappé chez lui.

« Qu'est-ce que tu fous ici ? » m'avait-il demandé par l'entrebâillement de la porte, me rappelant ma conversation avec Ruby ici même deux jours plus tôt. J'étais restée silencieuse ; de toute façon, je n'avais pas de réponse à lui fournir. Où aurais-je pu aller ? Certainement pas chez mes parents ; ce n'était qu'une question de temps avant que la police ne les prévienne, si ce n'était déjà fait. Pas chez Alexander Harriman non plus. Il m'effrayait ; de plus, quelque chose en lui m'avait toujours inspiré de la méfiance à son égard (sans parler de ce coup de fil à mes parents). J'avais failli me précipiter chez Zack, c'est vrai, mais j'avais finalement renoncé. Il me paraissait malvenu de solliciter son aide alors que j'avais des ennuis, surtout après ce qui s'était passé entre nous ces derniers jours. Enfin, au bout de quelques secondes de silence tendu, Ace m'avait laissée entrer. L'appartement était aussi sale et miteux que je l'imaginais. Ruby gisait avachie dans un vieux fauteuil aux couleurs fanées dont la bourre s'échappait en plusieurs endroits. J'aurais pu la croire morte si je l'avais vue ainsi dans la rue. Un minuscule filet de bave lui dégoulinait sur le menton.

« Elle va bien ? avais-je demandé.

— On ne peut mieux, avait répliqué Ace d'un ton glacial. Bon, qu'est-ce qui t'arrive encore ?

— Hé, pourquoi tu me parles comme ça ? avais-je crié, indignée. Tu crois que je serais venue ici si je n'avais pas besoin de toi ? »

À bout de nerfs, j'avais éclaté en sanglots. Cette crise de larmes n'avait pas été aussi violente qu'après la mort de Christian Luna, mais presque. Je m'étais assise sur le lit, où mon frère m'avait rejointe et posé une main dans le dos. Quand je m'étais enfin calmée, puis mouchée avec une serviette en papier qu'il avait dénichée au milieu d'une pile de détritus, il m'avait dit :

« Vas-y, Ridley, crache le morceau. Je verrai ce que je peux faire. »

Il n'avait pas ajouté : « Sûrement pas grand-chose », mais c'était implicite. Je lui avais néanmoins raconté ce qui s'était passé depuis notre dernière rencontre.

« Ben et Grace doivent péter les plombs, a-t-il conclu avec ce drôle de sourire satisfait. Leur gentille petite Ridley en cavale, tu te rends compte ? Ils ont sûrement organisé une conférence au sommet avec Zack et Esme pour trouver un moyen de te ramener dans le droit chemin… »

L'amertume dans sa voix m'a fait plus de mal que s'il m'avait giflée. Pour la première fois, j'ai pris pleinement conscience de sa jalousie, de sa rancœur. J'ai repensé aux paroles de mon père et aux allusions de Jake selon lesquelles mon frère avait peut-être manigancé toute cette histoire. Durant une fraction de seconde, j'ai vu Ace à travers le regard des autres, comme un être sournois, indigne de confiance, déterminé à se venger de moi. Et je me suis sentie submergée de tristesse.

« Je t'ai aperçu, tout à l'heure, lui ai-je avoué. En face de mon immeuble. Qu'est-ce que tu fabriquais là-bas ? »

Il a haussé les épaules avant de prendre appui sur ses coudes en contemplant le mur en face de lui.

Quand nous nous étions retrouvés, peu après mon installation à New York, je m'étais souvent imaginé qu'il veillait en secret sur moi, qu'il me protégerait en cas de problème. Si j'étais agressée dans une ruelle sombre, me disais-je parfois, il surgirait brusquement pour se précipiter à ma rescousse puis me ramènerait chez moi. Ensuite, il s'en irait, me laissant avec la certitude qu'il serait toujours là pour moi. Parfois aussi, je rêvais de retrouvailles bouleversantes entre mes parents et lui. C'était puéril, évidemment. Mais les petites filles sont nourries de contes de fées dès leur plus jeune âge et, dans ces conditions, comment s'étonner qu'une fois adultes elles aspirent toutes à un dénouement heureux ? Personne ne leur dit que la tristesse ne disparaît pas toujours, que certaines personnes meurent malheureuses sans avoir obtenu le pardon tant désiré, que certaines choses sont perdues à jamais.

« Tu vas me répondre ? ai-je demandé.

— Je t'attendais. J'avais besoin de fric. Mais ton gorille m'a repéré. Alors, j'ai filé.

— Mon quoi ?

— Ton nouveau petit copain ou je ne sais quoi. Un bon conseil : méfie-toi de ce type. À mon avis, il est tout sauf clair. »

Il me regardait toujours de son air satisfait, odieux. J'ai dû me retenir pour ne pas le gifler.

« Qu'est-ce que tu en sais, hein ? ai-je rétorqué. Qu'est-ce qui te permet de juger les autres ? »

En guise de réponse, il s'est borné à hausser les épaules.

« Tu ne m'as pas toujours détestée, ai-je murmuré. Je me rappelle que tu m'aimais bien, quand on était gosses. »

Son affreux sourire a disparu, cédant la place à une expression de stupeur.

« Je ne t'ai jamais détestée, Rid. »

J'ai soutenu son regard jusqu'à ce qu'il détourne les yeux.

« Mais il y a tellement de trucs que tu ne comprends pas, a-t-il ajouté en remuant lentement la tête.

— Détrompe-toi. » Une colère sourde s'emparait peu à peu de moi. « Tout ça, c'est à cause de Max, pas vrai ? De l'argent qu'il nous a laissé ? »

Avec un soupir, il a levé les yeux au ciel.

« Qu'il *t*'a laissé, tu veux dire.

— Tu aurais touché ta part si tu avais voulu t'en sortir, Ace. »

Cette remarque avait quelque chose de moralisateur, je vous l'accorde, et pourtant c'était plus fort que moi, je ne pouvais m'empêcher de penser qu'il avait choisi cette vie-là. Aujourd'hui, il se retrouvait probablement piégé par la drogue. En attendant, si on choisit de commencer, on peut aussi choisir d'arrêter. La route est longue et difficile, sans aucun doute. Mais Ace avait de la ressource. Sans compter qu'il n'aurait aucun mal à obtenir de l'aide.

« Qui t'a raconté ça ? Papa ? a-t-il lancé en se levant.

— Quelle importance ? C'est vrai, non ?

— Comme d'habitude, tu ne sais pas de quoi tu parles. Tu vis dans ton petit monde, frangine, où n'existent que le noir et le blanc, le bien et le mal. Pour toi, il suffit de faire les bons choix, pas vrai ? »

Vous voyez, vous n'êtes pas les seuls à avoir grincé des dents quand je vous ai assené mon discours sur la volonté. Comme vous pouvez le constater, Ace n'avait pas apprécié. Je me suis levée sans un mot. J'étais venue chercher de l'aide auprès de lui, du réconfort aussi, mais je voyais bien qu'il ne m'en offrirait pas. Je voulais partir. En même temps, je voulais me blottir contre lui. Je le haïssais. Je l'aimais.

« La vie n'est pas aussi simple, Ridley. »

Je me sentais incapable de répondre. Brusquement, les larmes ont afflué. Je n'avais jamais dit que la vie était simple. Parce que je ne le croyais pas.

« Va te livrer aux flics, Ridley. Appelle papa et maman. Tout finira par s'arranger pour toi. Comme *toujours*. »

Comment pouvait-il me parler ainsi, cet homme que j'aimais depuis l'enfance ? Mon propre frère, dont je n'avais jamais soupçonné la haine à mon égard ? Mais peut-être était-ce avant tout lui-même qu'il haïssait. Les paroles d'Esme au sujet de Max me sont revenues à l'esprit. *Tu ne peux pas attendrir un bloc de pierre. Tu peux toujours essayer, bien sûr, mais c'est toi que tu blesses.*

J'ai claqué la porte derrière moi avec tant de force que j'ai senti le plancher vibrer sous mes pieds. J'ai dévalé l'escalier comme une folle avant de m'élancer dans la rue déserte. Je ne savais pas où aller ni à qui m'adresser. Finalement, je me suis assise sur un banc dans Tompkins Square près du kiosque à musique. Là, une petite voix m'a soufflé : *Tu vas devoir te débrouiller toute seule, ma fille.*

Je me suis rendue dans le West Village, sans emprunter le trajet le plus direct, loin de là. J'ai pris le métro jusqu'à la 96e Rue, puis je suis sortie de la station pour héler un taxi. Je me suis fait conduire chez Barnes & Noble en face du Met, j'y suis entrée côté Broadway pour ressortir par une issue différente. Ensuite, j'ai retiré de l'argent dans un distributeur – quelques centaines de dollars, le maximum autorisé par la machine. De là, j'ai sauté dans un autre taxi. Sans cesser un seul instant de surveiller les alentours, de scruter la foule à la recherche d'un skinhead, des flics ou de tout individu d'allure suspecte. Je ne pensais pas avoir été suivie. Cela dit, je manquais singulièrement d'expérience dans l'art de semer d'éventuels poursuivants, et les mises en garde de Jake résonnaient dans ma tête. Pour tout vous avouer, je n'en menais pas large.

J'ai jeté mon dévolu sur un hôtel miteux, près de Washington Square, devant lequel j'étais passée plusieurs fois – un de ces endroits qui, malgré les tentatives de rénovation, restera toujours ce qu'il est : une simple étape pour des êtres de passage, prêts à payer d'avance et en liquide. Le vieil employé à la réception portait une chemise en jean dont la poche de poitrine s'ornait d'une grosse tache sombre. Son visage ridé, aussi fermé qu'un poing, évoquait un masque. À aucun moment il ne m'a regardée ; il s'est contenté de saisir mon argent et de me tendre une clé.

« Chambre 203. L'ascenseur est à droite, l'escalier à gauche. »

Il ne pourrait pas me reconnaître dans un défilé de suspects, j'en étais certaine. Sans doute cette discrétion s'avérait-elle nécessaire dans son métier. Pourtant, j'aurais voulu l'amener à me regarder, au moins pour me prouver que j'existais, que je n'étais pas un fantôme.

« Bonne nuit », ai-je dit en m'attardant devant lui.

Sans un mot, il s'est détourné pour rentrer dans un bureau.

Si la chambre paraissait relativement propre, le plafond n'en était pas moins taché d'humidité, les rideaux jaunis par la fumée de cigarette et le carrelage de la salle de bains tout ébréché. Jamais je ne m'étais sentie aussi seule, allongée sur ce lit inconnu, à regarder par la fenêtre la lumière orangée des réverbères en guettant les bruits extérieurs. J'avais l'impression que de mon cœur déchiré montait une plainte morne et désolée qui m'empêcherait de fermer l'œil.

24

Le lundi matin, après une nuit blanche, j'ai pris un taxi pour aller jusqu'au parking où j'avais laissé la Jeep de location et je suis retournée dans le New Jersey. En chemin, je me suis arrêtée dans un cybercafé sur la 3e Avenue où, grâce au site MapQuest, j'ai trouvé un plan précis de l'itinéraire jusque chez Linda McNaughton. C'est assez dingue, quand on y pense, que n'importe qui puisse entrer vos coordonnées dans un ordinateur et obtenir toutes les indications nécessaires pour se rendre chez vous, mais comme je profitais du système, j'aurais eu mauvaise grâce de m'en plaindre. J'ai dû me servir de ma carte de crédit pour payer ; je n'avais pas le choix. Mais au fond, je me sentais détachée de tout. Tant de choses s'étaient passées depuis ma dernière conversation avec Linda McNaughton que mon cerveau avait décidé d'oublier au moins pour un temps que mon petit ami (s'il l'était bien) avait fui la police (tout comme moi, du reste) et que mon frère me détestait depuis des années.

En chemin, j'ai sorti mon téléphone portable pour appeler mon père.

« Ridley ? a-t-il lancé, réussissant à me transmettre dans ces deux seules syllabes sa colère, son inquiétude, son soulagement et sa tendresse. Dis-moi ce qui t'arrive. Tout de suite.

— Rien, pourquoi ?

— Ridley…

— Tout va bien, papa. J'aimerais juste que tu me parles de la mission Assistance détresse. »

Silence à l'autre bout de la ligne.

« Rentre à la maison, Ridley, a-t-il dit quelques secondes plus tard. Ta mère et moi avons eu un entretien avec Alexander Harriman. La police est venue ici ce matin. »

C'est toujours triste d'entendre vos parents vous donner des ordres auxquels vous n'êtes plus en âge de vous conformer. Cela ne fait que souligner la différence entre l'enfant qu'ils voient toujours en vous et l'adulte que vous êtes devenu.

« Je ne peux pas rentrer, papa. Je dois poursuivre mes recherches. En attendant, parle-moi d'Assistance détresse.

— Mais enfin, Ridley, qu'est-ce que tu me chantes ?

— Réponds-moi, papa ! » ai-je hurlé.

Jusque-là, je n'avais jamais perdu mon calme avec mon père, et bizarrement je me suis sentie soulagée. Il n'a rien dit pendant si longtemps que je me suis demandé s'il n'avait pas raccroché. Enfin, je l'ai entendu soupirer.

« Papa ?

— C'était le groupe chargé de faire voter la *Safe Haven Law*, a-t-il déclaré d'un ton réticent. La loi sur les centres d'accueil pour enfants abandonnés.

— Non, papa. Ce n'est pas seulement ça. »

Je me suis rendu compte que je roulais trop vite et, par prudence, j'ai ralenti pour aller me garer sur le bas-côté.

Je ne pouvais pas me permettre d'être arrêtée maintenant.

« D'accord, d'accord. Au début, Assistance détresse gérait ces centres. En général, ils étaient aménagés dans des églises ou des cliniques, parfois aussi dans des orphelinats partenaires du projet. Ça, c'était avant le vote de la loi, et si ce n'était pas illégal, cette initiative ne bénéficiait cependant pas du soutien du gouvernement. Elle était financée par des fonds privés. Nous considérions cela comme un réseau clandestin, en quelque sorte.

— Qui donnait l'argent ? Max ?

— Oui. Et d'autres aussi. »

Je le sentais las et il me semblait que sa voix tremblait légèrement, mais peut-être était-ce dû à un problème de réception du signal sur mon portable.

« Et ? ai-je insisté. Que se passait-il dans ces foyers ?

— La même chose qu'aujourd'hui. Une mère pouvait y laisser son enfant pendant soixante-douze heures, et si elle changeait d'avis dans l'intervalle, elle avait la possibilité de revenir le chercher. Elle recevait alors toute l'assistance dont elle avait besoin.

— Et si elle ne revenait pas ?

— L'enfant était pris en charge.

— Tu participais à cette opération ?

— Plus ou moins. Certaines des cliniques où j'exerçais comme bénévole abritaient des centres Assistance détresse, c'est vrai, et quand un bébé était abandonné, je le soignais comme je l'aurais fait pour n'importe quel autre gosse.

— Mais tu enfreignais la loi ?

— Pas vraiment. Aucune loi n'interdit de soigner un petit orphelin, du moment que l'abandon a été signalé dans les soixante-douze heures.

— Tu agissais sous le manteau, quoi. »

De nouveau, il a soupiré.

« Oui, pour le bien des enfants. »

Je concevais parfaitement que mon père ait pu contourner la loi pour aider des gosses. Il en était tout à fait capable. Pourtant, la logique à l'œuvre dans cette démarche me paraissait un peu branlante : quel intérêt de sauver des tout-petits menacés de mauvais traitements ou de négligence au sein de leur famille pour les confier ensuite à un système d'adoption lui-même bourré de failles et d'injustices ? Les expériences vécues par Jake dans sa jeunesse étaient là pour le prouver.

Il me manquait des éléments, je le savais. Les réponses se trouvaient là, juste devant mon nez, et je ne les voyais pas. Parce que, au fond, j'en avais par-dessus la tête de toute cette histoire. J'avais l'impression de m'être lancée dans un projet trop ambitieux, vous comprenez ? Comme quand on décide de ranger la penderie, par exemple. On vide le placard, on pose tout sur le lit, et soudain on se sent envahi par une étrange léthargie. On n'a plus l'énergie d'aller jusqu'au bout. Pourtant, on ne peut pas baisser les bras, il est trop tard. J'aurais dû poser des milliers de questions à mon père mais, en cet instant, aucune ne me venait à l'esprit.

« Comment pourrais-je te convaincre de rentrer ? » a-t-il demandé.

J'ai réfléchi.

« Jure-moi qu'il n'y a rien à découvrir, que je me retrouve mêlée à une affaire sans rapport avec moi. »

Il a hésité à peine une seconde.

« Il n'y a rien à découvrir, Ridley. »

J'ai su alors avec certitude qu'il me mentait. Puis la voix de ma mère s'est élevée en arrière-fond : « Dis-lui que sa chambre est prête. Alex s'occupera de tout, elle pourra rester le temps qu'il faut.

— Je te rappellerai, papa. Tâche de ne pas t'inquiéter. »

J'ai coupé la communication pour ne pas entendre sa réponse. Une seule chose était sûre : je ne pouvais plus me fier à personne.

Linda McNaughton habitait une grande caravane à l'intérieur d'un parc à mobile homes bien entretenu près de la Route 206, à la sortie d'une ville appelée Lost Valley. La caravane elle-même présentait bien, avec ses fenêtres à vantaux et son revêtement en aluminium ; de plus, elle était située tout près de la bibliothèque municipale. Quand elle a entrouvert la porte, sa propriétaire souriait. Je n'avais pas annoncé mon arrivée par téléphone de crainte qu'elle ne refuse de me recevoir.

« Oui ? C'est pour quoi ?

— Bonjour, madame McNaughton, ai-je lancé avec mon plus beau sourire. Je m'appelle Ridley… Je vous ai appelée hier soir. »

Son sourire s'est aussitôt évanoui.

« Qu'est-ce que vous faites là ?

— Eh bien, j'étais en ville pour des recherches au sujet de mon article quand j'ai pensé que nous pourrions bavarder un peu. À vrai dire, j'espérais que vous auriez une photo de Charlie à me prêter. »

Elle a plissé les yeux d'un air à la fois soupçonneux et furieux.

« Je n'ai pas de photo et je n'ai plus rien à vous dire. Allez-vous-en. »

Sur ce, elle m'a claqué la porte au nez.

« Et si…, ai-je commencé, persuadée qu'elle était juste de l'autre côté du battant. Si je vous disais que Charlie est peut-être vivant ? »

En l'entendant étouffer un cri, j'ai eu honte. Après tout, je n'avais pas la moindre preuve de ce que j'avançais. Mais dans cette chambre d'hôtel la nuit précédente, quand j'avais repensé à tout ce qui m'était arrivé – au récit de Christian Luna, aux autres enfants disparus, à mon oncle Max, aux sous-entendus de mon frère –, une idée avait germé dans mon esprit et, surtout après la conversation avec mon père, développait des ramifications.

La porte s'est ouverte de nouveau sur un visage radouci. Enfin, Linda McNaughton m'a invitée à entrer.

Dans le salon, j'ai pris place sur un canapé beige rigide protégé par une housse en plastique et j'ai accepté le café proposé par Linda – un breuvage aussi léger qu'amer. Elle portait un survêtement gris assorti à ses cheveux courts. Si ses traits étaient marqués par l'âge et le malheur, elle avait néanmoins des yeux bleus pétillants de vivacité et d'intelligence. Elle s'est assise en face de moi puis m'a examinée. Nous étions entourées de tortues – en porcelaine, peintes sur des coussins et des assiettes, en peluche, accrochées à des mobiles.

« Vous savez, m'a-t-elle confié quand elle m'a vue observer les lieux, je n'aime pas spécialement ces bêtes-là. Il y a des années, mon mari m'a acheté une tortue en or sous forme de pendentif quand nous sommes allés aux Caraïbes, et je me suis tellement extasiée sur ce bijou que tout le monde s'est mis à m'en offrir. Voilà, c'est comme ça que cette collection a commencé. »

Elle est partie d'un petit rire gêné en me regardant d'un air contrit. Je lui ai souri et j'ai placé ma tasse sur la table basse pendant qu'elle se dirigeait vers la bibliothèque à l'autre bout de la pièce. À son retour, elle serrait un cadre en étain qu'elle m'a tendu. Sur la photo à l'intérieur figurait un couple en compagnie d'un garçonnet. Âgé d'environ deux ans, vêtu d'une chemise à rayures rouges et blanches et d'un short en jean, l'enfant chevauchait un poney. L'homme maigre et barbu à côté de lui, un sourire hésitant aux lèvres, lui avait posé sur la cuisse une main protectrice. La femme, pâle et émaciée, contemplait la scène, le visage éclairé par un large sourire.

Ce portrait de Michael et d'Adele Reynolds m'a déconcertée. Tout ce que je savais jusque-là, c'est que Michael était un junkie et qu'Adele avait voulu abandonner son bébé. Or, sur ce cliché, je voyais juste deux êtres fatigués, un peu usés aussi, qui profitaient d'une sortie avec leur fils. Cette image ne cadrait pas avec celle qui s'était formée dans mon esprit. Je me les représentais froids, égoïstes, violents, négligents – et peut-être leur arrivait-il de l'être. Mais peut-être aussi savaient-ils se montrer aimants, joyeux, protecteurs envers leur enfant. Peut-être Adele avait-elle tenté de renoncer à Charlie par peur de ne pas être une mère à la hauteur, de ne pas pouvoir lui donner ce que d'autres auraient à lui offrir. J'avais toujours reproché à Zack de juger Ace sur un seul critère – sa dépendance aux drogues –, et pourtant j'avais fait exactement la même chose avec Adele et Michael.

« Quand les bons moments sont rares, vous vous en souvenez d'autant mieux, je crois, a commenté Linda. Je me rappelle parfaitement cette journée. Nous étions tous heureux, c'étaient les deux ans de Charlie. Ma fille, Adele, est morte un mois plus tard. Ensuite, Charlie a disparu. Et Michael nous a quittés. En l'espace de dix-huit mois, je les ai tous perdus. »

J'ai senti mon cœur se serrer à la pensée de ces terribles coups du sort, de ce qu'elle avait dû endurer quand son univers s'était écroulé. J'ai levé les yeux vers elle, m'attendant à découvrir des larmes sur un visage ravagé par la douleur. Mais elle se bornait à contempler la photo avec un sourire triste, comme si elle avait appris à se résigner.

Elle aussi, je l'avais mal jugée. Je l'avais prise pour une mère incapable d'aimer sa fille, qui avait *choisi* de ne pas lui apporter son soutien au moment de la crise ayant conduit à l'abandon de Charlie. Parce que j'avais été moi-même élevée dans un foyer où ne manquaient ni l'amour ni l'argent, j'avais toujours cru que tout le monde avait accès à ces mêmes ressources. J'ai honte de l'admettre, mais c'est seulement ce jour-là, au milieu des tortues de Linda McNaughton, que j'ai eu une révélation : la pauvreté n'est pas un concept abstrait et, parfois, certaines personnes n'ont tout simplement pas les moyens financiers et affectifs d'élever un enfant. Comment pourrait-on reprocher à quelqu'un de ne pas savoir donner ce dont il a été lui-même privé ?

« Vous en êtes sûre ? a-t-elle demandé soudain. Vous avez la *preuve* qu'il est en vie ? »

Un léger tremblement avait gagné ses mains.

« Non, ai-je reconnu en soutenant son regard. Pas encore. »

Elle s'est rassise en soupirant. J'ai de nouveau examiné le cliché sous mes yeux. L'image était floue, les visages presque indistincts et décolorés par le temps.

« Je ferais mieux de ne pas trop espérer, alors, a-t-elle murmuré. Je ne veux pas souffrir comme l'année dernière.

— Pardon ?

— Quand ce jeune homme est venu. Il avait à peu près votre âge. Il s'est présenté comme un détective enquêtant sur des affaires classées sans suite. Oui, c'est l'expression qu'il a employée. Il m'a appelée à plusieurs reprises pour me poser toutes sortes de questions : qui était le pédiatre de Charlie, est-ce qu'on l'avait emmené aux urgences et combien de fois… Je lui ai répondu du mieux possible. Pourtant, au bout d'un moment, il ne s'est plus manifesté. Alors j'ai fini par lui téléphoner et il m'a raconté qu'il travaillait toujours sur cette affaire, qu'il me préviendrait s'il y avait du nouveau mais… je n'ai plus eu de nouvelles. C'est drôle, parce que l'autre jour j'ai repensé à lui.

— Pourquoi ?

— Je suis tombée sur l'extrait de naissance de Charlie en rangeant de vieux papiers. Je me suis dit que ça pourrait lui être utile.

— Vous permettez que j'y jette un coup d'œil ?

— Bien sûr. »

Elle s'est approchée d'un bureau niché dans un coin de la pièce.

« Ce détective, vous vous souvenez de son nom ? ai-je demandé.

— Tenez, j'ai sa carte ici, à côté de l'extrait de naissance. Mais je ne peux pas la lire sans mes lunettes. »

Elle m'a donné un bristol de couleur crème sur lequel se détachaient des caractères noirs. J'ai senti mon estomac se nouer : *Jake Jacobsen, détective privé.*

Des souvenirs de nos moments passés ensemble me sont revenus par flashs. Je me suis rappelé son intonation étrange et son absence de surprise quand j'avais mentionné les autres enfants disparus ; la façon dont il avait réussi à trouver toutes ces informations sur leurs parents par le biais d'Internet ; la vitesse avec laquelle il avait déterminé la provenance de l'article envoyé par Christian Luna ; et son expression inquiète quand il avait appris que je m'étais confiée à l'inspecteur Salvo.

La panique m'a saisie, soudain. *Il savait*, ai-je songé. Il était déjà au courant des autres kidnappings avant même que je lui en parle.

« Mademoiselle Jones ? Ça va ? »

Je ne sais pas combien de temps au juste j'étais restée pétrifiée devant cette carte de visite.

« Oui, désolée, ai-je dit en prenant la feuille qu'elle me tendait.

— L'extrait de naissance de Charlie. Vous pouvez le garder, si vous voulez ; c'est une copie. »

J'ai survolé le document avant de le plier et de le glisser dans ma poche.

« Vous ne m'avez toujours pas dit pourquoi vous pensiez que Charlie était peut-être en vie », a-t-elle repris.

Je lui ai répondu le plus sincèrement possible :

« Parce que je le suis. »

De toute évidence, elle n'a pas compris.

« D'autres enfants ont disparu cette année-là, madame McNaughton, et je suis presque sûre qu'au moins l'un d'eux se porte bien. J'espère qu'il en va de même pour Charlie. »

La lueur de joie prudente dans son regard m'a serré le cœur.

« Moi aussi, je l'espère. Mon Dieu ! si vous saviez... », a-t-elle murmuré en joignant les mains comme pour prier.

Je me suis levée, puis je l'ai quittée en promettant de lui rendre la photo et de la tenir au courant de mes progrès. Postée sur le seuil de la caravane, elle m'a saluée de la main quand je me suis éloignée au volant de la Jeep. Et j'ai songé que l'espoir n'est pas toujours un cadeau du ciel.

Au moment où je m'engageais sur la Route 206, j'ai aperçu dans le rétroviseur une Firebird noire aux vitres teintées qui se rapprochait rapidement. Mon cœur a manqué un battement et je me suis aussitôt rangée sur le bas-côté, pensant que la voiture allait se garer derrière moi. Mais non. Le conducteur m'a doublée en faisant rugir le moteur. Soulagement et déception m'ont envahie. En voyant le bolide disparaître dans un virage, je me suis soudain rappelé que la Firebird de Jake avait été saisie par la police. De toute façon, je n'étais pas prête à l'affronter maintenant, alors que de nouveaux doutes à son sujet me tenaillaient. Puisqu'il était au courant des disparitions, il avait forcément entendu parler de Jessie Stone. Et ce, avant même de me rencontrer. J'ai tenté d'en tirer des conclusions, mais mon cerveau a refusé de coopérer. Je ne voulais pas y penser.

J'ai repris l'autoroute en direction de Skully's Mountain pour retourner à Hackettstown. Faute d'une meilleure idée, je comptais passer à la clinique où Teresa Stone avait emmené Jessie. Que ferais-je une fois sur place ? Pour l'instant, je l'ignorais. Il me faudrait improviser. Quoi qu'il en soit, j'étais persuadée que le monde entier s'acharnait à révéler la vérité au grand jour, que les mensonges étaient des éléments fragiles susceptibles de voler en éclats au moindre heurt.

Le ciel avait viré au gris foncé, laissant présager des chutes de neige. En abordant une section bordée d'arbres, j'ai dû allumer mes phares tant l'endroit était sombre. J'ai traversé le centre d'une petite ville, puis quitté l'artère principale pour prendre une route plus étroite qui grimpait dans la montagne. Quand j'ai franchi le pont au pied de Skully's Mountain, j'ai constaté que seule une glissière de sécurité protégeait les automobilistes d'un plongeon dans un large torrent tumultueux.

C'est à cet instant que j'ai vu reparaître la Firebird dans mon rétroviseur. Je n'aurais su dire comment elle s'était retrouvée derrière moi. Je ne distinguais pas la silhouette du conducteur, mais j'ai senti un frisson glacé me parcourir l'échine. En proie à une peur irrationnelle, j'ai appuyé sur l'accélérateur et la Jeep s'est élancée dans la côte.

Hélas ! elle n'avait pas la puissance de la Firebird. En quelques secondes, celle-ci m'avait rattrapée, projetant la lumière éblouissante de ses phares dans mes rétroviseurs. Et soudain, elle m'a heurtée par-derrière. Dans les films, ce genre de choc ne semble jamais particulièrement déstabilisant pour le conducteur. Moi, j'ai ressenti un impact terrible ; ma tête est partie en avant, puis en arrière. Malgré moi, j'ai lâché le volant une seconde. La Jeep a aussitôt fait une embardée vers le garde-fou et je n'ai eu que le temps de contre-braquer. Mais ma réaction trop violente a déporté la voiture sur l'autre file au moment où un véhicule débouchait du virage en face de moi ; si j'ai réussi à l'éviter de justesse, la manœuvre m'a cependant valu un concert de coups de Klaxon furieux quand il m'a croisée.

Sous l'effet de la terreur, j'avais l'impression d'évoluer au ralenti tandis que la Firebird me heurtait de nouveau à l'entrée d'un autre virage en épingle à cheveux. J'ai voulu accélérer pour distancer mon assaillant, sans succès ; cette fois, la collision a été plus brutale. Les larmes me sont montées aux yeux, noyant la route devant moi.

« Arrêtez, je vous en prie ! » ai-je hurlé.

L'assaut suivant m'a expédiée sur la file opposée et la Jeep a rebondi contre le garde-fou en faisant voltiger des étincelles. La Firebird s'est rapidement placée à ma hauteur pour m'empêcher de retourner sur ma voie. J'ai jeté un coup d'œil vers le conducteur, mais je n'ai rien distingué derrière la vitre teintée. Soudain, une colère noire a dissipé la peur qui embrumait mon cerveau. Je ne savais pas qui conduisait cette voiture et je m'en fichais. J'ai donné un brusque coup de volant à droite pour tenter d'enfoncer l'aile de la Firebird. J'aurais pu tout aussi bien heurter un mur de pierre ; la voiture a légèrement tangué sans pour autant ralentir. J'étais hors de moi, à présent. J'ai recommencé, plus fort cette fois, sans me soucier de nous précipiter tous les deux dans le vide. Nous avons encore roulé quelques instants ainsi, carrosserie contre carrosserie, dans un horrible grincement de tôles froissées. Puis j'ai aperçu des phares au détour du virage suivant.

Mon assaillant ne cédait pas d'un pouce. J'ai actionné le Klaxon pour essayer d'alerter l'automobiliste qui arrivait en sens inverse. Si je freinais brutalement en pleine courbe, je risquais de faire un tonneau ou de heurter de plein fouet la voiture d'en face faute d'avoir eu le temps de me rabattre à droite. Je me suis déchaînée sur l'avertisseur en priant pour que le conducteur devant moi m'entende et ralentisse, mais au même moment la Firebird a pris de la vitesse. Je vous le jure, je me suis rangée sur ma file environ deux secondes avant qu'une camionnette Dodge rouge ne me croise en klaxonnant frénétiquement. La Firebird avait disparu.

J'ai écrasé la pédale de frein et je suis restée là, les mains agrippées au volant, les dents serrées, les muscles tétanisés. J'étais parcourue de tremblements incontrôlables. J'ai pleuré jusqu'au moment où j'ai aperçu une voiture derrière moi. Alors, j'ai redémarré et roulé doucement jusqu'au sommet de la montagne puis, parvenue de l'autre côté, je me suis arrêtée dans un Burger King où je me suis acheté des frites et un milk-shake. La grande taille, pour les frites. Dans la mesure où j'avais failli être assassinée sur une route de montagne, peut-être par mon amant, j'avais besoin de réconfort. Garée sur le parking, je les ai avalées compulsivement en m'efforçant de réprimer mes larmes.

Toutes sortes de pensées se bousculaient dans ma tête. Je ne parvenais pas à m'expliquer ce qui venait de m'arriver, ni à déterminer ce que j'allais faire ensuite. Je n'avais pas pu identifier le chauffard, mais en tout cas il conduisait la voiture de Jake. Était-ce Jake au volant ? Avait-il voulu me tuer ? Et si ce n'était pas lui, alors qui ? Comment mon agresseur était-il entré en possession de la Firebird ? Sans compter l'éternelle question obsédante : pourquoi s'en prenait-on à moi ? Tout en sirotant mon milk-shake entre deux sanglots, je me sentais envahie par un sentiment de solitude absolue. Peu à peu, cependant, je me suis calmée. J'avais épuisé mon stock de larmes.

Quand vous découvrez que votre vie tout entière a été édifiée sur des fondations instables et que les murs s'écroulent les uns après les autres, comment réagissez-vous ? Où allez-vous ? Alors que mon esprit perturbé vagabondait, j'ai soudain songé à ma mère.

Après ma licence, je prenais le métro tous les mercredis et vendredis pour assister à un cours de yoga dans l'Upper East Side. L'horaire était cauchemardesque – de six heures à sept heures et demie le matin –, mais je m'étais rendu compte que cet exploit matinal améliorait le déroulement de ma journée, tant sur le plan de la qualité que de la productivité. Par un matin de février particulièrement froid, j'étais partie vers la 14e Rue dans la grisaille du petit jour pour me rendre à la station d'Union Square. Encore mal réveillée à l'arrivée du train, j'étais montée dans la rame où je m'étais assise. Soudain, en regardant par la vitre, j'avais aperçu un monarque de l'autre côté. Je m'étais dit : *Comment ce papillon a-t-il pu entrer ici, dans cet endroit sombre, en plein hiver ? Comment a-t-il pu survivre ?* Et pourtant, il était bien là. J'avais jeté un coup d'œil autour de moi pour voir si d'autres passagers l'avaient remarqué aussi ; ils étaient tous en train de somnoler ou de lire. Aucun n'avait prêté attention à ce fragile miracle. Et quand j'avais de nouveau tourné la tête vers la vitre, le papillon avait disparu. Les portes s'étaient refermées, nous avions quitté la station.

Il m'est soudain venu à l'esprit, dans ma Jeep à moitié défoncée stationnée sur le parking du *drive-in*, que cette image illustrait parfaitement les relations entre ma mère et moi. Je l'aimais de loin, comme de derrière la vitre d'un train qui s'éloignait. Par sa beauté, son charme et sa volonté, ma mère forçait l'admiration. Mais tout comme le monarque, elle restait distante et inaccessible. Une vision aussi gracieuse que fugace. Peut-être la situation aurait-elle été différente si maman n'avait pas perdu Ace. Car nous savions tous au fond de nous qu'il était son seul véritable amour et qu'elle ne s'était jamais vraiment remise de son départ. Malgré les crises et conflits entre eux, elle l'adorait. Une chaude lumière émanait d'elle lorsqu'elle posait les yeux sur lui. Par la suite, le rideau était tombé sur la scène plongée dans le noir. Et nous avions dû batailler pour nous trouver de nouveaux rôles dans sa production.

Pour cette raison, j'avais beau l'aimer, je lui en voulais aussi. J'étais presque sûre que si on lui avait donné le choix de renoncer à l'un de nous, elle m'aurait désignée sans hésitation afin de pouvoir garder Ace.

Ce n'était peut-être pas vrai, et pourtant, j'avais toujours eu cette impression.

Mais voilà, la vie n'est pas faite ainsi. On ne peut pas négocier avec le destin. Du moins le croyais-je.

25

Les dégâts sur la Jeep étaient importants, je m'en rendais compte à la façon dont les automobilistes m'évitaient sur le parking, faisant un large détour et tendant le cou pour me regarder. J'ai fini par sortir pour évaluer moi-même la situation. On aurait cru la voiture sauvée de peu du compacteur tant les ailes étaient abîmées et cabossées à la suite des chocs avec la Firebird et avec la glissière de sécurité. Au moins, je n'aurais pas investi pour rien dans l'assurance complémentaire !

J'aurais sans doute dû prévenir la police, voire me précipiter au poste le plus proche, et surtout renoncer à ma quête. C'était bien le message qu'on avait cherché à me transmettre, non ? Si mon agresseur avait vraiment voulu ma mort, il n'aurait pas accéléré à la dernière minute, me permettant ainsi de rejoindre ma file et de ne pas heurter la voiture arrivant en sens inverse. Son objectif consistait à me faire peur, et en cela il avait réussi : j'étais terrorisée. Mais je me sentais également plus furieuse que je ne l'avais été de toute ma vie. Et plus déterminée que jamais à découvrir le nœud de l'affaire.

Une autre question se posait à ce stade : dans quoi m'étais-je lancée au juste ? Rappelez-vous, tout avait débuté par ce besoin irrépressible de sauver un gosse égaré sur le trajet d'une camionnette. Cet acte avait mis en branle toute une succession d'événements qui m'avaient amenée à douter de mon identité. Et maintenant, je voulais aussi savoir ce qui était arrivé aux trois enfants disparus la même année que Jessie Amelia Stone. Dans l'intervalle où j'avais terminé mes frites et commencé à boire mon milk-shake, j'avais pris une décision. Dans les avions, on vous recommande toujours de mettre votre masque à oxygène avant de secourir les autres passagers, n'est-ce pas ? Eh bien, mon expérience était comparable, en un sens. Je ne voyais pas comment résoudre les mystères concernant Charlie, Pamela ou Brian avant d'avoir compris ce qui était arrivé à *Ridley*. Et pour y parvenir, il me faudrait en apprendre plus sur *Jessie*. J'ai donc redémarré pour me rendre à la clinique des Anges où, d'après Madame Maria, Teresa avait emmené sa fille. En chemin, j'ai songé à différents prétextes à invoquer pour avoir accès au dossier de Jessie, s'il existait encore.

Quand j'ai franchi les portes automatiques, j'ai remarqué sur la vitre un autocollant Assistance détresse. Le logo représentait un bébé niché au creux de deux bras ; dessous, on pouvait lire : *Ceci est le plus sûr des refuges*. Drôle de coïncidence… Or, tout comme l'inspecteur Salvo, je n'étais pas certaine de croire aux coïncidences.

« Je voudrais voir le responsable, ai-je dit au jeune homme à l'accueil, plutôt joli garçon avec son visage rond et ouvert.

— Responsable de quoi ? Des médecins ?

— Non, de l'établissement. Des dossiers, quoi.

— Oh ! vous voulez parler de nos archives.

— C'est ça, oui.

— Eh bien, allez trouver cette dame, là-bas, elle vous renseignera. »

De la main, il m'a indiqué une femme à l'air sévère qui trônait derrière un gigantesque bureau. J'ai compris tout de suite qu'elle ne me faciliterait pas la vie.

« C'est que… je n'ai pas d'autorisation, ai-je précisé.

— Ah.

— Pouvez-vous appeler le responsable ? S'il vous plaît ? »

J'ai accompagné ma requête de mon plus charmant sourire. Le jeune homme m'a souri en retour. Je suis d'avis qu'une femme plutôt bien faite de sa personne est à même de franchir presque tous les obstacles en jouant de ses atouts. Mais bon, je peux me tromper ; après tout, ce n'est peut-être qu'une question d'assurance. En l'occurrence, je me sentais prête à user de n'importe quel moyen ou presque pour parvenir à mes fins.

« D'accord, a-t-il répondu en me coulant un regard complice. Asseyez-vous. »

J'ai patienté un bon moment en feuilletant un ancien numéro du magazine *Parents*. Le vieux débat pour ou contre la fessée était toujours d'actualité ; le nouveau concernait la nécessité de la vaccination. Moi, je serais plutôt contre la fessée et pour les vaccins. Mais franchement, pourquoi s'embête-t-on à avoir des enfants, vu le nombre de problèmes qu'ils posent ?

« Je peux vous aider ? »

Une chaude voix de baryton m'a tirée de mes pensées. J'ai levé les yeux, pour découvrir un Noir chauve à la carrure extrêmement impressionnante qui arborait de fines lunettes à monture dorée. Quelques poils gris parsemaient sa barbe naissante. Il portait une blouse blanche par-dessus sa chemise bleu marine et sa cravate ornée des Dancing Bears, les petits ours multicolores devenus le logo du groupe Grateful Dead. Je me suis redressée, la main tendue. Il l'a serrée dans sa grosse paluche d'ours.

« Je vous connais ? a-t-il demandé en me regardant, la tête inclinée de côté.

— Je ne crois pas, non.

— Mais si ! » s'est-il exclamé en se fendant d'un large sourire. Jusque-là, je lui avais donné la cinquantaine. Ce sourire éblouissant le rajeunissait d'au moins quinze ans. « C'est vous qui avez sauvé ce gosse ! Bravo, c'était du bon boulot.

— Merci, ai-je répondu, tout aussi souriante. Je me présente : Ridley Jones.

— Dr Jonathan Hauser. Alors, que puis-je faire pour vous, Ridley ?

— Y a-t-il un endroit où nous pourrions bavarder en privé ? C'est une longue histoire. »

Il m'a dévisagée pendant quelques secondes, le regard brillant de curiosité.

« Bien sûr, a-t-il déclaré en consultant sa montre. Suivez-moi. »

Nous nous sommes installés dans son cabinet – une pièce impersonnelle mais propre et bien éclairée –, où je lui ai tout raconté, à l'exception des aspects qui pouvaient paraître discutables ou illégaux. En d'autres termes, je n'ai pas mentionné Jake. Je ne lui ai pas parlé non plus du mystérieux chauffard qui m'avait agressée quelques heures plus tôt. J'espérais bien que ce bon docteur, avec sa cravate des Dancing Bears témoignant sans doute d'un côté hippie, ne verrait pas d'objection à contourner quelque peu le règlement dans l'intérêt de la justice.

« Ben dites donc ! a-t-il lancé quand je me suis tue. Vous m'en bouchez un coin, là, Ridley. Mais en l'absence de tout document prouvant votre identité, vous comprendrez aisément que je ne puisse pas vous communiquer le dossier de Jessie.

— Vous pensez qu'il est encore ici ?

— J'en suis même sûr. Figurez-vous qu'il y a environ un an, un jeune homme, détective privé de son état, est venu m'interroger aussi à ce sujet. Il avait soi-disant été engagé pour rouvrir des affaires classées sans suite, en l'occurrence celles concernant des enfants disparus dans les années 1970. Jessie Amelia Stone en faisait partie. Nous avons retrouvé les dossiers, toujours conservés dans le sous-sol de ce bâtiment. »

Donc, Jake m'avait précédée, en ai-je conclu.

« Ces autres enfants étaient-ils des patients de la clinique ? ai-je demandé en m'efforçant de rester concentrée sur l'objet de ma visite.

— Je ne suis pas en mesure de vous donner cette information. Cependant, si je n'avais jamais entendu parler d'eux, je vous le dirais. »

J'ai hoché la tête en signe d'assentiment.

« Ce détective, il a consulté les dossiers en question ?

— Je lui ai dit qu'il lui fallait un mandat pour les obtenir.

— Et ?

— Il ne s'est plus jamais manifesté. »

Avec un soupir, je me suis redressée, puis adossée à mon siège. Sans m'en rendre compte, je m'étais peu à peu penchée vers le médecin, les épaules raidies par la tension. J'avais l'impression de me battre contre une administration, d'être impuissante face à un système aussi inébranlable qu'un mur de pierre, de devoir choisir entre accepter les règles ou ne pas entrer dans le jeu. J'ai décidé d'en appeler à son bon cœur.

« Écoutez, docteur Hauser, je ne suis pas détective.

Et il est possible que je sois l'un de ces enfants disparus… »

Il a baissé les yeux vers le sous-main en cuir sur son bureau et poussé un profond soupir.

« Qu'espérez-vous dénicher dans ces dossiers, Ridley ? Comment pourraient-ils fournir la moindre réponse à toutes vos questions ? »

J'ai haussé les épaules avant d'avouer :

« Je n'en sais rien. Mais je n'ai pas d'autre piste pour l'instant. »

Il m'a contemplée un long moment, les mains jointes devant son visage. Enfin, il s'est levé.

« Accordez-moi quelques minutes, Ridley. D'accord ?

— D'accord. »

Le Dr Hauser a quitté la pièce en refermant doucement la porte.

Mon regard s'est porté vers le mur derrière sa table de travail. Diplômes, photographies et articles de journaux voisinaient sur les faux lambris recouvrant la cloison. Je suis allée les examiner de plus près. Le Dr Hauser avait obtenu sa licence à l'université de Rutgers, ai-je remarqué ; en 1962, l'année où mon père avait terminé ses études de premier cycle avant d'entrer à la fac de médecine. J'ai examiné d'autres prix et récompenses diverses, puis je me suis arrêtée sur une plaque offerte à la clinique des Anges par la mission Assistance détresse pour l'« excellence des soins apportés aux enfants ». Je me suis souvenue du logo que j'avais aperçu sur les portes de l'établissement, et soudain une sorte de déclic s'est produit dans ma tête. La clinique des Anges… Avais-je entendu ce nom avant que Maria Cacciatore ne le mentionne ? Je suis retournée m'asseoir sur ma chaise, où je me suis trituré les méninges en vain.

Quand le médecin est revenu, il avait une chemise cartonnée à la main.

« Écoutez, Ridley, en tant que praticien, je suis soumis aux règles très strictes de la profession médicale. Toute infraction à ces règles pourrait me coûter ma carrière. Vous comprenez ?

— Oui, ai-je murmuré, toujours préoccupée par cette histoire de nom.

— Cela dit, j'ai accepté d'aider ce détective à l'époque, et aujourd'hui je veux bien vous aider aussi. Je peux au moins vous communiquer les mêmes informations. »

Un sourire reconnaissant aux lèvres, j'ai hoché la tête.

« Ce détective, donc, qui s'appelait Jake, sortait de l'assistance publique, et je connaissais bien son mentor, Arnie Coel, a poursuivi le Dr Hauser. Sa démarche n'était pas uniquement motivée par son enquête ; il avait aussi des raisons personnelles de vouloir découvrir ce qui était arrivé à ces enfants. »

Il a ponctué ces propos d'un soupir.

« Je n'ai pas le droit de vous révéler le contenu de ces documents, Ridley, mais il se trouve que le médecin qui s'occupait autrefois de Jessie Stone exerce toujours dans le New Jersey. Il acceptera peut-être de vous rencontrer, s'il n'a pas pris sa retraite. À vous de le convaincre de demander à la Medical Association de vous confier ce dossier. Comme il s'occupait de Jessie, il est le seul à pouvoir formuler cette requête. »

J'ai opiné.

« Merci, docteur. »

Je ne savais pas encore si cette piste déboucherait sur quelque chose, mais c'était mieux que rien.

« C'est le Dr Benjamin Jones. Je vais vous donner le numéro de son cabinet privé. » Le Dr Hauser a lâché un petit rire. « Drôle de coïncidence, hein ? Vous avez le même nom de famille. Mais bon, Jones, c'est assez courant. »

Le Dr Benjamin Jones. Mon père.

Les murs de la pièce se sont mis à tournoyer autour de moi. J'ai cru que j'allais vomir.

« Euh, oui, ai-je bredouillé en forçant un sourire vacillant. Vous avez raison, les Jones ne manquent pas. »

26

Je suis sortie de la clinique comme si j'avais le diable à mes trousses. Aujourd'hui, je me dis que j'aurais pu poser un bon millier de questions au Dr Hauser – un vrai détective privé n'aurait certainement pas paniqué et pris ses jambes à son cou –, mais j'ignorais combien de temps je serais en mesure de conserver ce sourire artificiel sur mes lèvres et de remercier cet homme pour son aide. J'avais l'impression d'entendre des sirènes hurler dans ma tête et de marcher sur un sol instable. Aussi, dès qu'il m'avait remis le numéro de téléphone, avais-je filé sans demander mon reste. À aucun moment je n'avais mentionné Jake ou la mission Assistance détresse.

À grand-peine, j'ai décoincé la portière de la Jeep (elle s'ouvrait et se fermait toujours, avec difficulté toutefois), puis je me suis installée au volant. Malgré le froid, je n'ai pas bougé pendant quelques instants. La nuit tombait, à présent, et la neige tourbillonnait en flocons de plus en plus drus. J'ai fini par démarrer mais, en passant la marche arrière, je me suis rendu compte que je ne savais pas où aller. Alors j'ai tiré de ma poche mon téléphone portable et composé un numéro.

« Inspecteur Salvo. »

Il avait répondu avant la seconde sonnerie, d'une voix toujours aussi bourrue, un brin lasse et néanmoins alerte.

« C'est Ridley Jones. »

Un soupir, suivi d'un silence.

« Vous l'avez prévenu, Ridley. L'oiseau s'est envolé. »

Je n'ai pas répondu ; je n'avais pas spécialement envie de me dénoncer. De plus, j'en avais assez de mentir. Au lieu de quoi, j'ai demandé :

« Sa voiture est-elle toujours confisquée ? »

C'était une des raisons, entre autres, qui motivaient mon appel. J'avais besoin de savoir si Jake avait ou non essayé de me tuer.

« Hein ?

— La Firebird, ai-je précisé d'un ton légèrement cassant. Vous l'avez encore ? »

Il a gardé le silence un petit moment.

« Personne n'a saisi sa bagnole, Ridley. »

Mon moral a baissé d'un cran, et j'ai dû refouler des larmes de déception et de peur.

« J'ai de gros ennuis, inspecteur Salvo. Quelqu'un a tenté de m'éliminer. »

Ma voix sonnait faux, je le sentais. Pourtant, je me refusais à dire : *Je crois que Jake, au volant de sa Firebird, a voulu me faire sortir de la route.*

« Venez au poste, Ridley. Je ne peux pas vous protéger à distance. »

Il paraissait calme, préoccupé, bienveillant. Mais je ne lui faisais pas confiance non plus. Après tout, il s'efforçait peut-être juste de m'amadouer pour mieux me piéger.

« Il faut que je sache ce qui se passe, ai-je affirmé. Avez-vous jeté un coup d'œil à ces affaires d'enfants disparus dont je vous ai parlé ? »

J'ai entendu un froissement de papier en arrière-fond.

« J'ai fureté un peu, a-t-il répondu, parce que je vous l'avais promis. Tous les parents de ces jeunes sont morts… sauf Marjorie Mathers, la mère de Brian. Elle purge une peine d'emprisonnement à perpétuité pour le meurtre de son mari au pénitencier pour femmes de Rahway State.

— Et ça ne vous paraît pas bizarre ?

— Quoi ? Que ces gosses n'aient jamais été retrouvés ? C'est plus fréquent qu'on ne croit, hélas !

— D'accord, mais là, presque tous les parents sont morts…

— Eh bien, ils font partie de ce qu'on appelle les personnes à risques. Leurs différentes addictions les placent dans des situations dangereuses. Vous saisissez ? Des junkies, des alcooliques qui ne réfléchissent pas un seul instant avant de prendre le volant, des gens qui se laissent entraîner dans des querelles de bar… Vous me suivez, Ridley ? Vous, vous ne risquez pas grand-chose. Vous obéissez à la loi – du moins, c'était le cas jusqu'à maintenant –, vous êtes responsable de vous-même et de vos proches. *A priori*, vos choix personnels devraient vous éviter une mort violente et prématurée. Quand vous avez trop bu, vous êtes probablement du genre à rentrer en taxi ou à demander à un ami de vous raccompagner plutôt que de monter en voiture. »

On en revenait donc à la question des choix, de ces décisions qui déterminent le cours de notre existence. Mais est-ce vraiment aussi simple ? Certains d'entre nous seraient des personnes à risques et d'autres pas ? Certains feraient de mauvais choix, et d'autres, des choix plus avisés, se forgeant ainsi un destin malheureux ou heureux, déterminant une mauvaise ou une bonne santé, l'absence ou la présence d'amour ? Et quelle serait la principale raison de ces diverses attitudes ? Nos parents, bien sûr, ces pères et ces mères dont l'amour et les principes d'éducation nous ont conditionnés… Même si d'autres facteurs jouent aussi un rôle, évidemment.

Non, c'est plus compliqué que ça. Je veux dire, regardez ce qui s'est passé avec Ace et moi. Nous avons été élevés par les mêmes parents dans la même maison. Au final, nous avons suivi des voies complètement différentes. L'éducation explique sûrement une partie du cheminement de chacun, de même que les petits ou les grands événements qui surviennent au cours de l'existence, mais l'essentiel, c'est la façon dont on décide de réagir par rapport à tous ces facteurs. Car c'est à ce moment-là qu'on peut prendre sa vie en main, j'en suis persuadée.

« Et pour ce qui est de ces gosses, alors ? ai-je poursuivi. Leurs parents étaient pauvres, d'accord ; ils faisaient partie des personnes à risques, comme vous dites. Aujourd'hui, tous sont morts. Personne n'a jamais su ce qui était arrivé à ces gamins. Pourquoi ? »

De nouveau, l'inspecteur Salvo a soupiré à l'autre bout de la ligne.

« Ces faits remontent à trente ans, Ridley. À mon avis, on n'a plus aucune chance de retrouver les disparus.

— S'ils ont encore de la famille, elle ne demanderait qu'à les aimer, même après trente ans, j'en suis sûre.

— On croirait entendre Marjorie Mathers…

— Pourquoi ? Vous lui avez parlé ?

— Je vous avais promis de me renseigner.

— Et ? »

Encore un soupir. À moins qu'il ne soit en train de souffler la fumée d'une cigarette.

« Mme Mathers affirme que deux hommes en noir portant des masques sont venus une nuit enlever son enfant. Elle pensait que son mari les avait engagés parce que le couple se battait pour la garde du petit. D'après elle, il maltraitait leur fils. »

Il a marqué une pause pour s'éclaircir la gorge et fourrager de nouveau dans ses papiers.

« Le problème, c'est qu'elle n'a pas appelé la police avant le lendemain matin, a-t-il continué. Selon sa version, elle avait été assommée par des drogues et n'a repris conscience que des heures après l'enlèvement. Mais aucun indice ne permettait d'étayer cette thèse. La police ne l'a pas crue, son mari et elle sont devenus suspects. De toute façon, elle n'était pas très crédible, vu ses antécédents : dépression, tentatives de suicide, etc. Le rapport la décrit comme “hystérique”. »

J'ai laissé échapper un petit rire.

« Vous ne l'auriez pas été, à sa place ?

— Là-dessus, elle a tué son mari “par accident” en essayant de découvrir ce qui était arrivé à son fils. Mais elle a été jugée pour meurtre avec préméditation. Le jury n'a pas avalé ses salades. Voilà, c'est tout.

— Et elle a perdu Brian une seconde fois.

— Peut-être, oui. Les collègues ont attendu encore un an avant de boucler le dossier. Apparemment, ils ont respecté la procédure.

— Pour ce que ça a servi… Que vous a-t-elle dit quand vous lui avez parlé ?

— Elle est un peu dérangée, a répondu l'inspecteur Salvo d'un ton méprisant. Je l'ai eue au téléphone. Elle s'en tient à son histoire et répète qu'il ne se passe pas un jour sans qu'elle pleure son petit garçon et se demande où il est. Elle est persuadée qu'il est toujours en vie.

— Je peux vous poser une question, inspecteur ? A-t-elle mentionné la visite d'ún détective privé ? »

Il s'est accordé quelques instants de réflexion.

« Oui, elle y a fait allusion. Comment le savez-vous ?

— Il m'a précédée dans mon enquête.

— Qui ? Harley Jacobsen ? »

Je n'ai pas répondu.

« Vous en déduisez quoi, Ridley ? »

J'étais toujours silencieuse. Les dernières lueurs du jour avaient disparu dans le ciel, cédant la place à l'obscurité. L'air soufflé par le radiateur était tiède, au mieux. Je savais que la voiture ne se réchaufferait pas tant que je n'aurais pas démarré. Les voyants sur le tableau de bord brillaient dans l'obscurité, orange et verts. La radio était allumée, tout bas, et un murmure de voix s'échappait des haut-parleurs.

« Moi, j'en déduis une chose, a-t-il fini par dire. Vous étiez la dernière étape de cette piste, Ridley. Il l'a remontée jusqu'à vous et il vous utilise pour obtenir ce qu'il veut. »

Ses paroles m'ont frappée de plein fouet. Jusque-là, je n'avais pas raisonné en ces termes mais, à la réflexion, l'argument de l'inspecteur Salvo paraissait plausible. J'ai repensé à Jake frappant chez moi ce soir-là, juste après que j'avais reçu la lettre de Christian Luna ; à la bouteille de vin et au mot d'excuse devant ma porte ; à tout ce que je lui avais raconté au cours de cette première nuit : l'homme dans l'escalier, le second message et l'article de journal qu'il avait identifié si vite. *Ils ont menti*, disait la note. Je m'étais demandé comment quelqu'un avait pu deviner sur quoi portait la discussion entre mes parents et moi. Or Jake le savait parce que *je le lui avais moi-même dit*. Mon cerveau était en ébullition. J'ai songé à Christian Luna. Qui l'avait tué ? Jake ? Mais pourquoi aurait-il fait une chose pareille ? Pourquoi m'aurait-il conduite jusqu'à lui pour l'éliminer ? Tout cela n'avait aucun sens.

« Qu'est-ce qu'il cherche ? ai-je murmuré, plus à mon adresse qu'à celle du policier.

— Je l'ignore, Ridley. Mais laissez-moi vous aider, O.-K. ? Venez me rejoindre, et à nous deux on découvrira ce qu'il en est. »

Gus Salvo était quelqu'un de bien. Et un bon flic, qui plus est. Pourtant, même si je ne mettais pas en doute sa sincérité, mon instinct me soufflait qu'il ne pouvait rien pour moi : j'étais toute seule dans ma quête de la vérité. Je nageais dans un océan de mensonges et je n'avais que mon intuition pour m'empêcher de couler. Alors, je lui ai raccroché au nez avant de sortir du parking de la clinique des Anges. De là, j'ai ramené la Jeep cabossée en ville, redoutant durant tout le trajet de voir apparaître la Firebird ou une voiture de flics.

Je me suis garée devant l'agence, puis j'ai déposé les clés et les papiers dans la boîte à gants. Tandis que je descendais de la Jeep, l'employée – une jeune Noire aux cheveux lissés et aux ongles laqués de rouge et de violet qui arborait d'énormes créoles dorées – m'a rejointe et regardée comme si j'avais perdu l'esprit.

« Vous allez devoir payer pour ça ! a-t-elle grondé. Cette voiture est endommagée ! »

Elle a retiré de la boîte à gants un constat d'accident et commencé à indiquer au stylo rouge l'emplacement des chocs sur le petit dessin du véhicule.

« Pas de problème. Vous avez mes coordonnées », ai-je répliqué.

Je n'aurais pu me sentir moins concernée. Avant cette histoire, j'en aurais fait une véritable maladie si j'avais ne serait-ce que taché le siège d'une voiture de location, mais c'était une époque différente, me semblait-il, et j'étais alors moi-même une personne différente. À présent, une seule chose m'importait : me coucher. Je suis retournée à l'hôtel de Washington Square. Cette fois, je n'ai pas jonglé avec les transports en commun ; non, j'ai marché. Ce n'était pas loin de l'agence où j'avais laissé la voiture.

À peine entrée dans le hall, j'ai pris le petit ascenseur pour monter au troisième étage, toujours imprégné d'une odeur de moisi et de naphtaline malgré des travaux de rénovation apparemment récents. Parvenue dans ma chambre, je me suis allongée sur le matelas dur comme du bois et recouvert d'une courtepointe râpeuse. Je suis restée éveillée quelques secondes, la tête vide, le corps engourdi. Finalement, j'ai sombré dans un sommeil lourd, sans rêves.

27

Carl Jung croyait à l'existence en chacun de nous d'une part d'ombre que nous apprenons à dissimuler, où résident nos appétits refoulés, nos croyances secrètes sur nous-même et notre environnement, les failles et traits de caractère que nous détestons et tentons d'enfouir au plus profond de nous. D'après lui, il n'était pas possible de nier cet aspect de notre personnalité, et plus nous tentions de le cacher, de prétendre qu'il n'existait pas, plus le monde extérieur faisait pression sur nous pour le révéler. Or cette force interne n'aspirait qu'à être reconnue et comprise. À cette condition seulement, nous pouvions nous sentir entiers, enfin libres.

Je me suis réveillée en sursaut. Il m'a fallu quelques secondes pour m'orienter, et encore quelques-unes pour me rappeler la succession d'événements terribles des derniers jours. J'ai allumé la lampe de chevet, pensant presque découvrir Jake assis dans le fauteuil près de la fenêtre. Mais non, il n'y avait personne. J'étais toute seule.

Pour la première fois depuis que j'avais quitté le cabinet du Dr Hauser, j'ai réfléchi à ce que m'avait confié le praticien. Mon père était autrefois le pédiatre de Jessie Amelia Stone. Donc, il la connaissait.

Pouvait-il s'agir d'une simple coïncidence ? Carl Jung dirait qu'il n'existe pas de coïncidences, seulement la synchronicité, une collusion des forces de l'univers pour nous forcer à regarder notre part d'ombre. Et ce soir-là, dans cette chambre dépouillée qui ne m'offrait pas le moindre réconfort, j'ai bien été obligée d'affronter enfin ce que, au fond, j'avais toujours su : ma vie jusqu'au moment où j'avais reçu le message de Christian Luna ne reposait que sur des mensonges. De beaux mensonges dictés par l'amour, sans aucun doute, et qui m'avaient assurément rendue heureuse, mais n'en restaient pas moins des mensonges.

Je n'avais toujours pas réussi à assembler les pièces du puzzle, à répondre à des questions comme pourquoi, comment et qui. Il était cependant clair pour moi désormais que Ridley Jones était née le soir où Teresa Stone avait été assassinée chez elle. Et que mes parents (bien sûr, je les considérais toujours comme tels) ne pouvaient pas l'ignorer mais avaient de bonnes raisons de me dissimuler la vérité, au point d'avoir feint l'ignorance en trois occasions au moins.

De même, j'étais persuadée que quelqu'un d'autre, une tierce personne, voulait à toute force m'empêcher de découvrir certaines choses, au point de me suivre, d'abattre Christian Luna et de tenter de provoquer un accident de voiture mortel. Comment en étais-je arrivée à cette conclusion ? Parce que je *connaissais* mes parents. Malgré leurs défauts et leurs erreurs, malgré leurs mensonges et autres demi-vérités, je savais qu'ils m'aimaient, qu'ils ne me feraient jamais de mal. Quel que soit leur secret, ils n'accepteraient jamais de me sacrifier pour le préserver. Je courais un danger bien réel, à présent. Pour y échapper, je n'aurais eu qu'à retourner dans mon cocon de beaux mensonges, prétendre que tout cela n'était qu'un mauvais rêve et me rendormir. Mais ce n'était plus possible. Une fois engagé sur le chemin de la vérité, on ne peut pas revenir en arrière.

Et où intervenait Jake dans cette histoire ? Était-il un ami ou un ennemi, un amant ou un meurtrier ? Je n'en avais pas la moindre idée. Il m'avait menti, de toute évidence : non seulement il s'était renseigné sur moi avant notre rencontre, mais à présent j'étais presque sûre qu'il était l'expéditeur de la seconde enveloppe. La première provenait de Christian Luna, mais pas la seconde. Pourtant, je ne pouvais oublier la façon dont il m'avait regardée, serrée dans ses bras et fait l'amour ; ni celle dont il m'avait livré les détails sordides de son passé, se mettant ainsi à nu devant moi. Là encore, malgré les mensonges, je sentais une part de vérité. Cela dit, rien ne me prouvait que je le reverrais un jour. Il avait peut-être disparu de ma vie à jamais.

Il était deux heures du matin quand j'ai de nouveau quitté la chambre. Un calme irréel règne dans la ville à cette heure, comme si tout le monde retenait son souffle. Pourtant, j'ai décelé des signes d'activité – des odeurs de bacon et de café à l'approche d'un bar ouvert toute la nuit ; la senteur d'un feu de bois dans une cheminée quelque part. L'air était froid, et un vent léger s'insinuait par les manches de mon blouson et dans le col de ma chemise. J'étais épuisée, j'avais les paupières lourdes et j'éprouvais cette sensation d'écœurement provoquée par le manque de sommeil.

Parvenue à destination, j'ai pressé l'Interphone. Une fois. Deux fois. Trois fois.

« Oui ? »

Voix fatiguée, inquiète.

« C'est Ridley.

— Oh, bon sang ! » s'est-il exclamé.

Et de m'ouvrir aussitôt.

J'ai attendu l'ascenseur. J'étais venue voir la seule personne véritablement proche à la fois de mes parents et de moi. La seule capable, peut-être, de me fournir des réponses. Zachary.

Il se tenait à la porte, en caleçon et sweat-shirt de l'université de Rutgers, la tignasse en bataille, le visage plissé par le sommeil. Il m'a enlacée sans que je lui oppose la moindre résistance ; pour autant, je ne lui ai pas rendu son étreinte. Puis il m'a fait entrer et a pris mon blouson. Je me suis assise sur le canapé pendant qu'il me préparait une tasse de thé. Il s'est installé à côté de moi sans souffler mot pendant que je buvais. Enfin, il a demandé :

« Tu veux bien me dire ce qui se passe, Ridley ? »

Sa voix était douce, son regard empreint d'inquiétude. En me rappelant la brutalité avec laquelle je l'avais traité lors de notre dernière rencontre, je me suis sentie mal à l'aise (mais pas trop quand même ; après tout, il l'avait bien cherché). Bon, vous connaissez maintenant ma propension à me confier. Eh bien, oui, une fois de plus, j'ai tout raconté. Du moins, *presque* tout. Je ne voulais pas le blesser davantage.

À la fin de mon récit, il s'est adossé au canapé en secouant la tête.

« Waouh ! Tu en as rudement bavé, Ridley. »

Il a posé une main réconfortante sur mon épaule. J'avais retiré mes chaussures pour m'asseoir en tailleur. J'appréciais de me retrouver dans ce décor familier, je me sentais rassurée par la vue de tous ses éléments : le canapé en cuir, le téléviseur à écran plat, l'attirail du parfait fan des Knicks, le bar rempli de canettes de bière.

« Mouais, ai-je admis. Ça m'a pas mal secouée.

— Pourquoi tu ne prendrais pas mon lit ? Moi, je dormirai ici, sur le canapé. Et demain matin, quand tu te seras reposée, la situation t'apparaîtra sous un jour différent, j'en suis sûr.

— Quoi ? Oh non, Zachary. Il n'est pas question que je dorme maintenant. J'ai besoin de réponses. C'est pour ça que je suis venue. »

Quand il a de nouveau posé sur moi son regard soucieux, je n'ai pas été touchée, cette fois ; au contraire, je lui aurais volontiers envoyé mon poing dans la figure. Car son expression s'apparentait soudain plus à de la condescendance qu'à de l'inquiétude. Il s'est penché en avant, les avant-bras appuyés sur les cuisses, les mains jointes. De toute évidence, il se préparait à me faire la leçon.

« J'aimerais que tu réfléchisses un peu, Rid.

— Tiens donc ! À quoi ?

— Tu viens de vivre des jours difficiles, c'est vrai. Maintenant, pose-toi la question : est-ce que toute cette histoire te paraît raisonnable ?

— Pardon ?

— Tu ne t'es pas demandé s'il pouvait s'agir d'une vaste arnaque ? Si le dingue qui a tout mis en branle et ton copain Jake ne t'avaient pas menée en bateau pour je ne sais quelle raison ?

— Une arnaque ? Et qu'est-ce qu'ils auraient à y gagner, hein ? Tu m'as écoutée, au moins ?

— Oui, a-t-il répondu lentement. Mais est-ce que tu t'es écoutée, toi ? »

J'ai secoué la tête. De toute évidence, il ne me croyait pas.

« Franchement, Ridley, pourquoi ferais-tu confiance à de parfaits inconnus plutôt qu'à ton père ?

— Je viens de te dire que c'était le pédiatre de Jessie Stone, bon sang ! »

Il a haussé les épaules.

« Et alors ? Ton père exerçait déjà avant ta naissance. Il a sans doute soigné des milliers de gosses dans ces cliniques ! Et, oui, il est possible que certains d'entre eux aient disparu ou soient morts des suites d'une maladie, de négligence ou encore de mauvais traitements. Ça ne signifie pas pour autant qu'il ait quelque chose à voir là-dedans. »

Je l'ai regardé. Une nouvelle fois, mes idées s'embrouillaient. Si je considérais ce qui m'était arrivé sous un angle totalement différent, alors oui, les événements survenus ces derniers jours pouvaient passer pour les rouages d'un mensonge extrêmement élaboré, d'une intrigue complexe échafaudée pour m'amener à douter de mon identité. J'ai envisagé cette possibilité pendant quelques instants, comme on rêve parfois de gagner à la loterie ou de partir vivre aux Caraïbes. Dans la chaleur de ce salon douillet, j'étais presque tentée d'y croire. Ce serait si facile de laisser Zack me convaincre que j'avais été trompée et manipulée au point de sombrer dans une sorte de folie passagère. Il me suffirait de « prendre un peu de repos » dans un établissement chic du pays, et ainsi de surmonter ma dépression nerveuse. À ma sortie, je pourrais épouser Zack, nous serions heureux et aurions beaucoup d'enfants. Et personne ne se rappellerait la petite « crise » de cette pauvre Ridley.

La tête appuyée contre le dossier du canapé, j'ai fermé les yeux pour mieux jouer avec cette hypothèse. Mais la question « Pourquoi ? » m'obsédait. Pourquoi me faire ça ? Même Ace, qui avait peut-être des raisons de me détester, d'être consumé par la jalousie, ne pouvait en retirer aucun bénéfice, me semblait-il.

Lorsque Zack a posé une main sur mon front, j'ai rouvert les yeux. Il arborait un sourire soulagé.

« Tu as du sommeil à rattraper, a-t-il dit. Demain, tu ne verras plus les choses de la même façon. »

Il a saisi l'immense plaid des Knicks que je lui avais offert pour son anniversaire l'année précédente et l'a étendu sur moi. Je n'imaginais que trop bien à quel point ce serait facile de le laisser s'occuper de tout. Il resterait près de moi jusqu'au moment où il me penserait endormie, puis il se rendrait dans l'autre pièce pour appeler mes parents, leur dire que je n'allais pas trop mal et qu'il réglerait tous les problèmes. Ç'aurait été de loin la solution la plus facile.

« Parle-moi d'Assistance détresse. »

Le soulagement sur les traits de Zack a disparu, remplacé par la contrariété.

« Oublie ça, Ridley. Tu ne vas tout de même pas accorder moins de crédit à ton père qu'à un paumé comme Christian Luna ? »

À une autre époque de ma vie, je ne m'en serais pas aperçue. Mais justement, cette époque-là était révolue. J'ai adressé un sourire à Zack. Un sourire tout sauf gai, sans doute, parce que je me sentais envahie par la tristesse et la colère. Je me suis redressée en rejetant le plaid.

« Je ne t'ai jamais dit son nom, ai-je déclaré.

— Quoi ?

— Christian Luna. Je n'ai jamais prononcé son nom devant toi.

— Bien sûr que si », a-t-il répliqué en me gratifiant d'un regard peiné.

Mais je n'avais pas le moindre doute. De fait, j'avais délibérément omis de mentionner ce nom pour des raisons que je n'aurais pu m'expliquer sur le moment.

Zack aurait beau prétendre que j'étais folle, je savais bien que je ne l'étais pas.

« Ridley, je t'en prie… »

J'ai compris soudain que je ne l'avais pas quitté seulement pour recouvrer ma liberté, ou parce que je n'éprouvais pas assez d'amour pour lui. Non, le problème venait aussi d'un aspect de sa personnalité dont j'avais toujours eu l'intuition mais jamais la preuve, qui m'avait troublée à un niveau inconscient. J'en avais eu un aperçu lorsqu'il s'était introduit dans mon appartement ce matin-là et je le sentais affleurer à la surface en cet instant, sans toutefois pouvoir le définir. Je me suis levée lentement, décidée à récupérer mon blouson. Zack s'est redressé à son tour, et quand je me suis de nouveau tournée vers lui, j'ai découvert un inconnu.

« Si tu pars maintenant, je ne pourrai plus rien pour toi. »

Il s'était exprimé d'un ton hésitant, mais son regard était dur et froid.

« C'était quoi au juste, Assistance détresse ? » ai-je insisté.

Ma voix tremblait. Il m'effrayait, tout d'un coup, et j'ai commencé à reculer vers la porte.

Lui aussi avait perçu la frayeur dans mon intonation. Il a paru stupéfait, comme si je l'avais giflé, et l'espace d'un instant il est redevenu l'homme dont j'avais failli tomber amoureuse.

« Rid, s'il te plaît. Ne me regarde pas comme ça. Je ne te ferais jamais de mal, tu le sais. »

Mais je ne voulais plus de mensonges, plus de masques.

« C'est quoi, Zack ? ai-je hurlé.

— Calme-toi. Arrête de crier, m'a-t-il suppliée en

jetant un coup d'œil vers le couloir. C'est exactement ce que t'a dit ton père : une organisation qui permet aux mères démunies de ne pas abandonner leur bébé dans la rue. Rien de plus.

— Tu mens.

— Non, je t'assure. C'est la vérité. »

Je n'ai rien dit, et il a soupiré avant de s'asseoir sur le canapé.

« Le système d'adoption n'a pas toujours été ce qu'il est maintenant. De nos jours, malgré ses défaillances, il assure tout de même une certaine sécurité aux enfants. Dans les années 1970, c'était différent. On ne pouvait pas facilement remédier aux cas de maltraitance. Les médecins étaient les premiers confrontés à des circonstances dramatiques présentant des risques pour la vie des tout-petits. Mais ils étaient pieds et poings liés.

— Qu'est-ce que tu me racontes ? »

Je commençais néanmoins à entrevoir cet élément qui m'avait échappé durant la conversation avec mon père.

« Juste que certaines personnes ne pouvaient pas se contenter de ne rien faire.

— Des gens comme mon père et oncle Max ?

— Entre autres. Et comme ma mère », a-t-il ajouté en levant les yeux vers moi.

Je me suis souvenue d'Esme disant : *J'aurais fait n'importe quoi pour cet homme.* À présent, cette remarque prenait un autre sens. Qu'avait fait Esme au juste ?

« Tais-toi, Zack. »

En entendant cette voix, je me suis retournée. Esme se tenait sur le seuil, en ensemble pyjama-peignoir rose. Je me suis rappelé qu'elle dormait parfois sur le futon dans le bureau de son fils quand un surcroît de travail la retenait tard en ville. Avant, j'adorais ces soirées où elle était là, où nous préparions le dîner toutes les deux avant de regarder une vidéo en mangeant du pop-corn.

« Ridley, a-t-elle commencé d'une voix douce, tu es en train de commettre une terrible erreur, ma chérie.

— Ah bon ? Laquelle ?

— Tu ne devrais pas remuer le passé. Il n'en sortira rien de bon, pour aucun de nous.

— Oh, mais je n'ai rien remué ! C'est le passé qui s'impose à moi. »

Elle a ouvert la bouche comme pour répondre et l'a refermée aussitôt.

« Sais-tu qui je suis ? lui ai-je demandé.

— Bien sûr, a-t-elle répondu. Moi, je sais parfaitement qui tu es. La question est : pourquoi l'ignores-tu ? »

Son sourire mélancolique n'atténuait en rien la crainte dans son regard. J'ai reporté mon attention sur Zack.

Dans son visage blême, ses yeux brillaient d'un éclat fiévreux, mélange de colère et d'un autre sentiment. Je lui avais déjà vu cette expression. Jusque-là, elle ne m'avait jamais été destinée, mais Zack l'arborait parfois quand il parlait de certains patients dont il s'occupait à la clinique où il collaborait une fois par semaine avec mon père. Elle s'accompagnait en général d'un commentaire du style : « Il y a des gens qui ne méritent pas d'avoir des bébés. » Je l'interprétais alors comme le signe de sa passion pour son travail, de son amour pour les enfants, de son désespoir devant des situations de détresse. Aujourd'hui, je la voyais surtout comme de l'arrogance, une capacité à juger autrui, un manque total de compassion.

« Si tu étais restée avec moi, rien de tout cela ne serait

arrivé, a-t-il affirmé. Tu n'aurais jamais eu à affronter cette épreuve. »

Il avait raison, bien sûr. Si j'étais restée avec lui, je me trouverais sans doute dans son lit en ce moment même, ou lui dans le mien. Je ne serais jamais sortie en pleine nuit pour venir lui parler. Mais peut-être était-il temps pour moi de découvrir ma part d'ombre. Peut-être m'étais-je trompée en croyant faire des choix dans mon existence. Peut-être étaient-ce en réalité des initiatives dictées à mon oreille par cette personnalité inconnue en moi, qui me guidait doucement vers la vérité, vers la délivrance.

« Oui, Zack, ai-je répondu. J'aurais sans doute pu continuer longtemps ainsi, sans savoir qui j'étais vraiment.

— As-tu tellement souffert… de cette vie-là ? m'a demandé Esme, une pointe d'amertume dans la voix. As-tu seulement pensé à l'autre solution ? »

Elle paraissait tellement menue en cet instant, tellement fragile ! Pourtant, une colère sourde l'animait.

« Comment aurais-je pu y penser ? ai-je rétorqué. J'ignorais qu'il en existait une ! »

Elle a laissé échapper un petit rire.

« Eh bien, tu le sais, maintenant. Alors, heureuse ? »

Je me suis détournée d'eux, déterminée à m'en aller.

« Ridley ! m'a crié Zack d'un ton désespéré. Tu n'es pas en sécurité ! »

Je me suis élancée hors de l'appartement.

Ce ne sont pas les plus forts qui survivent. Ni les plus intelligents. Non, ce sont les plus capables de s'adapter au changement. Je ne me rappelle plus qui a dit ça, mais l'idée m'a toujours paru brillante. Et au moment de ma fuite, elle m'est revenue en tête. J'ai couru à perdre haleine sur quelques centaines de mètres puis, à bout de souffle, vaincue par un point de côté, j'ai ralenti l'allure. Vous ne trouvez pas drôle que dans les films, les gens comme vous et moi se mettent soudain à cavaler sur des kilomètres, à escalader des murs dans des impasses ou à sauter sur des voitures en mouvement ? Moi, je n'aurais jamais pu me livrer à de telles acrobaties ; je ne me rappelais même plus la dernière fois où j'avais mis les pieds au club de sport. Quiconque se serait lancé à ma poursuite n'aurait eu aucun mal à me rattraper. Je n'arrêtais pas de jeter des coups d'œil par-dessus mon épaule, redoutant de voir apparaître la Firebird ou le skinhead. Zack m'avait dit que je n'étais plus en sécurité et j'avais toutes les raisons de le croire. Je marchais vite, sans but précis. Je ne pouvais pas rentrer chez moi. Je ne concevais pas de retourner dans cet hôtel sinistre, ni d'aller chez mes parents. Alors, je continuais d'avancer.

J'étais sonnée mais pas brisée. Mon cerveau n'était plus qu'un chaos de pensées décousues et d'interrogations sans fin, toutefois je n'étais pas folle. J'ai pris la direction de l'est, vers le fleuve, à travers une ville en train de s'éveiller, sous un ciel d'encre qui virait peu à peu au bleu foncé. Quand je suis arrivée devant l'atelier de Jake, j'ai trouvé cette fois la porte verrouillée. J'ai pressé l'Interphone pour le principe. Il n'y avait personne, évidemment. Pour autant que je le sache, Jake avait disparu. Et c'était sans doute aussi bien, dans la mesure où il avait peut-être essayé de me tuer.

Le jour ne se lèverait pas avant au moins une heure, mais il y avait déjà de la circulation. Je suis passée devant un homme qui installait son stand de café dans la rue, puis je me suis engagée dans Chinatown en pleine activité ; les poissonniers ouvraient boutique, les néons s'éclairaient un peu partout. Dans Chambers Street, des Lincoln Sedan en stationnement déversaient sur les trottoirs leur cargaison de passagers – essentiellement des avocats et magistrats matinaux qui se dirigeaient d'un pas pressé vers l'immense palais de justice d'un blanc sale. Jamais je ne m'étais sentie aussi fatiguée de toute ma vie, et pourtant j'avançais toujours. Comme ces alpinistes qu'on voit dans les reportages gravir l'Everest, qui continuent de progresser malgré le manque d'oxygène ; ils posent un pied devant l'autre, encore et encore. Ils savent que s'ils ne bougent plus, ils meurent. C'est aussi simple que ça. J'ignore si ça l'était aussi pour moi, mais si je m'arrêtais, me semblait-il, le poids de mes pensées et de mes peurs allait m'écraser. Enfin, je suis arrivée devant la passerelle pour piétons aménagée sur le pont de Brooklyn. De l'autre côté, je pourrais peut-être trouver un hôtel correct, où je dormirais une semaine entière. À moins que je ne poursuive mon chemin jusqu'au bout du monde ?

J'aimerais dire que j'avais toujours eu conscience d'un certain flou dans mon univers, mais non, je ne crois pas. Esme m'avait demandé : *As-tu tellement souffert… de cette vie-là ? As-tu seulement pensé à l'autre solution ?*

Je vous le répète, je n'avais qu'à fermer les yeux pour que me reviennent les souvenirs de mon enfance, des odeurs, des sensations. Moins des scènes entières que des détails spécifiques. Le shampooing Johnson, les toasts grillés, les goûters d'anniversaire, l'herbe coupée, les braises dans la cheminée et les sapins de Noël. J'étais aimée, en sécurité. J'ai grandi en sachant que je n'aurais jamais faim. Je n'avais jamais peur chez moi. Est-ce que tout était parfait ? À cette question, je vous en oppose une autre : la perfection existe-t-elle en ce monde ? Y avait-il des choses que j'ignorais ? Manifestement, oui. Mais j'ai connu une jeunesse privilégiée dans une belle banlieue américaine. La « solution », pour reprendre le terme d'Esme, n'aurait sans doute pas été aussi agréable. J'aurais peut-être été maltraitée par mon père, ma mère aurait eu peur de lui, il aurait pu se montrer cruel envers elle. Qui serais-je aujourd'hui si j'avais été élevée par Teresa Elizabeth Stone ? Je ne le saurais jamais, bien sûr. Et je n'étais pas sûre de le regretter. Pour autant, il ne fallait pas oublier la gravité des actes commis. Quelqu'un avait assassiné Teresa Stone et kidnappé sa fille. Désolée, je ne suis pas de ceux qui pensent que la fin justifie les moyens.

« Hé ! »

J'ai fait volte-face. Il se tenait juste derrière moi.

« Tu ne peux pas continuer d'avancer comme ça ! Il va bien falloir que tu t'arrêtes à un moment ou à un autre pour affronter la réalité ! »

Un flot d'émotions – amour, colère, peur – a déferlé en moi, menaçant de me submerger.

« Et je suppose que tu vas m'aider ? » ai-je répliqué d'une voix tremblante.

Il a opiné lentement.

« Oui, si tu es prête à entendre la vérité. »

28

« C'est ironique, je suppose ? » ai-je lancé en m'écartant de lui.

En cet instant, je détestais mes mains et ma voix, qui me trahissaient par leurs tremblements, révélant l'intensité de mon trouble. Jake se contentait de me dévisager. À sa décharge, il ne disait rien. Le ciel s'éclairait peu à peu et la circulation en contrebas, sur le pont, commençait à s'intensifier, constituant en fond sonore une rumeur sourde ponctuée de temps à autre par un coup de Klaxon. Jake se tenait parfaitement immobile, comme s'il craignait qu'au moindre mouvement de sa part je ne prenne la fuite.

« Je sais tout, ai-je affirmé en carrant les épaules, le regard rivé au sien.

— Oh, non ! Ça m'étonnerait. »

Il m'a soudain paru être l'incarnation de toutes les personnes qui m'avaient menti dans ma vie. J'aurais voulu me jeter sur lui, le bourrer de coups de poing pour libérer ma colère et ma frustration, l'anéantir par la seule force de ma fureur et de mon désespoir. Pourtant, je suis parvenue à me contenir.

« Je sais que tu n'as pas emménagé dans mon immeuble par hasard, Jake. Je sais que tu as remonté une piste qui t'a mené jusqu'à moi. Je sais que c'est toi, l'auteur du second message.

— Ridley… »

Sa voix avait résonné comme une prière.

« Reste où tu es. » Les tremblements avaient gagné tout mon corps, à présent. « Surtout, ne t'approche pas de moi.

— Je ne te ferais jamais de mal. »

J'ai éclaté d'un rire bref, cassant, à la limite de l'hystérie.

« C'est bizarre, ai-je repris d'une voix qui grimpait dangereusement dans les aigus, on n'arrête pas de me répéter ça, en ce moment. À force, je commence à penser qu'il y a un problème. »

Toute couleur s'était retirée de son visage marqué par la fatigue.

Une nouvelle fois, j'ai senti monter dans ma gorge ce rire dément qui me perturbait moi-même par son étrangeté.

« T'es vraiment qu'un sale menteur ! T'as bien failli nous tuer tous les deux, hier ! Qu'est-ce que tu cherchais, hein ? »

Je hurlais tout en balayant du regard les alentours. À New York, on n'est jamais complètement seul, il y a toujours quelqu'un dans les parages. Sauf en cas de danger ; là, la ville devient l'endroit le plus désert de toute la planète. En l'occurrence, je n'ai vu personne sur le pont.

« De quoi tu me parles ? »

Il était convaincant, je le reconnais. Il jouait à la perfection le rôle de l'innocent aux mains pleines.

« La bagnole ! ai-je crié. Ta putain de Firebird ! T'avais envie de jouer aux autos tamponneuses sur cette route de montagne, c'est ça ?

— Quoi ? » Il a secoué la tête, les yeux brillants. « Non, Ridley. Oh, Seigneur ! Tu n'es pas blessée, au moins ? »

Il s'est avancé d'un pas, j'ai reculé de nouveau.

Rappelez-vous, je n'avais pas distingué le conducteur de la voiture. À vrai dire, j'avais du mal à croire que Jake ait pu s'en prendre à moi. Mais sur ce pont au petit jour, je ne pouvais plus me fier à ce que j'avais ressenti, ni à ce que j'avais vu, ni même à ce qu'on m'avait raconté la veille ou trente ans plus tôt. Je n'avais plus d'autre possibilité que de me raccrocher au présent. Et je n'avais qu'une certitude : la rage en moi le disputait à la panique.

« Écoute-moi bien, Ridley. La Firebird a disparu. On l'a volée.

— Tu me prends pour une conne, Jake ? Tu m'as raconté toi-même qu'elle avait été saisie et j'ai eu confirmation que ce n'était pas le cas. »

Un coup de vent froid venu du fleuve a ouvert mon blouson. J'en ai resserré étroitement les pans autour de moi.

« D'accord, a répondu Jake en levant une main. J'ai d'abord pensé qu'on l'avait saisie, c'est vrai, mais depuis je me suis aperçu de mon erreur. »

J'ai passé quelques secondes à évaluer la crédibilité de son excuse ; elle me paraissait faible.

« Ah oui ? Et comment tu t'en es aperçu ? Certainement pas en téléphonant à la police ! Tu es un fugitif recherché pour le meurtre de Christian Luna ! »

Il a hoché la tête, l'air de comprendre mon scepticisme.

« J'ai des copains qui ont des contacts parmi les flics.

— Pourquoi, Jake ? Qui voudrait me tuer en se servant de ta voiture ?

— Les mêmes individus qui ont abandonné un fusil enregistré à mon nom sur le parking de Fort Tyron. »

J'ai plongé mes yeux dans les siens comme si je pouvais lui soutirer la vérité par la seule force de mon regard.

« Parce qu'il s'agit d'un complot, maintenant ? ai-je ironisé.

— Si tu veux appeler ça autrement, ne te gêne pas. »

J'étais confrontée d'un coup à trop d'informations sur trop de personnes et de circonstances différentes. De nouveau, une sorte de brume envahissait mon cerveau, rendant les choses floues et indistinctes.

« J'ai besoin de connaître la vérité, Jake. Je ne veux plus de mensonges. Tu es prêt à tout me révéler ? Sans rien omettre ?

— Je suis prêt à te dire tout ce que je sais, oui. Je n'ai plus aucune raison de te cacher quoi que ce soit. »

Parmi les dizaines de questions qui se bousculaient dans ma tête, une seule a jailli de mes lèvres :

« Est-ce que tu as trouvé ce que tu cherchais ? » ai-je demandé, soudain accablée de tristesse. Des larmes ont roulé sur mes joues. « Après tous ces crimes, ces mensonges et ces manipulations, as-tu au moins obtenu des réponses ? »

Il a poussé un profond soupir tandis que son corps semblait se tasser, comme écrasé par le poids de mes paroles.

« Non, je n'ai pas trouvé ce que je cherchais. » Il m'a regardée en s'approchant de moi. « Mais j'ai découvert un truc dont je ne soupçonnais même pas l'existence.

— Oh, je t'en prie ! Ne viens pas me dire que tu éprouvais des sentiments pour moi… Tu sais quoi, Jake ? Va te faire foutre ! »

Je lui ai tourné le dos, bien décidée à m'éloigner.

« Ridley, s'il te plaît... »

Il m'a rattrapée trop vite pour que je puisse m'enfuir. Puis il m'a agrippée avec force tandis que je me débattais avec encore plus de force. Je ne vous parle pas de gifles de fillette, là. Je lui ai envoyé un sacré coup de pied dans le tibia. Je l'ai bourré de coups de poing. Sans qu'il relâche sa prise un seul instant.

« Laisse-moi, Jake ! T'es qu'un menteur ! Je te déteste ! »

Je hurlais comme une folle. Entre deux coups sur son dos, aussi solide qu'un mur de granit, il a dit :

« Je te libérerai quand tu promettras de m'écouter. »

Sournoisement, j'ai tenté de lui expédier mon genou dans le bas-ventre, mais il a réussi à me bloquer avec sa jambe. J'ai fini par m'effondrer contre lui, ainsi que le font les boxeurs sur le ring quand ils se raccrochent l'un à l'autre tout en s'efforçant de se frapper dans les reins. Moi, je me suis contentée de prendre une profonde inspiration et d'appuyer ma tête contre son cou.

« O.-K. », ai-je murmuré.

Il a tenu parole. Pas moi. À la seconde même où il m'a relâchée, j'ai détalé vers Brooklyn.

« Ridley, merde ! »

Je courais comme une dératée, mais il ne lui a pas fallu longtemps pour me rejoindre. Je vous ai dit que je n'étais pas sportive ? Bref, il m'a enlacée par-derrière, me maintenant les bras le long des flancs. Je me suis démenée telle une gamine en plein caprice.

« Tu as raison, Ridley ! a-t-il hurlé pour couvrir mes cris. Je t'ai menti ! Maintenant, laisse-moi t'expliquer, d'accord ? »

Je ne sais pas combien de temps au juste il m'a emprisonnée ainsi mais, vaincue par ma fatigue et sa force, j'ai fini par me rendre.

« D'accord, ai-je répondu. Lâche-moi, je ne m'enfuirai pas. Je suis trop crevée.

— Moi aussi, a-t-il avoué, le souffle court. Je n'aurai pas le courage de te courir après. »

Quand il m'a libérée, je suis allée m'accouder à la rambarde. La matinée était presque belle, tout en ciel gris-bleu et moutonnements d'écume sur les flots anthracite en contrebas.

« Dis-moi que ce n'est pas toi, ai-je murmuré. Dis-moi que tu n'as pas tué Christian Luna et que tu ne conduisais pas cette voiture. »

Je serai franche avec vous : malgré tout ce qui s'était passé entre nous, malgré les mensonges et les faux-semblants, c'étaient les deux seuls actes que je n'aurais jamais pu lui pardonner. Il s'est approché de moi, m'a passé un bras autour des épaules et glissé un doigt sous le menton pour m'obliger à le regarder.

« Ce n'était pas moi », a-t-il affirmé.

S'il avait tenté d'en rajouter, je ne l'aurais peut-être pas cru. Mais il ne l'a pas fait et j'ai lu la sincérité dans ses yeux.

« Comment m'as-tu retrouvée ? ai-je demandé.

— Quand ? Là, tout de suite ?

— Non, je veux dire, tu as découvert que mon père était le pédiatre de Jessie Stone. Mais comment es-tu arrivé jusqu'à moi ? »

Il est parti d'un petit rire.

« Exactement comme Christian Luna. Grâce au photographe du *Post*. »

J'ai soupiré.

« Ce que je peux le détester, ce crétin ! »

Lorsque Jake a renversé la tête, je me suis rendu compte que je l'avais blessé. Je n'ai cependant pas essayé de le réconforter.

« Tu regrettes de m'avoir rencontré ? a-t-il murmuré.
— Je pense surtout que tu as beaucoup de choses à me raconter. »

Nous sommes restés un long moment sur ce pont, à contempler la marée de véhicules au niveau inférieur tandis que les gaz d'échappement montaient vers nous, nous prenant à la gorge. Aucun de nous ne soufflait mot. Mes peurs et mes doutes formaient une sorte de rempart de barbelés coupants entre nous. Nous parviendrions sans doute à le franchir, mais l'épreuve se révélerait sûrement douloureuse.

Nous avons opté pour un petit bar à Montague Street, dans Brooklyn. Nous avions marché jusque-là en silence. Jake avait pas mal de choses à me dire, et moi pas mal de questions à lui poser, mais il était entendu entre nous que nous avions d'abord besoin d'un endroit calme et tranquille pour parler. Il portait un sweat-shirt dont il avait rabattu la capuche sur sa tête, en plus d'une casquette de base-ball dont la visière lui dissimulait les yeux. J'avais avancé vite en gardant mes distances. Le lever du soleil me donnait l'impression d'être exposée et je voulais me réfugier à l'intérieur.

Nous nous sommes glissés dans un box, sur des banquettes rouges, puis nous avons commandé un café. Nous évitions de nous regarder. Aucun de nous ne savait par où commencer, je crois.

« Comment m'as-tu retrouvée ? Ce matin, je veux dire.

— J'étais caché dans Tompkins Square pour surveiller l'atelier. »

J'ai acquiescé.

« Tu te doutais que je passerais ?

— Non, je n'en savais rien. Je l'espérais. »

Nouveau silence.

« Je suis allée chez Zack, ai-je dit enfin.

— Ah bon ? Pourquoi ?

— Où voulais-tu que j'aille ? » J'ai haussé les épaules. « Comme il connaissait mon père, je pensais qu'il serait capable de m'aider à y voir plus clair.

— Et ?

— Il a essayé de me faire croire que j'avais imaginé toutes ces histoires. Sa mère était là aussi. Et tout d'un coup, j'ai compris.

— Quoi ?

— À propos d'Assistance détresse. J'ignore au juste en quoi consiste cette opération, mais ils y ont participé, ou ils y participent encore. »

Il a hoché la tête comme s'il était déjà au courant – ce qui était sans doute le cas. J'ai retiré de ma poche la copie de l'extrait de naissance de Charlie ainsi que la photo le montrant avec Adele et Michael, ses parents. J'ai posé les documents sur la table et les ai poussés vers Jake.

« Tu es Charlie, n'est-ce pas ? » ai-je murmuré.

Comment en étais-je arrivée à cette conclusion ? Pendant que je téléphonais à l'inspecteur Salvo, j'avais parcouru l'extrait de naissance et remarqué que Charlie était né le 4 juillet 1969. Le premier soir où j'avais rencontré Jake, je lui avais demandé son signe ; il m'avait répondu Cancer. J'avais examiné de plus près la photo floue du petit garçon sur le poney, sans pouvoir déterminer s'il s'agissait de lui. Pourtant, une expression particulière sur les traits de Jake quand nous nous tenions sur le pont m'avait remis le cliché en mémoire. Et mon inconscient avait de lui-même assemblé les pièces du puzzle. Aussi n'ai-je pas été vraiment surprise lorsque Jake a acquiescé en jetant un coup d'œil aux papiers devant lui.

« Oui, je crois. Du moins, je l'étais autrefois.

— Que s'est-il passé ?

— Je n'ai toujours aucune certitude. J'ignore comment je me suis retrouvé à l'assistance. Tout ce que je sais, c'est que Charlie a été kidnappé lorsqu'il avait trois ans. Le reste n'est pas clair.

— En tout cas, tu avais raison au sujet de ta mère. Elle t'aimait.

— Sauf qu'elle a voulu m'abandonner.

— Et elle est revenue te chercher. Elle était jeune, elle paniquait. Son mari était un junkie. Mais elle t'aimait, c'est certain. »

Il a esquissé un mouvement d'approbation. Sommes-nous donc tous, au fond de nous, comme des gosses qui ont besoin de savoir que leurs parents les ont aimés ?

« Ensuite, tu as réussi à remonter jusqu'à ta grand-mère, ai-je poursuivi. Pourquoi ne lui as-tu rien dit ? »

Jake s'est concentré sur sa tasse de café, qu'il a fait tourner entre ses paumes.

« Je ne comprends pas, ai-je repris devant son silence. C'est pourtant bien ce que tu cherchais, non ? Une famille ?

— Je le croyais, a-t-il enfin répondu. Mais quand j'ai rencontré Linda McNaughton... Eh bien, je ne sais pas... L'enfant qu'elle connaissait avait disparu depuis une éternité. Sa fille était morte. Je n'ai pas pu me résoudre à lui parler. Je me suis dit que je retournerais la voir quand j'aurais découvert la vérité. Aujourd'hui, je n'ai encore rien décidé. »

Nous sommes restés silencieux quelques instants.

« Une seule personne est au courant de ce qui nous est

arrivé à tous les deux, Ridley. Pourquoi et comment nous avons été enlevés, et ce qui s'est produit par la suite.

— Qui ?

— Ton père. Il soignait les quatre gamins kidnappés cette année-là. Et Dieu seul sait combien d'autres encore.

— Parce qu'il y en a eu d'autres ?

— Beaucoup, à mon avis.

— Assistance détresse… », ai-je murmuré. Je ne voyais toujours pas le lien entre le destin de Charlie, de Jessie et de tous ces gosses et la fondation d'oncle Max, mais je sentais qu'il en existait un. « C'est pour cette raison que tu t'es lancé sur ma piste ? » ai-je demandé.

Il a relâché son souffle en me regardant.

« Pour être franc, j'étais dans une impasse quand je suis tombé sur ta photo en couverture du *Post*. J'avais déjà parlé au Dr Hauser, qui m'avait dirigé vers ton père. Mais j'ignorais comment entrer en relation avec lui. Je n'imaginais pas aller le trouver pour l'interroger sur Assistance détresse. Tous mes efforts pour en apprendre plus sur cette organisation avaient échoué. Là-dessus, Arnie est mort. Pendant un temps, j'ai perdu les pédales ; j'étais fou de chagrin, j'errais comme un zombie, j'acceptais des affaires juste pour gagner de l'argent…

» Et puis, ta photo a été publiée dans le journal. Tu ressemblais tellement à celle de Teresa Stone parue dans le *Record* que je me suis posé des questions. Je veux dire, c'était saisissant. J'ai cru que je devenais dingue ; j'étais tellement obsédé par ma quête, je voulais tellement découvrir une piste que j'en avais des hallucinations. Mais quand j'ai lu que tu étais la fille du Dr Benjamin Jones, j'ai eu l'impression qu'il s'agissait d'un signe. J'ai pensé que, par ton intermédiaire, je pourrais approcher ton père.

— Tu t'es servi de moi, en somme. »

Il m'a pris la main ; je n'ai pas essayé de me dégager.

« Au début, oui, Ridley. Mais… »

Il n'a pas terminé sa phrase et je m'en suis réjouie. Je ne tenais pas à l'entendre m'avouer qu'il n'aurait jamais cru éprouver des sentiments pour moi. Au fond, je savais déjà ce qui s'était passé entre nous. Mettre des mots dessus n'aurait servi à rien.

« Alors, si tu es Charlie et si je suis Jessie, que sont devenus les deux autres enfants enlevés cette année-là ? Qui sont-ils, aujourd'hui ?

— Aucune idée. Je n'ai pas retrouvé leur trace. Ils ont littéralement disparu. Tiens, toi, par exemple : aujourd'hui, tu t'appelles différemment, tu as un numéro de Sécurité sociale et un extrait de naissance au nom de Ridley Jones. Pareil pour moi : j'ai un extrait de naissance au nom de Harley Jacobsen. Charlie, Brian, Pamela et Jessie n'existent plus. Et leurs parents biologiques sont presque tous morts. »

Il ne me paraissait même pas étrange de parler de Charlie et de Jessie à la troisième personne. Aucun de nous deux ne s'identifiait aux gamins de l'époque. Je n'avais pas le sentiment d'avoir été Jessie un jour ; c'était juste une fillette dont le destin était intimement mêlé au mien, dont j'avais besoin de connaître l'histoire pour savoir qui j'étais. Et à en juger par la façon dont s'exprimait Jake, il ressentait la même chose.

« Je ne comprends toujours pas…, ai-je murmuré. Ces enfants ont été enlevés, puis on leur a attribué un autre nom et un numéro de Sécurité sociale différent avant de les confier à des familles. Pourquoi, Jake ? Comment est-ce possible ?

— Grâce à un réseau de personnes bien placées, possédant argent et influence, a-t-il répondu sans la moindre hésitation, comme s'il y avait déjà longuement réfléchi. Le niveau d'organisation et de corruption nécessaire pour accomplir une opération de ce genre est tout simplement ahurissant.

— Mais pourquoi ? ai-je insisté. Pourquoi faire ça ?

— Quand j'ai commencé à enquêter, je ne m'intéressais qu'à mon cas. Au début, je pensais mettre au jour une sorte de marché noir, un truc comme ça. Je me suis dit : O.-K., les gosses étaient abandonnés dans les centres Assistance détresse, et la plupart n'avaient sans doute ni extrait de naissance ni numéro de Sécurité sociale. Donc, un système avait dû être instauré pour leur attribuer une nouvelle identité. Et parmi ces gamins, les plus sains étaient vendus à des couples désireux d'avoir des enfants mais incapables de concevoir.

— Ta mère est retournée te chercher, pourtant. Tu n'as pas été réellement abandonné.

— Exact. Et quand je me suis renseigné sur les autres disparitions dans la région, j'ai découvert qu'eux non plus n'avaient jamais été abandonnés. Mon hypothèse de départ ne tenait plus.

— Mais tous avaient été soignés à la clinique des Anges…

— C'était un de leurs points communs.

— Or cette clinique est un centre Assistance détresse.

— Tout juste.

— Et alors ? Qu'est-ce qu'on en déduit ?

— L'autre point commun entre tous ces enfants, c'était le nombre de consultations à la clinique. Quand un gosse souffre de blessures particulières ou de certaines maladies récurrentes, les pédiatres sont censés signaler son cas dans la mesure où il subit peut-être de mauvais traitements. Jessie a eu le bras cassé. Charlie a été abandonné. Brian a été amené pour une fracture à la jambe et un coup à la tête. Pamela a eu l'épaule démise. Ce ne sont pas des situations fréquentes chez les tout-petits.

— Comment le sais-tu ? Le Dr Hauser m'a affirmé qu'il ne t'avait pas remis les dossiers.

— Il n'allait tout de même pas clamer qu'il avait enfreint le règlement de la clinique au nom de son amitié avec Arnie ? »

J'ai ébauché un sourire. J'avais vu juste au sujet du Dr Hauser et de sa cravate des Dancing Bears. Le hippie qui sommeillait encore en lui avait pris le dessus dans l'intérêt de la vérité ; même si cela signifiait enfreindre quelques règles.

« Si j'ai bien compris, Jake, quelqu'un pensait ces enfants en danger.

— Pas n'importe qui, Ridley. Ton père. »

Comme Jake, les sourcils froncés, semblait fixer du regard un point derrière moi, j'ai fini par me retourner. J'ai alors découvert la Firebird dans la rue, aussi profilée et menaçante qu'un requin.

Brusquement, Jake m'a attrapée par la nuque pour me forcer à baisser la tête. Il a baissé la sienne à son tour et hurlé à la serveuse, la seule autre personne dans le bar : « Couchez-vous ! » Sans discuter, elle s'est immédiatement jetée à terre derrière le comptoir, comme si elle avait l'expérience de ce genre d'acrobatie.

Au même moment, les vitres du bar ont explosé, projetant une myriade d'éclats scintillants. Le fracas des tirs automatiques et du verre brisé était assourdissant – sans doute le bruit le plus effrayant que j'aie jamais entendu. Jake s'est glissé sous la table et m'a saisie par les jambes pour m'inciter à faire de même puis, ensemble, nous avons rampé jusque derrière le comptoir, où la serveuse affolée sanglotait sur le sol. J'étais moi-même trop choquée pour avoir peur.

« Il y a une sortie de secours ? » a crié Jake pour couvrir le vacarme.

La fille a hoché la tête avant de se diriger à quatre pattes vers la cuisine. La porte du fond était ouverte, laissant supposer que le cuisinier s'était échappé par là. Nous sommes tous sortis.

Quand nous avons atteint le parking, les coups de feu avaient cessé et nous avons entendu des pneus crisser sur l'asphalte. Le rugissement du moteur s'est mué en grondement tandis que la Firebird s'éloignait. Jake m'a aidée à me redresser.

« Appelez la police ! a-t-il ordonné à la serveuse en larmes, appuyée contre un mur. Demandez l'inspecteur Gus Salvo ! »

Il m'a prise par la main pour m'entraîner à sa suite.

Nous nous sommes réfugiés dans une église sur Hicks Street. Mes oreilles résonnaient toujours de la violence de l'explosion et ma gorge était nouée au point de m'empêcher de respirer. J'agrippais la main de Jake avec une telle force qu'en la relâchant j'ai senti des crampes dans mes doigts.

Un silence total régnait dans le lieu de culte. Une vieille dame voilée de noir priait sur un banc proche de l'autel. La lumière matinale se déversait par les vitraux, dont les reflets colorés dansaient sur le sol tels des papillons. Des bougies brûlaient dans les chapelles votives. Je me suis sentie en sécurité, soudain. Jamais personne n'oserait s'en prendre à nous dans une église.

Jake m'a forcée à le suivre dans un confessionnal. Un petit panneau annonçait que la confession débuterait à seize heures seulement. Une chance ! Face à un prêtre, je n'aurais même pas su par où commencer. Je me suis affalée sur le coussin de velours rouge usé jusqu'à la trame, puis j'ai effleuré la bible reliée de cuir posée devant moi et découvert mon index noirci de poussière. Jake avait légèrement écarté le rideau pour surveiller les alentours.

« Qui a essayé de nous tuer ? ai-je soufflé.

— Écoute, Ridley, on a mis le doigt sur quelque chose et quelqu'un veut nous empêcher d'aller plus loin. Mais à ce stade, tu en sais autant que moi.

— Faux, je ne sais rien du tout. »

Il m'a jeté un bref coup d'œil avant de reprendre sa surveillance. J'ai soudain remarqué un pistolet dans sa main. Un semi-automatique, m'a-t-il semblé, même si je n'avais guère eu l'occasion d'approfondir mes connaissances dans le domaine des armes à feu.

« Tu comptes en faire quoi ? ai-je demandé bêtement.

— Nous protéger… si on doit en arriver là. »

Vous croyez qu'on va droit en enfer si on abat quelqu'un dans une église ? Ou est-ce que Dieu prend en compte les circonstances atténuantes ? Accablée de lassitude, j'ai appuyé ma tête contre la cloison en bois.

« Je ne sais rien », ai-je répété dans un souffle.

J'ai repensé à tous ces dîners de gala, à ces événements mondains réunissant l'élite new-yorkaise, les figures les plus marquantes du monde des affaires, des médias, de la médecine, de la bonne société. J'ai songé à tout cet argent collecté par la fondation de Max, à toutes ces personnes que ce même argent avait aidées. Je me suis remémoré la passion qui consumait mon oncle, son désir obsédant de sauver les enfants maltraités et les femmes battues, dont il avait fait une cause personnelle. Et je me suis rappelé sa frustration et celle de mon père devant les failles d'un système qui, souvent, empêchait les médecins d'aider les jeunes en danger. Combien de soirées avaient-ils passées à discuter de ces questions ? Combien de fois les avais-je entendus en débattre dans le bureau de papa ? Combien de fois m'étais-je demandé pourquoi ils étaient aussi tristes et révoltés ?

Et si Max et mon père avaient décidé de prendre en main certains cas ? Et si offrir un refuge aux bébés abandonnés n'avait été qu'une des missions d'Assistance détresse ? S'il y avait eu une autre équipe clandestine à laquelle les membres de l'élite sociale new-yorkaise préféraient ne pas associer leurs noms prestigieux ? Toutes ces interrogations tourbillonnaient dans ma tête, me donnant le vertige.

« Donc, tu ignores comment ces gosses ont été enlevés et pourquoi ? Tu n'en as pas la plus petite idée ? ai-je chuchoté à Jake.

— Je n'ai jamais dit ça. »

Il a laissé retomber le rideau pour venir s'asseoir à côté de moi sur le banc recouvert de velours rouge élimé. Il a glissé l'arme dans sa ceinture puis essuyé la sueur sur son front avant de m'enlacer la taille.

« On va rester ici un petit moment, d'accord ?

— Et après ?

— Quand il fera nuit, on… on verra bien. Je n'ai pas réfléchi aussi loin. »

Pour la première fois, j'ai remarqué à quel point il avait l'air vidé.

« Que vas-tu faire, Jake ? lui ai-je murmuré à l'oreille.

— Comment ça ?

— Quand on aura l'explication ? Quand tu auras

toutes les réponses sur Assistance détresse et que tu auras découvert ce qui nous est arrivé, tu feras quoi ? »

Il m'a opposé un regard vide, comme si cette pensée ne lui avait jamais traversé l'esprit, comme s'il s'était lancé dans une quête dont l'objet lui échappait. Nous sommes tous plus ou moins perdus, pas vrai ? Toujours à la recherche d'un élément insaisissable dont l'importance nous paraît cruciale sans que nous puissions cependant le définir.

« Je veux juste savoir qui je suis, a-t-il répondu.

— Tu le sais déjà, non ?

— Pas vraiment. Les autres gosses ont été accueillis par des familles, il me semble, comme toi. Alors, pourquoi pas moi ? Pourquoi le système n'a-t-il pas fonctionné dans mon cas ? Et toi, Ridley, tu ne tiens pas à connaître la vérité ? »

Nous parlions encore à voix basse. La question de Jake résonnait dans ma tête. La vérité est toujours considérée comme une sorte de Graal, une relique sacrée à laquelle il faudrait tout sacrifier. Elle est censée *délivrer* celui qui la cherche, rien de mauvais n'est censé lui arriver s'il décide de l'*affronter*. Mais je soupçonnais fortement, du moins dans notre cas, que la vérité allait se révéler destructrice, que j'aurais tout intérêt à me raccrocher à mes beaux mensonges. Le monde n'aime pas les secrets ; il s'arrange forcément, tôt ou tard, pour les dévoiler au grand jour. J'étais pareille à un renard dont une patte se serait fait happer par un piège ; le seul moyen de fuir consistait à se ronger un membre. Et j'avais déjà tant perdu ! Je ne m'étais pas rendu compte que je pleurais (encore, je sais) avant que Jake ne recueille sur son doigt une grosse larme roulant sur ma joue.

« Je suis désolé, Ridley. Pour tout », a-t-il dit. Son

souffle chaud dans mon oreille m'a donné la chair de poule. « J'aurais pu étouffer l'affaire, mais je ne l'ai pas fait. Au contraire, j'ai avivé la flamme. Je t'ai conduite jusqu'à Christian Luna. C'était tellement égoïste de ma part ! Je voulais juste…

— … ne plus être seul face à tout ça ? »

Il a acquiescé d'un mouvement de tête. Je ne lui en voulais pas. Je me suis rappelé combien je m'étais sentie seule dans cette chambre d'hôtel miteuse, à me demander qui j'étais, d'où je venais et qui essayait de me détruire. Jake avait souffert de cette solitude durant toute sa vie, et l'année précédente l'unique ami au courant de sa quête était décédé. La perspective de pouvoir confier à quelqu'un ses doutes et ses interrogations avait dû lui paraître irrésistible. Après tout, n'est-ce pas ce que nous désirons tous ? Sous prétexte d'aspirer à l'amour ou de poursuivre nos rêves, ne cherchons-nous pas la compréhension de l'autre ? Un confident prêt à écouter nos pensées, nos sentiments et nos peurs ?

« Je suis désolé », a-t-il répété en m'attirant entre ses bras.

Je l'ai serré contre moi le plus fort possible.

« Ne t'inquiète pas, ai-je répondu. C'est plus clair, maintenant.

— Quoi ?

— Quidam. »

Dans ses yeux, j'ai lu à la fois de l'incrédulité et de la reconnaissance. Je sentais toujours sur mes lèvres le goût salé des larmes.

Pendant que nous nous cachions dans l'église, l'inspecteur Gus Salvo s'était rendu sur les lieux de la fusillade. J'apprendrais plus tard que, posté au milieu des confettis de verre disséminés sur le sol du bar, il avait écouté la serveuse – toujours secouée – lui donner le signalement des deux clients qui avaient pris la fuite. Il avait remué la tête en l'entendant lui raconter ce qu'elle avait vu. Pour lui, cette pièce-là non plus ne s'insérait pas dans un puzzle qui lui apparaissait de moins en moins cohérent à mesure qu'il tentait de le reconstituer. Cette affaire, qui avait commencé apparemment par une balle perdue dans un parc en pleine nuit, prenait maintenant des proportions qu'il n'aurait pu imaginer quand le dossier avait atterri sur son bureau.

Dans l'État de New York, on ne plaisante pas avec la réglementation sur les armes à feu. Pour en obtenir une, la procédure est longue et nécessite toutes sortes de vérifications. Harley Jacobsen avait respecté la loi en demandant un permis de port d'armes pour son Glock neuf millimètres et pour un Smith & Wesson Special calibre 38, plus petit, dont se servent souvent les flics en plus de leur arme de service. Il avait légalement le droit de posséder les deux. Le fusil utilisé pour tuer Christian Luna, en revanche, avait été acheté en Floride, où la réglementation est beaucoup plus souple, comprend un délai d'attente de trois jours seulement et n'exige pas de permis de port d'armes. L'inspecteur Salvo pouvait parfaitement imaginer que Jake Jacobsen ait pu se rendre en Floride, se procurer un fusil d'assaut et revenir à New York commettre un meurtre. Ce qu'il ne comprenait pas, c'est ce qui avait bien pu pousser Jacobsen à l'*enregistrer*. Alors, il avait demandé à voir les documents signés par Jake, comparé la signature avec celle qui figurait sur la licence de détective privé, et découvert qu'elles ne correspondaient en rien.

Fidèle à sa parole, il avait rouvert le dossier des quatre

enfants disparus et procédé grosso modo de la même façon que nous. Mais Gus Salvo avait de l'opiniâtreté à revendre. En outre, il n'était pas troublé par diverses distractions et autres problèmes annexes, comme Jake et moi. À aucun moment, il n'avait perdu de vue son objectif, à savoir découvrir qui avait tué Christian Luna et pourquoi.

Puisque la police le soupçonnait d'avoir assassiné Teresa Stone mais ne l'avait jamais arrêté, l'enquête était en principe toujours en cours. Or, d'après les fichiers que l'inspecteur Salvo avait consultés, personne n'avait envisagé d'autres possibilités. Teresa Stone n'avait pas de famille pour demander des comptes à la justice, aussi son dossier avait-il fini environ un an plus tard aux affaires non résolues, où il accumulait la poussière dans le sous-sol d'un quelconque poste de police du New Jersey. Excellente nouvelle pour son meurtrier. Mais le fait que Christian Luna ait resurgi brusquement et affirmé son innocence à une femme qu'il prenait pour sa fille enlevée trente ans plus tôt, et qui entre-temps avait changé d'identité, avait dû poser de sérieux problèmes à quelqu'un.

Alors, l'inspecteur Salvo en avait déduit que Christian Luna gênait ce quelqu'un. Tout comme Jake, du reste, occupé à creuser la même piste. Quant à moi, je commençais également à devenir importune, c'était évident.

Il avait longuement examiné le bar jonché d'éclats de verre et de débris de toutes sortes. Quantité de douilles gisaient sur le trottoir devant l'établissement. *C'est quoi, tout ce bordel ?* s'était-il demandé. J'aurais pu en parler plus tôt avec lui si, lorsque mon portable s'était mis à vibrer dans ma poche, je ne l'avais pas bêtement éteint en découvrant son numéro sur l'écran.

29

Vous roulez sur l'autoroute quand un semi-remorque devant vous fait voler un caillou qui heurte votre pare-brise avec un claquement sec, étrangement sonore. Ce caillou, à peine plus gros que l'ongle de votre petit doigt, laisse une marque minuscule, presque invisible. Si vous la distinguez à peine, au début, elle va néanmoins finir par s'étoiler, compromettant la stabilité de l'ensemble. Vous n'aurez plus sous les yeux qu'un paysage fragmenté, et au moindre impact, même minime, la vitre tout entière risquera d'exploser en une pluie d'éclats coupants.

À travers le pare-brise étoilé de ma mémoire, je revoyais des scènes auxquelles je n'avais plus pensé depuis mon enfance. Enfouies jusque-là dans un coin de ma tête, elles resurgissaient soudain. Lorsqu'on est trop petit pour comprendre certaines choses auxquelles nous assistons, peut-être les repoussons-nous dans notre inconscient jusqu'au moment où elles refont surface parce qu'on possède alors le langage et les connaissances nécessaires pour les analyser. Je ne parle pas de souvenirs refoulés. Non, je parle d'instants éphémères susceptibles de prendre plus tard une signification différente, d'apparaître sous un jour nouveau.

Je me suis rappelé cet après-midi hivernal où mon école avait fermé plus tôt que d'habitude. Je devais avoir huit ans, j'étais en CE2, et nous nous étions tous rassemblés devant les fenêtres pour regarder la neige tomber et recouvrir rapidement la cour de récréation. Le ciel avait pris cette teinte gris-noir annonciatrice d'un blizzard. En général, les petits sortaient à midi et les plus grands à trois heures, de sorte qu'il n'y avait pas assez de bus pour nous ramener tous avant l'horaire prévu. Les mamans avaient été prévenues, et bientôt, breaks et monospaces s'étaient succédé dans l'allée menant à l'établissement. J'éprouvais une joie coupable à l'idée de rentrer dans une maison chaude et douillette où, installée près de la cheminée avec des sandwichs au fromage et une grande tasse de chocolat, je contemplerais la blancheur glacée du monde extérieur.

Nous étions tous réunis près des portes automatiques qui, en s'ouvrant, laissaient s'engouffrer un tourbillon de flocons portés par un vent froid. À force, nous avions le nez et les joues roses. J'étais une des dernières à attendre qu'on vienne me chercher. Enfin, j'avais vu la voiture familière approcher, mais sur le coup je n'avais pas reconnu ma mère. La femme au volant avait le teint gris, les traits tirés, le visage fermé. Ses cheveux étaient en bataille, ses yeux plissés comme si elle était en colère. Or maman était très belle et soignait toujours son apparence. Ce matin-là, quand elle nous avait dit au revoir, elle portait encore son pyjama de soie rouge mais elle avait enfilé un peignoir de velours noir et des pantoufles assorties ; elle s'était également lavé le visage et coiffée. Bref, elle avait joué à la perfection son rôle de mère de famille, vêtue du costume adéquat.

La femme dans la Mercedes noire semblait inquiète, contrariée et profondément triste. Comme si cette soudaine tempête de neige l'affectait au plus haut point. Je m'étais sentie troublée sans trop savoir pourquoi. Aujourd'hui, je me dis qu'en cet instant j'avais découvert ma mère sans son masque.

Mlle Angelica, ma maîtresse, avait lancé :

« Voilà ta maman, Ridley ! »

J'avais détaché mon regard de l'inconnue.

« Non, c'est pas elle, mademoiselle. »

Elle avait scruté la neige à travers ses lunettes.

« Mais si, voyons », avait-elle répliqué en me gratifiant d'un sourire indulgent.

Quand j'avais reporté mon attention sur la Mercedes, ma mère s'était soudain matérialisée à la place du conducteur, souriante, agitant la main. Surprise, je m'étais précipitée dehors. Elle s'était penchée pour m'ouvrir la portière et j'avais grimpé à côté d'elle, humant les effluves de L'Air du Temps, le flacon de parfum avec le petit oiseau sur le bouchon. Elle avait épousseté les flocons tombés sur mon bonnet.

« Vive la neige ! s'était-elle exclamée gaiement. On va aller chercher ton frère, et après on rentrera à la maison se préparer un bon chocolat chaud. »

Je cherchais toujours sur ses traits l'ombre de la femme fantôme.

« Qu'est-ce que tu as ? m'avait-elle demandé avec un sourire.

— Tu étais différente, tout à l'heure. Quand je t'attendais près de la porte. »

Elle avait laissé échapper un petit rire, pensant probablement à un jeu de ma part.

« Ah bon ? » Elle m'avait soudain tiré la langue. « Et là ? Je suis différente ? »

J'avais pouffé.

Pourquoi vous ai-je raconté cette anecdote ?

Qu'est-ce que j'essaie de vous dire ? Eh bien, que les mensonges ne portaient pas seulement sur les choses importantes ; ils résidaient aussi dans les événements les plus anodins.

Une nouvelle fois, je me suis remémoré cette fête d'anniversaire, quand j'avais entendu mon oncle Max et ma mère se parler dans la cuisine sur un ton qui m'avait sidérée. À la fois furieux et, je m'en rends compte maintenant, particulièrement intime. Leurs propos étaient chargés d'une émotion intense. Comme s'il existait une dimension de leur relation que je n'avais jamais soupçonnée.

— *En amener une ici... À la fête d'Ace ! Comment as-tu pu faire ça ?*

— *Je ne voulais pas venir seul.*

— *N'importe quoi.*

— *Mais enfin, qu'est-ce que tu cherches, Grace ? Arrête de jouer les saintes nitouches, merde !*

Ma grand-mère maternelle disait toujours avec fierté, à propos de ma mère et de ses frères et sœurs : « Oh ! ils ne se chamaillent jamais. » Pendant longtemps, j'avais cru que l'absence de conflits témoignait de bonnes relations. Et puis un soir, alors que ma grand-mère venait une fois de plus de répéter ce même refrain, j'avais entendu mon père marmonner dans sa barbe :

« Mouais, ils ne se chamaillent jamais parce qu'ils ne se parlent pas.

— Pardon, Benjamin ?

— Non, rien, *mère*. »

Il prononçait toujours ce mot comme s'il lui écorchait la bouche. Il appelait sa propre mère « m'man ».

Je me suis souvenue que mes parents ne se querellaient jamais non plus – sauf à propos de mon frère. Mais je devinais parfois que maman était furieuse contre mon père – à aucun moment il ne l'était contre elle, apparemment – à ses silences et à la pénombre ambiante. Quand elle était joyeuse, toutes les lumières étaient allumées, le feu brûlait dans la cheminée en automne et en hiver, il y avait toujours le son de la radio ou de la télé. Quand elle ruminait, elle restait assise toute seule dans le noir jusqu'à ce que sa colère s'apaise.

« Hé, ça va ? a demandé Jake en posant une main sur ma nuque.

— Oui. J'étais perdue dans mes souvenirs. »

Il a hoché la tête comme s'il comprenait.

Le taxi que nous avions hélé dans Hicks Street s'était arrêté devant l'immeuble de mon frère. Je ne dirais pas que j'étais heureuse de le revoir ; je lui en voulais toujours depuis notre dernière rencontre. Mais il était le seul à pouvoir me donner des réponses. Il en savait plus long qu'il ne l'avait admis, je le sentais à ses allusions à peine voilées. Et cette fois, il allait se montrer honnête avec moi. Je ne partirais pas avant d'avoir obtenu des explications.

Il n'y avait personne sur le tabouret à l'entrée de l'immeuble, et s'il n'était que quatre heures et demie, il faisait néanmoins très sombre. Nous étions restés dans l'abri du confessionnal un bon moment, nous avions même somnolé un peu, blottis l'un contre l'autre. Nous étions assommés de fatigue, comme bourrés de somnifères. Nous nous étions réveillés pendant les vêpres et rappelés que les confessions débutaient à quatre heures. À la fin du service, nous nous étions glissés parmi les fidèles et nous avions trouvé un taxi juste devant l'église. Jake avait dit au chauffeur de nous conduire vers Lower East Side, puis, après s'être assuré que personne ne nous suivait, il m'avait demandé de lui indiquer l'adresse précise.

« C'est là qu'il vit ? a lancé Jake.

— Si on peut appeler ça vivre… »

En pénétrant dans le hall, Jake a posé la main sur l'arme glissée dans sa ceinture. Une nouvelle fois, les relents d'ordures, de déjections et de produits chimiques m'ont assailli les narines. Mais ce soir-là, le bâtiment semblait tranquille, presque désert, et d'autant plus obscur qu'aucun rayon de soleil ne filtrait par les fenêtres crasseuses.

« Tout va bien, ai-je dit en prenant Jake par la main.

— Je me méfie des endroits trop sombres. »

Je lui ai pressé les doigts. Peu à peu, nos yeux se sont habitués à la pénombre ambiante tandis que nous grimpions l'escalier en bois, arrachant des craquements aux vieilles lattes. Quand nous sommes arrivés devant l'appartement de mon frère, nous avons découvert la porte entrouverte et j'ai senti l'angoisse m'étreindre le cœur.

« Ace ? »

Pas de réponse.

Jake a saisi son arme et s'est posté sur le côté en me guidant doucement vers le mur. Là-dessus, d'un coup de pied, il a poussé le battant. Une silhouette dont je distinguais vaguement les contours gisait sur le lit. Elle était agitée de tremblements, m'a-t-il semblé. Puis j'ai entendu des sanglots étouffés.

« Ruby ? »

J'ai voulu me diriger vers elle, mais Jake m'a retenue par le poignet. J'ai secoué la tête et continué d'avancer.

« Ils… ils l'ont emmené, a-t-elle hoqueté.

— Qui ? Qui l'a emmené ? » ai-je interrogé, agenouillée près d'elle.

Je ne voyais pas son visage, seule me parvenait son haleine rendue douceâtre par les cigarettes.

« Je sais pas… Deux types masqués. Ils ont enfoncé la porte. L'un d'eux m'a frappée si fort à la mâchoire que je me suis évanouie. Quand j'ai repris connaissance, ils avaient disparu, et Ace aussi.

— Ça va, maintenant ? »

Malgré l'obscurité relative, j'ai tenté d'examiner sa mâchoire. Ruby a hoché la tête avant de lever vers moi des yeux pleins de larmes.

« Ces types, ils n'ont rien dit ? a lancé Jake, resté près de la porte.

— Avant de me cogner, ils m'ont demandé de vous transmettre un message, a répondu Ruby. À tous les deux. “Laissez tomber et on le libérera.” »

J'ai gardé le silence pendant quelques instants, la gorge trop nouée pour parler. J'avais de nouveau le sentiment de vivre un cauchemar et j'attendais désespérément un signe me prouvant que je rêvais.

« C'est ma faute, a repris Ruby. Je voulais qu'il vous aide, qu'il vous raconte tout, qu'il vous protège d'eux…

— De qui, Ruby ?

— Lui, il le sait », a-t-elle répondu avec un geste vers Jake.

Il a haussé les épaules.

« Aucune idée, a-t-il déclaré quand je l'ai interrogé du regard.

— Ceux qui vous ont enlevée, Ridley, a précisé Ruby. Et qui sont responsables de tout ce qui vous arrive.

— Mais qui sont-ils ? » me suis-je écriée.

Quand elle s'est remise à pleurer, j'ai hésité entre la réconforter et la gifler.

« Je l'ignore. Ace m'a rien dit. Pour la même raison qu'il vous a rien dit non plus. Il croyait que ce serait trop dangereux pour nous. »

Cette fille était-elle une junkie en plein délire ? Pouvait-on se fier à elle ? Je ne savais plus quoi penser.

« Ils ont laissé un numéro de téléphone », a-t-elle ajouté en se redressant pour me tendre un bout de papier.

Elle regardait toujours Jake d'un air soupçonneux. L'odeur de tabac autour d'elle était comme une présence supplémentaire. J'ai sorti de ma poche mon téléphone portable et je l'ai allumé. L'écran m'a révélé que j'avais trois messages, mais j'ignorais comment les consulter. Je me suis tournée vers Jake.

« À ton avis, j'appelle ? »

Il s'est approché de moi.

« Tu n'as pas vraiment le choix… »

J'aurais dû paniquer, et pourtant je me sentais calme malgré le léger tremblement de mes mains, la sécheresse de ma gorge et le bourdonnement persistant dans mon oreille droite.

J'ai composé le numéro.

« Ridley ! Eh bien, il ne vous a pas fallu longtemps pour réagir. Remarquez, vous avez toujours été maligne. »

La voix masculine aux intonations raffinées quoique railleuses m'était familière, sans que je puisse cependant l'identifier.

« Vous deviez rentrer chez vos parents, ma chère. »

Alexander Harriman.

« Je ne saisis pas…, ai-je murmuré.

— Dès que j'ai vu cette photo de vous à la une des journaux, j'ai su que nous aurions des ennuis. »

Il s'exprimait d'un ton désinvolte, comme si nous étions de vieux amis.

« Qu'est-ce que vous voulez, monsieur Harriman ?

— Je pense que nous aurions tout intérêt à nous rencontrer pour discuter, clarifier certains malentendus et élaborer un plan pour l'avenir. Une fois que toutes ces questions seront réglées, nous aborderons le cas de votre frère et nous réfléchirons aux moyens de l'aider. »

J'ai deviné qu'il choisissait ses mots avec soin parce que nous étions au téléphone.

« Rien ne m'empêche de transmettre mes informations aux médias, monsieur Harriman. Ni de prévenir la police, puisque vous avez enlevé mon frère.

— C'est vrai, rien ne vous en empêche, a-t-il répliqué du tac au tac. Mais soyez prête à affronter les conséquences de vos actes. Vous devez commencer à comprendre, j'imagine, que la vérité ne nous délivre pas. Je connais pas mal de personnes pour qui c'est même tout le contraire. Vous les connaissez aussi, d'ailleurs.

— Vous me menacez, monsieur Harriman ?

— Certainement pas ! » s'est-il exclamé avec une indignation feinte.

Mon cerveau s'activait. J'ignorais comment jouer cette partie et je me faisais l'effet d'une souris dans les pattes d'un gros chat.

« Prouvez-moi que mon frère va bien. »

Je sais, j'aurais pu trouver mieux. Seulement, rien d'autre ne m'était venu à l'esprit. De plus, je voulais entendre Ace.

« Du moment que vous et moi parvenons à un accord, votre frère et le reste de votre famille, sans parler de votre ami M. Jacobsen, ne risquent rien. Vous avez ma parole.

— Ça ne me suffit pas, ai-je répondu d'une voix faible.

— Écoutez, Ridley, a-t-il repris, manifestement gagné par l'impatience, vous n'êtes pas en position de force, alors arrêtez de m'emmerder. Rendez-vous à mon cabinet dans moins d'une heure. Je vous fais une faveur à cause de l'amour que Max vous portait. Mais je vous préviens : je ne suis pas d'une nature sentimentale et vous êtes devenue extrêmement gênante. »

Sur ces mots, il a raccroché. J'ai contemplé mon portable comme s'il s'agissait d'une arme. Un frisson m'a parcourue à la pensée que, en guise de faveur, j'avais déjà eu droit à une agression brutale sur la route et à une fusillade dans un bar. À quoi pouvait-on s'attendre quand il s'emportait vraiment ? J'ai regardé Jake, qui s'est approché de moi et m'a prise dans ses bras.

« C'était qui ?

— L'avocat de mon oncle, un certain Alexander Harriman.

— Le défenseur de tous les types du milieu ? »

Je n'y avais jamais songé en ces termes, mais à la réflexion, la formule me paraissait juste. Je me suis assise près de Ruby, qui fixait sur moi des yeux suppliants.

« Je l'aime », m'a-t-elle avoué.

Elle était d'une maigreur effrayante, des traces de mascara lui sillonnaient les joues et ses cheveux étaient desséchés à force d'avoir été décolorés. Pourtant, je percevais en elle une beauté et une douceur qui me donnaient envie de la protéger.

« Moi aussi, ai-je répondu.

— Qu'est-ce qu'il veut ? a lancé Jake.

— Que je le rejoigne dans moins d'une heure. »

Il a secoué la tête.

« Ce n'est pas une bonne idée.

— Tu en as une meilleure ? »

Nous nous sommes dévisagés en silence pendant quelques secondes.

« En tout cas, tu n'iras pas toute seule, a-t-il décrété.
— Faut pas lui faire confiance », est intervenue Ruby en m'agrippant le bras.

Elle semblait désespérée mais lucide.

« Pourquoi ? Pourquoi dites-vous ça ?
— Il a tué votre oncle », a-t-elle chuchoté.

J'ai senti un grand froid m'envahir.

« Non, Ruby, mon oncle est tombé d'un pont au volant de sa voiture. Il avait trop bu. La route était verglacée. On ne l'a pas assassiné. »

J'ai de nouveau tourné la tête vers Jake, toujours immobile et silencieux.

« On n'a pas forcément besoin d'un flingue pour tuer quelqu'un », a-t-elle affirmé en le regardant elle aussi.

Jake a poussé un profond soupir.

« Elle a raison. Parfois, il suffit de dire la vérité.
— Mais enfin, de quoi vous parlez, tous les deux ? »

Je me suis souvenue des larmes de mon oncle cette nuit-là. De ses paroles aussi. *Tu es peut-être la seule chose que j'ai réussie dans ma vie, Ridley.* Brusquement, j'ai compris la remarque de Jake.

« Tu l'as rencontré, hein ? Tu lui as raconté ce qui t'était arrivé… »

Il a acquiescé.

« J'étais au fond du trou quand j'ai eu cette discussion avec Max. J'étais déjà au courant des autres disparitions d'enfants et de l'implication de ton père, mais à ce stade, mon enquête piétinait. Et Arnie venait de mourir. J'avais tellement de colère en moi que je ne pouvais plus m'endormir le soir sans m'être soûlé.

» Quand j'ai entendu parler de la fondation Maxwell Allen Smiley et des fonds alloués à Assistance détresse, j'ai su que je devais voir ton oncle. Pour moi, la clinique des Anges et d'autres centres similaires dans l'État, ces refuges sûrs où les mères pouvaient déposer leurs enfants, avaient également une autre fonction. Certains médecins jouaient le rôle d'"anges gardiens". »

Jake s'est interrompu, comme s'il était douloureux pour lui de continuer.

« Ils veillaient sur les gosses qu'ils pensaient maltraités, c'est ça ? » ai-je demandé.

J'ai imaginé la petite Jessie dont on avait cassé le bras et ce qu'avait dû ressentir mon père en la soignant.

« Exact. Et ils les signalaient.

— Comment ça ?

— Dans les années 1970, il était extrêmement difficile de retirer un enfant d'un foyer où il subissait de mauvais traitements.

— Donc, ils étaient identifiés par des pédiatres et… et quoi ?

— Ils étaient enlevés. Du moins, je crois.

— Par qui ? Qu'est-ce qu'ils devenaient ?

— Je n'avais pas les réponses quand je suis allé trouver Max et je n'ai toujours aucune certitude.

— Que s'est-il passé, Jake ?

— J'ai voulu me rendre à son bureau, mais comme je ne pouvais pas obtenir de rendez-vous, je l'ai filé pendant quelques jours afin de découvrir quels bars il fréquentait. Je l'ai attendu au Blue Hen, pas très loin de chez tes parents.

— Le soir du réveillon de Noël ?

— Non. Deux semaines avant. Il avait déjà pas mal éclusé quand il est arrivé. Tout le monde semblait le connaître. J'étais assis à une table, devant une bière. Lorsqu'il s'est retrouvé seul, je l'ai rejoint. Il s'est montré sympa, il m'a même offert une tournée. Moi, je le haïssais, de toutes mes forces. » La voix de Jake était glaciale, chargée de cette colère dont il m'avait parlé.

« Au bout d'un moment, je lui ai dit : "Vous savez qui je suis ?" Il m'a regardé d'un air intrigué. "Non, fiston, je n'en ai pas la moindre idée." Alors, je lui ai parlé de moi. Et tu veux que je te dise ? Il a été très gentil. Il m'a écouté, et après, il m'a raconté ce qu'il avait subi dans sa jeunesse. Mais je m'en foutais, de sa gentillesse ! Moi, je voulais des réponses. Alors, on a encore bu une bière et j'ai demandé : "C'est quoi, la mission Assistance détresse, monsieur Smiley ?"

» Là, il a blêmi. "Qui êtes-vous ?" a-t-il répliqué. "Justement, je voudrais bien le savoir." Il a réglé l'addition et il est sorti. Je l'ai suivi dehors. Il aurait pu faire un scandale, appeler à l'aide les types du bar ou prévenir la police, mais non. Dans le parking, je lui ai exposé ma théorie sur Assistance détresse. "J'étais sûrement un de ces gamins, monsieur Smiley. Et puis, les choses ont mal tourné pour moi."

» Il a prétendu que j'étais dingue, que je délirais. "Assistance détresse s'occupe de sauver des enfants, c'est tout. Vous avez besoin d'aide, jeune homme."

» "Vous avez raison, j'ai besoin d'aide. J'ai surtout besoin de connaître la vérité sur Assistance détresse." On se tenait si près l'un de l'autre qu'on chuchotait, je m'en souviens encore. "Je vous ai dit la vérité. Je ne peux rien pour vous." Il est remonté dans sa voiture mais, juste avant qu'il claque la portière, je lui ai jeté ma carte de visite sur les genoux. J'ai bien vu, à ses yeux brillants, qu'il était troublé, perturbé. Je me suis dit que sa conscience risquait de le rattraper un jour. Et c'est peut-être ce qui s'est passé, ce qui l'a poussé à se jeter de ce pont le soir de Noël. Si je l'ai tué, c'est de cette façon. »

J'ai dû lutter contre l'immense chagrin que je ressentais pour mon oncle. Même après tout ce que je venais d'apprendre, je trouvais horrible que sa tristesse l'ait acculé au suicide. Cette même tristesse qui l'avait hanté toute sa vie, gâchant sa joie, le conduisant à faire des choses inconcevables. En fin de compte, elle l'avait vaincu.

« Comment Ace était-il au courant ?

— Votre oncle lui en a parlé, m'a répondu Ruby. Quelques jours avant sa mort, il est passé voir Ace. Il voulait se réconcilier avec lui, l'aider à se désintoxiquer, lui payer une cure. Il lui a dit que le passé avait resurgi, qu'il tenait à réparer ce qu'il avait brisé. »

Je me suis rappelé ma dernière conversation avec Max. Allait-il tout m'avouer, juste avant que mon père apparaisse ? Quant à cet héritage soumis à des conditions particulières... Mon oncle pensait-il vraiment apaiser Ace par ce moyen ?

J'ai reporté mon attention sur Ruby, désormais silencieuse. Elle dévisageait Jake en rongeant ses ongles abîmés. En moi, la peur le disputait à un terrible sentiment de gâchis ; tant de dommages irréparables avaient été causés... Est-ce que je rendais Jake responsable de la mort de Max ? Non. Il avait le droit de chercher la vérité. Est-ce que je rendais Max responsable de ce qui était arrivé à Jake ? Pour le moment, je ne pouvais pas me prononcer. De toute façon, à ce stade, quel intérêt y avait-il à vouloir à toute force blâmer quelqu'un ?

« Il faut y aller, maintenant, Jake, ai-je dit. Ça va faire une demi-heure que j'ai téléphoné à Harriman. »

S'il a paru surpris par ma réaction, il a néanmoins hoché la tête.

« O.-K. »

Dans l'escalier, j'ai senti mon téléphone portable vibrer au fond de ma poche. Un coup d'œil à l'écran m'a révélé qu'il s'agissait de l'inspecteur Salvo. Je n'ai pas osé répondre, mais ça m'a donné une idée.

30

Tous ceux qui ont assisté un jour à une exécution vous le diront : elle ne résout rien. Après des années de colère et de chagrin, de combats interminables pour obtenir enfin la justice, les familles des victimes se rassemblent dans une pièce stérile. Là, derrière une vitre, elles assistent à la mort de l'assassin. Elles attendaient depuis une éternité le moment où la souffrance se dissiperait, où les blessures commenceraient à cicatriser. Elles s'imaginaient que leur cœur serait alors soulagé d'un poids énorme, que leur sommeil ne serait plus hanté par d'horribles cauchemars. Mais après coup, le constat est brutal : la douleur n'a pas disparu. Elle est toujours là, aussi intolérable qu'au premier jour ; la mort du coupable ne l'a pas soulagée.

Est-ce parce que la notion de châtiment est illusoire, parce que les bonnes et les mauvaises actions autour de nous ont des conséquences irrévocables ? Toutes nos expériences, les plus insignifiantes comme les plus importantes, nous affectent d'une manière ou d'une autre. Les nier revient à rejeter la personne que nous sommes devenus à cause d'elles. C'est peut-être pour cette raison que je n'éprouvais aucune colère dans le taxi qui nous emmenait au cabinet d'Alexander Harriman.

J'avais peur, j'étais profondément attristée par les événements récents, mais je ne maudissais pas pour autant le jour où j'avais bondi devant la camionnette pour sauver ce petit garçon. Je ne détestais pas mon père pour avoir « signalé » Jessie Stone – s'il l'avait réellement fait. Je n'en voulais pas à Jake d'avoir voulu rencontrer Max. Car encore une fois, je crois au karma, à l'équilibre naturel des forces du bien et du mal.

Évidemment, sur le moment, je n'avais aucune de ces pensées en tête. Je me rongeais d'inquiétude au sujet de mon frère, de ma famille, de ce rendez-vous avec Harriman. Une nouvelle fois, je devais affronter une situation à laquelle rien ne m'avait préparée. Penchée en avant sur mon siège, j'aurais voulu que le taxi aille plus vite, que la circulation s'allège par miracle. Mais quand nous sommes arrivés devant l'immeuble de grès brun qui abritait le cabinet d'Alexander Harriman, je me suis sentie brusquement tétanisée par la peur.

« Tout ira bien, m'a glissé Jake en me poussant dehors après avoir réglé la course. S'il avait voulu t'éliminer, ce serait déjà fait. »

Cette remarque pourtant pleine de bon sens ne m'a guère rassurée. Nous avons pressé l'Interphone, et je ne peux pas dire que j'ai vraiment été surprise quand le skinhead nous a ouvert. L'air amusé, il a fouillé Jake, dont il a saisi l'arme. Il n'était pas aussi effrayant que dans mon souvenir : un soupçon de barbe lui ombrait les joues, il avait des yeux bordés de longs cils, comme une fille, et il empestait l'eau de toilette bon marché.

« Un beau p'tit joujou », a-t-il commenté en regardant le pistolet dans sa main.

Il a retiré le chargeur puis éjecté la balle dans la chambre avant de le rendre à Jake. Enfin, il s'est tourné vers moi en me gratifiant de ce sourire diabolique que j'avais déjà vu dans le métro.

« On se connaît, non ?

— Sûrement pas », ai-je rétorqué d'une voix que je voulais hautaine, mais qui a résonné comme un bêlement.

Son sourire n'a pas vacillé. Étais-je réellement en train de vivre ça ? me suis-je demandé, gagnée de nouveau par un étrange sentiment d'irréalité.

La dernière fois que j'avais mis les pieds dans ce luxueux cabinet, deux ou trois jours plus tôt, j'étais quelqu'un de tellement différent... Aujourd'hui, plus rien ne me paraissait familier – ni les tapis moelleux, ni le mobilier en cuir, ni le portrait de la femme et de la fille de Harriman, accroché au mur derrière le minibar. Ce décor élégant et raffiné me semblait même étrangement menaçant, à présent.

« Ma chère Ridley, je m'apprête à vous offrir ce que personne ne vous a encore jamais offert », a annoncé Harriman en nous voyant entrer.

Son homme de main s'est éclipsé et a refermé la porte, mais je l'imaginais juste derrière.

« Ah oui ? Et c'est quoi ? »

Les bras croisés, il se tenait adossé à son imposant bureau en chêne. Son expression aurait presque pu passer pour bienveillante à quiconque n'aurait pas noté son regard impitoyable.

« La vérité, a-t-il répondu en ouvrant les bras. Je vais vous confier la vérité, à tous les deux.

— Pourquoi vous donner autant de mal ? a lancé Jake. Pourquoi ne pas vous débarrasser de nous, simplement ? Ce n'est pas faute d'avoir essayé, remarquez...

— Pas du tout, a répliqué l'avocat avec un petit rire. Il n'était pas question de vous tuer, juste de vous dissuader de poursuivre vos recherches. Mais bien sûr, quand on délègue certaines tâches à des collaborateurs, il arrive que ceux-ci mettent un peu trop de cœur à l'ouvrage…

» Bref, a-t-il repris, je vais vous dire ce que vous voulez savoir, et ensuite je me permettrai d'insister pour que cette conversation reste entre nous. Croyez-moi, j'y ai beaucoup réfléchi, et il me semble que c'est le seul moyen de vous empêcher de fouiner partout.

— Pourquoi accepterions-nous ? l'a défié Jake.

— La crainte des conséquences, a répondu Harriman sans hésiter. Dites-moi, Ridley, si on découvrait Ace demain matin mort d'une overdose sur un trottoir de l'East Village, qui s'en étonnerait ? Si votre ami ici présent disparaissait sans laisser de traces, qui le regretterait, à part vous ? Bon, je continue ou vous avez saisi ma pensée ? »

J'avais saisi ; je le lui ai signifié d'un hochement de tête.

« Où est Ace ? ai-je demandé.

— Dans un endroit un peu plus sûr que celui où nous l'avons trouvé. Asseyez-vous, Ridley. Dès que nous aurons réglé notre affaire, vous pourrez rejoindre votre frère. »

J'ai pris place sur le canapé de cuir, moins pour obéir à Harriman que pour soulager mes jambes flageolantes. Jake est resté debout près de la porte.

« Ce que vous allez recevoir de ma part est un cadeau empoisonné, a déclaré Harriman avec emphase. Vous aurez des réponses à vos questions, seulement vous ne pourrez pas vous en servir pour porter l'affaire devant la justice – un peu comme si elles avaient été obtenues de manière illégale. Votre curiosité sera satisfaite, mais vous n'aurez pas la possibilité d'aller plus loin. Alors ? Dois-je tout de même poursuivre ? »

Je me suis accordé quelques instants de réflexion. À quoi serviraient toutes ces informations si nous ne pouvions pas les partager, les approfondir, les utiliser afin de réparer des torts ? Valait-il mieux demeurer dans l'ignorance ? Finalement, j'ai hoché la tête en signe d'assentiment.

« Max s'était fait le champion d'une cause, a expliqué Harriman. Il avait constaté les défaillances du système et voulait y remédier. Mais on ne réforme pas un gouvernement en un jour et, dans l'intervalle, des enfants souffraient, maltraités ou négligés par des parents qui ne les aimaient pas ou ne voulaient pas d'eux. Dans le même temps, d'autres couples incapables de concevoir décidaient de recourir à l'adoption et se retrouvaient sur des listes d'attente interminables. Or, par l'intermédiaire de sa fondation, Max rencontrait beaucoup de ces couples ; il savait tout ce qu'ils avaient à offrir sur le plan affectif autant que matériel, et il se sentait profondément frustré par ce qu'il considérait comme un gâchis de ressources.

» Alors, il a songé à un moyen d'aider ces gosses et il a convaincu d'autres personnes de le suivre dans son entreprise. C'est ainsi qu'est née la mission Assistance détresse. »

Je ne pouvais détacher mon regard d'Alexander Harriman, qui, après s'être écarté de son immense table de travail, s'est mis à arpenter la pièce comme s'il était en pleine plaidoirie. Jake, toujours près de la porte, ne le quittait pas non plus des yeux. Son expression fermée ne révélait rien de ses pensées.

« Assistance détresse comportait deux aspects très différents. L'un était le groupe chargé de faire voter dans l'État de New York la loi permettant aux mères désespérées de déposer leur bébé dans un centre d'accueil. L'autre avait une fonction plus floue ; en gros, il s'agissait d'un relais par lequel certains représentants du corps médical présents dans les quartiers les plus démunis pouvaient signaler des cas d'enfants maltraités ou négligés. La plupart des médecins et infirmières concernés agissaient ainsi en toute innocence, persuadés qu'Assistance détresse entretenait des rapports étroits avec les agences gouvernementales enquêtant sur les affaires de maltraitance.

— Mais en réalité, est intervenu Jake, ils les désignaient comme des victimes ayant besoin d'être secourues.

— Exact, a approuvé Harriman. En attendant, si l'idée à l'origine d'Assistance détresse était plutôt noble, sa mise en œuvre l'était moins. Il fallait physiquement arracher ces enfants à leurs foyers. Et votre oncle n'avait guère envie de se mêler à cette phase du projet.

— C'est là que certains de vos clients sont intervenus, a dit Jake.

— Excellente déduction, monsieur Jacobsen.

— Quoi ? ai-je lancé. Je ne comprends pas. Quels clients ? »

Harriman m'a gratifiée d'un sourire indulgent, comme si j'étais une élève particulièrement lente qui, en dépit de ses efforts, restait la lanterne rouge de la classe.

« Oh ! Ridley… Ai-je vraiment besoin de préciser quel genre de personnes mon métier m'amène à côtoyer tous les jours ?

— Donc, vous avez conclu un marché entre Assistance détresse et le milieu, c'est ça ? »

Il a pris un air horrifié.

« Je vous en prie, Ridley… Je n'ai jamais dit ça ! Et si j'étais vous, je ne me risquerais pas à le redire. »

Cet homme n'était vraiment qu'un monstre dépourvu de toute moralité, ai-je compris. Il s'est éclairci la gorge avant de poursuivre :

« Pendant un temps, tout s'est déroulé comme prévu, sans la moindre anicroche. Médecins et infirmières signalaient les cas problématiques à l'équipe d'Assistance détresse. Ensuite, des opérations de "déplacement" étaient organisées. Les enfants ainsi récupérés étaient accueillis dans des foyers aimants ; aucun citoyen respectable n'avait à se salir les mains. Et l'argent affluait.

— Parce que les gosses étaient *vendus* ? » me suis-je écriée sans chercher à dissimuler mon dégoût.

Harriman a haussé les épaules.

« Un tel projet nécessitait de gros moyens. Et tous les participants n'agissaient pas pour le "bien des enfants", si vous voyez ce que je veux dire. »

Il manifestait un tel détachement, une telle absence d'émotion qu'il était difficile de croire à la réalité de ce qu'il décrivait. À l'entendre, Max collaborait avec le crime organisé pour arracher des bébés à leur famille puis les confier ensuite à des inconnus. Des inconnus riches, influents. J'ai repensé à tous ces dîners de charité réunissant les personnalités de la ville les plus en vue ; combien, parmi elles, avaient acheté un fils ou une fille à Assistance détresse ?

« Ce qui comptait avant tout pour votre oncle, c'était que personne ne soit blessé au cours des interventions. Alors, quand Teresa Stone a été tuée lors du "déplacement" de sa fille Jessie, Max est entré dans une rage folle. Il voulait tout arrêter. Le problème, c'est que la décision à ce stade ne dépendait plus seulement de lui. Les autres participants gagnaient beaucoup et n'avaient aucune envie de renoncer à cette manne. »

Harriman s'est assis en face de moi, puis il a saisi une carafe en cristal pour remplir d'eau trois verres assortis.

« Vous me paraissez un peu pâle », a-t-il observé en m'en tendant un.

Comme je ne le prenais pas, il l'a replacé sur le plateau.

« Max redoutait de perdre le contrôle du projet, a-t-il enchaîné sans se démonter. À juste titre, d'ailleurs.

— Combien de gosses ont été concernés ? a lancé Jake, qui était venu se poster derrière moi.

— Aucune idée, a répondu Harriman avec un petit rire. Je veux dire, personne n'était affecté à la tenue des comptes !

— Qu'est-il arrivé à Jake, au juste ? ai-je demandé, devinant l'intéressé sur le point d'exploser. Nous savons que sa mère l'a abandonné avant de retourner le chercher. Nous savons aussi qu'il a été enlevé. Comment a-t-il pu finir à l'assistance ? »

Harriman a écarté les mains, paumes vers le ciel.

« Je n'ai pas de réponse à vous fournir, hélas ! À mon avis, certaines des personnes qui achètent des enfants n'ont aucun scrupule à renvoyer la marchandise si elle ne leur convient pas. Tenez, pensez à tous ces gens qui s'offrent un chiot et le ramènent à l'éleveur quand ils en ont assez des aboiements et des crottes sur le tapis. »

La comparaison m'a fait grincer des dents. Mais Harriman n'avait pas tort ; on ne devrait pas pouvoir se procurer un bébé aussi facilement qu'un animal familier. J'ai tourné la tête vers Jake. Il avait les traits crispés, la bouche réduite à une fine ligne blanche. Sa fureur était presque palpable.

« Donc, a-t-il grondé, vous pensez que j'ai été "retiré" de mon foyer par Assistance détresse parce que le Dr Jones me croyait maltraité ? Et que ma nouvelle famille, me jugeant trop encombrant, m'a ensuite déposé dans un centre d'accueil ?

— Possible, a répondu Harriman. Désolé, fiston, je ne peux pas vous en dire plus.

— Une petite minute, suis-je intervenue. Vous êtes en train d'insinuer que mon père participait à ce trafic ? En toute connaissance de cause ?

— J'ignore si votre père était au courant de l'autre aspect d'Assistance détresse.

— C'était le pédiatre des quatre enfants disparus, Ridley », a souligné Jake.

Il est venu s'asseoir à côté de moi et a posé une main sur ma cuisse.

« D'accord, mais ça ne signifie pas pour autant qu'il a "signalé" leur cas, me suis-je obstinée. D'autres membres de la clinique auraient pu le faire à sa place. Une infirmière, un de ses collègues…

— Dans ces conditions, comment expliques-tu qu'il t'ait recueillie ? » a murmuré Jake.

Nous avons tous les trois gardé le silence pendant quelques secondes. Enfin, j'ai reporté mon attention sur Harriman.

« Est-ce que je suis Jessie Stone ? »

Quand il a sondé mon regard, j'ai cru distinguer une lueur de compassion dans ses prunelles.

« Oui, vous êtes Jessie. Je peux vous l'assurer, parce que votre cas est à part.

— Comment ça ?

— J'ai conclu un accord avec Ben et Grace, Ridley. Ils vous expliqueront tout.

— Vous voulez dire qu'ils m'ont achetée ?

— Je n'ai rien affirmé de tel. Je vous le répète, c'est à eux de vous en parler.

— Mais c'est à vous que je pose la question. »

J'ai songé à l'homme que j'avais toujours pris pour mon père. Je connaissais si bien son visage, ses mains, la sensation de ses bras autour de moi… J'étais la chair de sa chair, avais-je cru jusque-là. Eh bien non, il m'avait achetée, au même titre qu'une maison ou une nouvelle voiture. Notre famille n'était qu'une façade, aussi jolie de l'extérieur que creuse et vide à l'intérieur.

« Et pour Ace ?

— C'est différent, a répondu Harriman. Ace n'a rien à voir avec Assistance détresse.

— C'est vrai ? Pourtant, je…

— Vous devez en discuter avec Ben et Grace », m'a interrompue Harriman.

J'éprouvais une curieuse sensation, comme si je flottais dans les airs, redoutant le moment où je dégringolerais, où la réalité me ferait redescendre sur terre.

« Est-ce que des opérations de ce genre ont encore lieu aujourd'hui ? a demandé Jake, m'arrachant à mes pensées.

— Je ne peux pas vous répondre. Pour autant que je le sache, tout s'est arrêté quand Assistance détresse a retiré sa participation.

— Vous plaisantez ? ai-je répliqué. Vous nous avez dit vous-même que Max s'était trouvé dépassé par son projet…

— Peu importe que vous me croyiez ou non, Ridley, a-t-il rétorqué d'un ton glacial en se levant. L'essentiel pour moi, c'est que vous fermiez votre jolie petite gueule. Ne m'obligez pas à trahir la promesse faite à Max. Je serais désolé d'avoir à vous réduire au silence. »

Avant que je puisse intervenir, Jake s'était précipité vers l'avocat et lui expédiait un puissant direct à la mâchoire. Harriman a poussé une sorte de « Ouf » étouffé ; en le voyant tituber, j'ai pensé qu'il allait tomber, mais il a rétabli son équilibre en prenant appui sur son bureau. J'ai rejoint Jake, que j'ai saisi par le bras pour l'empêcher de recommencer.

« Arrête, ça ne sert à rien », lui ai-je dit, sans qu'il quitte Harriman des yeux un seul instant.

Imperturbable, celui-ci a sorti un mouchoir de sa poche afin d'essuyer le sang qui gouttait de sa lèvre fendue.

« Ça va mieux, monsieur Jacobsen ? a-t-il demandé. Bah, je ne vous en veux pas. Vous avez vécu des moments difficiles, ces derniers temps. »

Sentant Jake se raidir, comme s'il s'apprêtait à frapper de nouveau l'avocat, je l'ai agrippé plus fort.

« Rien n'est jamais acquis dans la vie, a déclaré Harriman d'un ton sentencieux. On ne décide pas de ce qui nous arrive, on décide juste de réagir de telle ou telle façon face aux événements. Vous en avez bavé au cours de votre existence, Jake. Ridley a eu plus de chance. Mais aujourd'hui, vous êtes là tous les deux, vivants et en bonne santé. Sans compter que vous vous êtes rencontrés. Profitez-en, beaucoup n'ont même pas ce bonheur. »

Submergée par la révolte et le chagrin, j'avais à la fois envie de fondre en larmes ; de me jeter sur Alexander Harriman pour le rouer de coups ; de le fuir à tout jamais en essayant de les oublier, ses révélations et lui ; ou encore d'aller trouver la police et les médias – et au diable les conséquences pour moi, pour Ace, pour mes parents, et pour tous les bébés d'Assistance détresse pris au piège de beaux mensonges.

Harriman avait eu raison de comparer ces informations à un cadeau empoisonné. Qu'allions-nous pouvoir en faire ? Je n'en avais pas la moindre idée. Je me suis creusé la cervelle, cherchant d'autres questions à lui poser, sachant que c'était sans doute notre dernière chance d'obtenir une réponse. Mais aucune ne m'est venue. Au lieu de quoi, j'ai affirmé :

« Mon père n'accepterait jamais de tremper dans un tel trafic. Jamais. »

J'ai tourné la tête vers Jake. Plus que tout, je voulais qu'il me croie. Pourtant, à en juger par son expression, ce n'était pas le cas.

Harriman a haussé les épaules.

« Ce ne sera pas facile d'en convaincre les autorités, étant donné sa position, tout le travail qu'il a accompli pour la branche légale d'Assistance détresse, sa relation avec Max et sa mainmise sur vous… »

Je ne savais plus quoi dire. Le terme *mainmise* me troublait.

Enfin, je suis parvenue à articuler :

« Qu'est-ce que vous voulez dire exactement ?

— Réfléchissez, Ridley. Aujourd'hui, Max a disparu, et si toute l'histoire est révélée au grand jour, quelqu'un devra assumer la responsabilité d'Assistance détresse. Vous êtes le seul lien entre la branche criminelle et la branche légale de cette opération. À votre avis, que pourra-t-il en résulter pour votre père ? Pour sa carrière et pour sa famille ? Il sera anéanti, ni plus ni moins. »

En proie à un terrible sentiment d'impuissance, j'ai regardé Jake, qui semblait s'être légèrement radouci, comme résigné à ne jamais connaître toute la vérité. Il m'a rejointe sur le canapé et, quand je me suis rapprochée de lui, il m'a attirée dans ses bras.

« Désolée, ai-je murmuré.

— Non, ne t'inquiète pas, a-t-il répondu. Viens, maintenant. On s'en va.

— Où est mon frère ? »

Sans un mot, Harriman s'est dirigé vers une porte au fond de son bureau puis il l'a ouverte, révélant une grande table de réunion et plusieurs bureaux. Mon frère gisait sur un long canapé de cuir. On ne l'avait ni frappé ni ligoté, manifestement ; il était juste plongé dans une profonde léthargie. Son teint était livide, ses yeux soulignés de cernes bleutés. Complètement inerte, un bras pendant, il ressemblait à un cadavre.

« Sa petite amie nous a opposé plus de résistance que lui, a commenté Harriman. Aujourd'hui, il se retrouve sur mon canapé. Demain, ce sera dans une impasse de Lower East Side. Aujourd'hui, il est vivant. Demain… eh bien, ça dépend de vous. »

J'aimerais pouvoir dire qu'un miracle s'est produit à cet instant, que, faisant preuve d'un héroïsme incroyable, nous avons réussi à vaincre Alexander Harriman. J'aimerais pouvoir dire que la cavalerie est arrivée, que nous avons tous été sauvés et que justice a été faite. La réalité est malheureusement plus prosaïque : nous nous sommes contentés de soulever Ace et de le traîner vers la porte.

Alexander Harriman avait également raison sur un autre point, et d'ailleurs, je me demande encore comment il avait réussi à si bien me cerner. La peur des conséquences me retenait, c'est vrai. Même si la vie de mon frère n'avait pas été en jeu, aurais-je pour autant osé accabler mon père ? Lui demander des comptes ? Me sentais-je assez courageuse pour dénoncer Assistance détresse ? Assez sûre de mon bon droit ? Sur le moment, la réponse à toutes ces questions était non.

Vous vous souvenez de la façon dont tout a commencé ? Par une discussion sur les petits détails qui parfois nous affectent plus profondément que les décisions importantes ? Eh bien, ainsi en allait-il cette fois de mon téléphone portable.

Dans le taxi qui nous emmenait au cabinet de Harriman, j'avais pris une initiative idiote, désespérée, tout droit sortie d'un film d'action : j'avais pressé le bouton d'appel de mon téléphone toujours glissé au fond de ma poche. Pour autant que je le sache, l'appareil composerait de nouveau le numéro de la dernière personne appelée – autrement dit, celui de l'inspecteur Salvo. J'ignorais si la manœuvre fonctionnerait, si le policier parviendrait à entendre quelque chose ou à localiser l'endroit où nous nous trouvions ; c'était juste un geste dicté par la panique. Qui ne s'est pas révélé si idiot que ça, finalement.

Grâce aux bribes de conversation qu'il parvenait à saisir à travers le tissu de mon blouson, certains éléments encore nébuleux de son enquête s'étaient éclaircis. Résultat, lorsque Jake et moi avons débouché de l'immeuble, Ace toujours inconscient entre nous, Central Park West grouillait de voitures de police. L'inspecteur Salvo nous attendait sur le trottoir, adossé à sa Caprice banalisée.

« Mademoiselle Jones, monsieur Jacobsen… Ravi de vous revoir indemnes ! Qui est votre ami ?

— Mon frère », ai-je répondu, sur la défensive.

Après tout, il le serait toujours, que nous soyons ou non liés par le sang.

Le policier a opiné.

« Monsieur Jacobsen, veuillez je vous prie poser votre arme par terre et l'éloigner d'un coup de pied. Ensuite, mettez les mains sur la tête. »

Jake s'est exécuté, me laissant soutenir Ace toute seule. Quelques secondes plus tard, deux urgentistes sont descendus d'une ambulance que je n'avais pas remarquée jusque-là. Je leur ai confié mon frère, qu'ils ont allongé sur une civière.

« Il est blessé ? a demandé l'un des hommes.

— Oui, ai-je répondu. Enfin, je ne sais pas. Il est surtout défoncé, je crois. »

Ace était dans un tel état que j'ai senti mon cœur se serrer. Quand j'ai relevé les yeux, j'ai croisé le regard de l'inspecteur Salvo.

« Ces deux jours ont été durs, hein, Ridley ?

— Comment nous avez-vous retrouvés ? »

Il a brandi son portable.

« Joli travail ! Ce n'était pas une erreur de manipulation, n'est-ce pas ? »

J'ai fait non de la tête.

« Bon, il va falloir que vous veniez au poste avec moi. Tous les deux. On a pas mal de choses à se dire.

— Vous nous arrêtez ? a lancé Jake.

— Pas pour le moment. Mais à mon avis, vous auriez tout intérêt à coopérer. Sinon, je serai peut-être obligé d'en arriver là. Je vous accuserai du meurtre de Christian Luna, monsieur Jacobsen, et vous, Ridley, de complicité. Vous voulez vraiment que je vous lise vos droits ? »

J'ai jeté un coup d'œil à Jake.

« Inutile, ai-je déclaré. Nous vous accompagnerons.

— Parfait, a approuvé l'inspecteur Salvo.

— Qu'est-ce que vous avez entendu au juste, tout à l'heure ? lui ai-je demandé, effrayée soudain par la portée de mon geste.

— J'en ai entendu suffisamment, m'a-t-il répondu.

— Alors, vous savez que je ne peux pas parler.

— Compte tenu de ce que j'ai appris, ce ne sera pas nécessaire. »

Si l'inspecteur Salvo était déjà au courant de tout ce

que je n'étais pas censée raconter à la police, qu'allait-il advenir de mes parents et d'Ace ? À la pensée de ce que j'avais mis en branle, des choix que j'avais faits, je me suis figée. J'ai songé à mon oncle Max, et à la façon dont il avait tenté de réparer certaines injustices… et échoué. À ce qu'il avait dû ressentir au moment de sa mort, après avoir découvert les conséquences désastreuses de ses bonnes intentions. Il n'y avait plus aucun moyen d'y remédier. La justice ne serait pas rendue… Qu'en était-il de cet équilibre auquel j'avais toujours cru ? Brusquement, durant une fraction de seconde, j'ai regretté de m'être ruée devant cette camionnette. En cet instant, j'aurais tout donné pour retourner à ma bienheureuse ignorance.

Une immense confusion régnait dans ma tête, me donnant presque le vertige. J'ai entendu Jake dire quelque chose, puis la voix inquiète de l'inspecteur Salvo. Tout d'un coup, un voile noir s'est abattu devant mes yeux, le sol s'est dérobé sous mes pieds et j'ai sombré dans les ténèbres.

J'ai brièvement repris connaissance à l'arrière d'une ambulance. Ma tête m'élançait. J'y ai porté la main ; j'ai senti sous mes doigts un pansement et un liquide poisseux. Jake était là. L'inspecteur Salvo aussi.

« Que s'est-il passé ? » ai-je demandé.

Mais je ne suis pas restée consciente assez longtemps pour saisir la réponse.

Dans un couloir d'hôpital, des jeunes gens en blouse verte couraient en tous sens. Des voix me parvenaient, ainsi que des odeurs de désinfectant. Jake me tenait la main. Il avait l'air tellement inquiet…

« Jake ? Qu'est-ce qu'il y a ?

— Tu es tombée dans les pommes. Je ne t'ai pas rattrapée à temps et tu t'es cogné la tête sur le trottoir. Tu as un… »

J'ai replongé dans le néant.

Quand je me suis réveillée, tout était sombre et tranquille autour de moi. Seul le bip-bip régulier d'un moniteur cardiaque troublait le silence, et il m'a fallu quelques secondes pour me rendre compte qu'il était relié à mon cœur. J'étais allongée sur un lit d'hôpital. Draps rugueux, matelas dur, barrière métallique… De la lumière filtrait sous la porte, et bientôt j'ai distingué une silhouette assise dans un fauteuil près de moi. Une silhouette que j'aurais reconnue entre mille.

« Papa ?

— Ridley, a-t-il répondu en se redressant d'un bond. Comment tu te sens, ma puce ?

— J'ai mal à la tête. »

Il m'a posé sa main sur le front.

« Le contraire m'aurait étonné.

— Que s'est-il passé ?

— Si j'ai bien compris, tu t'es évanouie en pleine rue. Ton crâne a heurté le trottoir et tu as perdu pas mal de sang. »

Alors que je tentais de me rappeler ma chute, tous les événements de la journée me sont revenus en mémoire : les vitres du bar qui explosaient sous les tirs, l'église, la disparition d'Ace, le rendez-vous au cabinet d'Alexander Harriman…

« Papa ? ai-je murmuré, la gorge nouée. Pourquoi tant de mensonges ? »

Avec un soupir, il a approché une chaise de mon lit. Il s'est assis en silence, les épaules voûtées. Quand il a de nouveau levé les yeux vers moi, j'ai constaté qu'il avait pleuré. Cette vision m'a bouleversée.

« Papa ? Qui suis-je ? »

J'ai tenté de me redresser mais, quand la pièce a commencé à tanguer, j'y ai renoncé.

« Tu es Ridley, a répondu mon père d'un air grave. Ma Ridley. Tu l'as toujours été. »

Ce n'était pas faux, je le savais ; ce n'était pas non plus entièrement vrai.

« Je t'en prie, papa, plus de mensonges.

— Ce n'en est pas un ! Tu es ma petite fille… »

Si je lui en laissais la possibilité, il essaierait de nous ramener tous les deux dans l'univers rassurant du déni. Hélas ! Ça ne servirait à rien. Je n'avais plus ma place dans ce cocon de douceur trompeuse.

« Je suis Ridley aujourd'hui, papa. Mais je ne l'ai pas toujours été. Autrefois, j'étais Jessie Amelia Stone, la fille de Teresa Stone. Une femme morte à cause d'Assistance détresse. »

Il m'a opposé un regard vide. J'ai soudain découvert autour de ses yeux de fines rides que je n'avais jamais vues. La peau sur ses mains semblait desséchée, parcheminée ; des mains de vieillard. Il les a portées à son visage.

« Non, a-t-il murmuré entre ses doigts.

— Tu étais au courant, papa ?

— Non, a-t-il déclaré d'un ton ferme. Je t'ai raconté tout ce que je savais sur Assistance détresse. Si des horreurs ont réellement été commises, comme semble le penser cet inspecteur, je n'en avais pas la moindre idée.

Tu me connais, Ridley, n'est-ce pas ? Jamais je ne pourrais faire des choses pareilles. »

Devais-je le croire ? Le plus terrible, dans toute cette histoire, c'est que je n'avais plus personne à qui me fier. Chacun avait apparemment une raison, bonne ou mauvaise, de me dissimuler la vérité.

« Si tu ignorais toutes ces malversations, comment me suis-je retrouvée chez vous, papa ? Comment suis-je devenue Ridley Jones ? »

Il arborait en cet instant une expression de profonde tristesse semblable à celle que j'avais vue sur le visage de Max le soir où il avait dû suivre papa dans le bureau.

Soudain, la porte de ma chambre s'est ouverte, livrant passage à ma mère. Elle avait l'air plus forte que mon père, plus réservée aussi. Ses yeux étaient secs, son visage à peine adouci par une ombre de sourire. Depuis combien de temps nous écoutait-elle ? me suis-je demandé. Et que savait-elle au juste ? Je l'ai regardée en repensant à ce papillon à Union Square. Elle s'est approchée de moi et m'a posé une main fraîche sur le front, comme si une sorte d'instinct maternel la poussait à vérifier ma température.

« L'heure de la vérité a sonné, Ben. Ridley a raison. On ne peut plus vivre avec tous ces mensonges. »

Elle ne me quittait pas des yeux, et pourtant, je n'aurais su dire ce qu'elle avait en tête. Je ne pensais qu'à une chose : combien nous étions différentes, elle et moi ! Je ne lui ressemblais en rien.

« Non, Grace ! a soufflé papa. Nous avons donné notre parole.

— Mais Max est mort, a-t-elle rétorqué d'un ton cinglant qui a paru surprendre mon père. Je ne peux plus garder ce secret. Il a déjà causé tellement de dégâts… Si nous avions été sincères dès le début, Ridley n'aurait jamais été exposée à ce cauchemar. »

L'air effondré, mon père a acquiescé lentement.

« Tu as peut-être raison. »

31

Je pensais qu'ils allaient me parler d'Assistance détresse, de leur participation au projet de Max, de leur rôle dans toute cette histoire ; qu'ils allaient m'expliquer comment, après la mort de Teresa Stone, ils m'avaient achetée puis élevée comme leur propre fille ; et pour finir, qu'ils tenteraient de me convaincre que tout allait bien, qu'ils avaient agi pour le mieux. Mais la teneur de leurs secrets s'est révélée bien différente.

« D'abord, Ridley, tu dois savoir que ton père n'avait rien à voir avec Assistance détresse, a commencé ma mère. Je me fiche de ce qu'a pu te raconter ce détective privé. Jamais Ben ne se serait sciemment fait le complice d'un meurtre et d'un enlèvement, tu entends ? Il a peut-être soigné ces enfants et remarqué des cas de maltraitance, mais pour rien au monde il n'aurait accepté de participer à une telle opération. »

Je n'ai pas répondu. Je ne demandais qu'à la croire. Pourtant, j'avais du mal à imaginer qu'il n'ait jamais eu le moindre soupçon sur les activités d'Assistance détresse. En outre, ils m'avaient menti toute ma vie et je n'étais plus certaine de pouvoir me fier à eux, à leurs opinions ou à leurs jugements.

« Ridley… » De toute évidence, maman quêtait un

encouragement de ma part. J'ai fini par hocher la tête. « Ce n'est pas par ce biais que tu es arrivée chez nous.

— Comment, alors ? »

Beaucoup de femmes défilaient dans la vie de Max, et au début rien n'avait laissé supposer que Teresa Stone était à part. Il s'agissait d'une jolie fille employée comme standardiste dans l'une des agences de Max à Manhattan, et quand il lui avait proposé un rendez-vous, elle avait accepté. Personne ne pouvait résister à Max, à son charme, à sa fortune, à ses flatteries.

« Pour être honnête, la plupart du temps, je ne faisais même pas attention à leur nom, a continué maman. Je crois que Teresa a été la seule, en plus d'Esme, qu'il a revue plusieurs fois.

— Moi, j'ai compris tout de suite qu'elle n'était pas comme les autres, est intervenu mon père. Elle avait un côté généreux, innocent, qui a séduit Max. Non, elle ne ressemblait pas aux précédentes. »

Mécontente d'être interrompue, ma mère lui a adressé un regard sévère.

« Désolé », a-t-il murmuré.

Ils avaient rencontré Teresa pour la première fois chez eux, quand Max l'avait amenée à un réveillon de Noël ; quelque temps plus tard, ils étaient tous allés voir *La Bohème* au Met avant de dîner au Vingt et Un.

« Elle était discrète, a raconté maman, et manifestement intimidée. Les loges au Met, les attentions de Max… Je ne sais pas, ça m'a touchée. Elle n'avait pas l'air de considérer que c'était un dû, comme tant d'autres… amies de Max. » Elle avait accentué le mot *amies* pour mieux souligner son mépris. « Bref, je me suis dit que, cette fois, c'était peut-être la bonne. Une vraie partenaire, pas une fille dont il avait payé les services… Et puis, là-dessus, elle a disparu. On ne l'a plus revue. J'ai demandé de ses nouvelles à Max, et il m'a juste répondu qu'ils n'avaient pas les mêmes centres d'intérêt ou quelque chose comme ça. Mais ce n'était pas le problème. Rappelle-toi, on en a déjà parlé, Ridley. »

Je me suis remémoré notre conversation au sujet d'Esme et ce que ma mère m'avait confié sur Max à l'époque.

« Un homme comme Max, a enchaîné mon père, brisé par les souffrances endurées dans sa jeunesse, n'est pas capable d'aimer. Il ne l'ignorait pas, du reste. C'est pour cette raison qu'il ne s'est jamais marié. »

J'ai songé à toutes les créatures dont s'entourait Max, à cette impression de solitude désespérée qui émanait de lui, au regard débordant d'amour et d'envie qu'il posait toujours sur mes parents.

« Qu'est-ce que je dois comprendre, papa ? Il connaissait Teresa Stone, mais il a tout de même permis que son enfant lui soit enlevé, c'est ça ? »

Mes parents ont échangé un coup d'œil.

« Pas exactement », a répondu ma mère en s'abîmant dans la contemplation de ses ongles.

À grand-peine, j'ai réussi à me redresser. Mon père s'est précipité vers moi pour m'aider. J'avais l'impression d'avoir la tête gonflée à l'hélium ; la pièce tournoyait autour de moi.

« Max et Teresa ont suivi des chemins différents, a continué maman. Finalement, elle a quitté l'agence et trouvé une autre place ailleurs. Nous n'en savions pas plus. »

Elle a poussé un profond soupir avant de s'approcher de la fenêtre. Ils essayaient de gagner du temps, je le sentais. Pourtant, je ne voulais pas les bousculer. Je crois qu'au fond, je n'étais pas plus pressée qu'eux de passer à la suite.

« Deux ans plus tard, elle s'est présentée à la clinique des Anges avec un bébé, a expliqué mon père. Une petite fille. Je l'ai reconnue, mais apparemment elle ne se souvenait pas de moi. Comme je ne tenais pas à l'embarrasser, j'ai évité de mentionner Max. Et puis, au cours des mois suivants, certains incidents ont commencé à m'inquiéter.

— Il a cassé le bras de Jessie, ai-je soufflé. Christian Luna, je veux dire. »

Mon père a opiné.

« Alors, tu es au courant.

— Il m'a tout raconté juste avant sa mort. »

Je devais lutter contre les larmes et la fatigue.

« J'ai eu une conversation avec elle, a repris mon père, les sourcils froncés. Elle m'a promis que Luna n'approcherait plus sa fille et j'ai laissé courir.

— Tu en as parlé à Max ? »

Mon père a secoué la tête.

« Je ne pouvais pas violer le secret professionnel.

— Mais il l'a découvert, d'une façon ou d'une autre, ai-je murmuré.

— Je ne sais pas comment, Ridley. » Papa a haussé les épaules et détourné les yeux. « Tout ce que je sais, c'est qu'il est arrivé chez nous quelques semaines plus tard avec la petite Jessie Stone. » Il a posé une main sur mon bras. « Ou plutôt, avec toi. Écoute, Ridley, c'est vrai, je ne suis pas ton père biologique. Mais Christian Luna ne l'était pas non plus. Oh ! il l'a peut-être cru… Après tout, il est possible que Teresa ait laissé planer le doute.

— Alors, qui… ?

— Oh ! ma chérie…, est intervenue maman. Tu es la fille de Max. »

À son regard, j'ai deviné qu'elle ne mentait pas. Une nouvelle fois, les paroles de Max ont résonné dans ma tête. *Tu es peut-être la seule chose que j'ai réussie dans ma vie, Ridley.* J'ai éclaté en sanglots : je venais enfin de comprendre ce qu'il avait voulu dire.

Max s'était présenté tard chez mes parents, bien après minuit, sans les avoir prévenus. Il avait une fillette dans les bras – son enfant, leur avait-il expliqué, née d'une femme qu'il n'avait pas revue depuis des années. Les yeux écarquillés, la petite se raccrochait à lui en pleurant, apeurée par tous ces visages inconnus.

« Mon Dieu ! s'était exclamé mon père en la prenant. C'est la fille de Teresa Stone, je l'ai soignée à la clinique.

— Tu savais que j'avais une fille ? avait demandé Max, livide, le front couvert de sueur.

— Non, bien sûr que non. Teresa ne m'en a jamais parlé. »

Max s'était dirigé vers la cuisine en se frottant les tempes. Il s'était assis à la table tandis que la petite Jessie jouait avec l'oreille de papa en gazouillant.

« Il est arrivé quelque chose d'affreux. Teresa est morte, Ben. Assassinée chez elle. »

Il s'était exprimé à voix basse, presque dans un souffle. Lorsque la fillette avait recommencé à pleurer, maman l'avait emmenée dans une autre pièce pour la consoler.

« Quoi ? Quand ? s'était écrié mon père, sous le choc.

— Quelle importance ?

— Comment ça, quelle importance ? Enfin, Max, qu'est-ce qui se passe ?

— Je ne peux pas élever cette enfant, Ben. Je ne t'apprends rien.

— Une minute, Max. Je voudrais comprendre. Comment se fait-il que la petite soit avec toi ?

— La police m'a appelé. Teresa avait inscrit mon nom sur l'extrait de naissance. Je suis allée la chercher aux services sociaux tout à l'heure… »

À ce stade du récit, j'ai interrompu mon père :

« C'est faux ! Jessie Stone avait été enlevée ce soir-là.

— Tu as raison, a répondu papa. Et ce n'était pas le nom de Max qui apparaissait sur l'extrait de naissance ; Teresa n'avait pas rempli la case correspondante. Donc, la police ne pouvait pas avoir prévenu Max. Mais quand nous nous en sommes aperçus, il était trop tard.

— Pourquoi ?

— Nous avions promis à Max de nous occuper de toi. Sans lui demander de détails.

— Depuis presque deux ans, nous tentions d'avoir un autre enfant, a renchéri maman. Pour nous, ton arrivée était providentielle, un cadeau du ciel. »

Elle était assise en face de moi, à présent. Dans la pénombre, j'avais du mal à voir son visage.

« Mais quand vous vous êtes rendu compte que Max avait menti, que Jessie avait été enlevée et sa mère assassinée, vous n'avez rien dit ?

— Nous étions fous de toi, Ridley. De toute façon, nous avions déjà enfreint la loi, a répondu mon père, l'air presque penaud.

— Comment ça ?

— Avec l'aide de certaines relations de Max, nous t'avons fait passer pour un bébé abandonné sans papiers dans un centre Assistance détresse. De cette façon, nous avons pu obtenir un nouvel extrait de naissance et une nouvelle carte de Sécurité sociale.

— Et c'est ainsi que tu es devenue Ridley Jones, a conclu ma mère en souriant, comme si elle me racontait la fin d'un conte de fées le soir au coucher.

— Et c'est ainsi que Jessie Stone a disparu…, ai-je dit dans un souffle. Jusqu'à ce que je sauve Justin Wheeler de son destin. »

Leur récit sonnait étrangement faux. Sans compter qu'il n'expliquait pas tout, loin de là. Par exemple, comment avaient-ils pu accepter de s'occuper de Jessie sans jamais chercher à en savoir plus ? S'agissait-il seulement d'un hasard incroyable si Jessie s'était retrouvée dans le cabinet du Dr Benjamin Jones, le meilleur ami de Max ? Si le Dr Jones ignorait que Jessie était la fille de Max, et si le nom de Max ne figurait pas sur l'extrait de naissance, comment ce dernier avait-il appris l'existence de la petite ? Et comment s'était-il débrouillé pour la récupérer ce soir-là ? Avait-il fait assassiner Teresa Stone ? Toutes ces questions se bousculaient dans ma tête, et durant quelques instants je n'ai pu me résoudre à les poser. J'avais trop peur des réponses.

Comme mes parents ne me quittaient pas des yeux, j'ai fini par dire :

« Alors, vous avez recueilli l'enfant et promis à Max de l'élever comme votre fille. Vous avez falsifié des documents afin de dissimuler sa véritable identité. Mais vous ne vous êtes jamais demandé ce qui était arrivé à sa mère ? Comment elle était morte ?

— À l'époque, tout le monde pensait que Christian Luna l'avait tuée. Il était en cavale. La petite n'avait plus de famille à part Max… » Papa a haussé les épaules. « Que se serait-il passé s'il ne l'avait pas amenée chez nous ? Elle aurait fini à l'assistance. Elle aurait été adoptée par des inconnus.

— Et si Max l'avait gardée, elle aurait été élevée par des nounous », a ajouté maman.

Ils avaient eu toute une vie pour se trouver des justifications. Cela dit, de quel droit aurais-je pu les juger ? S'ils avaient menti, enfreint la loi, étouffé leurs soupçons quant aux circonstances du drame, c'était pour le bien de Jessie. Pour *mon* bien.

« Pourquoi m'avoir caché la vérité ? ai-je insisté. Vous auriez pu me dire que vous m'aviez adoptée, non ? Ça n'a rien de tabou.

— Max ne voulait pas que tu saches qu'il était ton père et qu'il ne s'était pas senti à la hauteur de la tâche.

— Il n'avait surtout pas envie que je remue le passé, ai-je répliqué avec amertume. Que je découvre l'existence de Teresa Stone, d'Assistance détresse…

— Assistance détresse n'a rien à voir avec tout ça », a déclaré mon père.

Comment pouvait-il affirmer une chose pareille ? Parce qu'il avait besoin d'y croire, ai-je compris. Mais l'une de mes innombrables interrogations a pointé sa tête hideuse.

« Si le nom de Max ne figurait pas sur l'extrait de naissance et si la police ne l'a jamais appelé, pourquoi est-il allé chercher Jessie ce soir-là ? »

Mes parents se sont consultés du regard.

« Il était impliqué dans le meurtre de Teresa, c'est ça ? ai-je hasardé d'une voix tremblante.

— Non ! a répondu mon père aussitôt. Bien sûr que non.

— Alors, comment ? Comment était-il au courant de mon existence ? »

Le silence s'est prolongé entre nous. Enfin, ma mère a repris la parole d'une voix douce :

« Nous ne le lui avons jamais demandé, Ridley. Qu'est-ce que ça nous aurait apporté ? »

Le déni, mon héritage familial. Pour vivre heureux, mieux vaut ne pas trop poser de questions.

J'ai tenté d'analyser toutes les informations obtenues, mais mon cerveau épuisé s'y refusait. Ben et Grace n'étaient pas mes parents ; Max était mon père ; ma vraie mère avait été assassinée, et peut-être Max avait-il commandité ce meurtre ; quant à moi, j'avais été plus ou moins kidnappée. Mon extrait de naissance et ma carte de Sécurité sociale avaient été falsifiés. O.-K., les faits se mettaient en place. Pourtant, je ne ressentais rien.

Vous pensez sûrement que j'allais finir par sortir de mes gonds, hurler, les agonir d'injures pour tous leurs torts, pour tous les *crimes* qu'ils avaient commis... Mais non, je n'ai pas réagi ainsi. Je me suis de nouveau allongée sur mon lit. Je n'avais plus de larmes à verser, de toute façon. Je me sentais complètement anesthésiée. À cause des antalgiques, sans doute. *Et si je m'en faisais prescrire d'autres ?* ai-je songé. *De quoi arrêter de souffrir pendant toute une vie ?*

J'ai longuement regardé ces deux personnes devant moi en essayant d'imaginer que ce n'étaient pas mes parents. Cette idée me paraissait inconcevable et j'en suis arrivée à me demander si l'expérience partagée ne tissait pas entre les êtres des liens plus forts que ceux du sang. Teresa Stone restait une inconnue pour moi, une inconnue au destin tragique. Je la plaignais de tout mon cœur, je souffrais à la pensée de ce qu'elle avait enduré. Pourtant, elle n'était guère plus qu'une silhouette distante, lointaine, comme sur la vieille photo qui avait tout déclenché. Quant à Max, il me faudrait du temps pour lui attribuer un rôle de père dans mes souvenirs. C'était un oncle merveilleux, un homme que j'avais profondément aimé. Aussi incroyable que cela puisse paraître, je n'arrivais pas à lui en vouloir. Pas encore, du moins. Malgré toute sa jovialité, il souffrait terriblement ; malgré toutes ses richesses, il vivait dans un état de profond dénuement affectif. Dans ces conditions, était-il possible de le juger ? De le mépriser parce qu'il y avait des failles en lui ? Peut-être. Moi, je n'en étais pas capable.

« Et Ace ? ai-je interrogé. C'est votre fils ? »

Mon père a opiné.

« Oui. Notre enfant biologique. »

Je me suis accordé quelques secondes de réflexion.

« Il sait que j'ai été adoptée ?

— Oui, a répondu papa. Il nous a entendus en parler, Max et moi. Mais les problèmes avec ton frère avaient commencé bien avant. À vrai dire, le jour où il a surpris notre conversation, je crois qu'il s'était glissé dans mon bureau pour voler de l'argent quand je m'y suis enfermé avec Max. Ace s'était caché sous la table. »

Malgré moi, j'ai éclaté d'un rire sans joie.

« Alors, pourquoi il a foutu sa putain de vie en l'air, hein ?

— Ridley ! a lancé ma mère, qui s'était raidie à la mention d'Ace. Surveille ton langage. »

Surveille ton langage... Non, mais vous y croyez, vous ? Comme si j'étais encore une gamine ! Toutefois, Ben et Grace étaient mes parents et le seraient toujours, quoi qu'il advienne.

« Où est-il, papa ?

— En cure de désintoxication. Malheureusement, on ne peut pas l'obliger à rester dans ce centre s'il veut en partir. »

J'ai gardé le silence. En d'autres circonstances, je me serais fait du souci pour Ace, je me serais demandé s'il allait choisir de retourner dans la rue. Or il me semblait désormais avoir pris mes distances avec mon frère. Je l'aimais toujours, je ne souhaitais que son bien, mais je comprenais enfin que je ne pouvais rien décider à sa place. Au fond, c'est ce que j'avais essayé de faire durant tout ce temps, en espérant que si je l'aimais suffisamment, si je l'aidais suffisamment, il apprendrait à s'aimer lui aussi, à se prendre en charge tout seul. Peut-être était-ce l'effet de la collision entre mon crâne et ce trottoir ; le choc m'avait enfin éclairci les idées.

Mon père a poussé un profond soupir.

« Il a toujours eu l'impression que tu étais notre préférée, Ridley. Mais ce n'est pas vrai. Chez nous, il y a toujours eu assez d'amour pour vous deux. »

Il m'avait affirmé la même chose dans son cabinet. Comme s'il s'agissait d'une sorte de mantra qu'il se répétait pour se rassurer.

« C'est juste que tu étais une enfant facile, Ridley. Facile à satisfaire, facile à aimer… »

Il n'avait pas dit « plus facile », mais c'était implicite.

« Ce n'est pas la question », a décrété maman.

C'est ça, ai-je songé. *Surtout, évitons d'aborder certains sujets trop sensibles, comme essayer de savoir pourquoi Ace s'est senti rejeté.* J'ai tourné la tête vers ma mère, qui a baissé les yeux.

Mon père était toujours assis sur mon lit, près de moi, la main posée sur mon bras. La honte se lisait dans son regard. Je n'aurais su dire ce qu'il regrettait au juste ; après tout, il n'avait que l'embarras du choix. Je n'ai cependant pas eu l'occasion de l'interroger plus avant. La porte s'est ouverte une nouvelle fois et Jake est entré.

Son arrivée m'a procuré un soulagement indicible. En voyant mon père, il s'est immobilisé près du seuil.

« Tout va bien ?

— Oui, ai-je répondu. Je te présente mes parents, Ben et Grace. »

Ma mère s'est levée, son sac à main serré contre elle, puis elle s'est approchée de moi.

« On s'est déjà rencontrés, a précisé Jake. On a eu une longue discussion. »

J'ai jeté un coup d'œil à mon père, qui a hoché la tête en signe d'assentiment. Maman s'est contentée d'émettre un petit claquement de langue censé sans doute indiquer sa réprobation.

« Repose-toi, ma chérie, a-t-elle dit en m'embrassant sur le front. Demain matin, les choses te paraîtront beaucoup moins dramatiques. »

À l'entendre, c'était aussi simple que ça. Je me suis bien rendu compte, à la façon dont elle avait carré les épaules et redressé la tête, qu'elle y croyait. Et elle ferait tout pour qu'il en soit ainsi. J'ai envié ses certitudes, cette foi inébranlable en elle-même. Car je savais que rien ne me paraîtrait moins dramatique le lendemain. À partir de maintenant, il nous faudrait avancer sur un chemin semé d'embûches en plein territoire inconnu. Et qui s'étendait à perte de vue.

Mon père m'a embrassée à son tour.

« Je t'aime, fillette. Crois-moi, je suis désolé. »

En cet instant, j'aurais presque pu croire qu'il s'excusait pour un petit malentendu stupide dont nous pourrions bientôt rire.

« Moi aussi, je t'aime », ai-je répondu, avant tout par réflexe.

Oh ! je l'aimais, bien sûr. Il avait raison au moins sur un point : j'étais toujours sa fille, envers et contre tout. Il est allé récupérer son manteau posé sur un siège, et au passage, il a gratifié Jake d'un imperceptible hochement de tête. Il m'a paru vieux, soudain, et voûté, comme si le fardeau qu'il avait porté sur ses épaules toutes ces années devenait trop lourd pour lui.

« À demain, m'a-t-il lancé près de la porte en se retournant. On reparlera de tout ça, Ridley. Ne t'inquiète pas, ça va s'arranger.

— D'accord », ai-je répondu.

Je n'avais cependant aucune idée de ce que l'avenir nous réservait. Mon père n'avait pas envie de partir, je le voyais bien ; il ne voulait pas me laisser batailler avec la vérité sans être auprès de moi pour prendre les choses en main. Il a encore gratifié Jake d'un long regard appuyé, et j'ai décelé de la colère sur ses traits, comme s'il se sentait détrôné par ce nouveau venu, comme s'il refusait de lui céder la place qu'il avait toujours occupée dans ma vie. Mais tous les parents doivent s'y résoudre tôt ou tard, n'est-ce pas ? Enfin, papa est sorti de ma chambre, et à ce moment-là seulement j'ai fondu en larmes. (Jamais je n'aurais cru en avoir une telle réserve !)

Jake s'est assis à mon chevet et m'a pris la main. Il n'a rien dit, préférant m'épargner des platitudes, me réconforter par la pression de ses doigts.

« Et toi ? Comment tu te sens ? lui ai-je demandé une fois calmée.

— Oh ! Ça va. Je m'en veux à mort de ne pas t'avoir rattrapée avant ta chute.

— Ce n'était pas le sens de ma question. »

Il a haussé les épaules.

« Je sais. À vrai dire, j'ai encore du mal à démêler mes sentiments pour le moment. Ça fait trop d'un coup. Il va me falloir du temps. »

J'ai essayé d'esquisser un sourire compréhensif, mais l'effort requis a accentué mon mal de tête. Alors je lui ai rapporté ma conversation avec mes parents.

« Je suis vraiment désolé, Ridley. Pour tous les mensonges, tout ce gâchis... », a-t-il murmuré à la fin de mon récit.

Comme lui, j'allais devoir prendre la mesure de ce qui m'était arrivé. Mon avenir était incertain, la vie que j'avais connue jusqu'ici avait volé en éclats. Mais j'étais toujours là, j'étais toujours la même personne. Cette pensée me procurait un certain réconfort. Au milieu du tas de gravats qu'était devenue mon ancienne existence, j'étais toujours debout.

« Moi, je ne regrette rien », ai-je affirmé.

Jake m'a jeté un coup d'œil perplexe.

« Sur le pont, ai-je précisé en lui caressant la joue, tu m'as demandé si je regrettais de t'avoir rencontré. Eh bien, la réponse est non. »

Avec un sourire, il s'est penché pour me déposer sur les lèvres un baiser très doux.

« Je t'aime, Ridley Jones... ou quel que soit ton nom. »

Nous avons éclaté de rire car, au fond, la vérité avait beau être triste et sordide, Alexander Harriman avait vu juste : nous étions en vie, en bonne santé et ensemble. Et comme il nous l'avait dit, beaucoup n'avaient même pas ce bonheur.

32

Je ne crois pas que nous commettions des erreurs. Je n'y ai jamais cru. Pour moi, une multitude de routes s'offrent à nous et il s'agit seulement de décider quelle direction prendre pour rentrer chez soi. Je ne crois pas non plus aux regrets. À quoi sert d'imaginer ce qui serait arrivé si on avait accepté tel ou tel poste, épousé son béguin de jeunesse ou hésité une seconde de plus avant de traverser ? On ne peut jamais le savoir. J'aurais pu passer pas mal de temps à me demander ce qui aurait pu se produire si je n'avais pas vu Justin Wheeler s'aventurer sur la chaussée ce jour-là. Et, c'est vrai, j'y ai pensé – mais pas trop. On devient fou quand on commence à raisonner ainsi.

Ils avaient hâte de se débarrasser de moi, à l'hôpital Mount Sinai. De mon côté, je n'avais que la couverture sociale minimale (les mutuelles coûtent cher et je ne tombe *jamais* malade), et comme mes frais d'hospitalisation au bout de vingt-quatre heures à peine s'élevaient déjà à plus de deux mille dollars, je me suis dit que ce serait plus économique de me remettre de mes blessures ailleurs. Jake était descendu appeler un taxi et je me débarbouillais devant la glace, toute pâle, le crâne affublé d'un pansement, quand l'inspecteur Salvo est entré.

« Ils vous flanquent à la porte ? a-t-il demandé.

— Mouais, je suis virée. »

Avec un sourire, il s'est installé sur la chaise près du seuil. Il avait l'air fatigué. J'ai remarqué qu'il portait les mêmes vêtements que la veille.

« Les charges contre Harley Jacobsen ont été abandonnées », a-t-il annoncé au moment où je me rasseyais sur le lit.

Il m'a parlé des signatures qui ne correspondaient pas sur les différents permis de port d'armes. De plus, comme aucune empreinte n'avait été relevée sur le fusil, il n'était pas possible d'incriminer Jake.

« C'est une bonne nouvelle.

— Pour vous et pour M. Jacobsen, sans aucun doute. Nous, on a toujours une affaire de meurtre sur les bras et pas l'ombre d'une piste. »

Nous avons gardé le silence. J'aurais pu lui suggérer d'orienter son enquête sur la clientèle d'Alex Harriman, mais je ne l'ai pas fait. Je ne pouvais pas.

« On a tout de même découvert un élément intéressant, a-t-il repris. Certaines des douilles récupérées devant le bar, sur les lieux de la fusillade, proviendraient d'une arme qui a servi dans une autre affaire similaire à Arthur Avenue, en plein Bronx, la semaine dernière. Et devinez qui est le principal suspect. »

J'ai haussé les épaules.

« Un certain Angelo Numbruzio, une petite frappe qui appartient à la bande de Paulie Umbruglia, alias "Le Poing". Ce nom vous dit quelque chose ?

— Je l'ai entendu aux infos, il me semble.

— Son avocat n'est autre qu'Alexander Harriman. »

Nous nous sommes regardés quelques secondes.

« Quelle coïncidence, ai-je lâché.

— J'ai pensé que ce détail pourrait vous être utile. Pour établir certains liens, si vous voyez ce que je veux dire. »

À cet instant, Jake est apparu à la porte et, à en juger par son expression, il voyait très bien ce que l'inspecteur voulait dire. Cherchait-il toujours la justice, des réponses à ses questions ? me suis-je demandé avec inquiétude.

« Pour ma part, j'ai déjà établi tous les liens nécessaires, ai-je déclaré. Autre chose, inspecteur ? »

Celui-ci s'est levé puis m'a suivie dans le couloir.

« Pour le moment, non, a-t-il répondu. Au besoin, je vous passerai un coup de fil. J'ai votre numéro.

— Entre nous, je crois que je vais le bazarder, ce portable. »

Il a éclaté de rire, et je lui ai souri en retour. C'était quelqu'un de bien, mais je savais qu'il n'allait pas en rester là. Et je ne pouvais pas me permettre de l'aider alors que les menaces d'Alexander Harriman résonnaient toujours dans ma pauvre tête meurtrie.

Je vous déçois ? Vous pensiez peut-être que j'allais entamer une croisade pour retrouver tous les bébés d'Assistance détresse et les rendre à leurs parents biologiques ? Allons, posez-vous la question : si vous aviez tout perdu, si vous vous raccrochiez désespérément aux lambeaux de votre existence, si la seule famille que vous ayez jamais connue était menacée par un avocat ayant pour clients des gens comme Paulie « Le Poing », que feriez-vous ? Non, sérieusement, que feriez-vous ?

Dans le taxi qui nous ramenait en ville, je me suis appuyée contre Jake. Je ne portais pas de chaussures car mes Nike s'étaient inexplicablement égarées entre mon arrivée à l'hôpital et mon départ. Du coup, je me retrouvais en chaussettes.

J'ai regardé Central Park derrière la vitre. Les arbres perdaient leurs feuilles ; certaines personnes faisaient du jogging, d'autres du roller, quelques-unes promenaient leur chien. Pour tous, c'était une journée comme les autres.

« On n'a pas la moindre preuve, tu te rends compte ? a soudain lancé Jake, comme s'il pensait à haute voix. Ils ont pris toutes les précautions nécessaires. On n'a absolument rien.

— Sauf que ces gosses ont réellement disparu. Sauf que tu es Charlie et moi Jessie.

— D'accord, mais des gamins disparaissent dans tout le pays. Dans le monde entier, même. Les affaires non résolues, comme celles de Charlie, de Jessie, de Brian et de Pamela, ce n'est pas ça qui manque. On ne peut pas impliquer Assistance détresse. »

C'était vrai. Les participants au projet n'avaient laissé aucun indice derrière eux. Ils étaient parvenus à forger de nouvelles identités aux enfants. Pour le meilleur, peut-être. Ou peut-être pas.

« À moins que…, a commencé Jake.

— Oui ?

— Qu'on puisse convaincre quelqu'un de parler.

— Et comment comptes-tu t'y prendre ?

— Aucune idée. De toute façon, ce n'est pas notre priorité pour le moment.

— Jake, ma famille…

— Je sais, Ridley. Ne t'inquiète pas. Oublie ce que j'ai dit. »

Je n'ai pas répondu. Je me sentais toujours un peu groggy et je n'avais qu'une envie : aller me coucher. Mais en même temps, une sorte d'instinct me soufflait que ce n'était pas fini.

33

Ce soir-là, nous avons dîné en présence d'une invitée : l'injustice. Royale, triomphante, intouchable, elle s'en est mis plein la panse alors que nous touchions à peine à notre assiette.

Nous n'avons presque pas échangé un mot de tout le repas. Plus tard, pendant que Jake débarrassait, je me suis assise sur le canapé en regardant la 1re Avenue. Où irais-je m'installer ? Je ne pouvais même plus supporter l'idée de rentrer dans mon appartement. Jake avait promis de descendre chez moi un peu plus tard chercher des vêtements propres, des chaussures et des affaires de toilette. J'ai allumé le poste de télé, coupé le son, et contemplé les images silencieuses qui défilaient sur l'écran.

Au bout d'un moment, Jake est venu s'asseoir sur le futon à côté de moi. Je me suis blottie contre lui, et durant quelques minutes nous nous sommes bornés à écouter le bruit de la rue dehors. Mais le silence entre nous n'avait rien d'agréable tant il résonnait de questions informulées.

« Tu peux t'en contenter ? ai-je finalement demandé. Tu crois possible de t'en tenir là ? »

Il ne m'a pas répondu tout de suite.

« Et toi ?

— À mon avis, je n'ai pas le choix, ai-je répondu d'un ton sans conviction. Tu l'as dit toi-même, non ? On n'a pas de preuves. Pas la moindre ébauche de piste.

— Sauf si on trouve une personne prête à nous parler, à témoigner de ce qui est arrivé, à assumer ses responsabilités.

— Qui ?

— J'ai réfléchi. Ton père affirme qu'il n'avait pas connaissance des autres activités d'Assistance détresse. Pourtant, quelqu'un a signalé ces gosses… Quelqu'un qui collaborait avec lui, peut-être ? »

J'ai tourné la tête vers Jake. Il avait baissé les yeux comme s'il ne voulait pas voir mon expression.

« Si j'ai bien compris, la mère de ton ex a travaillé avec lui pendant des années…, a-t-il néanmoins poursuivi.

— Esme ?

— Son nom figurait dans tous les dossiers. »

J'ai repensé à Esme cette nuit-là dans l'appartement de Zack, à la conversation que nous avions eue autrefois au sujet de Max. *J'aurais fait n'importe quoi pour cet homme…*

« Est-ce qu'elle accepterait de se confier à nous ? a demandé Jake. Par amour pour toi ? »

Au souvenir de sa réaction chez Zack, j'ai grimacé. Non, je n'imaginais pas du tout Esme prête à dévoiler le passé.

« Tu risquerais des vies pour ça, Jake ? »

Il a secoué la tête, tout en fixant le sol du regard.

« Toi, tu as une vie, Ridley. Moi pas. »

Pour une obscure raison, cette réponse m'a blessée. Une partie de moi devait croire qu'il existait pour nous une possibilité d'avenir commun, et cet espoir aurait suffi à me donner la force d'aller de l'avant sans chercher à en apprendre plus. Mais moi, j'avais déjà la réponse à presque toutes mes questions : je savais ce qui était arrivé à Jessie et à Teresa Stone, ainsi qu'à Christian Luna ; je savais qui j'étais autrefois et qui j'étais devenue. Jake, lui, était toujours un orphelin, un quidam. Ma seule présence à ses côtés ne comblait pas tous les manques en lui.

Donc, j'allais devoir faire un choix. En prenant le parti de Jake, j'acceptais de m'engager sur le chemin de la vérité, aussi douloureux, monstrueux ou dangereux soit-il. En gardant le silence pour protéger ma famille, j'optais pour les mensonges, les masques, les façades – un refuge familier où mon histoire deviendrait, au fil des ans, comme le monstre du Loch Ness ou Big Foot, une créature prétendument aperçue une fois mais dont l'existence restait plus que douteuse aux yeux de tous.

Je ne vous inspire pas une grande confiance, j'en suis sûre. Il est vrai que jusque-là je n'ai pas spécialement brillé par mon courage. Avant tout, c'est Jake qui m'a incitée à avancer, à poser des questions. Pourtant, à cet instant, lorsque j'ai croisé son regard, j'ai su quelle serait ma décision. Nous étions déjà alliés dans cette quête de la vérité ; je ne reculerais pas maintenant.

« Elle était là aussi l'autre soir, ai-je révélé. Chez Zack. Elle est au courant, j'en suis sûre. Elle m'a dit que je ne devrais pas remuer le passé, qu'il n'en sortirait rien de bon. »

Jake s'est penché en avant.

« À ton avis, elle en sait long ?

— Aucune idée. Mais de toute évidence, elle était dans le coup. Et Zack aussi sait quelque chose. Elle est intervenue pour l'empêcher de parler.

— Si c'est elle qui signalait les cas, elle doit au moins

connaître le nom des enfants impliqués. Il est possible qu'elle puisse nous expliquer comment Max est arrivé jusqu'à toi.

— Et s'il est responsable du meurtre de Teresa Stone, c'est ça ? »

Il contemplait un point derrière mon épaule. Soudain, il s'est redressé d'un bond, et à ce moment-là seulement j'ai compris qu'il regardait l'écran du téléviseur silencieux derrière moi.

« Les corps sans vie d'Alexander Harriman, le célèbre avocat du milieu, et d'un individu non identifié ont été découverts aujourd'hui dans le cabinet de l'homme de loi à Central Park West », a énoncé le présentateur à la mine lugubre quand Jake a monté le volume. À l'arrière-plan, j'ai aperçu l'entrée de l'immeuble où nous nous tenions vingt-quatre heures plus tôt. « La police, qui pense à une exécution en règle, n'a pas encore de suspects.

» "M. Harriman ne manquait pas d'ennemis, a déclaré un policier à un journaliste qui l'interrogeait. On a du pain sur la planche." »

Jake s'est tourné vers moi. Son expression, à la fois abasourdie et effrayée, reflétait parfaitement mes sentiments.

« L'accord passé avec Harriman…, ai-je commencé.

— À mon avis, on peut faire une croix dessus. »

Nous ne serions sans doute pas repassés chez moi si j'avais eu des chaussures. J'étais sortie de l'hôpital en chaussettes, vous vous rappelez ? Et je n'avais pas voulu m'arrêter dans mon appartement en arrivant. Je l'ai regretté quand Jake a enfilé son blouson puis m'a tendu le mien.

« On n'est plus en sécurité, a-t-il déclaré. Il faut qu'on file.

— Pour aller où ?

— Ailleurs. »

J'ai jeté un coup d'œil à mes pieds.

« Merde, a-t-il marmonné. Bon, attends-moi là.

— Pas question. On y va ensemble ou on part comme ça. »

Avec un soupir, il a disparu dans sa chambre. Il en a rapporté l'arme que j'avais déjà vue et l'a glissée dans sa ceinture.

« O.-K., on y va. »

Nous avons discrètement descendu l'escalier jusqu'à mon étage. Devant ma porte, Jake m'a intimé le silence quand je lui ai tendu les clés.

« Ridley ? » a chuchoté une voix.

Jake et moi avons sursauté. En me retournant, j'ai vu l'œil de Victoria briller dans l'entrebâillement de sa porte. Un doigt sur les lèvres, je me suis dirigée vers elle. En dépit des circonstances, je n'ai pas pu m'empêcher de penser : *Elle s'est rappelé mon prénom, ce coup-ci !*

« Victoria, vous n'êtes pas en sûreté. Rentrez chez vous et fermez la porte. »

Son œil s'est arrondi de frayeur. Elle avait oublié sa perruque et quelques fines mèches grises, soulevées par un courant d'air, se dressaient sur son crâne presque chauve.

« Il y a du monde là-dedans, a-t-elle murmuré. Chez vous.

— Combien ? a aussitôt demandé Jake, qui m'avait rejointe.

— Un seul », a répondu Victoria avant de refermer le battant et d'actionner trois verrous.

Personnellement, j'aurais volontiers opté pour la

fuite, mais déjà Jake s'avançait vers mon appartement. Il a poussé la porte, qui s'est ouverte. Son arme à la main, il est entré en me faisant signe de ne pas le suivre. Je lui ai néanmoins emboîté le pas.

La lampe derrière le paravent qui séparait mon « bureau » de ma chambre était allumée, et nous avons entendu quelqu'un fourrager dans des papiers.

« Mains en l'air ! a ordonné Jake. Sortez de là ! »

Sa voix a claqué dans le silence. Quand un objet est tombé sur le plancher, j'ai prié pour que ce ne soit pas mon ordinateur portable.

« Sors de là, connard, ou je fais un carton ! »

J'ai dû me tourner vers Jake pour m'assurer que c'était bien lui qui avait parlé ainsi. Il avait déjà le doigt sur la détente. Je me suis demandé s'il allait vraiment la presser, mais au même moment, deux mains sont apparues au-dessus du paravent.

« Ne tirez pas », a dit une voix familière.

Lorsque l'intrus s'est enfin montré, peur, colère et soulagement se sont disputé la place dans mon cœur.

« Qu'est-ce que tu fais ici, Zack ? ai-je lancé.

— J'essaie de te sauver la vie.

— Comment ça ?

— Certaines personnes sont à ta recherche, Ridley. Des personnes curieuses de savoir ce que tu as découvert. Je voulais les prendre de vitesse.

— Les mêmes qui ont tué Alexander Harriman ? »

En guise de réponse, il a hoché la tête.

« Vous êtes tous les deux dans les emmerdes jusqu'au cou, a-t-il ajouté. Je peux m'arranger pour résoudre tous vos problèmes. »

Il avait l'air sincère. Pourtant, je me méfiais de lui. Incroyable, non ?

Lorsqu'il a voulu s'approcher de nous, Jake et moi avons reculé.

« Restez où vous êtes ! » a aboyé Jake.

Zack s'est figé.

« O.-K., ne vous énervez pas. Laissez-moi vous expliquer…

— On t'écoute, l'ai-je interrompu.

— Pour Jake, c'est facile : il n'a qu'à disparaître. Personne ne lui cherchera de noises s'il arrête de fourrer son nez partout. Il y a là-dedans de quoi lui permettre d'aller recommencer sa vie n'importe où dans le monde. »

De la tête, il a indiqué un sac de sport posé sur mon lit.

« Allez-y, nous a encouragés Zack. Jetez un coup d'œil. »

J'ai ouvert la fermeture à glissière, révélant des liasses de billets. Je n'aurais su dire combien il y avait à l'intérieur du sac. Beaucoup d'argent, sans aucun doute.

« Les billets ne sont pas numérotés », a précisé Zack.

J'ai vu le regard de Jake s'attarder un instant sur le magot. Il visait toujours Zack, qui n'avait pas baissé les bras.

« Et pour Ridley ? » a demandé Jake.

Sa question m'a troublée. Il n'envisageait tout de même pas d'accepter l'offre ?

« Je dois juste donner ma parole à ces gens-là qu'elle va cesser de fureter, et retourner bien gentiment auprès des siens. Du moment qu'elle laisse tomber l'affaire, elle n'a rien à craindre. Tout ira bien pour elle. Pour sa famille aussi.

— Ah oui ? Et pourquoi *ces gens-là* vous croiraient-ils sur parole ? » s'est enquis Jake.

Zack a salué la question d'un petit rire.

« Parce que je suis tellement impliqué dans ce projet

qu'ils ont tout pouvoir sur moi. Pareil pour ma mère. Elle fait partie de l'organisation depuis le début. Mais vous l'aviez déjà deviné, j'imagine.

— Alors, ce n'est pas fini, ai-je murmuré. Aujourd'hui encore, des enfants sont enlevés et vendus…

— Ce n'est pas aussi sinistre, Ridley ! s'est défendu Zack. Nous aidons des gamins négligés et maltraités. Tous les jours, à la télé, tu entends parler d'un monstre qui s'est débarrassé du bébé de sa concubine parce que les pleurs le dérangeaient, ou d'une dingue qui n'a rien trouvé de mieux à faire, pour sauver ses gosses du péché, que de les noyer dans la baignoire. Ce ne sont pas nous, les criminels.

— Vous ne pouvez pas décider à la place des autres, l'a interrompu Jake d'une voix tremblante. On ne fait des choix que pour soi, pour sa propre existence.

— Faux, a répliqué Zack. Si tout le monde raisonnait comme vous, Ridley serait peut-être morte à l'heure actuelle. Tuée par le petit copain de sa mère. Même vous, Jake, vous auriez pu ne pas survivre à votre jeunesse.

— Ma mère m'aimait, a affirmé Jake.

— Ça ne suffit pas, a rétorqué Zack. Beaucoup de gens qui prétendent aimer leurs enfants leur font du mal, les négligent ou même les assassinent. »

Il n'avait pas tort ; pourtant, ses arguments ne justifiaient en rien les activités d'Assistance détresse. Ce n'était pas une raison pour arracher des petits à leurs foyers et les revendre à des familles riches. Ce n'était pas une excuse pour ce qui était arrivé à Teresa Stone, à Jake ou même à moi. Non, personne n'avait le droit de négocier ainsi la vie d'autrui.

Lorsque Jake m'a regardée, j'ai constaté avec

tristesse qu'il se demandait quelle serait ma réponse à la proposition de Zack. Si j'acceptais de « retourner gentiment » auprès des miens, il me laisserait partir sans me juger, je le savais. Si j'optais pour la sécurité, il respecterait mon désir. Il me l'avait dit la veille au soir, c'est vrai, mais en cet instant j'ai eu la certitude qu'il m'aimait vraiment. Je suis allée me placer près de lui.

« Désolée, Zack, ai-je dit. Je ne pourrais jamais vivre avec ça sur la conscience. »

Il a pris un air chagrin.

« Tu as pensé à ta famille, Ridley ? À ta mère ? Elle t'a élevée comme si tu étais sa propre fille. À ton avis, que deviendront-ils si les activités d'Assistance détresse sont révélées au grand jour ? Tu imagines un seul instant qu'on va croire à l'innocence de ton père ? »

Cette fois, j'ai gardé le silence. Je ne pouvais plus me soucier des conséquences des décisions prises par d'autres. En cet instant, je devais avant tout me préoccuper des conséquences des miennes. Or avais-je vraiment le choix ? Il m'était impossible de revenir en arrière, de reprendre mon ancienne existence comme si de rien n'était ; j'avais maintenant vu trop clair dans le jeu de chacun. Mais si je poursuivais mon enquête avec Jake, j'allais peut-être blesser profondément mes proches, ou me faire encore plus de mal... Toujours muette, je me suis dirigée vers la penderie, d'où j'ai retiré une paire de tennis. Puis je me suis assise sur le lit, à côté du sac de sport, pour les enfiler.

« On y va, ai-je dit à Jake en me levant.

— Tu es sûre ? C'est dangereux, Ridley. J'ignore dans quoi on se lance et si je serai capable de te protéger.

— Je sais.

— Si tu pars maintenant, Ridley, je ne pourrai plus rien pour toi, a grondé Zack, pour la seconde fois en deux jours. Tu te fiches peut-être royalement de ta famille, mais moi, je ferai ce que j'ai à faire pour épargner ma mère. »

Jake et moi l'avons planté là, au milieu de mon appartement. Dans le couloir, Jake m'a brièvement attirée à lui pour m'embrasser avec fougue. Je me suis appuyée contre lui quelques secondes avant de m'écarter. Son soulagement était visible ; il avait compris qu'il ne serait plus seul, désormais. Nous avons dévalé l'escalier jusqu'au rez-de-chaussée, où Jake a voulu m'entraîner vers la porte d'entrée. Mais je l'ai tiré en direction de la cour.

« Viens, je connais une autre sortie », lui ai-je soufflé en le guidant vers le tunnel de Zelda.

34

C'était une bonne idée, mais elle n'a pas suffi. Nous nous dirigions vers l'Avenue C quand nous avons eu l'intuition d'une présence derrière nous. L'atmosphère de la rue déserte s'est brusquement chargée de menace alors que nous longions un terrain vague où, parmi les détritus et les carcasses de voitures calcinées, des junkies étaient rassemblés dans un coin autour d'une pipe à eau. Nous avons senti plutôt qu'entendu le grondement sourd du moteur de la voiture qui nous suivait tous feux éteints. Jake m'a pris la main et nous nous sommes mis à courir, pensant à tout moment entendre claquer des coups de feu. Mais non. Seuls notre souffle et le bruit de nos pas résonnaient dans le silence.

Dans l'Avenue D, nous avons tourné à un coin de rue puis balayé du regard les alentours. Personne en vue. Nous avons gravi les quelques marches menant à l'entrée d'un immeuble condamné, où le panneau de contreplaqué qui faisait office de porte avait été écarté, révélant un petit espace par lequel nous nous sommes glissés. À l'intérieur, nous avons collé notre nez contre la vitre noircie lors d'un incendie relativement récent et aperçu une Lincoln qui se garait le long du trottoir. Lorsque des hommes encagoulés en sont descendus, j'ai cru que mon cœur allait cesser de battre. J'avais l'impression d'avoir atterri sur une planète inconnue régie par des lois différentes. Ou de jouer dans *New York 1997*. Sauf que ce n'était pas du cinéma… Jake m'a soudain plaqué une main sur la bouche pour étouffer le cri de terreur qu'il devinait prêt à jaillir de mes lèvres.

« Pas de panique, Ridley. Reste calme, ma grande. »

J'ai hoché la tête, et nous nous sommes frayé un passage dans le hall encore empuanti par la fumée. J'ai ramené le col de ma chemise sur mon nez pour éviter que l'odeur âcre ne me fasse tousser ou éternuer. Un canapé moutarde gisait sur le sol, renversé près d'un classeur de rangement tout rouillé privé de tiroirs. Un peu plus loin, nous nous sommes engagés dans un escalier branlant dont les marches ont gémi sous notre poids. Parvenus sur le palier du premier, nous avons de nouveau jeté un coup d'œil dehors. Nos poursuivants, quatre au total, s'approchaient déjà de l'immeuble.

Celui-ci ne comportait que trois étages, et au sommet nous avons découvert qu'un pan du toit s'était effondré jusqu'au rez-de-chaussée, laissant un trou béant au-dessus de nos têtes et dans les plafonds des niveaux inférieurs, ce qui nous permettait ainsi d'avoir une vue dégagée de l'entrée. Jake a sorti son arme, s'est allongé à plat ventre sur le plancher et l'a pointée droit sur la porte du bâtiment. À l'extérieur, les hommes ont échangé quelques mots, puis tout est redevenu calme. Nous avons patienté. Au bout d'un moment, il s'est mis à pleuvoir. Rien ne nous protégeait de l'averse.

« Je suis désolé, a murmuré Jake quelques secondes plus tard.

— Tu n'y es pour rien.

— Je t'ai gâché la vie, Ridley. »

J'ai secoué la tête.

« Non.

— Bien sûr que si. Si je ne t'avais pas fait parvenir ce second message, si je ne t'avais pas entraînée dans cette histoire, tu ne serais pas là avec moi. »

De nouveau, j'ai secoué la tête. Ça ne servait à rien de raisonner ainsi ; il était trop tard, de toute façon. Nous n'avions plus d'autre solution que de foncer en espérant survivre à cette nuit effrayante.

J'ai posé une main sur son épaule.

« C'est moi qui ai décidé de t'accompagner ce soir, d'accord ? C'était mon choix, Jake. »

Il a opiné, et je me suis penchée vers lui pour l'embrasser. Au même moment, il s'est retourné d'un coup pour tirer sur un point derrière moi. Des éclairs de lumière et des détonations assourdissantes ont déchiré la nuit, et brusquement nous sommes tombés.

Je n'ai chuté que d'un étage, mais Jake a plongé jusqu'au rez-de-chaussée. L'impact de son corps sur le sol a été si puissant que j'ai eu l'impression de le ressentir dans mes os. Mes pensées se sont égarées une seconde avant que des cris me ramènent à la réalité.

« Qu'est-ce qui se passe, bordel ? Où sont-ils ? »

Nos poursuivants étaient arrivés par le toit d'un immeuble voisin, ai-je compris.

« Fais gaffe, imbécile, le plancher est tout défoncé ! »

Un choc sourd a résonné quelque part, d'autres débris se sont détachés un peu partout. Je ne distinguais pas les hommes au-dessus de moi et je priais pour qu'ils ne me repèrent pas non plus.

« Ne tirez qu'à vue, O.-K. ? Ce putain d'immeuble risque de s'écrouler à tout moment. »

J'ai jeté un coup d'œil à Jake en dessous de moi. En constatant qu'il ne bougeait pas, j'ai ressenti un mélange d'horreur et de terreur. Je commençais à ramper quand une douleur fulgurante m'a traversé la jambe, si intense que j'ai dû lutter pour ne pas vomir. Je ne voyais pas ce qui s'était logé dans ma cuisse, mais mon jean était déchiré et je sentais un liquide chaud et poisseux sur ma peau. J'avais tellement mal que j'en aurais hurlé. Pourtant, mon désir de rejoindre Jake était si fort que j'ai réussi à me traîner jusqu'à l'escalier, où je me suis appuyée sur la rampe pour descendre jusqu'au rez-de-chaussée.

Je venais de l'atteindre quand les balles ont déchiqueté le sol et les cloisons autour de moi. Jake était toujours immobile, inconscient du fracas et du danger. Brusquement, un craquement sonore s'est élevé dans le bâtiment, suivi par un grognement.

« Angelo ! Ça va ?

— Ouais, a répondu une voix teintée d'un fort accent new-yorkais. Je suis juste passé à travers ce foutu plancher. »

J'ai profité de cette diversion pour rejoindre Jake avant que les balles ne se remettent à pleuvoir.

35

« Six, murmure Jake.

— Quoi ?

— Il te reste six balles. »

Les yeux toujours fixés sur l'escalier, je hoche la tête en signe d'assentiment. J'ai reconnu la voix de Zack, je sais que c'est l'un de nos poursuivants, mais mon cerveau ne parvient toujours pas à enregistrer l'information. Il va nous tuer pour préserver son secret, puis il se rendra à mon enterrement en prenant l'air éploré de circonstance… Et dire que mon père rêvait de me marier à cet homme ! Mes mains tremblent sous l'effet de la peur, de la rage et de la douleur. Des paillettes blanches dansent devant mes yeux.

« On va trouver un arrangement ! » crie-t-il.

Je ne vois rien. Pourtant, ils sont tout près ; j'entends le plancher grincer. À l'instant même où j'aperçois une jambe sur une marche, je fais feu… et je rate ma cible. La détonation claque si fort et le recul est si puissant que je laisse échapper un petit cri de terreur. Mes oreilles bourdonnent. Quand je reporte mon attention sur l'escalier, la jambe a disparu. Bon, je réussirai peut-être à les tenir à distance encore un moment. Ils sont quatre et j'ai encore cinq balles dans le chargeur.

« Ne gaspille pas tes munitions, me chuchote Jake. Attends de pouvoir viser dans la masse. Sinon, tu ne les toucheras jamais. »

Je tourne la tête vers lui. Il se tient parfaitement immobile, comme si le moindre mouvement lui coûtait. Je devine qu'il souffre le martyre.

« Ridley, s'il te plaît ! appelle Zack. On n'est pas obligés d'en arriver là. Mon offre tient toujours. Tu m'aimais, avant. Pourquoi refuses-tu de me faire confiance ? »

Jake et moi échangeons un coup d'œil. Jake porte un doigt à ses lèvres puis me montre le plafond. Je distingue des silhouettes à l'étage, des armes pointées vers nous. Zack voudrait m'amener à lui répondre afin que ses hommes puissent nous localiser. Sans un mot, j'esquisse un sourire triste.

« Et merde ! » peste enfin Zack.

Quand ils se remettent à tirer, je réplique. Les balles sifflent de toutes parts et ricochent autour de nous, l'une d'elles touche même le canapé. D'un instant à l'autre, je vais sentir le métal s'enfoncer dans ma chair… Près de moi, Jake est impuissant à me protéger. L'odeur de la poudre m'assaille les narines, le bruit est tellement assourdissant que je n'entends presque plus rien. Pourtant, la situation a pris une tournure tellement irréelle que je ne suis pas si effrayée que ça. Peut-être est-ce ce que l'on ressent au combat, lorsque la terreur est telle que la capacité de l'esprit à percevoir le danger et celle du corps à éprouver la peur sont comme amoindries. Après un de mes coups de feu, un homme s'effondre en poussant un gémissement. Malheureusement, il en reste encore trois et les tirs pleuvent toujours. Même si je m'efforce de viser le mieux possible, je me retrouve bientôt avec un chargeur vide. Dans les films, j'aurais sans doute réussi à les abattre tous, mais voilà, je viens de découvrir que je ne suis pas une bonne gâchette. Alors, je lâche mon arme désormais inutile et me raccroche à Jake, persuadée que nous allons mourir ensemble ce soir. Une chose est sûre, je n'ai pas de regrets. Je suis heureuse qu'il n'ait pas eu à affronter seul cette épreuve.

Je m'apprête à fermer les yeux quand, soudain, j'entends les pales d'un hélicoptère. Une puissante clarté blanche inonde l'intérieur du bâtiment.

« Lâchez vos armes ! tonne Dieu. À terre, mains derrière la tête ! »

Malgré le chaos de bruit et de lumière, il me semble que les détonations cessent. Jake referme ses bras sur moi.

« Ridley ? rugit Dieu. Ridley Jones, ça va ? Vous êtes là ? »

Peut-être à cause de la peur, de la douleur, du soulagement ou des trois mêlés, je sombre dans un trou noir.

36

Je l'ai déjà dit, je sais. Le monde n'aime pas les secrets, il s'arrange pour exposer la vérité, pour nous guider vers elle. Il m'aurait été facile d'accepter l'accord de Harriman et de reprendre mon ancienne vie, mais les circonstances ne me l'avaient pas permis. Harriman m'avait dit qu'Assistance détresse avait échappé au contrôle de Max ; il s'est avéré qu'elle avait échappé également au sien.

Une conclusion. C'est ce qu'on cherche tous. Il nous faut mettre un terme à certaines choses pour pouvoir en entamer de nouvelles. Sinon, elles reviennent nous hanter. Elles s'immiscent dans nos rêves, s'insinuent dans nos pensées quand nous relâchons notre attention, opposant un défi à nos capacités mentales, se présentant comme une énigme impossible à percer. Je songe à Teresa Stone, ma mère biologique, luttant pour sauver son enfant et perdant la vie ; à Christian Luna, torturé par les regrets et incapable de trouver le salut ; à Max, mon père, à tous les crimes qu'il a commis dans sa tentative pour surmonter ses blessures en « aidant » les autres. Je pense aux parents des enfants disparus, aux affichettes placardées un peu partout, aux affreuses photos montrant à quoi ressembleront peut-être ces gosses dans cinq, six ou dix ans. Peut-être certains de ces parents méritaient-ils de perdre un fils ou une fille, et peut-être pas. En tout cas, je suis prête à parier que pour chaque bébé enlevé par Assistance détresse, il y a quelque part dans le pays une âme tourmentée. Pour Jessie, c'était Christian Luna. Pour Charlie, c'était Linda McNaughton.

Si je m'étais conformée aux instructions d'Alexander Harriman, les responsables de tous ces méfaits poursuivraient leurs activités ; des gens comme Zack et Esme continueraient de porter des jugements et de jouer au bon Dieu avec la vie d'inconnus sans jamais éprouver de scrupules ni de remords. Mais mon existence aurait été peuplée de fantômes – ceux de tous ces êtres que j'aurais abandonnés à leur sort, à commencer par Jake.

À propos de bons samaritains, c'était Gus Salvo qui nous avait sauvés cette nuit-là dans le bâtiment désaffecté. Il avait mis Angelo Numbruzio sous surveillance à cause des douilles récupérées sur les lieux du meurtre de Christian Luna. Quand le flic chargé de le filer avait découvert que Numbruzio avait prévenu Zack, l'inspecteur Salvo avait continué d'assembler les pièces du puzzle – un peu trop lentement à mon goût, peut-être –, et par miracle, il était arrivé juste à temps.

À la suite de sa chute, Jake souffrait d'une fracture à la jambe droite et au bras gauche, ainsi que d'une perforation du poumon. Le choc lui avait également meurtri le dos, mais toutes les vertèbres étaient intactes. La balle qui m'avait transpercé la cuisse n'avait pas touché l'artère principale. Tout tient à des détails, rappelez-vous. À quelques millimètres près, je ne serais plus là pour vous raconter mon histoire.

Quand j'ai repris connaissance à l'hôpital St. Vincent, la première image que j'ai eue a été celle de Gus Salvo.

Ce n'était pas le plus attrayant des spectacles, mais j'avais vu bien pis récemment.

« Où est Jake ? ai-je demandé, en proie soudain à une peur terrible.

— Il va bien, m'a-t-il répondu gentiment. Du moins, il ira bien. »

Il a approché une chaise de mon lit et m'a prise par la main pour me parler des blessures de Jake. Celui-ci se trouvait dans une chambre toute proche de la mienne, a-t-il ajouté.

« Ne vous inquiétez pas, Ridley. Tout est fini, maintenant. »

Un coup d'œil m'a suffi pour comprendre que ce n'était pas vrai.

« Dans ce cas, inspecteur, que faites-vous là ? »

Il a soupiré en détournant les yeux.

« Je devrais attendre que vous alliez mieux, Ridley, mais…

— Mais ?

— J'ai besoin de vous, m'a-t-il avoué. Les hommes qui vous ont pris en chasse sont en garde à vue. L'un d'eux est le meurtrier de Christian Luna, j'en suis presque sûr. Vous vous souvenez de ce que je vous ai expliqué au sujet d'Angelo Numbruzio ? Que j'avais réussi à le rattacher à la fusillade du bar ? Eh bien, il apparaît aussi sur la vidéo de surveillance de cette armurerie en Floride qui a vendu le fusil d'assaut dont on s'est servi pour abattre Luna.

» Le problème, c'est qu'on ne peut pas monter un dossier contre lui sans votre témoignage. Un dossier béton, je veux dire. Et si on poursuit dans cette voie, tout ce qui concerne votre passé et Assistance détresse sera exposé. Vous avez peur pour votre famille, je sais, mais Zack et Esme Gray ont déjà accepté de conclure un arrangement avec le procureur. Quelle que soit votre décision, l'affaire sera rendue publique. »

Le regard perdu dans le vague, je suis restée silencieuse. Alexander Harriman était mort. De toute évidence, le marché que j'avais conclu avec lui ne serait pas respecté par ses assassins. Ils avaient déjà essayé de me tuer. Désormais, je n'avais plus le pouvoir de protéger personne. Si je l'avais eu un jour…

« J'accepte, inspecteur Salvo. Je témoignerai pour Christian Luna, mais pas pour Assistance détresse. » Nous nous sommes regardés. « Je ne peux pas prendre parti contre Max ni contre Esme. »

Il a acquiescé.

« Vous n'étiez qu'une gosse, Ridley. En cas de procès, vous ne devriez pas être obligée de témoigner. Vous êtes avant tout une *victime* dans cette affaire. »

Le terme m'a frappée de plein fouet. À aucun moment, l'inspecteur Salvo ne m'a lâché la main tandis que je sanglotais. Je pleurais sur le sort de Teresa Stone, de Christian Luna, de Max. Et, oui, je pleurais aussi à cause de tout ce que j'avais perdu.

Plus tard cette nuit-là, je suis sortie de ma chambre en clopinant, accompagnée de ma perfusion de morphine (qui expliquait sans doute pourquoi je n'étais capable que de clopiner), afin de me mettre en quête de Jake. L'infirmière de garde a fait preuve d'une merveilleuse compassion : elle m'a installée dans un fauteuil roulant pour me conduire jusqu'à lui. Bien qu'assommé par les médicaments, il a paru heureux de me voir.

« Tu es superbe », m'a-t-il dit d'une voix légèrement pâteuse.

J'en doutais ; j'avais l'impression d'être passée sous un rouleur compresseur.

« Tu es défoncé », ai-je répliqué avant de partir d'un rire idiot.

Je me sentais moi-même sous l'effet des drogues, même si je commençais à prendre conscience de la douleur sourde dans ma cuisse.

Il avait la jambe droite et le bras gauche dans le plâtre. Son visage était meurtri, son torse enveloppé de bandages. Jamais, de toute ma vie, je n'avais vu un homme aussi séduisant.

« Retourne te coucher, Ridley, a-t-il murmuré en me prenant la main.

— D'accord. Je voulais juste te dire que tu n'étais plus seul. Je suis là, maintenant. Avec toi. »

Il m'a embrassé les doigts puis m'a caressé la joue. Ses yeux brillaient, me semblait-il.

« Je t'aime, Jake… ou quel que soit ton nom. »

Son rire s'est mué en grognement de douleur. Je suis restée auprès de lui jusqu'à ce qu'il s'endorme. Enfin, l'infirmière m'a ramenée dans ma chambre.

37

Vous vous rappelez peut-être que j'avais fait une promesse à Linda McNaughton. Mais il s'est écoulé encore un mois avant que Jake et moi soyons sur pied. Et encore un bon moment avant que je parvienne à le convaincre de m'aider à respecter mes engagements. Il avait toujours la jambe dans le plâtre quand nous avons loué une voiture pour nous rendre dans le New Jersey. La Firebird avait disparu. Le type qui l'avait volée pour essayer de me tuer – ou de me « dissuader de poursuivre mes recherches », comme l'avait dit Alexander Harriman – était mort, abattu d'une balle dans la tête. Personne ne saurait jamais où il l'avait abandonnée.

« Viens avec moi, m'a dit Jake, très pâle, quand nous nous sommes arrêtés devant la caravane.

— Vous n'avez pas besoin de spectateurs, ai-je répondu. Accorde-toi quelques minutes seul avec elle, et ensuite fais-moi signe. »

Il a fini par descendre, me laissant écouter *Roxanne*, de Police, à la radio. Je l'ai regardé s'appuyer sur ses béquilles pour avancer jusqu'à la porte, puis disparaître à l'intérieur. J'ai fermé les yeux en essayant de l'imaginer environné de tortues, annonçant à Linda McNaughton qu'il était Charlie, le petit-fils qu'elle croyait avoir perdu depuis si longtemps. En esprit, j'ai vu Linda, en survêtement gris assorti à la couleur de ses cheveux, porter une main à sa bouche tandis que des larmes jaillissaient de ses yeux. Puis elle lui jetait les bras autour du cou et il la serrait maladroitement contre lui. J'aurais voulu me trouver là, avec eux. Mais cet instant d'intimité leur appartenait.

Environ une demi-heure plus tard, la porte s'est rouverte et Jake a agité la main dans ma direction. Il ne paraissait pas spécialement gai, ai-je constaté. Pourtant, il ne semblait pas malheureux non plus – juste un peu nerveux, peut-être. Dehors, le froid était saisissant, le sol gelé, les arbres noirs et dépouillés autour de la caravane. En revanche, il régnait une agréable chaleur à l'intérieur. Assise sur le canapé, les yeux embués, Linda serrait la photo que je lui avais empruntée et que Jake était chargé de lui rendre. Elle s'est levée puis m'a enlacée.

« Je ne pensais pas vous revoir, a-t-elle dit. Ni l'un ni l'autre. »

La visite s'est prolongée un moment. Que pourrais-je dire ? C'était embarrassant. Après tout, Linda et Jake étaient des étrangers l'un pour l'autre. Il l'a écoutée avec attention pendant qu'elle lui parlait de ses parents, de ses premières années, de la grenouille en peluche qu'il emportait partout avec lui… Il souriait, donnait les réponses attendues, mais comme il ne pouvait guère lui relater ses expériences de jeunesse sans lui faire de peine, il lui en a présenté un résumé considérablement embelli. Nous avons pris le thé avec elle. Puis :

« Madame McNaughton…, a-t-il commencé en se redressant.

— Appelle-moi mamy, l'a-t-elle interrompu aussitôt. Ou au moins Linda. »

S'il a eu du mal à s'y résoudre, il s'est néanmoins exécuté.

« Eh bien, mamy, il faut qu'on y aille. »

Nous n'avions aucune obligation, mais je me suis tout de même levée à mon tour.

« Oh oui ! bien sûr, a-t-elle répondu avec, peut-être, un soupçon de soulagement dans la voix. Pourquoi ne viendriez-vous pas dîner dimanche, tous les deux ? On n'a plus beaucoup de famille, mais ma sœur serait enchantée de vous voir.

— Avec plaisir », a répondu Jake.

Quand il l'a enlacée, Linda l'a serrée contre elle avec force. Puis, du seuil, elle nous a regardés partir comme elle l'avait fait lors de ma première visite, une main levée en signe d'adieu. Dans la voiture, Jake est demeuré muet jusqu'à ce que nous arrivions sur l'autoroute. Je lui ai posé une main sur la cuisse.

« Comment ça s'est passé ? »

Il a poussé un profond soupir.

« Je ne sais pas trop. Je pensais me sentir plus proche d'elle.

— Ça viendra. Laisse faire le temps. »

Je vous l'ai dit, pour moi, ce ne sont pas les liens du sang qui nous unissent, mais l'expérience partagée. Malgré tout ce que nous venions de traverser, malgré les mensonges et les erreurs commises par mes parents, je les considérais toujours comme tels. À aucun moment, ils n'étaient devenus des étrangers à mes yeux. Et si l'image idéale que j'avais de mon père et de ma mère s'était révélée complètement fausse, cela ne changeait rien à mon attachement pour eux. Ils étaient ce qu'ils étaient, ni plus ni moins.

Une fois garés devant chez eux, nous sommes restés quelques minutes dans la voiture. Je retrouvais la carte postale de mon enfance. La maison était décorée pour Noël, des couronnes illuminées par des bougies électriques ornaient chaque carreau. Derrière la fenêtre en encorbellement, j'apercevais le sapin paré de guirlandes lumineuses et de rubans rouges. J'aurais voulu ne pas considérer tout cela comme une simple façade, mais je n'y suis pas parvenue. J'espérais que ce sentiment finirait par disparaître.

« Ils n'ont sûrement aucune envie de me voir, a dit Jake. Après tout, j'ai bouleversé ta vie. Et la leur.

— Je ne suis pas de cet avis », ai-je répondu en poussant la portière pour sortir.

Nous avons remonté l'allée avec précaution, gênés par les plaques de verglas et les béquilles de Jake. Mon père est venu nous aider ; ma mère nous attendait à la porte, les bras croisés. Nous sommes tous entrés prendre une bonne tasse de chocolat chaud près du sapin.

J'avais détruit le scénario jusqu'ici respecté par la famille. Vous n'avez jamais eu cette impression dans la vôtre ? Chacun a son rôle à jouer, et du moment que tout le monde s'y tient, le spectacle se déroule sans encombre. On rit pour les mêmes raisons, on se querelle pour les mêmes raisons, on ressasse les mêmes vieilles rancœurs, on partage les mêmes souvenirs, bons ou mauvais. Mais si l'un des participants se met soudain à improviser, c'est la débandade. Les autres manquent leurs répliques, il y a des silences gênés, tout part à vau-l'eau. Par la suite, avec un peu de chance, il est possible de monter ensemble une nouvelle production – ancrée dans le présent, fondée sur la franchise, fluide et susceptible de s'adapter au changement. Nous en étions à cette phase de silences gênés, de pauses inconfortables. De souvenirs partagés aussi, surtout ceux concernant Max, qu'il ne paraissait plus convenable de mentionner.

« Je veux que vous sachiez, Jake et Ridley, que je n'ai jamais soupçonné la véritable nature des activités d'Assistance détresse », a dit soudain papa quand mon regard s'est porté vers une statuette de danseuse offerte par Max à maman. Il a contemplé quelques secondes la tasse dans sa main. « Nous avons mal agi envers toi, Ridley. Mais quels que soient nos torts, je ne regretterai jamais de t'avoir accueillie ce soir-là, ni d'avoir eu la chance d'être ton père. En attendant, croyez-moi, je n'aurais jamais accepté d'être mêlé à des enlèvements d'enfants. Jamais, sous aucun prétexte. »

Jake a hoché poliment la tête ; pourtant, je le sentais sceptique. Pour ma part, j'ai choisi de croire mon père. Je le connaissais bien et je ne l'imaginais pas capable de telles bassesses.

« C'était Esme Gray, alors ? a demandé Jake. Elle signalait les gosses qu'elle pensait en danger ? C'est elle qui a parlé de Jessie à Max ? »

Cette question-là demeurait toujours sans réponse. Alexander Harriman m'avait dit que le meurtre de Teresa Stone était un accident, et qu'à partir de là, Max avait perdu le contrôle d'Assistance détresse. Mais qui avait organisé l'enlèvement de Jessie ? Et comment Max l'avait-il récupérée ? Le mystère restait entier. Quant à Esme, peut-être la seule dépositaire de tous les secrets, elle refusait de parler.

« Je ne sais pas, a répondu mon père au terme d'un long silence. Vraiment, je n'en sais rien, Jake.

— Et vous ne voulez pas savoir », a répliqué Jake.

Avec un soupir, mon père a détourné les yeux.

« L'avenir nous le dira peut-être, a-t-il déclaré. Après tout, je ne vous apprendrai pas qu'une enquête est en cours... »

À cet instant seulement, j'ai décelé de la rancœur dans

sa voix. Et dans l'attitude de ma mère, assise toute droite à l'autre bout du canapé, présente mais distante, un léger sourire artificiel aux lèvres. Elle supportait cette visite sans pour autant y participer. Jake représentait une vérité qu'ils n'avaient aucune envie de voir, la lumière crue qu'ils ne pouvaient pas éteindre. Sans doute auraient-ils donné n'importe quoi pour pouvoir remonter le temps et m'empêcher de me précipiter au-devant de cette camionnette. Pour pouvoir retrouver l'obscurité de l'ignorance.

Je suppose qu'à ce stade vous vous demandez si moi aussi j'aurais aimé revenir en arrière. Eh bien, je n'ai pas la réponse à cette question. Comme je vous l'ai dit, je ne crois ni aux erreurs ni aux regrets. On ne peut jamais savoir où menait l'autre route, celle que l'on n'a pas prise.

Épilogue

Quidam, l'inconnu, le passant anonyme… L'homme qui marche dans la rue, sous la pluie, après minuit. Le sans-abri qui demande un peu de monnaie à la sortie de la messe. La vieille femme assise à côté de vous dans le bus… Tous des étrangers dont vous croisez soudain la route. Parce que les choix et les événements de la vie – de la leur comme de la vôtre – vous ont conduits au même endroit au même moment. Ça donne à réfléchir, vous ne trouvez pas ?

Je suis en train de coucher tout cela sur le papier dans notre nouvel appartement de Park Avenue South, en face de la station de métro – un immense loft d'artiste, inondé de lumière, surplombant Downtown Manhattan. Les planchers ne s'affaissent pas, aucune odeur de viennoiseries ou de pizza ne flotte dans l'air, ce que je regrette un peu ; le côté pittoresque de l'East Village me manque. Il y a suffisamment de place pour nos deux bureaux, mais Jake a conservé son atelier. Pour ma part, je dispose d'une vraie pièce où travailler, et non plus d'un minuscule recoin séparé de la chambre par un paravent. Nous avions envie d'un endroit différent où nous pourrions repartir de zéro. À nouvelle vie, nouveau logement. Bien vu, hein ?

Jake et moi apprenons à mieux connaître Linda ; de plus en plus, nous la considérons comme un membre de la famille. Il se familiarise avec ses parents à travers les souvenirs qu'elle lui confie. Son père et sa mère avaient des défauts, sans aucun doute, mais comme nous tous, pas vrai ? Pour la première fois de sa vie, répète souvent Jake, il n'a plus l'impression d'être un quidam, un intrus dans son propre corps, coupé du monde extérieur. J'aime à penser que j'y suis pour quelque chose.

Ace est en cure de désintoxication depuis presque trois mois maintenant. Je vais le voir tous les jeudis et j'ai l'impression de le découvrir. Autrefois, c'était mon héros ; plus tard, il est devenu cette partie de moi que je m'évertuais à sauver. Aujourd'hui, il est juste Ace, mon frère que j'ai toujours connu mais qui n'en est pas moins un étranger – en partie à cause de sa dépendance, en partie à cause de l'idée que je me faisais de lui. Nous suivons tous les deux une thérapie. Il est persuadé que j'ai toujours aimé une certaine image de lui sans voir la personne qu'il était réellement. Il a sans doute raison. N'a-t-on pas souvent tendance à considérer nos proches à travers le filtre de nos peurs, de nos attentes et de nos désirs ? Pour le moment, il tente d'affronter le problème. J'ignore s'il parviendra à le résoudre, mais j'ai compris que je ne pouvais pas l'aider. Je ne peux qu'être présente à ses côtés, me montrer honnête envers lui, essayer de l'aimer tel qu'il est.

Il n'a jamais été mêlé, de près ou de loin, à ce qui m'est arrivé. Il est coupable de ne pas m'avoir dit ce qu'il savait, c'est vrai. Mais s'il a fait ce choix, c'était pour m'épargner. Il ne me détestait pas, finalement. Il voulait me protéger.

Mes parents et lui ont esquissé quelques tentatives timides pour renouer le dialogue. Rien n'est gagné, il y a tant de colère entre eux, tant de souffrances… Jusque-là, m'a-t-on dit, chaque entrevue s'est soldée par des cris et des larmes. Mais au moins, ils ont rétabli un lien. C'est déjà ça.

Ruby est partie. Dès que mon frère a pu recevoir des visites, elle est allée le voir une fois par semaine au centre. Il voulait la convaincre de suivre une cure elle aussi. De mon côté, j'ai proposé de lui payer le traitement dans l'établissement où Ace est soigné, mais elle a refusé. Mon frère n'a pas insisté ; il est conscient qu'on ne peut pas aider quelqu'un qui refuse de l'être. Et puis, un jour, elle a disparu. À la demande d'Ace, je me suis rendue avec Jake à Lower East Side un dimanche afin d'avoir de ses nouvelles, mais elle avait plié bagage. Ace continue d'espérer son retour.

C'est bien, l'espoir. J'aurai au moins retenu une leçon des quelques mois écoulés : on ne maîtrise jamais rien, on ne peut qu'essayer de faire les meilleurs choix possibles en espérant que les choses tourneront comme prévu.

Mes parents et moi bataillons encore pour poser les fondations de notre nouvelle relation. Des scènes ont éclaté, la colère et la rancœur dont j'avais senti la présence durant notre première confrontation sont remontées plus d'une fois à la surface. Mais personne n'a claqué la porte ni coupé les ponts. Malgré tout ce qui pèse entre nous, nous nous aimons, et nous jetons peu à peu les bases d'une vie sans secrets ni mensonges. Je souhaite aussi que mes parents apprennent à aimer Jake même si, au plus profond de leur cœur, ils le rendent responsable de tous les bouleversements survenus dans notre existence.

La perspective du procès à venir m'effraie. J'irai à la barre relater ma rencontre avec Christian Luna et les circonstances de sa mort. L'accusation se servira de mon témoignage pour incriminer Angelo Numbruzio et ses commanditaires. Ensuite, selon le verdict rendu par le tribunal, elle décidera de la marche à suivre dans l'affaire Assistance détresse, ce qui scellera le sort de Zack et d'Esme. Mon père devra répondre à d'autres questions. Il a peur, et moi aussi.

Je n'ai revu ni Zack ni Esme. Zack, accusé de complicité de meurtre, est en prison. Je m'efforce d'oublier qu'il a tenté de nous tuer, Jake et moi, et de ne pas penser à ce qui l'attend. Dans le cadre de l'arrangement que sa mère et lui ont conclu avec le bureau du procureur, leurs avocats leur ont interdit de nous parler. Mais moi, j'aimerais bien avoir une conversation avec Esme. Car, à mon avis, elle détient toutes les réponses dont nous avons besoin, Jake et moi. Cela dit, nous avons encore une chance de les obtenir au fur et à mesure que l'enquête progressera.

Pour les médias, l'heure de la curée a sonné. Un reportage sur Max et sa participation supposée à Assistance détresse a déjà été diffusé dans « Dateline ». Max y est décrit comme un monstre. Et c'en est peut-être un pour certains, mais pas pour moi. Son projet a dérivé de manière inconcevable. Il n'en reste pas moins Max à mes yeux. Mon père… J'ai tenté de lui faire endosser ce nouveau rôle dans mes souvenirs, seulement je n'y arrive pas ; pas vraiment, du moins. Pas encore. En tant que père, il était minable, coupable au mieux de terribles erreurs de jugement. En tant qu'oncle, il était parfait. Ai-je tort de vouloir me raccrocher à cette image ?

Je ne sais toujours pas ce qui s'est passé cette nuit-là quand il a amené Jessie chez mes parents, ni quelle était exactement son implication dans l'organisation et si le meurtre de Teresa Stone était un accident ou pas. Je ne saurai sans doute jamais si mon père a commandité le meurtre de ma mère. Je me répète souvent ce qu'il m'a dit le dernier soir. *Tu es peut-être la seule chose que j'ai réussie dans ma vie, Ridley.* Il souffrait tellement… Les démons qu'il avait combattus toute sa vie étaient revenus le chercher. Plus tard cette nuit-là, ils l'avaient ramené chez lui.

Les producteurs de « Dateline » m'ont appelée aussi, mais je ne donne plus d'interviews. Le moment venu, au procès, j'aurai besoin de tout mon courage et de toute ma force pour raconter mon histoire.

Il n'y a pas de véritables méchants dans cette affaire. Pas vraiment, du moins. Tout bien réfléchi, il n'y en a pas beaucoup non plus dans la vie. Seule la fiction présente souvent des versions extrêmes du bien et du mal. Dans la vie, il n'y a que des bons et des mauvais choix, dont on ne peut parfois juger qu'en fonction de leurs conséquences. Et encore. Alors, si vous voulez condamner Zack et Esme, ou encore Max, libre à vous. Mais je crois qu'ils étaient tous convaincus d'agir au mieux – pour les enfants, pour eux-mêmes, pour moi – et, malgré tout, ça compte quand même, non ?

Qu'en est-il des autres gosses, de tous les bébés pris en charge par Assistance détresse au fil du temps ? J'ai entendu dire qu'une *hotline* avait été mise en place pour aider les adultes qui pensaient être l'un d'eux. À mon avis, la plupart n'ont pas la moindre idée de ce qui leur est arrivé, et de toute façon, je ne suis pas sûre qu'ils aient vraiment envie de le savoir. Quant aux parents, je les vois mal se précipiter pour avouer qu'ils ont adopté leur fils ou leur fille par des voies illégales. Mais qui sait, certains des enfants d'Assistance détresse seront peut-être malgré eux guidés vers leur part d'ombre, comme je l'ai moi-même été…

Désormais, dans ce nouvel appartement ainsi que dans cette nouvelle vie, Jake et moi sommes alliés. Oui, il y a eu des mensonges et des instants de doute entre nous. Peut-être ont-ils été plus extrêmes pour nous que pour d'autres couples, et pourtant je ne crois pas que notre expérience soit si différente. Après tout, ne se dévoile-t-on pas tous lentement, petit à petit, à un nouvel amour ? Ne décide-t-on pas de ce qu'on veut montrer et à quel moment ? N'a-t-on pas peur d'être jugé ou rejeté, du moins au début, quand on ne se sent pas encore tout à fait sûr de soi sous le regard de l'autre ? Aujourd'hui, Jake et moi avons opté pour la franchise totale. Ce n'est pas toujours facile à respecter (en particulier face à des questions du genre : « Tu ne trouves pas que j'ai grossi ? »), mais au moins, nous avons choisi la vérité. Et je suis prête à échanger n'importe quelle vérité contre des mensonges, aussi séduisants et scintillants soient-ils.

LE DÉBUT DE LA FIN

Remerciements

Mes remerciements les plus sincères à…

… mon agent, Elaine Markson, et son assistant, Gary Johnson, pour leur soutien et leur enthousiasme sans faille. Ils sont une véritable bouée de sauvetage pour moi. Je n'ose pas imaginer où je serais sans eux.

… Sally Kim pour avoir travaillé sur le manuscrit avec autant de soin et m'avoir ouvert les portes de Shaye Areheart Books. Quel coup de foudre !

… Shaye Areheart pour m'avoir accueillie chaleureusement, à bras ouverts. Je suis ravie de faire partie de son univers tant il est baigné de lumière et de bienveillance. Merci aussi à Jenny Frost, Tina Constable, Philip Patrick et Doug Jones pour leur énergie, leur enthousiasme et leur soutien de tous les instants. Avec eux, il me semble que rien n'est impossible.

… Whitney Cookman, Jacqui LeBow, Kim Shannon, Jill Flaxman, Kira Stevens, Tara Gilbride, Darlene Faster, Linda Kaplan, Karin Shulze, Alex Lencicki, et tous les membres de la grande famille Shaye Areheart/ Crown grâce à qui, lors de ma première visite, j'ai eu l'impression de rentrer à la maison. Quel privilège de pouvoir travailler avec une équipe aussi brillante et talentueuse !

… tous mes amis et mes proches, et plus particulièrement : mon mari, Jeffrey, pour tellement de raisons qu'il serait trop long de les énumérer ici ; Heather Mikesell pour ses innombrables relectures, son enthousiasme toujours renouvelé et ses précieux conseils ; et mes parents, Joe et Virginia, pour leurs plaisanteries continuelles et leurs fanfaronnades éhontées.

THRILLER

ENQUÊTES
À HAUTS RISQUES

Judith Kelman
Cauchemar sans visage

Claire essaie de surmonter la mort tragique de son mari policier en écrivant un roman, une histoire de vol d'identité et de pillage informatique. Mais au fil des pages, la réalité rejoint la fiction : quelqu'un vide ses comptes et utilise son nom. Serait-elle en train d'écrire sa propre histoire ? Le plus inquiétant reste à venir : un criminel écroué par son défunt époux est libéré, et des meurtres sanglants réveillent en elle de vieilles blessures…

Pocket n° 12871

Edna Buchanan
Double vie, double mort

Il y a dix ans, un homme a été condamné à mort pour le meurtre de sa femme, malgré l'absence de cadavre. Et voilà qu'une semaine avant son exécution, un corps échoué sur une plage est identifié comme celui de sa femme. La journaliste Britt Montero n'a qu'une semaine pour élucider l'affaire.

Pocket n° 12216

Pour en savoir plus : www.pocket.fr

Collection Thriller

Mo Hayder ▸
Tokyo

Quand Grey débarque à Tokyo sans argent ni bagages, elle a beaucoup à prouver et encore plus à cacher. Son but ? Retrouver une vidéo à l'existence contestée datant de l'invasion de la Chine par les Japonais. Un seul homme pourrait l'aider : un survivant du massacre, aujourd'hui professeur d'université, mais qui refuse de répondre aux questions de la jeune femme.

Pocket n° 12844

◂ Robert Crais
Le dernier détective

Ben, dix ans, a disparu : le fils de la compagne du détective Elvis Cole vient d'être enlevé. Pratiquement sous ses yeux. Aucun indice, aucun mobile, aucune demande de rançon... Juste un coup de fil qui va brutalement replonger Elvis dans un sombre épisode de son passé. Vengeance personnelle ? Complot ? Qu'importe. Car une chose est sûre, chaque seconde qui passe réduit les chances de survie de Ben...

Pocket n° 12646

Pour en savoir plus : www.pocket.fr

Nicci French

Au pays des vivants

Elle est seule. Dans le noir. Cagoulée et ligotée. Prisonnière d'un mystérieux tortionnaire, elle réussit pourtant à s'échapper… Mais le cauchemar ne fait que commencer : Abbie a perdu tout souvenir des jours qui ont précédé son agression. Confrontée à l'incrédulité de tous, elle veut reconstituer son passé. Dans cette quête aux frontières de la folie, Abbie n'a qu'une certitude : si son bourreau existe, il saura la retrouver.

Pocket n° 12284

Nicci French

Jeux de dupes

Comment se reconstruire après un drame ? Spécialiste des traitements post-traumatiques, le Dr Samantha Laschen va avoir l'occasion de confronter ses théories à la réalité. La police lui a en effet confié la garde de Finn Mackenzie, une adolescente qui a miraculeusement survécu au massacre de sa famille. En acceptant de recueillir l'adolescente chez elle, Sam n'imagine pas un seul instant que sa vie est en train de basculer.

Pocket n° 13144

Franck THILLIEZ
Deuils de miel

Après la mort de sa femme et de sa fille, difficile pour le commissaire Sharko de se remettre au travail. Un meurtre atroce, à la limite du rite barbare, va cependant le ramener violemment à la réalité. Serial killer ? Secte apocalyptique ? Épuisé, blessé, Sharko entame alors un long voyage vers les tréfonds de l'âme humaine.

Pocket n° 13121

Franck THILLIEZ
La chambre des morts

C'est la nuit. Vigo et Sylvain roulent trop vite. Soudain, un choc violent. Ils ont renversé un homme. Près du corps, un sac plein de billets. Voleur ? Trafiquant ? Qu'importe. Deux millions d'euros, c'est tentant. Ils prennent l'argent. Le lendemain, une fillette est retrouvée morte. Peu après un autre enfant est enlevé. Vigo et Sylvain ne se doutent pas encore qu'ils ont mis le doigt dans un terrible engrenage…

Pocket n° 12985

Pour en savoir plus : www.pocket.fr

Impression réalisée sur Presse Offset par

CPI
Brodard & Taupin

45150 – La Flèche (Sarthe), le 30-01-2008
Dépôt légal : février 2008

POCKET – 12, avenue d'Italie - 75627 Paris cedex 13

Imprimé en France